MAR

Né en 1973 à Genève, Marc Voltenauer se destinait à être pasteur. Après des études de théologie, il réoriente sa carrière vers la banque puis l'industrie pharmaceutique et écrit son premier roman, *Le Dragon du Muveran*, qui a obtenu le Prix SPG au Salon du livre de Genève. Ce « polar nordique au cœur des Alpes vaudoises », publié chez Slatkine & Cie en 2016, puis chez Pocket l'année suivante, remporte immédiatement un immense succès, confirmé par *Qui a tué Heidi ?* (Slatkine & Cie, 2017). Dans son troisième roman, *L'Aigle de sang* (2019), paru chez le même éditeur, on retrouve l'inspecteur Auer sur ses terres d'origines.

Retrouvez toute l'actualité de l'auteur sur :
www.marcvoltenauer.com

LE DRAGON DU MUVERAN

DU MÊME AUTEUR
CHEZ POCKET

LE DRAGON DU MUVERAN

QUI A TUÉ HEIDI ?

MARC VOLTENAUER

LE DRAGON DU MUVERAN

Slatkine & Cie

Une première édition de ce roman a été publiée sous le même titre en octobre 2015 par Les Éditions Plaisir de Lire qui continuent d'en assurer l'exploitation en Suisse.

MIXTE
Papier issu de sources responsables
FSC® C003309

Pocket, une marque d'Univers Poche,
est un éditeur qui s'engage pour la préservation
de son environnement et qui utilise du papier fabriqué
à partir de bois provenant de forêts gérées
de manière responsable.

WWW.SLATKINEETCOMPAGNIE.COM
ISBN 978-2-266-27406-7

« Je placerai des prodiges dans le ciel
et sur la terre, du sang, du feu,
des colonnes de fumée.
Le soleil se changera en ténèbres
et la lune en sang à l'avènement du jour
du Seigneur, grandiose et redoutable. »

Livre du prophète Joël, 3 : 3-4

Prologue

Sur un alpage, Gryon, vendredi 7 septembre 2012.

L'homme qui n'était pas un meurtrier se tenait sur la terrasse de son chalet d'alpage. Seul. Personne dans les environs. Les marcheurs qui avaient profité de cet après-midi ensoleillé étaient déjà retournés à leurs occupations citadines. Quelques vaches paissaient dans les prés. Le tintement de leurs cloches, seul, troublait la quiétude de l'instant. Le soleil était sur le point de se coucher. Il observait le Miroir de l'Argentine se revêtir d'une couleur rose alors que tout autour le ciel s'assombrissait. Sur la gauche, le massif des Diablerets avec son découpage dramatique. Des paysages de montagne, il en avait vu. Des magnifiques. Des imposants. Mais celui-ci, il ne l'avait jamais oublié.

Il déboucha une bouteille de vin rouge et se servit un verre. Il posa son regard sur la Tour d'Anzeinde. Combien de week-ends en famille avait-il passés ici ? Des moments de pur bonheur. Des instants d'innocence. Il appuya sur la touche *play* de son téléphone portable et mit le volume au maximum. Faisant tourner le vin dans sa bouche pour en capter toutes les saveurs, il se plongea dans le *Requiem* de Mozart. *Lacrimosa*. C'était pour lui un incontournable. Son morceau de musique. Celui qui l'inspirait et transformait sa tristesse en courage. Celui qui l'avait maintenu en vie toutes ces années. L'espoir au cœur de son désespoir.

« *Ce jour sera plein de larmes,*
sur lequel les cendres se lèveront.
L'homme coupable sera jugé.
Ô Dieu, aie pitié de lui.
Doux Seigneur Jésus, donne-leur le repos éternel.
Amen. »

Son regard balaya l'horizon et se fixa sur le Grand Muveran. Il ferma les yeux. Il y a quarante ans… Une émotion surgit. Des larmes l'envahirent, mais ne sortirent pas. Il voulut crier, mais aucun son ne s'échappa. Son âme était aride.

Les souvenirs remontèrent à la surface. Une silhouette connue, d'abord floue, apparut dans son esprit. Les contours gagnèrent en netteté. Une once de chaleur s'invita dans son cœur froid et desséché. Sa grand-mère. Elle avait été une femme simple et discrète, par obligation et par choix, mais elle ne s'était jamais dérobée. Elle avait assumé sans relâche. Tout. Son mari. La laiterie. Les enfants. Son engagement à la paroisse. Durant sa vie, elle avait fait preuve d'une paix et d'une force intérieures qui transparaissaient dans son regard bienveillant. Elle était coiffée d'un chignon et portait de petites lunettes rondes. Son visage doux et ovale respirait l'harmonie, malgré les nombreuses rides creusées par le temps et une existence passée au service des autres. Elle portait une chemise violette à fleurs blanches, une jupe grise avec, par-dessus, un tablier mauve qu'elle ne quittait jamais. Sa présence et son odeur, celle d'un chalet d'alpage et d'un feu de cheminée, le réconfortaient. Elle était la seule à le comprendre. Il avait alors dix ans. Il venait de s'installer avec ses parents à Gryon.

Un soir de pleine lune comme celui qui s'annonçait, sur cette même terrasse, elle lui avait raconté une histoire gravée mot pour mot dans sa mémoire. Sa grand-mère et lui s'étaient tenus, l'un à côté de l'autre, appuyés contre la balustrade. Elle lui avait mis le bras autour du cou, la main sur l'épaule, et avait commencé son récit.

— Tu vois le Grand Muveran tout là-bas, avait-elle dit de sa voix ténue, pointant son doigt droit devant. Tu distingues ces couleurs, orange et rouge ? Eh bien, derrière la montagne habite un dragon. Lorsque le soir de la pleine lune se prépare et que le soleil vient de se coucher, il prend son envol. Dans le ciel, il crache du feu. D'immenses flammes qui laissent des traînées tout autour de la montagne. Au printemps, il fait fondre la neige et la glace sur les lacs. Parfois, le dragon passe même au-dessus du village de Gryon.

Cela lui avait fait froid dans le dos. Et il était loin de se douter, à ce moment-là, qu'un jour ce dragon allait devenir bien davantage qu'une légende.

Il rouvrit les yeux. Il aurait voulu pouvoir remonter le temps. Être plus fort qu'il ne l'avait été en ce fameux jour de septembre… Ce jour qui changea sa vie, là où tout bascula. Où s'était produit ce qui avait fait de lui ce qu'il était devenu : une âme maudite en perdition. Il sortit de sa poche une carte postale. Elle représentait un tableau du Grand Muveran de Ferdinand Hodler. C'était le seul souvenir de Gryon qu'il avait pris soin de conserver. Pour ne jamais oublier.

Il craqua une allumette et mit le feu à la carte. Il la laissa se consumer jusqu'au bout, ne la lâchant que lorsque la chaleur commença à lui brûler les doigts tant il était absorbé par la vue de ces flammes.

Demain serait le jour. Demain, il allait mettre en œuvre le projet qu'il avait eu le temps de planifier durant toutes ces années. Demain serait le début de la fin de son histoire.

Chapitre 1

Chalet *L'Étoile d'argent*, Gryon, dimanche 9 septembre 2012.

Andreas Auer s'était levé aux premières lueurs du jour. Installé au bar de la cuisine, il venait de se servir une tasse de café au lait. Comme tous les matins. Deux cuillères de café en poudre, deux tiers d'eau chaude et un tiers de lait dans une grande tasse décorée d'un élan, sa préférée. Tout en observant par la fenêtre le Miroir de l'Argentine, il éprouva un sentiment de bien-être.

Voilà maintenant six mois que Mikaël et lui avaient emménagé à Gryon. Un rêve devenu réalité. Ils avaient eu le coup de foudre pour ce vieux chalet qui méritait bien quelques rénovations, mais qui avait un charme fou. Il se trouvait au calme dans une clairière. Un petit coin de paradis. Après plusieurs années dans un appartement à Lausanne, ils s'étaient décidés à ne plus habiter en ville. C'était ici qu'ils voulaient vivre.

Une des premières choses qu'ils avaient entreprises avait été de décrocher la planche en bois suspendue à la paroi frontale avec l'inscription *Chalet*

Edelweiss. C'était le nom que cette bâtisse avait porté avec fierté depuis sa construction. Bien qu'il aimât cette fleur sauvage de plus en plus rare des massifs alpins suisses, Mikaël trouvait que cette dénomination résonnait comme un piège à touristes. Que ce soit à Los Angeles, à Val-d'Isère, à Genève, à Lisbonne ou même dans l'anecdotique bled de New Glarus dans le Wisconsin, les chalets *Edelweiss* étaient, à de rares exceptions près, des restaurants typiquement suisses, dont la touche folklorique était poussée à son paroxysme. Ou alors, il s'agissait de bâtisses dans la majorité des cas très volumineuses et inesthétiques, destinées aux colonies de vacances. Et ils ne souhaitaient associer leur nouveau foyer ni à l'une ni à l'autre de ces représentations. Toutefois, pour ne pas dénaturer l'identité de leur chalet, leur choix s'était porté sur *L'Étoile d'argent*, l'autre nom de cette fleur mythique.

L'an prochain, Andreas fêterait ses quarante ans. Ses cheveux gris avaient remplacé sa tignasse châtaine, depuis plusieurs années déjà, et Mikaël le charriait souvent à ce sujet. Andreas se remémora une partie de l'échange du soir précédent :

— *C'est ce qui fait mon charme, non ?*
— *Si ça peut te rassurer...*
— *Regarde Sean Connery, plus il vieillit, plus il est sexy !*

Avait-il besoin de se rassurer ? Andreas avait l'impression que plus il prenait de l'âge, plus il se sentait en accord avec lui-même. C'était comme s'il arrivait maintenant dans une phase de maturité où il pouvait profiter pleinement de ses acquis et de son expérience. Mais une chose le tracassait. Il avait en tête l'image de la courbe du cycle de vie. Croissance. Maturité. Et déclin. Il ne pouvait s'empêcher de penser que le cap qu'il allait prochainement passer était le début de la fin. Sa raison lui disait qu'il avait encore de belles années devant lui, mais au niveau psychologique c'était moins évident. Jusqu'à ce jour, il n'avait jamais imaginé la possibilité qu'il lui arrive quoi que ce soit. Il se sentait invulnérable. Puis, un collègue de la police était décédé d'une crise cardiaque à l'âge de quarante-deux ans. Un de ses amis d'enfance venait d'apprendre qu'il avait un cancer en phase terminale. En fait, il commençait à réaliser qu'il n'était pas immortel. Et, pour son ego quelque peu surdimensionné, c'était un coup dur qu'il n'avait pas encore réussi à encaisser.

Andreas était tellement plongé dans ses pensées, qu'il n'entendit pas Mikaël et leur imposant compagnon à quatre pattes entrer dans la cuisine. Minus était un saint-bernard adopté à la SPA l'année précédente. Il avait été abandonné à l'âge de trois ans alors qu'il avait atteint sa taille d'adulte et pesait quatre-vingt-cinq kilos. Avait-il été abandonné parce qu'il mangeait plus d'un kilo de viande par jour ? En tout cas, il était parvenu à les charmer avec son regard endormi et son allure pataude.

— À quoi penses-tu ?

— À la chance que j'ai de t'avoir, enfin de vous avoir, ajouta-t-il, après un aboiement de circonstance.

— Tu viens te promener avec nous ?

— Tu sais bien que je travaille sur une enquête importante ! Et on a le procureur sur le dos.

Mikaël ne se formalisa pas du ton légèrement abrupt et irrité d'Andreas. Ces dernières semaines, il avait paru plus préoccupé et nerveux que d'habitude. Son travail avait toujours pris une place importante et occupait son esprit parfois même jusqu'à l'obsession.

— Tu penses rentrer vers quelle heure ? Histoire que je te prépare quelque chose de bon pour ce soir. On pourrait regarder un film. Ça te dit de revoir *Breakfast at Tiffany's* ? Tu sais, celui avec Audrey Hepburn.

— Tu ne préfères pas un bon vieux film policier ?

Andreas embrassa Mikaël et s'agenouilla pour dire au revoir à Minus en posant sa main sur son cou. Ce dernier en profita pour lui prodiguer une léchouille sur le visage qui lui donna l'impression d'être un pare-brise qui venait de recevoir une bonne giclée de produit, sauf que l'essuie-glace était une grosse langue râpeuse et baveuse. On aurait dû prendre un bichon ou un chihuahua, songea-t-il avec tendresse.

Mikaël Achard était journaliste et venait de quitter la rédaction du quotidien *24 Heures* quelques semaines auparavant. À tout juste trente-cinq ans, il avait pris son avenir en main. Devenu indépendant, il avait tout le loisir de travailler à la maison, de s'occuper du chien, du jardin, du potager et surtout de cuisiner, au grand plaisir d'Andreas, qu'il ne manquait jamais de surprendre avec de nouvelles recettes dont lui seul avait le secret.

Au retour de leur promenade matinale, Mikaël essuya Minus qui n'avait pas pu s'empêcher de sauter à l'eau dans L'Avançon, où il s'était embourbé les pattes. D'un pas nonchalant, Minus se dirigea vers sa place favorite. Devant la cheminée, sur la peau de mouton grise et blanche qu'ils avaient rapportée de l'île de Gotland l'été dernier. Minus s'étendit à plat ventre, la tête posée par terre, entre ses pattes recouvertes de ses deux grandes oreilles, les babines affalées. On aurait dit que la gravité terrestre l'avait cloué au sol ou qu'il portait tout le poids du monde sur ses épaules. Il soupira et ferma les yeux. Mikaël monta les escaliers en bois dont les marches craquaient à chacun de ses pas et alla s'asseoir à sa place de travail dans la pièce aménagée à cet effet au premier étage. Il alluma son ordinateur. Deux anciens bureaux dénichés dans une brocante, disposés face à face, meublaient le centre. Des bibliothèques remplies de livres recouvraient un pan de mur. Quelques tableaux, des peintures à l'huile représentant des paysages, étaient accrochés aux parois crépies de blanc. C'était lors de vacances dans la région de Bordeaux qu'ils avaient découvert les œuvres de ce peintre, dans le cadre d'une exposition. Ils avaient été saisis par l'émotion que dégageaient ces toiles. Et, en fin de compte, ils avaient rapporté plus de tableaux que de vin. Le plus grand était un bord de mer vu au travers de pins situés au premier plan. Le deuxième représentait des vignes avec une maison campagnarde au sommet d'une colline et le troisième une charmante église entourée d'un mur en pierre et d'arbres. Le dernier était une nature morte : une corbeille de fruits, une jarre en céramique, quelques pommes et des raisins disposés sur une table en bois. Les toiles, peintes au couteau, donnaient un effet de relief et de mouvement. Les contrastes d'épaisseur permettaient de saisir les nuances subtiles de la lumière sur les couleurs vives et franches.

Mikaël aimait l'atmosphère que dégageait ce bureau. Un aspect vieillot et authentique, avec son parquet en bois ancien, ses meubles et ses tableaux. Mais aussi moderne, avec l'*iPanoplie* complète digne d'un disciple de Steve Jobs. Et puis cette ouverture sur l'extérieur, sur la verdure environnante que l'on pouvait embrasser du regard par la porte-fenêtre du balcon.

Mikaël s'était spécialisé dans les domaines financier et politique après son master en journalisme obtenu à l'Université de Neuchâtel. Lorsqu'il travaillait au sein de la rédaction, il avait l'impression de ne pas avoir le choix de l'information qu'il voulait traiter. On ne lui donnait que rarement toute latitude sur la manière d'aborder le sujet. Ses supérieurs lui avaient reproché d'être trop critique et impertinent. Mais sa conscience ne pouvait pas être emprisonnée par les attentes de la société bien-pensante. Il avait besoin de liberté pour se permettre des coups de gueule et éveiller l'opinion publique sur les questions de fond qui lui tenaient à cœur.

Il venait de rentrer d'un voyage en Angola, où il avait fait un reportage sur une ville flambant neuve construite dans le désert par les Chinois à proximité de la capitale Luanda. Sept cent cinquante immeubles sur cinq mille hectares. Des logements prévus pour plus de cinq cent mille personnes. En se promenant dans cette jungle de béton où la seule chose qui différenciait les bâtiments entre eux était le numéro affiché au-dessus de l'entrée, il avait été surpris par le silence qui y régnait. Peu de voitures et encore moins de personnes. Un sentiment d'apocalypse. Était-ce un mirage ? Tout le monde avait-il fui ? Non ! Une ville fantôme morte de sa belle mort avant même d'avoir vécu. En une année, seuls deux cent vingt appartements avaient été vendus. L'explication était simple. Les riches étaient assez aisés pour éviter de venir habiter dans une banlieue aussi peu enthousiasmante et les pauvres étaient trop pauvres pour se l'offrir. Cent vingt mille dollars pour l'appartement le moins cher, alors que le tiers de la population devait survivre avec deux dollars par jour. Plus de trois milliards investis par les Chinois. La contrepartie pour leur générosité sans bornes était l'accès prioritaire aux ressources naturelles du pays. Le pétrole en tête. Mikaël avait apporté la semaine dernière la touche finale à son article, agrémenté de photos prises sur place.

En attendant la réponse des médias auxquels il avait proposé son reportage, il avait décidé de poursuivre des recherches sur l'histoire de Gryon et plus particulièrement sur l'origine des familles bourgeoises du village. Celles de sa famille, du côté de sa mère, remontaient au XVe siècle. Du côté paternel, les racines se situaient chez les Vaudois du Piémont qui avaient fui la persécution orchestrée par le duc de Savoie, sous la pression de Louis XIV à la fin du XVIIe siècle, et qui étaient venus se réfugier en Suisse. Il voulait savoir d'où il venait.

Chapitre 2

Le presbytère, Gryon,
dimanche 9 septembre 2012.

Erica, la pasteure de Gryon, rédigeait les ultimes lignes de sa prédication pour le culte de 10 heures. Elle avait choisi le célèbre texte du *Jugement dernier* dans l'*Évangile de Matthieu*. Un des versets l'avait particulièrement interpellée :

« *Allez-vous-en loin de moi, maudits, dans le feu éternel préparé pour le diable et pour ses anges.* »

Comment pouvait-on justifier aujourd'hui que certains soient destinés au royaume de Dieu alors que d'autres étaient voués au châtiment éternel ? Dieu n'accorde-t-il pas son pardon à tous ?

La veille, en méditant sur le sujet, Erica avait repensé à une histoire douloureuse vécue au cours de son enfance, ici à Gryon, et qui la hantait durant certaines nuits sans sommeil. Méritait-il d'aller en enfer ? La réponse n'était pas si simple. Avait-elle fait tout ce qui était en son pouvoir pour éviter ce qui s'était passé ? Bien qu'elle n'eût que douze ans à l'époque, jamais elle ne s'était pardonné.

À la suite de cet événement, Erica avait décidé de devenir pasteure. Faire le bien autour d'elle était la seule réponse aux questions existentielles qui l'habitaient. Les discours théologiques n'étaient pas son point fort, mais la qualité de la présence et de l'écoute qu'elle offrait aux autres compensait largement. Elle était de taille moyenne et quelques kilos en trop étaient venus s'installer ces dernières années, moins en raison de la cuisine de son mari qu'à cause des nombreuses invitations qu'elle honorait auprès de ses paroissiens. Ses cheveux étaient blond cendré. Son visage arrondi, au teint rose, toujours souriant, dégageait beaucoup de douceur et de gentillesse. Erica aimait les êtres humains, avec sincérité et tendresse. Son souhait le plus cher était de les réconforter. Les aider à trouver un sens à leur vie. Les accompagner dans les moments importants de leur existence, ceux qui étaient heureux comme les plus difficiles. Erica faisait preuve d'une empathie et d'une bienveillance lui ayant valu d'être fort appréciée dans les différents endroits où elle avait exercé. Habitée par une mélancolie qu'elle aimait cultiver, la pasteure sacrifiait souvent ses propres envies et besoins pour offrir une présence à ses paroissiens. C'était une manière de ne pas affronter certaines zones d'ombre de son existence.

Lorsque le poste au sein de la paroisse de Gryon était devenu vacant l'année précédente, elle avait réussi à convaincre son mari, fraîchement préretraité, de venir s'y établir. Elle était heureuse de ce retour aux sources. Ses deux enfants ayant quitté le nid familial, elle pouvait se consacrer corps et âme à sa mission pastorale.

Elle devait encore finaliser les préparatifs du culte. Déposer le pain et le vin pour la Sainte Cène. Dresser la table de communion. Sortir les psautiers. Combien de personnes viendraient ? se demanda-t-elle. Depuis son arrivée, l'affluence dominicale s'était renforcée de manière honorable. Elle s'en réjouissait, mais n'en tirait aucun orgueil.

Erica se leva de son bureau et se dirigea vers la cuisine qu'embaumait une agréable odeur de pain chaud. Lorsqu'une Sainte Cène était prévue, elle faisait le pain à partir de la recette d'une amie de longue date. Elle était décédée l'année dernière à l'âge de nonante-trois ans. Erica avait célébré le service funèbre sur demande de la défunte, quelques mois avant de reprendre la paroisse. Ce pain, son amie l'avait offert durant de nombreuses années pour les cultes. Cela avait été sa contribution, sa manière de servir Dieu. Une recette toute simple. De la farine, de la levure, de l'eau tiède et une pincée de sel. Pour Erica, prendre ce relais était une façon de ne pas l'oublier. Et de faire en sorte qu'une partie d'elle soit présente au culte, ce moment qui avait tant signifié dans sa vie. Ce pain serait tout à l'heure fractionné et partagé. Le pain de vie. Elle répéta dans sa tête les paroles qu'elle allait prononcer :

« *Le soir venu, Jésus se mit à table avec ses douze disciples. Pendant le repas, il prit du pain et, après avoir rendu grâces, il le rompit et le leur donna en disant : Prenez, mangez, ceci est mon corps.* »

Erica prit le pain et une bouteille de vin rouge et sortit du presbytère. C'était un matin radieux. Elle se sentait on ne peut mieux. Les quelques heures précédant le culte étaient un temps de réjouissance. La pasteure était impatiente d'accueillir ses paroissiens sur le parvis du temple, comme s'ils étaient des invités à un repas qu'elle aurait préparé pour eux. Elle traversa la cour, accompagnée par le bruit de ses pas sur le gravier et le tambourinement d'un pic épeiche affairé sur le marronnier. En ouvrant la porte du temple, ce matin-là, jamais elle n'aurait pu imaginer, même dans ses pires cauchemars, ce qu'elle allait y découvrir.

Chapitre 3

Gryon, 1960.

En ce dimanche de septembre ensoleillé, Albert tenait son fils dans ses bras. Il éprouvait en cet instant un sentiment de fierté indescriptible. C'était le petit dernier. Né prématurément à trente-trois semaines, il avait maintenant atteint le poids de deux kilos et demi. Il l'avait aimé dès le premier regard. Il avait un nez miniature au milieu de son visage aux joues roses légèrement rebondies. Une minuscule bouche en forme de cœur. Des yeux bleu-gris cristallins. Les oreilles un brin décollées et de rares cheveux épars sur le sommet du crâne. Un bébé, en somme. Mais c'était le sien. Il entendit un bruit de régurgitation et, quelques instants après, du lait coula du coin de la bouche. Il attrapa le bavoir posé sur la table et l'essuya délicatement. Il lui lança ensuite un regard plein de tendresse.

Il avait vingt-cinq ans et c'était son troisième enfant. Il avait épousé Louise six ans auparavant, après l'avoir rencontrée lors d'une soirée organisée par la Jeunesse de Bex. Il était tombé sous son charme dès le premier regard. Trois mois plus tard, elle était tombée enceinte. Les parents avaient alors exigé qu'ils se marient au plus vite. Ce qui fut fait.

Très vite, il avait été sous sa coupe et avait eu l'impression que le charme fugace de sa Blanche-Neige avait été remplacé, sous des airs de paysanne, par la méchante reine.

Ils avaient désormais une fille de cinq ans, un garçon de quatre ans et le petit dernier. Albert était originaire de Gryon, mais il s'était installé à Bex dans la maison de ses beaux-parents agriculteurs. Il avait été soulagé de quitter Gryon et la mainmise de son père. Un homme dur et exigeant. Jamais il n'avait osé le contredire.

Son beau-père l'avait associé à la gestion de l'exploitation, espérant trouver en lui son successeur. Ils avaient une vingtaine de vaches, quelques chèvres, deux cochons et des poules. Ici, Albert nourrissait le sentiment d'être utile, même s'il savait pertinemment qu'il serait toujours ce petit garçon qui en aucun cas ne pourrait imposer ni même défendre son point de vue, et ne s'émanciperait jamais vraiment. Il se sentait pris au piège, entre son beau-père et sa femme. Dans son couple, c'était elle qui décidait. Il avait essayé à plusieurs reprises de s'imposer. D'être un homme, un vrai ! Mais elle avait un caractère bien trempé et il n'avait pas les moyens de lutter. Il s'était résigné sans combattre.

Comme tous les dimanches, après avoir trait les vaches, Albert et sa famille étaient montés à Gryon pour passer la journée avec ses parents. C'était devenu une tradition de se retrouver dans le chalet d'alpage, surtout au printemps et en automne, car l'été, les foins avaient la priorité.

Malgré la présence de son père, Edmond, qui ne manquait pas une occasion de le rabaisser ou de critiquer sa manière d'éduquer les enfants, Albert appréciait les instants qu'il pouvait passer en compagnie de sa mère, Odile. Elle avait toujours essayé de le protéger au mieux des accès de colère de son père. Quand il était enfant, à l'heure de se coucher, sa mère avait eu pour habitude de lui raconter une histoire pour le réconforter. Adulte, Albert recherchait encore ces rares moments d'intimité avec sa mère. Une bulle d'insouciance dans laquelle il se sentait bien et où le monde extérieur ne pouvait pas l'atteindre.

Alors qu'Odile et Louise étaient en train de cuisiner et qu'Edmond était occupé à bricoler avec les deux plus grands enfants, Albert se tenait dehors sur la terrasse du chalet et admirait le panorama. Il aimait cet endroit.

Chapitre 4

Au village, Gryon, dimanche 9 septembre 2012.

Andreas traversait le cœur du village de Gryon avec sa vieille et imposante berline allemande de couleur grise. Malgré ses nombreux kilomètres, il ne pouvait pas se résoudre à la remplacer. Il estimait que les voitures anciennes avaient du caractère, alors que les véhicules modernes manquaient de tempérament. Il aimait son allure sportive, son nez en forme de requin et le doux rugissement de son moteur V6 qui berçait ses déplacements quotidiens.

Andreas était tombé sous le charme du village de Gryon. Mikaël l'y avait emmené pour la première fois quelques années auparavant. Il avait vécu là jusqu'à l'âge de dix ans, avant de déménager à Leysin où son père avait trouvé du travail. Quitter le lieu de son enfance et ses amis avait été pour Mikaël une expérience traumatisante.

Construit sur le flanc de la montagne et surplombant la vallée creusée par L'Avançon, Gryon était un village authentique avec de pittoresques ruelles. De vieux chalets en bois et en pierre – dont certains dataient du XVIIe siècle – constituaient son cœur. On aurait dit que chaque pierre avait une histoire à raconter.

À la sortie du village, en direction des Posses, Andreas croisa deux voitures de police roulant à vive allure, gyrophares enclenchés. Au même moment, son portable se manifesta sur l'air d'*Indiana Jones* qu'il avait assigné à sa collègue, Karine Joubert, en raison de son côté aventurière sans peur et sans reproche. Ils travaillaient ensemble au sein de la brigade criminelle de Lausanne depuis bientôt cinq ans et ils formaient une équipe parfaitement bien rodée.

— Coucou ma chérie ! Je te manquais ?

— Oh ! Ça va. Arrête ton cinéma. T'es où ? On a reçu un appel de la police de Bex. Un cadavre a été découvert à Gryon. On est en route.

— À Gryon ? Où ça ?

— Dans le temple !

Le cœur d'Andreas s'emballa. Il fit demi-tour.

Quelques minutes plus tard, il arriva au Fond-de-Ville, lieu-dit au cœur du village, qui était en pleine ébullition. Pas moins d'une vingtaine de personnes s'étaient déjà rassemblées dans la rue, sans doute des paroissiens se rendant au culte et quelques badauds. Il en connaissait certains de vue. D'autres se tenaient sur les balcons dominant la place. Il arrêta sa voiture au milieu du chemin, juste au-dessus de la fontaine. Il en sortit et claqua la porte. Tout le monde posa son regard sur lui.

Bien qu'il eût emménagé à Gryon récemment, la nouvelle qu'un inspecteur de la police criminelle habitait la région avait fait le tour des habitants en un rien de temps. De façon générale, sa présence ne passait pas inaperçue, son style détonnant quelque peu dans un petit village de montagne. Il avait un charisme certain. Et il le savait. Il en usait volontiers et en abusait même parfois en cas de nécessité. Il était sûr de lui, ce dont témoignaient sa démarche et son allure. Ses cheveux gris, très courts, accentuaient le regard saisissant que lançaient ses yeux en amande, dont la couleur bleue transparente rappelait celle d'un glacier ou celle des yeux d'un husky. Son teint hâlé était dû à l'été radieux qui s'achevait plus qu'à la pigmentation naturelle de sa peau. Il arborait une barbe de trois jours, assortie aux tons gris de ses cheveux, rehaussant la virilité de son visage doux aux contours plutôt féminins. Les quelques rides d'expression qui partaient du coin extérieur des yeux vers les oreilles lui donnaient un charme particulier. Il portait, comme toujours, un jean bleu foncé, usé et troué par endroits. Ses santiags brunes au bout carré avec une boucle métallique ornant le cou du pied semblaient sortir tout droit d'un western des années soixante. Pour compléter son style *bad boy* qu'il cultivait avec soin, il avait revêtu un T-shirt blanc sans aucune inscription, duquel dépassait une chaîne en or, ainsi qu'une veste en mouton retourné.

Il avait toujours aimé être au centre de toutes les attentions. En certaines occasions, il avait même l'audace de se sentir différent et à part, voire au-dessus de la mêlée. Il était conscient de son inclination égocentrique, voire narcissique, qui lui avait été reprochée maintes fois par le passé et lui avait valu des remous dans ses relations amicales et amoureuses. Après une psychanalyse jungienne de trois années, qui lui avait coûté bien plus que de l'argent, il avait appris à mieux se connaître, à s'ouvrir aux autres et surtout à ne plus considérer le monde de son seul point de vue. La rencontre avec Mikaël, dix ans auparavant, n'était de toute évidence pas étrangère à ce changement.

Des gendarmes bloquaient l'accès du temple – un des plus vieux édifices du village – à l'aide de banderoles signalant « *Police – Zone interdite* ». Sous le porche, un autre policier discutait avec une femme qu'il reconnut d'emblée : la pasteure de Gryon, Erica Ferraud. Les cloches se mirent à sonner.

Sur le clocher en pierre, les aiguilles de l'horloge affichaient 10 heures. Il présenta son badge au gendarme posté sur le haut des marches.

— Ce n'est pas beau à voir.

Le policier avait gardé son calme, mais Andreas décela dans son regard qu'il était ébranlé par ce à quoi il venait d'être confronté.

— Qui a découvert le corps ?

— La pasteure.

— Il y a quelqu'un à l'intérieur ?

— Non. Nous avons sécurisé la zone.

— D'accord. Je vais voir. Faites attendre la pasteure. Je lui parlerai tout à l'heure. Ne laissez entrer personne d'autre.

S'avançant à toutes jambes vers la porte du temple, il se retourna.

— Profitez-en pour relever le nom de toutes les personnes présentes.

Andreas poussa la porte en bois massif qui émit un crissement et pénétra dans le narthex du temple. C'était un sas. Entre l'extérieur et l'intérieur. Entre l'avant et l'après. Plus un bruit. Au moment d'ouvrir la seconde porte lui permettant d'accéder au temple proprement dit, il reprit son souffle. Il voulait être seul. Il savait d'expérience que les premières impressions étaient déterminantes pour la suite de l'enquête. La scène du crime était un livre ouvert. Il fallait l'observer, le lire, l'étudier, l'écouter. Il devait essayer de se fondre dans l'environnement pour l'intégrer. Le seuil à peine franchi, un sentiment de sérénité et de chaleur l'envahit. Pas de fioritures, pas de représentations glorieuses ou morbides. Juste une infinie simplicité. Des bancs en bois dénués de tout confort ayant tenu éveillées des générations de paroissiens. La voûte arrondie, en planches de sapin, reconstruite après l'incendie de 1719 qui avait anéanti une bonne partie du village, ajoutait à la sérénité de l'endroit.

Sur la droite, au fond, la chaire. Combien de paroles, écoutées ou non, sages ou insensées, avaient été prononcées de là-haut, durant plus de huit cents ans ? Il avança dans la travée. Son regard fut attiré par le vitrail dans le chœur du temple. Jésus, avec une aura, à laquelle s'ajoutaient des rayons de lumière qui illuminaient son visage. Pas de lumière sans ombre, songea-t-il. Au-dessus, un vitrail, plus petit, représentant une colombe de paix. Le meurtrier, ou la meurtrière, se demanda-t-il, avait-il retrouvé une paix intérieure ? Était-il habité par une rage furieuse contre Dieu ?

Andreas avait encore avancé de quelques pas.

Sur la table de communion, un cadavre était allongé, nu. Les bras étendus étaient perpendiculaires au corps. Les jambes, attachées ensemble à l'aide d'une corde. C'était l'image du Christ crucifié. Un homme. La cinquantaine probablement. Un énorme couteau était planté dans son cœur. Autour de la plaie, du sang séché formait comme un réseau de ruisseaux du haut de la poitrine jusqu'à son sexe. Ses yeux avaient été enlevés. Les orbites ressemblaient à deux trous noirs. À l'extrémité du couteau, une cordelette avec un morceau de papier. Andreas le détacha, après avoir pris soin de mettre des gants en plastique. Il y lut les mots suivants :

« *Si donc la lumière qui est en toi est ténèbres, combien seront grandes les ténèbres !* »

Chapitre 5

Le temple et le presbytère, Gryon, dimanche 9 septembre 2012.

Après avoir passé un long moment dans le temple, Andreas ressortit. De nombreuses nouvelles têtes avaient rejoint le groupe de personnes présentes sur la place. Le tumulte ambiant, imperceptible depuis l'intérieur, lui donna la sensation, pendant un bref instant, d'émerger d'un rêve. Le cadavre sur la table sainte. Les badauds attroupés sur le parvis. Était-ce réel ? L'épaisse porte se referma avec un bruit lourd. Tout le monde se retourna et un silence de plomb s'empara du Fond-de-Ville. Les regards se tournèrent vers Andreas dans l'attente d'avoir une confirmation. L'expression du visage d'Andreas en disait long.

Tout était bien réel.

Un meurtre avait eu lieu.

Andreas jeta un coup d'œil en direction de la place, mais son équipe n'était pas encore arrivée. Connaissant Karine, elle avait déjà contacté le légiste et s'était assurée de faire venir une ambulance pour récupérer le cadavre. Il n'avait plus qu'à les attendre.

Il décida de rejoindre la pasteure visiblement bouleversée. Elle était assise sur le banc en bois adossé à l'édifice, à l'écart de la foule. Son mari, Gérard Ferraud, à côté d'elle, la tenait dans ses bras. C'était un homme discret. Une allure tout à fait banale. Il portait un pantalon beige et une chemise à carreaux dans les tons verts. Une longue mèche de cheveux recouvrait le sommet de son crâne dégarni. Sur le bout de son nez, de petites lunettes rectangulaires. Il paraissait plus âgé que sa femme.

Andreas les invita à rentrer chez eux pour être au calme et les suivit dans le presbytère situé en retrait du temple. C'était une vieille bâtisse avec des volets peints de diagonales rouges et blanches. Le cadre de la porte était en pierre. Jouxtant la maison, une ancienne grange en bois.

À peine Andreas fut-il entré dans le vestibule que son attention fut captée par la pièce juste à droite. Une bougie brûlait sur une immense table de travail en chêne massif. Le bureau de la pasteure. Une Bible y était posée sur un tas de feuilles. Sans doute la prédication de ce matin. De quoi avait-elle eu l'intention de parler ? Sur la droite, une imposante bibliothèque avec de nombreux ouvrages théologiques. Sur le mur, le tableau d'un Jésus crucifié tranchait avec l'impression ressentie dans le temple. Une copie de l'œuvre du peintre espagnol Velázquez, reconnut Andreas. Il l'avait vue au Prado à Madrid. Lui et Mikaël s'y étaient offert un week-end printanier. Une toile sombre mettant l'accent sur la souffrance. Des pieds et des mains coulait du sang. La tête de Jésus était légèrement inclinée en avant. Ses cheveux lui cachaient la moitié du visage. Il semblait résigné. Andreas entendit en lui la voix de Jésus sur la croix : « *Mon Dieu, mon Dieu, pourquoi m'as-tu abandonné ?* » Dieu aurait-il aussi abandonné Erica Ferraud ? songea-t-il. Cette image le troubla.

— Par ici, inspecteur.

Andreas se retourna et suivit le mari de la pasteure jusqu'au fond du couloir où se situait la cuisine. Il fut invité à s'asseoir sur une des chaises autour de la table en bois placée au milieu de la pièce. Il s'installa en face d'Erica Ferraud. Elle avait l'air absente. Des larmes coulaient sur ses joues. Gérard Ferraud enclencha la machine à café et vint s'attabler.

Andreas observa avec attention les lieux avant de prendre la parole. Entre les deux fenêtres donnant sur le jardin se trouvait un buffet qui paraissait très ancien. Des channes en étain et des cartes postales en noir et blanc représentant le village de Gryon y étaient disposées. Sur l'une d'elles, une vue d'ensemble du village avec les Dents du Midi en arrière-plan. Sur une autre, on pouvait apercevoir le temple avec le Grand Muveran. Une troisième montrait un chalet d'antan avec de nombreuses décorations sculptées dans le bois, devant lequel deux vieillards assis sur un banc semblaient philosopher sur le temps qui passe.

Il tourna ensuite son regard vers la cuisine elle-même. À côté du fourneau, un vieux poêle à bois sur lequel on pouvait lire *Le Rêve.* Sa grand-mère avait elle aussi possédé une cuisinière de cette ancienne marque suisse. Andreas avait pu la récupérer pour son premier appartement et l'avait gardée quelques années. Même âgée de soixante ans, elle avait fonctionné sans relâche et avec une fidélité à toute épreuve. Malgré son côté sentimental qui le poussait à conserver les objets, il s'était résolu à s'en séparer, à contrecœur, au moment où il avait emménagé avec Mikaël. Sur le réfrigérateur étaient fixés des aimants de toutes sortes. Sans aucun doute des souvenirs de voyage. Un bus londonien rouge à deux étages. La tour Eiffel. Le Colisée. Un taxi jaune new-yorkais. Pas très original, tout ça, considéra Andreas. Quelques cartes postales y avaient aussi été accrochées. Elles étaient bien plus récentes. Et en couleur. Trois d'entre elles représentaient les symboles absolus de la ville de New York : la statue de la Liberté, l'Empire State Building et Central Park.

Il entendit le craquement d'une allumette et posa son regard devant lui, sur la table, dont la surface en bois naturel laissait apparaître des nœuds et des fissures provoquées par le temps. Au milieu, une grosse bougie ronde, que Gérard Ferraud venait d'allumer.

— Connaissiez-vous la victime ?

Erica Ferraud sembla ne pas avoir entendu, mais après quelques instants elle émergea de son isolement, redressa la tête et poussa un long soupir, avant de répondre à la question d'Andreas lancée un peu abruptement.

— Oui. Je le connaissais. C'est horrible ! Il s'agit d'Alain Gautier, le responsable de l'agence immobilière située au centre du village, vous savez, juste à côté du Café Pomme. C'est inimaginable. Dans le temple !

Ses larmes coulaient. Elle saisit un mouchoir que lui avait tendu son mari.

— Je comprends que ce soit difficile pour vous. Êtes-vous d'accord pour répondre à quelques questions maintenant ? Sinon on peut remettre à plus tard.

— Non, non. Je vous en prie, inspecteur.

— Pouvez-vous me raconter quand et comment vous avez découvert le corps ?

— Nous avons pris le petit déjeuner, mon mari et moi, vers 7 h 30 comme d'habitude. Vers 8 heures, je me suis installée dans mon bureau pour finaliser ma prédication. Et c'est aux alentours de 9 h 15 que je me suis rendue au temple.

— Et en entrant dans le temple, avez-vous remarqué quelque chose d'anormal ?

— Non. Rien… Jusqu'au moment où…

Erica Ferraud fondit à nouveau en larmes. Elle essuya ses yeux rougis et ses joues et releva la tête. Son mascara avait coulé.

— Vous prendrez bien un café, inspecteur ?

Sans attendre la réponse d'Andreas, Gérard Ferraud se dirigea vers la machine dont le voyant était passé au vert.

— Hier soir ou cette nuit, avez-vous vu ou entendu quelque chose d'inhabituel ?

— Non, je ne crois pas… Non, rien.

— Qu'avez-vous fait hier soir ? Êtes-vous allée dans le temple ?

— Oui, en effet. Vers 20 heures, juste avant le souper. Je m'y suis assise pour méditer et prier un moment. J'en ai profité pour afficher les numéros des cantiques. Après avoir mangé, je me suis rendue dans mon bureau pour terminer la préparation du culte. Gérard regardait la télévision. Il est allé se coucher vers 22 heures. N'est-ce pas, chéri ? lança-t-elle à son mari qui finissait de tirer le troisième expresso.

Il revint s'asseoir. Sur le plateau qu'il venait de poser sur la table, les trois cafés se partageaient la place avec une bouteille d'abricotine et deux petits verres à goutte. Il en tendit un à Andreas, qui refusa d'un geste de la main. Lui-même s'en servit un qu'il remplit à ras bord. Andreas remarqua que des auréoles s'étaient formées sous les bras du mari et que des gouttelettes de sueur luisaient sur son front.

— Prendrez-vous du lait ou du sucre ?

— Non merci. Je le bois noir.

Bien qu'Andreas eût l'habitude de boire son café dans une grande tasse avec du lait, il appréciait de temps à autre un véritable expresso.

— Il était 22 h 15. C'était la fin de l'émission que je regardais. Je suis passé te dire bonne nuit, affirma-t-il en cherchant l'approbation de sa femme. Puis je suis allé me coucher.

Il saisit le verre d'abricotine et le descendit cul sec. Il s'en versa un second sous le regard étonné d'Andreas. Erica ne parut pas y prêter attention.

— Moi-même, je suis allée me coucher vers minuit et demi, reprit Erica.

— C'est juste, d'ailleurs je me suis réveillé. Mais j'y pense maintenant… J'ai entendu peu après le bruit d'une voiture qui semblait s'être arrêtée non loin d'ici. J'ai même regardé ma montre. Il était précisément une heure moins dix.

Andreas voulut sortir son carnet de la poche intérieure de sa veste pour y prendre quelques notes. Mais dans la précipitation, il l'avait oublié dans la voiture.

— Alain Gautier était-il un de vos paroissiens ?

— Non. Il est venu une fois pour un enterrement si je me souviens bien, mais il ne faisait pas partie des fidèles. D'autant qu'il était catholique.

— Est-ce que vous le connaissiez bien ?

— Nous avions le même âge. Nous sommes allés ensemble à l'école. Ici à Gryon. Mais nous nous sommes perdus de vue après. Je suis revenue il y a moins d'un an pour reprendre la paroisse. Il m'est arrivé de le croiser dans le village. Nous avons échangé quelques mots. Rien de plus. Enfants, déjà, nous n'avions pas plus d'affinités que cela.

Pendant un bref instant, une impression surgit dans l'esprit d'Andreas, mais s'en alla aussi vite qu'elle était apparue. Il tenta de s'y raccrocher. Qu'avait-il compris entre les lignes ? Le connaissait-elle mieux qu'elle n'avait bien voulu le dire ? Ou alors était-ce l'attitude de Gérard Ferraud ?

Quelque chose lui échappait.

Il décida de laisser aller pour l'instant. Erica Ferraud paraissait à bout de nerfs, bien qu'elle ait répondu aux questions de manière calme et précise. C'était compréhensible. Andreas choisit donc de ne pas prolonger l'entretien.

— Je vous remercie. Je vous demanderai de ne raconter à personne ce que vous savez. Pour le bien de l'enquête, j'aimerais que ces informations ne sortent pas d'ici. Si quelque chose vous revient en mémoire, même si cela ne vous semble pas important, n'hésitez pas à m'appeler. Voici ma carte.

Gérard Ferraud raccompagna Andreas à la porte. Il lui serra la main. Elle était moite.

Chapitre 6

Le temple, Gryon, dimanche 9 septembre 2012.

Andreas rejoignit la place de la fontaine devant le temple. Karine, sa collègue, et Christophe, de la police scientifique, arrivaient, suivis de près par le médecin légiste.

Le cœur du village était devenu le théâtre d'un rassemblement de voitures bloquant l'accès de toutes parts. Des curieux arrivés entre-temps complétaient ce tableau insolite. La lumière orange des gyrophares se reflétait sur les vitres des chalets entourant la place.

Andreas, après avoir récupéré un carnet vierge dans la boîte à gants de sa voiture, fit un signe à ses collègues qui le suivirent à l'intérieur du temple. Parvenus près de la table sainte, ils formèrent un arc de cercle et observèrent la scène qui se présentait devant eux.

— Oh, mon Dieu ! s'exclama Karine avec stupeur.

— Tu ne crois pas si bien dire, compléta Andreas.

Christophe avait mis la main devant sa bouche et ouvert grands les yeux. Le légiste, lui, affichait un regard intrigué, tout en se grattant le sommet du crâne avec sa main droite. Andreas leur fit un bref point de la situation.

Sans perdre de temps, Christophe sortit son appareil photo et commença à mitrailler la scène de tous les côtés. Le médecin légiste attendit avec une impatience certaine que son collègue ait terminé et s'approcha du corps pour s'atteler à son travail.

— Nous voilà en plein *Da Vinci Code* ! s'exclama Karine, qui sentait monter l'adrénaline.

Karine avait trente-six ans. En l'absence d'un fils, son père, gendarme, l'avait initiée dès son plus jeune âge aux sports de combat. Elle était ceinture rouge, la plus élevée en jiu-jitsu. Elle avait un visage qu'on ne pouvait pas qualifier d'harmonieux, mais qui était expressif. Un regard pénétrant. Par sa prestance et sa détermination, elle en imposait, même au plus courageux des hommes. Son plus grand bonheur était de maîtriser son adversaire. Dans les situations où il fallait intervenir physiquement, elle était toujours la plus prompte. Cela convenait à Andreas, qui, sous ses faux airs de macho, n'appréciait guère les combats rapprochés.

— Le meurtrier a conçu une véritable mise en scène. Un décor de théâtre ou un tableau ? Oui, un tableau ! répéta Andreas.

Était-ce de l'art ? Le meurtrier, un artiste ? Dans cette scène, tout était sens et symbole. Rien n'avait été laissé au hasard. Il délivrait un message.

Andreas sortit son carnet et son crayon. Sur la première page, il inscrivit *Gryon, meurtre dans le temple* et la date. Il tourna la page et y fit une annotation, au milieu, qu'il souligna deux fois d'un coup de crayon énergique. *Un message pour qui ?*

Pour nous ?

Pour la pasteure ?

Pour la société ?

Pour Dieu lui-même ?

Il avait pour habitude d'écrire les idées qui émergeaient dans son esprit et qu'il ne voulait pas laisser s'égarer dans le tourbillon de ses pensées. Les éléments qui lui paraissaient importants. Les questions cruciales auxquelles il devait apporter une réponse pour progresser. Tout cela, il le notait dans son carnet. Un par enquête.

Andreas interrompit le médecin légiste, hautement concentré.

— Doc, quelle est l'heure du décès d'après toi ?

Le légiste était un personnage étrange et attachant. Étrange, car avec ses cheveux hirsutes qui ne connaissaient le peigne que de nom et ses lunettes aux verres plus épais qu'une vitre pare-balles il ressemblait à un savant fou, semblant la plupart du temps enfermé et perdu dans son propre monde. Et attachant pour les mêmes raisons. Il se jetait sur une dépouille avec l'enthousiasme d'une hyène affamée. C'était sa raison de vivre.

Penché au-dessus du cadavre, il leva la tête. Avec sa main gauche placée sur son menton, l'index sur la bouche, il marmonna une réponse.

— Hum… Le corps est raide comme une statue, de la tête aux pieds. Les mâchoires sont fortement contractées. La tête et le cou sont portés en arrière. La main droite présente des signes de crispation. Les jambes sont tendues. La *rigor mortis* semble être au maximum. La mort remonte donc à douze heures au moins.

Doc aimait employer des mots latins et scientifiques pour se rendre intéressant. Cela l'amusait beaucoup d'observer les visages déconfits de certains policiers qui faisaient semblant de comprendre son jargon. Il en était tout autrement d'Andreas et Karine, qui le pratiquaient depuis quelques années. C'était devenu une sorte de jeu entre eux.

Le légiste appuya ensuite son doigt sur une des zones violacées du corps.

— La *livor mortis*… Euh, les lividités cadavériques, pour ceux pour qui la langue latine reste un mystère, précisa-t-il avec un sourire en coin, ne sont pas fixées. Ce sont les taches violacées que vous pouvez apercevoir sur différentes parties du corps. La zone de lividité sur laquelle j'ai appuyé avec mon doigt a chassé le sang accumulé, et la peau a repris une teinte blanche. C'est seulement après quinze à dix-huit heures que les lividités sont complètement fixées et ne s'effacent plus sous la pression du doigt.

Doc prenait un malin plaisir à réexpliquer à chaque occasion les principes de la science forensique et à expliciter comment il arrivait à ses conclusions. C'était sa manière de procéder.

Il sortit le thermomètre qu'il avait introduit dans le corps de la victime.

— Vingt-sept degrés. L'*algor mortis*…

— Le refroidissement cadavérique, traduisit Karine pour montrer qu'elle avait retenu ses leçons.

— … est un équilibrage entre la température du corps et celle de son environnement. Une régulation thermique. Partant du principe que la température baisse d'un degré toutes les heures dès deux heures après le décès jusqu'à la dixième heure et ensuite d'un demi-degré… Voyons… Je dirai… La mort remonte à dix ou douze heures au minimum. Probablement hier dans la soirée.

— Pourrais-tu être plus précis ?

— Pas vraiment. Le refroidissement du corps dépend de différents facteurs, dont la température ambiante. Dans le temple, il fait relativement frais. Dix-huit degrés. Plus la température est basse, plus vite le corps se refroidit. D'autant plus que le corps est entièrement nu. Mais il a été déplacé et emmené ici. Cela complique le calcul, car nous ne savons pas où il a été tué ni dans quelles conditions il se trouvait avant d'avoir été déposé à cet endroit.

— Comment sais-tu qu'il n'a pas été tué ici ?

Cette fois, le légiste se redressa. La tête bien droite, il croisa les mains à la hauteur du ventre comme s'il allait prononcer un discours officiel.

— La cause de la mort est sans aucun doute le coup de couteau dans le cœur. Vu la faible quantité de sang sur le cadavre, il est évident que le crime a été commis à un autre endroit. Par ailleurs, aucune trace de sang n'a été décelée ni sur la table ni sur le sol. Et puis les lividités permettent de définir avec certitude que le corps a été transféré après son décès. Je dirais même que le corps a dû être déplacé entre six heures et douze heures après sa mort.

— Explique-moi ça ?

— Après la mort, le sang ne circule plus. L'arrêt du cœur entraîne la stagnation du sang dans les vaisseaux. Des ouvertures se forment dans les vaisseaux qui perdent de leur étanchéité et laissent passer les globules rouges qui viennent s'infiltrer dans les tissus. Sous l'effet de la gravité, le sang va rejoindre les parties les plus basses du corps. C'est la migration des lividités. En s'accumulant, le sang devient visible du fait de la translucidité de la peau et colore l'épiderme. Ici, nous avons un décubitus dorsal, à savoir que le corps est allongé sur le dos. Dans ce cas, les lividités se forment au niveau du cou, des flancs et de la face postérieure des cuisses. C'est bien ce que nous pouvons observer. Par contre, nous avons également des lividités qui se sont formées sur le ventre, sur le haut des cuisses et sur le visage.

— Ce qui laisse penser à un décubitus ventral, suggéra Andreas pour devancer Doc.

— Exactement. Le corps a donc passé un certain laps de temps sur le ventre avant d'être placé sur le dos. Admettons que l'on déplace un cadavre plus de douze heures après sa mort, les lividités seront fixées et ne se modifieront pas. On pourrait ainsi retrouver un cadavre sur le dos avec des lividités ventrales ou alors un cadavre sur le ventre avec des lividités dorsales. À l'inverse, si l'on déplace un cadavre jusqu'à six heures après la mort, les lividités se modifieront en fonction de la nouvelle position du corps…

— … et dans cette situation, on verrait les lividités produites par la dernière position du corps et l'on ne pourrait pas déterminer si le corps a bougé ou non.

— Absolument. Par contre, entre ces deux espaces de temps, à savoir entre six et douze heures, les lividités initiales restent et de nouvelles se forment. C'est ce que nous avons dans ce cas. Sur le dos et sur le ventre.

— Donc, si l'on estime que la mort remonte à au moins douze heures, soit 22 heures hier soir et au maximum à quinze heures, soit 19 heures, tu penses que le cadavre a pu être déplacé entre une et 4 heures du matin.

— C'est ça.

— Que peux-tu nous dire d'autre à ce stade ?

— Au niveau des poignets, j'ai pu observer de légères marques de brûlures sur la peau. Il a pu avoir les mains ligotées. Mais je confirmerai cela après l'autopsie.

— Et concernant les yeux ?

— Je ne veux pas trop m'avancer, mais mes premières constatations laissent supposer que les yeux lui ont été enlevés de son vivant.

— Quelle horreur ! s'exclama Christophe.

— Je dois faire des analyses complémentaires pour en être sûr. On distingue des lésions hémorragiques qui sont un signe de vitalité. Lorsque quelqu'un est mort, l'absence de pression sanguine a pour conséquence de ne pas provoquer d'hémorragies. Mais…

— Il y a toujours un *mais* avec toi…

— C'est sûr. Le *mais*, c'est la supravitalité.

— La *supraquoi* ? réagit Karine.

— La supravitalité. Après la mort clinique, les cellules continuent à vivre un certain temps et une blessure infligée juste après le décès peut ressembler à celle infligée à l'individu de son vivant. Et l'on ne sait pas exactement pendant combien de temps cette réaction est possible. Mais une analyse microscopique nous permettra d'y voir plus clair.

Chapitre 7

Le temple, Gryon, dimanche 9 septembre 2012.

Au moment de franchir le pas de la porte du temple, Andreas se retourna. Il avait le sentiment d'avoir remarqué quelque chose, mais l'image restait floue dans son esprit. Quelque chose lui avait échappé. C'était comme si une voix intérieure lui disait : « *Andreas, tu n'as pas encore tout vu et compris ici !* » Il le sentait de façon diffuse. Il reviendrait.

Dehors, l'un des gendarmes tendit à Andreas une liste avec les coordonnées des personnes présentes devant le temple.

— Monsieur l'inspecteur, pouvez-vous m'accorder une minute ?

Un homme s'était avancé du milieu de la foule. Encore lui ! Ce vautour à la recherche de sensationnel, pensa Andreas. Fabien Berset suivait toutes les affaires criminelles de la région et avait la fâcheuse habitude d'être l'un des premiers sur place. Andreas le soupçonnait d'avoir accès à la fréquence radio de la police. Ou alors d'avoir une petite amie à la centrale d'appel. Même s'il ne lui facilitait pas la vie, il admirait néanmoins sa pugnacité.

— Un homme a été retrouvé mort à l'intérieur du temple. Je ne peux rien vous dire de plus à ce stade.

— Inspecteur ! Il s'agit bien d'Alain Gautier, non ? Comment est-il décédé ?

Andreas ne répondit pas et se fraya un chemin. Fabien Berset le suivit.

— Il paraît qu'un message a été découvert sur le cadavre ?

Andreas s'arrêta net et se retourna, lançant un regard hostile au journaliste.

— Est-ce que c'est un crime satanique ? ajouta celui-ci avec un ton sarcastique.

Andreas s'approcha et l'empoigna en lui chuchotant son agacement à l'oreille.

— Écoutez, monsieur Berset. Je ne sais pas d'où ni de qui vous tenez cela ! Mais si jamais je lis quelque chose dans votre feuille de chou demain à ce sujet…

Karine avait posé sa main sur l'épaule d'Andreas pour lui faire comprendre de ne pas aller plus loin. Elle n'avait pas l'habitude de le voir réagir de manière aussi virulente. Se sentait-il sous pression ? Ce crime, ici à Gryon, dans le village où il résidait…

— Des menaces, inspecteur ?

— Non. Juste une mise en garde, rétorqua Andreas en lâchant prise.

Fabien Berset le regarda partir en direction de la voiture. Il affichait un sourire satisfait. L'indiscrétion du mari de la pasteure avait fait son bonheur.

Un homme d'une cinquantaine d'années attendait Andreas.

— Bonjour, inspecteur, je suis Maurice Fournier, municipal de Gryon.

— Oui, je sais qui vous êtes. On s'est déjà croisés quelquefois dans le village, réagit Andreas sur un ton sec.

— J'étais venu pour le culte. Erica, la pasteure, m'a raconté. Alain a été tué. C'est terrible ! Est-ce que je peux vous être utile ?

— Monsieur Fournier, merci pour votre sollicitude. À ce stade, vous ne pouvez rien faire. Je vous recontacterai en cas de besoin.

Karine et lui s'assirent dans la voiture. Andreas appela Mikaël.

— C'est moi. Je voulais juste te dire qu'on a découvert un cadavre dans le temple.

— Dans le temple, quel temple ?

— Ici, à Gryon. Il s'agit du responsable de l'agence immobilière.

— Alain ? Incroyable !

C'était par son intermédiaire qu'ils avaient acheté leur maison située aux Pars.

— Je te raconterai. Mais en attendant, peux-tu m'aider ?

— Bien sûr !

— On a retrouvé un message écrit par le meurtrier. Tu as de quoi noter ?

— Oui, un instant.

Andreas ouvrit son carnet et lut.

— « *Si donc la lumière qui est en toi est ténèbres, combien seront grandes ces ténèbres !* » C'est un verset biblique, il me semble. Tu peux regarder ça de plus près ? Je risque de rentrer tard. Karine sera avec moi. À tout à l'heure.

Chapitre 8

Au village, Gryon,
dimanche 9 septembre 2012.

Mikaël prit le sac pour les courses et sortit de la maison. Il ferma la porte et cacha les clés, comme d'habitude, sous le caillou posé sur le rebord de la fenêtre. Il prit sa voiture et emprunta la route des Pars avant d'arriver à Rabou, qui marquait le début de la partie historique du village. La route était étroite et se faufilait entre les maisons. Il arriva à hauteur de la laiterie. En face, l'agence immobilière. Alain avait été assassiné. Ici, à Gryon. Insensé… La nouvelle du meurtre d'Alain Gautier ne l'avait pas laissé de marbre. Apprendre la mort d'une personne que l'on connaît est en soi perturbant. Mais là, il s'agissait d'un crime !

Il se gara en face du Marché gryonnais, l'épicerie du village, juste sous le panneau d'affichage public. C'est là que les décès de la commune étaient placardés. Des personnes âgées pour la plupart. Celui de Gautier y serait aussi affiché. Nul doute que ce crime allait marquer les esprits et devenir le sujet de discussion incontournable ces prochains temps.

Le verset biblique lui trottait dans la tête depuis tout à l'heure. Au moment où Andreas le lui avait lu au téléphone, il s'était aussitôt rappelé qu'il se trouvait au cœur d'un des enseignements les plus importants de Jésus, le *Sermon sur la montagne*. De vieux souvenirs… Avant d'entamer sa formation de journaliste, il s'était lancé dans des études de théologie. Il avait grandi dans un environnement familial fortement marqué par la religion et aux principes moraux élevés. Arrivé à l'âge adulte, il ne savait toujours pas ce qu'il voulait faire de sa vie. La seule chose dont il était sûr, c'est qu'il aspirait à partir de Leysin. Le plus loin possible. Il avait l'impression d'étouffer dans ce village de montagne où tout le monde connaissait tout sur tout le monde et où il ne se sentait pas dans son élément. Le déclencheur de cette décision fut le pasteur de la région que Mikaël appréciait beaucoup pour son côté humain. Un soir, alors qu'il était invité à manger chez eux, sa mère lui lança, au milieu de la discussion : « *Tu devrais faire des études pour devenir pasteur !* » Le pasteur avait saisi la balle au bond et avait raconté ses années d'études et expliqué en long et en large son métier avec un enthousiasme non dissimulé. Pourquoi pas ! Mikaël y vit l'occasion rêvée de quitter le foyer familial, la bénédiction de sa mère en prime.

Arrivé à Lausanne, il avait enfin pu commencer à vivre sa vie. Sa mère avait exigé qu'il revienne tous les week-ends et il avait docilement obéi pendant la première année, à quelques exceptions près. C'est à la fin des vacances d'été qu'il avait pris sa décision.

Le dimanche à midi avant son retour à Lausanne, ils étaient réunis autour de la table. Sa mère lui avait demandé de bénir le repas. C'était un bon exercice pour un pasteur en herbe, avait-elle dit. Il en avait profité pour annoncer deux nouvelles à ses parents. La première, il était gay. La deuxième, il ne reviendrait plus aussi souvent les voir. De ce fait, la deuxième nouvelle était passée comme une lettre à la poste. Son père avait quitté la table sans toucher son assiette et sa mère s'était murée dans le silence. Mikaël avait savouré l'excellent repas.

Bien que Mikaël eût trouvé les études de théologie dignes d'intérêt, il avait dû admettre avoir fait ce choix pour de mauvaises raisons. Et il avait enfin découvert sa vocation : devenir journaliste.

Aujourd'hui, à l'âge de trente-cinq ans, il était de retour à Gryon, ce village qu'il avait quitté au début de son adolescence, cet endroit qui lui avait tant manqué. Avec Andreas. La boucle était bouclée.

Mikaël gravit les escaliers en direction de la maison communale. Il avait obtenu du syndic l'accès aux archives qui lui seraient utiles dans le cadre de ses recherches.

Il en ressortit avec une pile impressionnante de photocopies : des documents généalogiques, de nombreux procès-verbaux de séances et autres actes qui retraçaient les événements les plus significatifs de la vie de la commune. Au-delà des informations qu'il recherchait sur les origines de sa famille, il espérait y découvrir des histoires qui pourraient servir de base et d'inspiration pour l'écriture d'un roman. Il nourrissait depuis un certain temps l'envie de se lancer dans cette aventure. Il était doué pour relater des faits et développer des thématiques, mais aurait-il la créativité nécessaire pour construire une intrigue et donner naissance à des personnages ? Un roman policier. Voilà ce qui le titillait. Gryon était un cadre parfait pour accueillir un inspecteur un peu bourru et un meurtrier de sang-froid. L'atmosphère singulière d'un petit village pittoresque. Le savoir-vivre montagnard. L'ambiance chaleureuse des chalets. Le découpage impressionnant des massifs alentour. Des hivers rigoureux. Mais il avait été devancé. La réalité avait rattrapé la fiction.

Après avoir déposé les deux sacs remplis de documents dans sa voiture, il entra dans la boucherie, située en face de la maison communale. Il y venait régulièrement, car la viande y était excellente. Rien à voir avec celle vendue sous cellophane de la grande distribution. Le boucher se fournissait auprès des agriculteurs de la région. Depuis peu, il avait décidé d'ouvrir le dimanche matin, car le week-end les touristes et les propriétaires des résidences secondaires se faisaient de plus en plus nombreux. La sonnette tinta et le boucher surgit de l'arrière de sa boutique.

— Salut, Mikaël. Qu'est-ce qu'il te faut aujourd'hui ?

— Un bon morceau de lard, s'il te plaît, René.

Le boucher sortit de son étal un gros morceau avec une bonne couche de gras. Exactement celui que Mikaël aimait. Il prit son grand couteau, le passa sur la pierre à aiguiser puis le plaça sur la viande.

— Ça te convient ?

— Parfait.

Pendant qu'il coupait le lard, il leva la tête.

— C'est terrible, cette histoire !

La nouvelle était forcément déjà parvenue jusqu'à

lui. Avant que Mikaël n'ait eu le temps de réagir, la sonnette tinta à nouveau et deux autres clients entrèrent. Il paya son dû et sortit.

Il tomba nez à nez avec Fabien Berset, qui sortait de l'épicerie.

— J'aurais dû m'en douter. Toujours sur les bons coups, je vois !

— J'ai mes filons…

Avant que Berset ne rejoigne *Le Matin*, ils avaient été collègues. C'était un homme ambitieux qui n'avait pas hésité à jouer des coudes pour se placer. Tout le contraire de Mikaël qui était de nature bienveillante, ce qui d'ailleurs ne l'avait pas empêché d'être reconnu dans le monde journalistique pour ses compétences et son éthique. Malgré leurs personnalités opposées, ils avaient eu du plaisir à se côtoyer et se respectaient mutuellement.

— Je suppose que tu vas rester par ici ces prochains temps.

— C'est fort probable, en effet. On pourrait boire un pot un de ces soirs ?

— Oui, avec plaisir. Et je te donnerai toutes les informations que j'ai au sujet de l'enquête… réagit Mikaël en ricanant.

— Mais non, Mikaël, il ne s'agit pas de ça. On pourrait parler du bon vieux temps. Boire un ou deux verres. Et puis, si vraiment tu as des renseignements à partager avec moi, c'est volontiers.

— Oublie, mon cher. De toute façon, Andreas ne me dit rien et je ne lui demande rien non plus. Chacun ses affaires.

— Et tu veux me faire croire ça !

— En tout cas, de moi tu n'obtiendras rien. Adresse-toi directement à Andreas.

— J'ai essayé…

Fabien Berset lui raconta l'épisode de l'empoignade du matin avec Andreas.

— Il n'a pas besoin de me voir comme un ennemi. Je fais mon job. C'est tout. Et tu peux lui dire que je suis prêt à collaborer avec lui. Un échange d'informations pourrait se révéler utile pour nous deux.

— Je ne vais pas me mêler de vos histoires. Tu le lui feras savoir toi-même.

Ils se serrèrent la main et continuèrent chacun leur chemin.

Mikaël se dirigea vers l'épicerie. Berset pouvait bien s'imaginer qu'Andreas et lui parlaient de l'affaire, mais ce qu'il ne pouvait pas savoir, c'était qu'il serait bien plus qu'un spectateur dans l'enquête. Fabien Berset et lui se retrouvaient donc sur la même enquête. Mais une différence notable penchait en sa faveur : il avait accès à des informations de première main. Par contre, il devait rester dans l'ombre. Ses résultats n'étaient pas destinés à la presse, mais à Andreas.

Mikaël se trouvait devant le rayon des légumes pour choisir une salade. Il affichait un sourire malin. Il avait hâte d'affiner ses recherches au sujet du verset biblique. Le reste pouvait attendre.

Chapitre 9

Chez Alice Gautier, Gryon, dimanche 9 septembre 2012.

Andreas et Karine s'engagèrent sur la route des Pars pour se rendre chez la mère de la victime. Elle vivait seule. Son mari était décédé. Ils parquèrent la voiture au bord de l'étroit chemin, à un endroit où elle ne gênerait pas la circulation.

Le chalet se trouvait non loin de celui d'Andreas et Mikaël, en contrebas sur un terrain en pente. Tout autour, des arbres conféraient au lieu une certaine intimité. Tout était propice à un sentiment d'isolement. Ils franchirent le portail. La nature semblait avoir repris ses droits. Les plates-bandes étaient envahies de mauvaises herbes. Ils descendirent le chemin de gravier en direction du chalet. La partie supérieure était en bois foncé. La partie inférieure en crépi avait dû être blanche un jour. Sur la terrasse, les dalles s'affaissaient par endroits. Seul le linge suspendu sur toute la longueur de la balustrade trahissait une présence.

Andreas se tint sur le pas de la porte. Dans ces circonstances, Karine demeurait en retrait. C'était un de ces moments qu'il n'aimait pas dans son travail. Annoncer la perte d'un être cher. Il ressentait de l'empathie. Mais il ne pouvait pas s'empêcher de tout ramener à lui, ce qui lui procurait parfois un sentiment de culpabilité et de malaise. Il avait peur de la mort. Ou était-ce la crainte de ne plus exister qui l'habitait ? Lorsqu'il regardait le ciel et les étoiles, il avait l'impression de prendre la mesure de l'infini. Et ça lui donnait le tournis. Un profond sentiment d'angoisse. C'est comme si un jour il allait basculer dans un incommensurable néant. Que resterait-il de son existence ? Rien ? Il ne pouvait pas accepter l'idée que la mort soit la fin de la vie. La considérer comme un accomplissement n'entrait pas non plus dans sa conception des choses. Son âme et sa raison menaient un combat intérieur, l'une contre l'autre, mais dans le même but. Ne pas voir en la mort une simple date-butoir dénuée de sens. Il avait passé les quarante premières années de sa vie à développer son ego, ce en quoi il avait particulièrement bien réussi. Mais maintenant, il devait apprendre le détachement de soi pour se réconcilier, non pas avec l'idée de la mort en général, mais de sa propre mort. Et du coup, accepter sa vie. Plus facile à dire qu'à faire. Raisonner, il savait le faire. Des réponses théoriques, il parvenait à en construire. Néanmoins son âme était habitée par une profonde angoisse. Cela ne l'empêchait certes pas de vivre, mais elle était là, présente, juste sous la surface fragile qu'il avait mis tant d'années à façonner. Quoi qu'il en soit, il avait au fil des ans instauré un mécanisme astucieusement rodé qui renvoyait les images de sa propre mortalité aux oubliettes lorsqu'elles se présentaient au portillon. Ça fonctionnait bien. La plupart du temps. Il avait parfois le sentiment d'être trop détaché, de ne pas faire preuve d'assez d'empathie. Est-ce que les gens pouvaient le considérer comme quelqu'un de froid et d'insensible ? Il inspira profondément et appuya sur la sonnette.

Une vieille dame entrouvrit lentement la porte. Elle eut un regard suspicieux à la vue des deux inspecteurs. Elle devait avoir au bas mot quatre-vingts ans. Très soignée. Elle prenait appui sur sa canne, mais se tenait droite. Quelqu'un de déterminé, estima Andreas. Il lui présenta son badge.

— Bonjour, madame Gautier. Inspecteurs Auer et Joubert. De la police.

— La police ? Que me voulez-vous ?

— Pouvons-nous entrer quelques instants ?

Elle ouvrit la porte, leur tourna le dos et entra dans le salon. Une odeur de renfermé imprégnait l'atmosphère. La moquette beige n'était pas de première fraîcheur. Chaque objet semblait disposé de manière précise sur les étagères et n'avait visiblement pas été déplacé depuis des lustres, comme en témoignait la couche de poussière.

— Asseyez-vous, proposa-t-elle en leur indiquant le canapé, dont le cuir était usé, et prenant elle-même place dans son fauteuil recouvert d'une couverture rouge à carreaux.

Andreas s'installa à côté de Karine, qui avait été la plus prompte à s'asseoir. La pièce était décorée de souvenirs de chasse. Sur le mur, en face de lui, Andreas contempla une tête de bouquetin empaillée. Sur l'une des étagères du buffet, des trophées de tir de l'Abbaye de Gryon étaient reconnaissables grâce à l'emblème composé de deux fusils disposés en croix.

Sur un autre mur, un vieux fusil en bois. À côté était accroché le portrait d'un homme, l'arme à l'épaule, fixant fièrement l'objectif. Probablement feu son mari. Andreas fixa à nouveau l'animal droit dans les yeux. Son regard était figé. Andreas ne supportait pas les animaux empaillés. Il les aimait vivants.

— Voulez-vous boire quelque chose ?

— Non merci. C'est fort aimable à vous.

Tout chez cette vieille dame était gris. Ses cheveux. Ses habits. Son teint. Seuls les yeux bleus apportaient une infime touche de couleur à l'aspect général. Andreas reprit son souffle avant de poursuivre :

— Nous avons une triste nouvelle à vous annoncer, madame Gautier. Votre fils, Alain…

La vieille dame se raidit. Elle leva les yeux vers Andreas. Il lui sembla distinguer sur ses lèvres un léger sourire. Il avait dû se tromper. C'était sûrement un rictus.

— Il est mort.

Elle eut le regard pétrifié, l'espace d'une seconde, mais se ressaisit en moins de deux. Un grand silence s'empara de la pièce. Elle prit ensuite la parole, sans aucune émotion apparente.

— Mort, vous dites ? Qui l'a tué ?

Andreas marqua un temps d'arrêt. Lui avait-il annoncé qu'il avait été tué ?

Non.

Il est mort, lui avait-il dit.

Étrange.

Il décida de répondre comme si de rien n'était.

— Nous ne le savons pas encore. Nous l'avons retrouvé ce matin. Dans le temple.

Andreas lui raconta en détail la découverte du corps de son fils. Il resta perplexe devant sa réaction, ou plutôt son manque de réaction. Un interminable silence le mit mal à l'aise. Elle reprit la parole :

— Je pensais bien qu'il finirait par lui arriver quelque chose à ce garçon.

— Pourquoi dites-vous cela ? réagit Karine du tac au tac.

— Vous savez, je suis profondément croyante, confia-t-elle sur un ton calme et posé. Je me rends pour ainsi dire tous les dimanches à l'église. Aujourd'hui, je n'y suis pas allée, car ma hanche me fait souffrir et que c'est un long trajet à pied pour moi. Mon fils vivait dans le péché. Je ne lui ai jamais souhaité de mal, vous pensez bien. J'ai toujours espéré qu'il changerait et qu'il reviendrait un jour vers moi. Et vers Dieu.

— Vous n'aviez plus de contact ? demanda Karine.

— Si, mais plus beaucoup. Depuis la mort de mon mari, il passait de moins en moins souvent me voir. Nos relations étaient devenues assez houleuses. Chacune de nos rencontres se finissait par une dispute. Avec le temps, on ne se voyait plus qu'en cas de nécessité. Le sujet de nos querelles ? dit-elle en voyant le regard interrogateur d'Andreas. Son mode de vie.

— Qu'aviez-vous à lui reprocher ? Vous avez mentionné tout à l'heure qu'il vivait dans le péché. Pouvez-vous nous en dire plus ?

La vieille dame regarda Andreas droit dans les yeux. Il ressentit chez elle une dureté et une maîtrise qui lui glacèrent le sang.

— Il était comme son père. Une conception de la morale tout à fait personnelle. Mon fils aimait l'argent, les belles voitures et les filles, et je présume qu'il s'impliquait dans des affaires pas toujours très nettes.

Elle soupira.

— Savez-vous s'il avait des ennemis ? Des gens qui pouvaient lui en vouloir ?

— Oh, certainement ! Des maris jaloux. Des filles abusées. Des clients mécontents. Que sais-je ? Mais je ne peux pas vous donner de noms. Ce n'est pas comme s'il m'en avait parlé, de ses histoires.

— Vous avez mentionné qu'il faisait des affaires *pas très nettes*. De quel genre d'affaires s'agit-il ?

— Je ne suis pas sûre… Je sais qu'il n'était pas loin de faire faillite et qu'il s'en est tiré un peu par miracle. Rien d'étonnant avec le train de vie qu'il menait. Son appartement. Ses voitures. Ses voyages. Et tout le reste… Je crois pouvoir dire qu'il touchait des pots-de-vin et qu'il en versait lui-même pour obtenir des faveurs.

— Comment le savez-vous ?

— Je n'ai pas de preuve, mais, vous savez… Le fils d'une de mes amies est promoteur. Elle m'a raconté un jour qu'Alain lui payait des dessous-de-table pour décrocher le mandat de vente de certains chalets.

— Pouvez-vous me dire son nom ?

— Il s'agit de Jacques Charrier.

Andreas nota le nom dans son carnet.

— Quand avez-vous vu votre fils pour la dernière fois ?

— Il est passé la semaine dernière. Il était venu me faire signer un nouveau contrat d'assurance pour la maison. Depuis la mort de mon mari, c'était lui qui s'occupait de mes finances. Il est resté à peine une demi-heure.

— Lui avez-vous parlé ces derniers jours ?

— Il m'a appelée hier matin. J'avais laissé un message à sa secrétaire à propos de la maison. J'ai des soucis avec le chauffage. Il m'a dit qu'il avait contacté un réparateur qui devrait passer lundi, donc demain.

— Dans quel état d'esprit paraissait-il ? Semblait-il inquiet ?

— Non. Il avait juste l'air pressé, comme d'habitude.

— Très bien. Merci d'avoir répondu à nos questions. S'il vous revient quoi que ce soit d'autre, contactez-nous.

Andreas lui tendit une carte de visite et se leva. Alice Gautier les raccompagna jusqu'à la porte. Avant de partir, Andreas et Karine lui présentèrent à nouveau leurs condoléances, bien qu'elle eût l'air insensible à la mort de son fils. En apparence.

Chapitre 10

Appartement de Gautier, Gryon, dimanche 9 septembre 2012.

L'entretien avec la mère de Gautier lui avait laissé une impression étrange. Ils en avaient certes appris un peu plus sur sa personnalité, mais Andreas avait été frappé par l'attitude de cette femme. Comment une mère pouvait-elle se montrer aussi insensible à l'égard de la mort de son fils ? Même si son enfant ne vivait pas la vie qu'on lui avait souhaitée, ne restait-il pas malgré tout une once d'amour ou du moins d'instinct maternel ? Andreas se demanda quelle aurait été son existence s'il avait été élevé par une femme comme elle.

Ils étaient maintenant en route pour l'appartement d'Alain Gautier. Il se situait dans un chalet résidentiel juste à la sortie de Barboleuse, en direction d'Aiguerosse. Christophe les y attendait déjà avec un serrurier.

Christophe Joly était un jeune homme de vingt-huit ans qui avait un look bien à lui. Un mélange de styles *rock bohème* et *grunge*, adopté moins par attachement à la philosophie pessimiste et au refus du matérialisme véhiculé par ce mouvement des années nonante, que par envie de se distinguer de la nouvelle génération. Il portait un bonnet en laine qui lui recouvrait la tête et le front, jusqu'au niveau des sourcils. Ses cheveux châtains mi-longs dépassaient du bonnet de manière déstructurée. Des lunettes, style vintage à la Woody Allen, aux formes arrondies avec une monture noire et épaisse, lui donnaient un petit air intellectuel et créatif à la fois. Il portait une veste en daim beige par-dessus un T-shirt rayé rouge et blanc et un jean délavé. Il avait gardé un côté juvénile dans sa manière d'être, accentué par son visage imberbe. Une façon de repousser encore un peu son entrée de plain-pied dans l'âge adulte ? Il avait réussi son master en sciences forensiques deux ans auparavant. Lors de leur première rencontre, Andreas s'était montré sceptique vis-à-vis de ce qu'il avait interprété comme une certaine nonchalance. Mais très vite, il avait découvert en lui un jeune homme singulièrement doué et perspicace.

Alain Gautier habitait au dernier étage sous les combles. Andreas fit signe au serrurier d'ouvrir. Celui-ci posa sa mallette et appuya sur la poignée avant de sortir ses outils. Une habitude. La porte était déverrouillée.

Andreas entra le premier. Il se retrouva dans une vaste pièce, une sorte de loft, qui faisait office de cuisine et de salon. Un appartement moderne. Seules les poutres en bois rappelaient qu'on se trouvait dans un chalet. Tout le reste était noir, blanc et métallique. À gauche, la partie de la cuisine avec un énorme bar construit en pierre au-dessus duquel était disposée une grande plaque de marbre noir. Derrière, contre le mur, une étagère remplie de bouteilles de vin.

À droite, un spacieux canapé en cuir blanc et une table en verre. Une télévision à écran plat dernier cri était accrochée sur la paroi. Quelques tableaux contemporains et des objets d'art disséminés. Pas au goût d'Andreas. Il se demanda comment on pouvait vivre dans un endroit pareil, moderne, aseptisé et sans âme. La table à manger se trouvait au fond, juste devant la porte vitrée qui menait au balcon. L'une des six chaises manquait, remarqua Andreas.

— Ce devait être un maniaque. Aucune trace de poussière. Rien. On n'a pas l'impression que quelqu'un vivait ici. Pas un journal qui traîne sur la table. Tout est nickel.

— Ou alors il avait une femme de ménage, répliqua Andreas.

Karine s'était dirigée derrière le bar de la cuisine et interpella son collègue.

— Viens voir, Andreas !

La chaise manquante se trouvait là. Le tissu blanc du dossier était imprégné de rouge. Au sol, deux bouts de corde et des habits baignaient dans une mare de sang.

Andreas et Karine contemplèrent la scène. En silence. Ils s'imaginèrent la violence insoutenable qu'Alain Gautier avait dû endurer. Karine eut un léger sursaut.

— Mais au fait, où sont les yeux ?

Andreas avait le regard fixé sur la chaise. Christophe commença à prendre des clichés de la scène du crime. Après quelques instants, Andreas réagit à la question de Karine.

— Si nous ne les trouvons pas dans cet appartement, je suppose que nous devons partir du principe que le meurtrier les a pris avec lui et peut-être même gardés. C'est un procédé assez commun chez les tueurs… en série.

En prononçant ces mots, Andreas se figea.

— Tu penses que nous avons affaire à un collectionneur ? demanda Christophe.

— Il est un peu tôt pour tirer des conclusions.

— En effet, si des cas similaires s'étaient produits dans le coin, on le saurait.

— Ou alors, ce n'est que le début.

Pendant que Christophe était à l'œuvre, Andreas et Karine poursuivirent l'inspection de l'appartement. Dans le hall d'entrée, sur un meuble, étaient soigneusement posés un porte-monnaie, des clés et un téléphone portable. Andreas enfila une paire de gants puis ouvrit le portefeuille. C'était celui de Gautier. Une carte bancaire. Une *MasterCard. Gold*, bien entendu. Des cartes de visite de l'agence. Deux billets de cent francs. Un de vingt. Sa pièce d'identité et son permis de conduire. Rien d'anormal, en somme. Il continua à vider son contenu. Une carte d'assurance maladie. Une carte *Globus*. Une *Suncard* des pharmacies *Sun Store*. Dans un autre compartiment, il trouva deux quittances. La première était une facture de restaurant. *Denis Martin*. Deux menus *Évolution* à trois cent soixante francs chacun. Une bouteille de vin à cent quatre-vingts. Des goûts de luxe là encore. La seconde était au nom du *Fairmont Montreux Palace*. Six cent nonante-neuf francs la suite et une bouteille de champagne à deux cent vingt francs. Ça sentait la soirée romantique à tout-va, pensa-t-il. Il regarda la date qui figurait sur les deux quittances. Le 7 septembre 2012. Le jour précédant sa mort. Il trouva dans un autre compartiment un nouveau morceau du puzzle. Une photographie. Une femme. Andreas imagina qu'elle devait avoir dans les quarante-cinq ans. Elle avait un ravissant sourire. Qui était-elle ?

Ils pénétrèrent ensuite dans la salle de bains entièrement recouverte de carrelage blanc aux reflets brillants. Le sol en marbre gris donnait l'illusion d'être de la pierre naturelle. Un jacuzzi spacieux, pour deux personnes, se trouvait dans le coin. Contre le mur, un énorme miroir. Encore un être narcissique, jugea Andreas. À côté du lavabo, une étagère avec des linges de bain pliés et parfaitement alignés juste à côté d'une porte coulissante. De là, on pouvait accéder à la chambre à coucher. C'était une vaste pièce. Une penderie couvrait un pan entier de mur. Le lit était d'une taille impressionnante. On aurait pu y dormir à quatre sans même se gêner. Sur le mur, un tableau abstrait avec des carrés de couleur sur fond blanc. Une de ces œuvres qui valait à l'évidence la peau des fesses. Il repensa à ce qu'avait relevé la mère d'Alain Gautier.

— Cet appartement transpire l'argent…

— Regarde ça ! s'exclama Karine en désignant le dessus de l'armoire en face du lit. Une minuscule caméra !

— … et le sexe ! conclut Andreas.

Ils retournèrent au salon. Andreas chercha un ordinateur, sans succès. Puis il aperçut un petit boîtier noir posé sur le meuble de la télévision. C'était une *Apple TV*. Elle permettait de diffuser le contenu multimédia d'un ordinateur sur la télévision. Andreas l'alluma. À l'aide de la télécommande, il cliqua sur *Menu*. Ensuite *Films*. Il choisit le premier de la liste, intitulé *Adeline*. Sur l'écran, on pouvait voir une belle fille, jeune, à peine dix-huit ans, estima Andreas, nue sur le lit. Sur elle, de dos, on apercevait un homme… mais ce n'était pas Alain Gautier. Andreas le reconnut. Il l'avait vu ce matin même.

Chapitre 11

Chalet *L'Étoile d'argent*, Gryon, dimanche 9 septembre 2012.

Andreas était épuisé après cette longue et intense journée. Il avait besoin de se poser et de prendre un peu de recul pour déterminer la poursuite de cette enquête. La journée du lendemain et les suivantes s'annonçaient déjà bien chargées. Ils avaient décidé d'établir leur quartier général à la salle du Centre gryonnais, qu'ils avaient réquisitionnée. Les bureaux de la brigade criminelle se trouvaient à Lausanne, à près d'une heure et demie de route de Gryon. Rester sur place était la meilleure option à ce stade. Andreas avait ainsi proposé à Karine, qui habitait Lausanne, de loger chez eux.

Andreas ouvrit la porte et Minus vint immédiatement les saluer, suivi de Mikaël.

Mikaël avait une épaisse chevelure brune ébouriffée, une barbe naissante, des sourcils en bataille foncés et des yeux marron d'une profondeur abyssale qui lui donnaient un air rebelle. Son anneau en argent à l'oreille complétait le tableau. Un petit nez retroussé trônait au milieu du visage et, sur la joue gauche, un grain de beauté faisait tout son effet. Il aimait porter des jeans foncés, un T-shirt ou un pull, également foncé la plupart du temps, éventuellement gris ou anthracite, selon son humeur, et par-dessus un blazer. Discret et distingué.

— Eh bien. C'est vraiment incroyable. Quelle nouvelle ! Racontez-moi tout ça !

— Tu sais que c'est confidentiel, mon cher, glissa Karine avec un sourire en coin.

Depuis le temps, Andreas avait compris que Mikaël ne le laisserait pas tranquille avant de lui avoir soutiré tous les détails des affaires qu'il traitait. D'autant plus que le meurtre avait eu lieu à Gryon et qu'ils connaissaient la victime. Par le passé, Mikaël s'était d'ailleurs révélé fort utile dans certaines enquêtes. Il était de nature curieuse et avait contribué par ses recherches et son sens affiné de la déduction à résoudre des cas compliqués. Mais cela devait rester un secret entre eux.

À peine s'étaient-ils assis que le téléphone d'Andreas sonna.

— Chut ! C'est le procureur.

Andreas glissa son doigt sur l'écran pour répondre.

— Oui, d'accord. Mais… Je prends note. C'est ça, à demain.

La conversation se termina aussi abruptement qu'elle avait commencé. Le procureur et lui avaient depuis longtemps cessé d'utiliser les formules de courtoisie, non pas parce qu'elles étaient superflues, mais pour la bonne et simple raison que la politesse était devenue un concept étranger à leur relation.

— Il voulait quoi, cet abruti ? réagit Karine, qui était solidaire avec Andreas.

— Il a déjà les journalistes sur le dos. Certains renseignements ont dû filtrer. Ils parlent d'un crime satanique. Il a organisé une conférence de presse demain matin pour tenter de contrôler l'information et tempérer l'ardeur des médias.

— À Lausanne ?

— Non, au Centre gryonnais.

Andreas marqua une pause.

— Ah oui, notre cheffe nous a libérés de nos affaires en cours pour qu'on se concentre sur celle-ci. Vingt-quatre heures sur vingt-quatre, a précisé le procureur.

Mikaël apporta la carafe dans laquelle il avait versé du vin rouge. L'année précédente, ils avaient suivi ensemble un cours d'œnologie et ils avaient pris l'habitude de déguster des vins à l'aveugle afin d'affiner leurs sens en la matière. Mikaël avait été le plus assidu, car Andreas avait eu quelques contretemps à cause de ses obligations professionnelles. Bien que Mikaël comprenne que le travail d'Andreas ne lui laissait pas toujours le choix, cela avait tendance à l'énerver. Combien de fois n'avaient-ils pas dû annuler un projet commun ? Combien de fois Mikaël s'était-il retrouvé seul à la maison avec la table mise et le repas prêt ? Il servit le vin dans un verre en forme de tulipe jusqu'à sa partie la plus évasée afin de favoriser le contact avec l'air. Puis il le tendit à Andreas pour qu'il puisse le goûter. Celui-ci saisit le verre en le tenant par son pied. Il fit tourner le vin en observant sa couleur avant de porter le verre au nez en l'inclinant légèrement. Robe foncée. Un bouquet subtil avec des notes de framboise. Ou de cerise ? Il le prit ensuite en bouche. Plaisant. Équilibré.

— Un pinot noir ?

Andreas fut interrompu dans sa dégustation par Mikaël, qui aborda un sujet qui capta son attention. Il posa son verre.

— Concernant la phrase retrouvée sur le corps, j'ai trouvé, annonça-t-il avec un sourire satisfait. C'est en effet dans la Bible. Dans l'*Évangile de Matthieu*. Le chapitre 6. Les versets 22 et 23, pour être précis. Au téléphone, tu ne m'as cité que la fin du verset. En entier, ça donne ça.

Mikaël posa une feuille de papier sur la table. Andreas commença à lire à voix haute.

— « *L'œil est la lampe du corps. Si ton œil est en bon état, tout ton corps sera éclairé ; mais si ton œil est en mauvais état, tout ton corps sera dans les ténèbres. Si donc la lumière qui est en toi est ténèbres, combien seront grandes les ténèbres !* »

Un silence s'installa autour de la table, chacun essayant de prendre la mesure de cette phrase en la laissant pénétrer dans son esprit.

Karine le rompit après quelques instants.

— C'est quoi, cette histoire d'œil ? Pourquoi diable les lui enlever et ensuite le tuer ?

— Il voulait peut-être non seulement le tuer, mais encore le plonger dans les ténèbres…

— … définitivement puisqu'en suivant la logique du verset, la victime avait déjà en elle les ténèbres et non la lumière, compléta Mikaël.

— Comment ça ? demanda Karine, qui avait l'air un peu perdu avec ce vocabulaire qui ne faisait pas partie de son quotidien.

— L'œil est l'organe de la perception. Tu ouvres les yeux. Tu vois la lumière. Tu les fermes. Tout devient noir. Donc si tu es aveugle, mais que ton âme est remplie de lumière, tu continueras à la percevoir. Par contre, si en toi les ténèbres ont pris la place de la lumière et que tu ne vois plus rien, alors tu seras complètement dans le noir. Physiquement et psychologiquement.

— Et qu'est-ce que ça nous révèle sur le meurtrier ?

Karine et Mikaël tournèrent leur regard vers Andreas.

— L'aspect religieux me paraît être déterminant. C'est ce que nous suggèrent non seulement le texte biblique, mais aussi le temple comme scène du crime, sans oublier la position du corps identique à celle de Jésus sur la croix.

Il marqua un temps de pause.

— La question à se poser, c'est pour quelle raison le meurtrier a ôté les yeux de sa victime plutôt que de s'attaquer à une autre partie de son corps ? Si Doc vient à nous confirmer qu'ils lui ont été enlevés de son vivant, cela me laisse penser qu'avant de le tuer le meurtrier voulait que sa victime sache. Qu'il sache pourquoi il devait mourir ! Qu'il meure en étant déjà dans le noir, un prélude à ce qui allait l'attendre dans l'au-delà !

— Dans la Bible, il est question de perception spirituelle de la foi. Celui qui est dans la lumière, c'est celui qui reconnaît Dieu et qui vit dans la foi. Celui qui est dans les ténèbres, c'est celui qui refuse de vivre dans la foi et qui demeure dans le péché, précisa Mikaël.

— Est-ce que le meurtrier se prend pour Dieu ? demanda Karine.

— C'est à considérer… ou alors pour un instrument de la vengeance divine, rectifia Andreas. Aujourd'hui, nous avons découvert deux tableaux différents. Tout d'abord, un tableau religieux au temple. Ensuite, un tableau représentant la démesure et la luxure dans l'appartement de Gautier. Ou pour le dire autrement, un temple de la foi et un temple de la perversion.

Silence. Mikaël et Karine attendaient la suite. Andreas avait l'habitude de faire des pauses d'introspection.

— Dans les deux tableaux, la thématique du pouvoir et du contrôle me semble être primordiale. Mais je n'arrive pas à réconcilier les deux images.

— C'est peut-être une de ces filles qui a fait le coup. Pour se venger de ce qu'elle a subi. Elle lui aurait enlevé les yeux pour qu'il ne puisse plus regarder ses productions de cinéaste amateur. Ou alors, l'homme qu'on a vu sur le film ? Alain Gautier a peut-être voulu lui extorquer de l'argent ? suggéra Karine.

— En tout cas, je n'imagine pas une fille capable d'avoir commis ce meurtre. Une telle violence est présente dans l'acte et la mise en scène ! La façon de procéder. Et les yeux. Cela ressemble plus à un mode opératoire masculin. Le fait de garder un trophée démontre un besoin de contrôle, une envie de maîtrise. Même si sa victime est morte, il continue à la posséder. C'est un comportement qui n'existe pour ainsi dire pas chez les femmes criminelles. Je serais vraiment étonné qu'une femme ait pu exécuter un crime de cette nature.

Andreas était parti se former, quelques années auparavant, aux États-Unis auprès des plus grands *profilers*, après avoir fait un master en psychologie sur le tard. Il avait eu l'occasion de faire un stage au *Behavioral Science Unit*, une section du FBI spécialisée dans le comportement et les motivations des criminels. Il s'était pris de passion pour l'étude des plus grands tueurs en série de l'histoire américaine. Il aimait la démarche qui le conduisait à essayer de pénétrer un esprit criminel et de comprendre ses motivations. Découvrir l'identité d'un meurtrier, tenter d'approcher son ombre, cerner son inconscient. Au fond de lui, il ne le dirait pas ouvertement, mais cette enquête le stimulait.

L'ombre le fascinait.

Celle du meurtrier.

La sienne, aussi.

— Une histoire d'argent et d'extorsion ? Non, je ne crois pas. Quelque chose ne colle pas. Je ressens le meurtrier comme un être torturé et troublé. Le motif doit être ancré au plus profond de son âme. Mais je peux me tromper, admit Andreas pour ne pas paraître trop sûr de lui.

— Pourquoi penses-tu qu'il n'a mis que la moitié du verset sur le cadavre ? lança Mikaël.

— Le meurtrier nous fournit des clés pour comprendre. Mais il ne nous donne pas tout. Il considère sans doute cela comme un jeu. Il nous a invités dans la partie…

— Pour l'instant, il a un coup d'avance, commenta Mikaël.

— Espérons que la partie soit terminée ! s'exclama Karine.

Minus se manifestait depuis un moment en se tenant

devant la porte. Andreas se leva de table, abandonnant Karine et Mikaël à leur discussion. Il prit son iPod posé sur un meuble à l'entrée et la laisse accrochée au portemanteau. Il voulait être seul et réfléchir. Il partit se promener au bord de L'Avançon. Minus aimait aller s'y tremper les pattes. Il enclencha *Carmina Burana* pour contrebalancer les images religieuses qui l'habitaient depuis ce matin. Rien de tel que des chants profanes médiévaux qui traitent de sujets humains et universels. La fortune. La luxure. Les plaisirs de la chair. Le jeu. La vengeance. Il se demandait ce qui avait pu motiver le meurtrier.

Il sortit un cigare de sa poche, un *Partagas D4*, un de ses favoris. Il le tâta sur toute sa longueur. Il était souple. La cape grasse et huileuse. Il coupa ensuite de manière précise et délicate la tête à l'aide de son coupe-cigare, une guillotine en acier. Un cadeau de Mikaël. Il alluma une longue allumette et inclina la vitole en l'approchant de la flamme. Il commença à tourner le cigare sur lui-même jusqu'à ce que le pied soit rougeoyant. Il tira une bouffée. L'entrée en matière était tout en puissance. Fort en bouche. Après les premières bouffées, il identifia des arômes de cuir, de tabac suave, de cacao amer et d'épices.

L'aboiement de Minus le fit émerger de ses pensées. Il se mit à nouveau à avancer.

Il espérait se tromper, mais il avait le sentiment que ce n'était peut-être pas fini… Avait-il affaire à un tueur en série ? Il avait transmis un message, enlevé les yeux, disposé le corps dans une position particulière, transpercé le cœur de sa victime et laissé le couteau planté dans la plaie.

Une signature.

Sa signature !

Mais les tueurs en série ne connaissent en général pas leur victime, songea-t-il. Or, Alain Gautier n'était pas une victime choisie de manière aléatoire. Il ne le croyait pas en tout cas. Ce serait quand même aller chercher un peu loin que d'imaginer l'existence d'un tueur en série qui a décidé de tuer… mais tuer qui ?

Des personnes comme Gautier ?

Des pervers sexuels ?

Un religieux qui s'emploie à éliminer des gens qui vivent dans la luxure et le péché ?

Et si c'était le cas, pourquoi choisir Gautier ? Non, estima-t-il. Les raisons étaient probablement à découvrir dans la vie de la victime, actuelle ou passée. Il ne s'agit ni d'un meurtre passionnel, ni même d'un crime ordinaire, si tant est que l'on puisse qualifier d'ordinaire une mise à mort.

Lorsque Andreas revint, trois quarts d'heure plus tard, le souper était prêt. Des spaghettis carbonara. Mikaël avait servi les pâtes, *al dente*, dans une grande assiette creuse au bord large. Une sauce à la crème onctueuse. Dessus étaient disposés de petits morceaux de lard et une demi-coquille d'œuf, avec le jaune à l'intérieur, ainsi que des grains de poivre noir de Kampot à la saveur incomparable. Et touche finale, quelques fines lamelles de truffe blanche qui embaumaient la cuisine de leur odeur caractéristique et titillaient les narines. Très raffiné, songea Karine. Mikaël déboucha une bouteille d'un vin rouge sarde tannique et corsé, couleur rubis, qui offrait une expérience gustative des plus extraordinaires. Ils passèrent le reste de la soirée à discuter de tout et de rien, laissant de côté pour quelques heures le sujet qui allait les accaparer les jours suivants.

Chapitre 12

Sur un alpage, Gryon, dimanche 9 septembre 2012.

L'homme qui n'était pas un meurtrier contemplait le Muveran. Il était satisfait. La veille avait été un moment jubilatoire. Il avait ressenti la terreur et la panique d'Alain Gautier à l'instant où il avait repris connaissance. Il lui avait sectionné les yeux de son vivant. Il s'était senti invincible. Être celui qui maîtrise lui procurait un sentiment indescriptible. Il lui avait ensuite raconté au creux de l'oreille, avec une voix douce et calme, la raison de ce qui lui arrivait. Avant de lui planter le couteau droit dans le cœur.

Ce matin, il était allé prendre son petit déjeuner au Café Pomme. Il était devenu un habitué, au cours des dernières semaines, de ce lieu situé au centre du village de Gryon. Il avait commandé un renversé, un croissant et un pain au chocolat. Tout en lisant les informations du jour dans *24 Heures*, il avait entendu les sirènes des voitures de police. Peu avant 10 heures, il était descendu par le Vieux Chemin en direction du temple. Vers la fontaine, il s'était mêlé aux paroissiens venus pour le culte. Un des gendarmes lui avait demandé son nom et ses coordonnées. Ce n'était pas prévu au programme. Mais le temps que l'inspecteur remonte jusqu'à lui, il aurait accompli son œuvre…

Chapitre 13

Gryon, 1970.

Albert, Louise et leurs trois enfants arrivèrent à Gryon durant l'été. Cette fois, ce n'était ni pour un week-end ni pour les vacances. Cette fois, ils allaient y demeurer. Quelques jours auparavant, Odile, la mère d'Albert, avait appelé pour lui faire part de la mort de son père, sans manifester aucune émotion apparente. C'était comme si elle lui avait énoncé un simple fait divers : « Il a eu une crise cardiaque. Il va être enterré mercredi. »

Odile avait alors décidé d'emménager dans le chalet d'alpage. Albert allait reprendre la laiterie de son père au cœur du village de Gryon. Le seul sentiment qu'il éprouva à l'annonce de sa mort fut celui d'un poids qui venait de s'évaporer. Il pouvait enfin espérer devenir indépendant. Être le maître de sa propre vie.

L'enterrement avait eu lieu dans le temple de Gryon. Edmond avait été un homme respecté et apprécié dans la région. Ce n'était donc pas un hasard que le temple eût été rempli. Le pasteur l'avait décrit comme un être exceptionnel qui avait été au service de la communauté et de sa famille. Un homme intègre et droit. Albert avait l'impression de s'être trompé de cérémonie. Quelle hypocrisie ! Le plus dur à vivre n'avait pas été les coups qu'il portait sur lui et sa mère alors qu'il était saoul, mais les paroles humiliantes proférées à son égard. Il avait fini par croire qu'il était un moins-que-rien. Au moment de porter le cercueil en terre, Albert le considéra avec une profonde rancœur. Au lieu de jeter une poignée de terre, il aurait voulu cracher dessus.

Albert désirait plus que tout être pour ses enfants un père différent de celui qu'il avait eu. Il ne voulait pas faire subir la même chose aux siens. Albert aimait ses trois enfants, mais éprouvait plus de difficultés à entrer en contact avec le cadet, qui avait maintenant dix ans. Particulièrement timide et sensible, parfois même un peu renfermé sur lui-même, il mouillait encore son lit, malgré son âge, et venait souvent se blottir auprès de ses parents lorsqu'il faisait des cauchemars. Par moments, c'était comme si personne n'existait autour de lui. Albert avait l'impression que son fils s'était créé un monde imaginaire. Son frère et sa sœur prenaient beaucoup d'espace, voire toute la place. Contrairement à eux, mécontents de quitter leurs amis de Bex, le cadet s'était réjoui d'aller vivre à Gryon, car il avait toujours aimé passer du temps avec Odile, sa grand-maman, qui le chérissait plus que tout.

Chapitre 14

Chalet *L'Étoile d'argent*, Gryon, lundi 10 septembre 2012.

Andreas fut tiré du sommeil en plein cauchemar. Il suait.

Il ne réussit à capter qu'une seule image avant qu'elle ne s'évanouisse. Il se tenait dans la chaire du temple. Sur les bancs, des yeux ensanglantés le fixaient. Il sursauta et se tourna. Sa montre affichait 4 heures du matin. Il se serra contre Mikaël, qui dormait profondément.

Vers 6 heures, il se leva pour préparer le petit déjeuner. Il laissa sortir Minus dans le jardin après lui avoir servi un énorme bol de *croquettes spéciales digestion de haute qualité pour les toutous à l'estomac sensible*. Recommandation du vétérinaire. Le petit déjeuner du chien coûtait sûrement plus cher que le sien. Il prépara ensuite des röstis avec du lard et des œufs brouillés. Des toasts. Confiture maison.

Il alluma sa tablette et tapa *www.lematin.ch*. Sur la page d'accueil, il pouvait lire :

« Crime hors du commun à Gryon !

Un homme âgé de cinquante-deux ans, responsable d'une agence immobilière, a été retrouvé assassiné dans le temple de Gryon. Il semble que le meurtrier ait laissé un message sur le corps. C'est la pasteure du village qui a découvert le cadavre avant le début du culte. Les paroissiens rassemblés devant le temple étaient choqués. La victime, originaire de Gryon, était une personnalité bien connue. L'inspecteur Auer, chargé de l'affaire, se refuse à tout commentaire. La tenancière du Café Pomme, situé juste à côté de l'agence immobilière, témoigne.

— C'est affreux. M. Gautier était un de nos clients réguliers. Un homme charmant. Je ne comprends pas. Qui pouvait bien lui en vouloir ?

Le village est en émoi. Le meurtrier court toujours. »

L'article était signé Fabien Berset. Qui d'autre ? Il n'avait visiblement pas pu obtenir d'informations plus précises. Ou alors était-il plus sensé qu'il ne l'avait imaginé ? Andreas passa en revue les différents journaux. Ils parlaient aussi de l'affaire, mais cela ne faisait pas encore la une, pour l'instant du moins.

À 6 h 30, il mit un morceau de musique classique à pleins tubes pour réveiller les deux dormeurs. Il avait choisi l'ouverture d'*Ainsi parlait Zarathustra*. Un démarrage tout en douceur. L'orgue joue une note très longue et basse. Comme un grondement qui surgit de l'antre de la terre. L'obscurité est encore présente. L'arrivée des trompettes évoque les premiers rayons du soleil, suivis par le martèlement des timbales.

La fin est une montée en puissance éclatante avec les cuivres et les roulements de tambours. L'orchestre explose littéralement dans une sorte d'orgasme collectif puis ralentit et s'arrête sur un coup de cymbales. L'accord est prolongé quelques secondes par l'orgue, comme s'il restait suspendu dans le vide. La victoire de la lumière sur la nuit.

Efficace. Karine et Mikaël débarquèrent dans la cuisine quelques minutes plus tard, alors que Strauss continuait à faire crisser les violons et trembler les murs avec les basses de l'orgue au travers des nombreux haut-parleurs répartis dans toute la maison.

— Tu ne veux pas arrêter ça ! Les fantasmes de Nietzsche en musique à peine sorti des bras de Morphée… Très peu pour moi ! s'exclama Mikaël, les cheveux encore tout ébouriffés, et une mine qui en disait long sur sa motivation, après avoir été tiré du lit d'une manière aussi radicale.

— Oui, c'est un peu sombre comme mélodie au réveil, non ? commenta Karine, peu accoutumée à la musique classique ou à la philosophie.

Andreas tapota sur son iPhone et changea de registre. La réaction ne se fit pas attendre après les premières notes de piano de Roger Hogdson, reconnaissables entre toutes.

— Jolie, la transition…

— C'est quoi ? demanda Karine.

— Tu ne connais pas Supertramp ? *Crime of the Century !*

— Ben non, désolée. J'écoute que la musique dont je comprends les paroles.

— En français, le titre de la chanson se traduit par *Crime du siècle*.

— Je vois… C'est assez à propos.

À table, tandis que la discussion entre Karine et Mikaël battait son plein, Andreas semblait absent.

Il revoyait la scène du temple.

Jésus sur le vitrail, en pleine lumière.

Le corps de Gautier dans l'ombre éternelle.

Une image étonnante.

Troublante.

La solution se trouvait-elle dans le passé ou le présent de Gautier ? Il avait bien son idée, mais pour l'heure il devait suivre les pistes qui s'offraient à lui sans en exclure aucune d'office. Son présent, il continuerait à le mettre en lumière. Son passé ? Il comptait sur Mikaël. Peut-être pourrait-il découvrir quelque chose ?

À 11 heures aurait lieu la conférence de presse. Ils avaient prévu de faire au préalable un point de la situation avec le légiste et Christophe. Non pas qu'il ait eu l'intention de divulguer quelque détail que ce soit aux médias. Mais il souhaitait y voir un peu plus clair, et surtout prendre de l'avance dans la résolution de l'affaire. Il ne supporterait pas qu'un journaliste qui met son nez partout puisse dénicher des informations dont lui-même n'aurait pas connaissance ou, pire encore, que le procureur les obtienne par d'autres biais. Il avait toujours voulu être celui qui maîtrise la situation.

Après leur départ, Mikaël se servit une tasse de café et s'assit à son bureau. Il alluma son ordinateur. Ce qu'il avait appris sur Alain Gautier l'avait intrigué. Ce dernier était un homme dans la cinquantaine qui faisait attention à son apparence. Il était le plus souvent vêtu d'un costume dernier cri. Les boutons de manchettes assortis à l'épingle à cravate. Les chaussures noires ripolinées et si brillantes que la lumière s'y reflétait. Lorsqu'il les avait reçus pour la signature de l'achat de la maison, il avait enlevé sa veste. Il portait des bretelles. Une sorte de pâle caricature de Michael Douglas dans *Wall Street*. Mais quelques détails tranchaient. Un certain embonpoint lui donnait une allure de courge butternut. C'était le risque quand on remplaçait le sport par la fréquentation régulière de restaurants gastronomiques et la consommation d'alcool. Et il se teignait les quelques cheveux qui lui restaient sur le sommet du crâne. Ce n'était pas particulièrement réussi, estimait Mikaël. Qui était vraiment Alain Gautier ? Il voulait en savoir plus. Il se plongea dans ses recherches.

Chapitre 15

Agence immobilière, Gryon, lundi 10 septembre 2012.

Une dame, proche de la cinquantaine, vêtue de manière exagérément élégante, ouvrit la porte. Andreas se rappela lui avoir serré la main lorsqu'ils avaient signé le contrat d'achat du chalet. Marie Pitou les invita à entrer et à la suivre. Elle avait une démarche distinguée. Avec ses chaussures à talons hauts et minces en cuir noir verni, elle dépassait Karine de presque une tête. Comment pouvait-on être à l'aise là-dedans ? soupira cette dernière.

Marie Pitou poussa la porte d'un des salons puis convia d'un geste les deux inspecteurs à s'asseoir. Elle prit place en face d'eux et croisa les jambes. Quelque chose chez elle donnait une impression de suffisance, voire de condescendance. Elle arborait un rouge à lèvres d'un pourpre éclatant. Ses cheveux étaient noirs. Les traits de son visage, lisses, ne dévoilaient aucune ride. Le scalpel d'un chirurgien plastique semblait être passé par là pour dissimuler toute trace de l'emprise du temps. Ses yeux bleu foncé étaient mis en valeur par son mascara, mais l'illusion était de courte durée. Ils paraissaient fatigués et cernés. Sans attendre, elle prit la parole.

— C'est affreux. Je suis effondrée ! Pauvre Alain !

— Est-ce que sa mort vous surprend ? lança Andreas, qui avait l'impression d'assister à une scène mal interprétée.

La question étonna sans doute la codirectrice, car, instantanément, elle perdit de son assurance et marqua un léger recul sur sa chaise.

— Euh… bien sûr, je suis surprise. Comment ne pas l'être ?

Andreas resta impassible face à la réaction de Marie Pitou tout en soutenant son regard. Se heurtant au silence de l'inspecteur, elle détourna les yeux en baissant la tête. Elle sembla ensuite vouloir dire quelque chose, mais, au lieu de parler, elle inspira profondément.

— Lui connaissiez-vous des ennemis ?

— Non ! Pas que je sache, répondit-elle du tac au tac, comme si c'était évident.

— Vous parlait-il de sa vie privée ? De ses relations sentimentales ?

Marie Pitou dévisagea l'inspecteur. Elle se demanda où il voulait en venir.

— Nous avions uniquement des liens professionnels, riposta-t-elle, outrée.

Alain était mort. Mais elle ne pouvait s'empêcher de ressentir de la colère à son égard. C'était un bon commercial, mais son comportement avait mis en péril la santé financière de l'agence. Elle avait dû être sans arrêt derrière lui. Résoudre les problèmes alors qu'il vivait dans une bulle d'inconscience et un monde où seul son propre plaisir comptait. Lui et la responsabilité, ça faisait deux. Mais tout cela allait changer. Désormais, elle pourrait agir à sa guise. Elle esquissa un sourire discret avant de reprendre son air sérieux et attristé.

— Vous pouvez certainement m'en dire plus, insista Andreas. Vous étiez quand même copropriétaires de l'agence.

La réponse ne tarda pas.

— Je sais qu'il était célibataire. Il en profitait sans doute. Mais il ne m'en parlait jamais. Nous avions passé ensemble le brevet fédéral. Il y a quelques années, il m'a contactée. Son entreprise marchait bien et se développait. Il voulait m'y intégrer. J'ai accepté. On ne se voyait jamais en dehors du travail. Il nous arrivait d'aller au restaurant tous les deux, mais on discutait toujours de nos affaires en cours. Je ne pense pas que je puisse vous être très utile.

Marie Pitou cachait mal son jeu. Tout semblait faux. Tout était faux.

Son attitude.

Son regard.

Ses paroles.

On frappa à la porte. L'assistante, Julie Berthoud, une jeune femme séduisante, vint leur apporter un café. Elle posa le plateau sur la table et voulut servir, mais sa cheffe la renvoya d'un geste sec sans lui adresser la parole. Andreas se demanda si elle aussi avait été une des proies de Gautier.

— Que va-t-il se passer maintenant avec l'agence ? poursuivit Karine.

— Dans le contrat, il est stipulé que si l'un des deux disparaît, l'autre est prioritaire pour le rachat des parts.

Je vais par la force des choses devoir négocier avec sa mère qui est la seule héritière.

— Et vous pensez qu'elle sera d'accord pour vous les vendre ?

— Oui. Je l'espère bien. Elle n'en a aucune utilité à son âge. Et elle aura sûrement besoin de l'argent.

— Pourquoi dites-vous ça ?

— D'après ce que je sais, elle vit avec une petite rente de veuve. Et je sais qu'Alain n'était pas très généreux avec sa mère.

— Leur relation était donc si mauvaise ?

— Elle était loin d'être cordiale. D'après ce qu'Alain me racontait, cela avait toujours été très tendu entre eux. Ils étaient comme chien et chat.

— Et est-ce que vous avez les moyens de racheter les parts ? lança subitement Andreas.

— Pardon ! En quoi cela vous regarde-t-il ?

— À ce stade de l'enquête, tout nous regarde, affirma Andreas en mettant l'accent sur le *tout*. J'attends votre réponse…

— Oui bien sûr, réagit Marie Pitou en haussant le cou. Moi, je n'ai pas de soucis financiers, ajouta-t-elle en accentuant le *moi*.

— Vous insinuez qu'Alain Gautier en avait ?

Elle réalisa qu'elle venait d'en dire un peu trop. Pourquoi ne pouvait-elle pas juste se taire ? De toute façon, si ce n'était pas par elle, les inspecteurs l'apprendraient d'une manière ou d'une autre. Autant le leur dire…

— Alain avait de la peine à gérer ses liquidités. Il avait des goûts de luxe et il menait un train de vie au-dessus de ses moyens.

— Est-ce que la pérennité de l'agence était menacée ?

— Non. C'est moi qui gérais les finances.

— Mais à vous entendre, son comportement ne vous plaisait pas ?

— En effet. Le salaire que nous étions convenus de nous verser ne le satisfaisait pas. Il voulait toujours plus d'argent. Des avances. Encore des avances.

— Si je comprends bien, il a des dettes envers l'agence ?

— Oui. C'est juste.

— Donc finalement ça vous arrange qu'il soit mort.

Marie Pitou leva les sourcils et braqua ses yeux sur Andreas.

— Qu'insinuez-vous, inspecteur ? Je ne vous permets pas !

— Je n'insinue rien. Mais dans les faits, vous allez racheter les parts à la mère de Gautier et elle devra payer les dettes de son fils. En fin de compte, l'agence sera de nouveau à flot et elle vous appartiendra.

— Je n'ai rien à voir avec la mort d'Alain, si c'est ce que vous pensez !

— À ce stade, je ne pense rien. Je pose des questions sans fermer aucune porte.

— Nous aimerions consulter les dossiers immobiliers ainsi que tous les documents comptables. Les actuels. Les anciens aussi, indiqua Karine, qui reprit le flambeau de la discussion.

— Et son ordinateur. Celui qui est dans son bureau, ajouta Andreas, qui se rappela l'avoir vu lors de la signature du contrat d'achat de *L'Étoile d'argent*.

— Je ne peux pas vous laisser fouiller à votre guise. Ce sont des données confidentielles !

— Nous y aurons accès d'une manière ou d'une autre. Vous choisissez. Soit vous nous mettez à disposition de votre propre gré les informations dont nous avons besoin, soit on reviendra avec un mandat, intima Karine sur un ton abrupt.

Marie Pitou sentit l'énervement monter en elle. Elle regarda l'inspectrice avec un mélange d'agacement et de mépris. Elle était tout le contraire de sa conception personnelle de la femme. Aucune élégance. Aucune classe. Une sorte de bâtarde. Elle aurait voulu l'ignorer et lui montrer ouvertement son dédain, mais c'était impossible dans ces circonstances. Pas d'autre choix que de se soumettre. Elle devait donner aux inspecteurs de quoi aller voir ailleurs et se désintéresser d'elle.

Marie Pitou se résigna.

Y avait-il quelque chose à découvrir dans les dossiers de l'agence ? s'interrogea Andreas. La mère d'Alain Gautier semblait le penser.

— Mon assistante vous indiquera où trouver les informations dont vous avez besoin.

Sur un bloc-notes, elle inscrivit les codes d'accès de l'ordinateur. Elle déchira la feuille d'un coup sec.

— Voilà, dit-elle en tendant à contrecœur le papier à Karine.

— Merci, dit celle-ci sur un ton ironique tout en affichant un sourire de satisfaction. Nous souhaiterions maintenant parler à Mme Berthoud.

Marie Pitou se leva sans dire un mot et partit chercher son assistante. Elle lui parla sur un ton qu'Andreas perçut comme irrité, mais il ne put entendre le contenu de leur conversation. Julie Berthoud entra. Elle avait l'air apeuré. Elle devait avoir un peu moins de vingt-cinq ans. Brune, les cheveux mi-longs. Des yeux verts en amande. Elle était, par son maquillage et sa tenue, bien moins provocante que sa cheffe et surtout, pensa Andreas, elle disposait d'un atout qui faisait cruellement défaut à la première, un charme naturel.

— Asseyez-vous, proposa Karine, qui prit la direction de l'entretien. Ne vous inquiétez pas. Nous avons juste quelques questions à vous poser. Des questions de routine.

La jeune femme esquissa un léger sourire, mais resta tendue.

— Comment Alain Gautier était-il avec vous ?

— Il était gentil. Charmant. De temps à autre, il m'apportait une boîte de chocolats ou des croissants le matin.

— Quel genre de supérieur était-il ?

— Bon, il savait ce qu'il voulait. Il était exigeant. C'était le chef. Il était souvent pressé.

— Et sa relation avec Marie Pitou, comment était-elle ?

— Oh, elle était bonne.

Ses réponses étaient brèves. Pas un mot de trop. Marie Pitou lui avait-elle donné des consignes sur ce qu'elle devait dire ou pas ? Avait-elle peur de quelque chose ?

— Aviez-vous des contacts privés avec lui ?

— Oh non ! On ne se voyait qu'au travail.

La jeune femme venait d'élever la voix, sinon parfaitement monocorde, pour la première fois depuis le début de l'entretien.

— Ne vous a-t-il jamais fait des avances ? insista Karine.

— Des avances ? Non, jamais. Il était toujours très correct. Il savait que j'avais un petit ami. Et puis il avait trente ans de plus que moi. Il aurait pu être mon père.

La réponse sembla honnête. Contrairement à Marie Pitou, chez qui tout paraissait faux, la jeune femme dégageait une certaine franchise mélangée à un air d'innocence. On aurait pu lui donner le Bon Dieu sans confession.

— Est-ce que vous connaissez quelqu'un qui aurait pu lui en vouloir ? reprit Karine.

Julie Berthoud tourna la tête de côté, avant de répondre, son regard fixé dans le vide.

— Quelqu'un qui lui en voulait… Forcément, je me suis posé la question quand j'ai appris le meurtre. Il fréquentait beaucoup de monde. Mais…

Un silence s'empara de la pièce. Était-elle sur le point de révéler quelque chose ?

— Non, vraiment, je ne vois pas, conclut-elle finalement.

Ils prirent congé. Mais c'était sûr, ils reviendraient.

Chapitre 16

Centre gryonnais, Gryon, lundi 10 septembre 2012.

À quelques pas de l'agence immobilière, ils descendirent les marches couvertes par un toit jusque sur l'esplanade.

À droite, la bâtisse où siégeait le conseil communal qui avait été l'annexe de l'ancien Hôtel de la Poste. À gauche, la salle qu'ils avaient réquisitionnée pour en faire leur quartier général. Ils s'avancèrent vers la balustrade.

Le village de Gryon était construit sur un flanc de coteau et la vue sur le vallon de Frenières était vertigineuse. Le panorama, à couper le souffle. Les Diablerets. L'Argentine. Le Muveran. Le ciel était au bleu. Pas un nuage à l'horizon.

Andreas alluma un cigare, un *Robusto* de Cohiba. Une marque créée à l'origine pour Fidel Castro et les hauts dignitaires du parti communiste cubain. C'était aujourd'hui devenu un objet de luxe, consommé par les hauts dignitaires du libéralisme. Quelle ironie ! Et lui ? Où se situait-il ? Communiste ? Il était trop attaché aux valeurs de liberté individuelle. Libéral ? Il était trop proche des valeurs sociales. La politique ? Il ne s'y intéressait qu'en tant que spectateur.

Andreas avait toujours détesté les catégories, en particulier pour lui-même. Il se sentait inclassable et n'avait pas peur de laisser paraître ses contradictions. Il n'aimait pas la conformité et faisait en sorte de donner de lui une image tout en contrastes.

Ni noir.

Ni blanc.

Des nuances de gris.

Pourquoi fumait-il le cigare ? Il était épicurien. Il aimait jouir de la vie et de ce qu'elle pouvait lui prodiguer de bon et de beau. Le cigare était une source de plaisir et de bien-être. De plaisir, car il offrait des sensations gustatives incroyables en proposant une palette infinie d'arômes. Un moment de bien-être, car fumer le cigare selon les règles de l'art était une activité raffinée, mais surtout apaisante. Pour Andreas, c'était un havre de paix au milieu de sa vie chahutée par le flot ininterrompu et mouvementé des enquêtes. Fumer le cigare n'enlevait pas le stress comme par miracle, mais, pour profiter pleinement de ce qu'il pouvait apporter, il fallait se libérer l'esprit et mettre tous ses sens en éveil. Un moment où tout s'arrêtait. Un temps où le cœur ralentissait le rythme de ses battements. Un temps où les pensées étaient focalisées sur la perception du présent et où le passé et le futur n'avaient pas leur place. Le rituel était essentiel. Prendre en main. Toucher. Humer. Couper. Allumer. Inspirer. Expirer.

Ils retournèrent ensuite à la voiture pour récupérer leurs affaires et s'installèrent dans la salle. Karine commença à ouvrir les placards de la cuisine. Un à un. Elle trouva finalement ce qu'elle cherchait. Un bocal de Nescafé. Elle sortit ensuite une casserole et mit de l'eau à bouillir. Une réunion d'équipe sans caféine était impensable.

Andreas alluma son ordinateur portable et se connecta sur *Skype*. Il appela Christophe, qui était à Lausanne pour effectuer diverses analyses.

— Bien dormi ?

La question était purement rhétorique, car ses poches sous les yeux et ses cheveux en bataille parlaient d'eux-mêmes.

— À peine deux heures… sur le lit de camp que je garde au bureau pour les grandes occasions.

Christophe ne rechignait jamais à la tâche. Pas besoin de lui dire que c'était urgent, car lui-même s'impliquait pleinement dans son domaine de compétences. Il était ambitieux. Non pas dans un souhait de gravir les échelons au sein de la police, mais par un désir ardent de parvenir à résoudre les problèmes qui se présentaient à lui et à faire avancer de manière significative les enquêtes auxquelles il collaborait.

— Concernant le couteau, d'abord. Aucune empreinte n'a pu être relevée. C'est un modèle américain de dix-huit centimètres de long. Un *Rambo III*. On peut le trouver sur Internet. La bonne nouvelle est qu'il s'agit d'une série limitée et numérotée. La mauvaise, c'est que cinq mille exemplaires ont été vendus dans le monde. Je vais tâcher de voir avec l'entreprise qui les produit s'il est possible de le tracer.

— Parfait.

— Et sinon, pas la moindre empreinte ! Le meurtrier a…

Après que le son eut disparu, l'image devint floue et ensuite ils n'eurent plus de contact. Le signal WiFi n'était pas assez puissant. Andreas termina la conversation et envoya une nouvelle invitation. Après quelques sonneries, Christophe était de retour.

— On a été coupés au milieu de ta dernière phrase.

— Je disais juste que le meurtrier avait été prodigieusement consciencieux. Pas d'empreintes. Pas d'ADN. Rien. Par contre, le sang dans la cuisine et sur la chaise est bien celui d'Alain Gautier. C'est donc dans son appartement qu'il a été tué.

— C'est quand même incroyable, s'étonna Karine. Il a été assassiné chez lui, puis emmené jusqu'au temple, sans que personne voie rien.

— Le meurtrier a dû le sortir par le garage. L'ascenseur descend directement au parking du sous-sol. On a fait venir la voiture de Gautier pour y faire des prélèvements. Dans le coffre, nous avons découvert une grande bâche en plastique avec du sang. Des techniciens y travaillent. C'est probablement avec ce véhicule, une Mercedes ML noire, que le meurtrier a transporté le corps à travers le village. La victime était enroulée dans le plastique. Ça explique aussi qu'on n'ait retrouvé aucune tache de sang dans le temple. À mon avis, il a traîné le corps, déroulé le plastique et disposé le cadavre sur la table sainte.

— Celui qui a fait ça devait être plutôt balèze, suggéra Karine.

— Ou alors ils étaient deux.

Christophe prit une gorgée de café avant de poursuivre son exposé.

— Sur l'évier, deux verres à vin étaient posés. Mais

là encore, pas d'empreintes. Ils ont été soigneusement lavés. Par contre…

— Oui ? réagit Andreas qui trépignait d'impatience.

— J'ai découvert dans la poubelle une bouteille de vin, vide. C'est d'ailleurs la seule chose qui s'y trouvait. Et nous avons pu relever deux types d'empreintes distinctes. Celles de Gautier et celles d'une autre personne que je n'ai pas pu identifier.

— A-t-il bu un verre avec son meurtrier ? souleva Karine.

— Ou avec sa mystérieuse compagne, ajouta Christophe, qui avait pour habitude de prendre le contre-pied de sa collègue.

Cela avait tendance à l'énerver, mais aidait à élargir le champ de réflexion. Depuis l'arrivée de Christophe dans l'équipe, Karine avait eu l'impression d'être en concurrence. Non pas qu'Andreas l'ait mise à l'écart ou qu'il ait changé d'attitude vis-à-vis d'elle, mais il appréciait le nouveau venu et lui confiait de plus en plus de responsabilités. Elle devait admettre qu'il contribuait efficacement à la résolution des enquêtes et qu'il s'était bien intégré.

— Je suppose que la victime connaissait son meurtrier. Elle l'a sûrement laissé entrer, souligna Christophe.

— Ou alors, peut-être avait-il trouvé le moyen de s'introduire et attendait-il sagement son retour ? s'empressa de proposer Karine, satisfaite d'avoir pris pour une fois le rôle de contradicteur de Christophe.

— Pour l'instant, il semble difficile de le déterminer, mais il est probable qu'ils se connaissaient, nota Andreas. On ne commet pas un meurtre de ce genre sans connaître sa victime, ou alors je n'y comprends rien.

— Et les vidéos ? s'enquit Karine.

— Je vais tâcher de les visionner aujourd'hui. Il y en avait toute une série sur l'ordinateur portable que nous avons finalement trouvé dans son appartement. Et de nombreuses photos. C'est assez glauque.

— As-tu pu vérifier le contenu de son téléphone ?

— Alors…

Christophe chercha parmi la pile de feuilles posées devant lui.

— Voilà… La liste des appels remonte jusqu'au 25 août. Deux semaines et plus de trois cents communications téléphoniques. Il semble avoir été un homme bien occupé. J'ai déjà contrôlé les noms les plus fréquents. De nombreux appels ont été passés sur le portable de Marie Pitou. Le numéro de l'agence apparaît aussi. Plusieurs appels ont Maurice Fournier comme destinataire. Un certain Jacques Charrier figure également plusieurs fois durant la semaine. Et, pour finir, le numéro le plus composé est celui d'une certaine Nicole Barbey. Il lui a aussi envoyé de nombreux SMS. Je pense pouvoir affirmer qu'il s'agissait de sa maîtresse.

Andreas ajouta une nouvelle note dans son carnet. « *Gautier et les femmes : Adeline, Pitou, Berthoud, Barbey.* » Il souligna ensuite le nom de Jacques Charrier qu'il avait déjà consigné précédemment, avant de poursuivre :

— Et dans la journée de samedi ?

— Samedi… Peu de communications. Il a envoyé plusieurs SMS à Nicole Barbey. Apparemment, ils ne se sont pas rencontrés ce jour-là. Un SMS de Nicole

Barbey mentionne que son mari est à la maison et qu'elle va rester tout le week-end avec lui. Dans un autre, elle propose de le voir lundi dans la journée. Il a téléphoné à Maurice Fournier vers 10 heures. C'est le premier appel de la matinée. Il a ensuite passé un coup de fil à sa mère vers 11 heures.

— Ça confirme ce qu'elle nous a dit.

— Durant l'après-midi, pas grand-chose à signaler. Sauf un appel, vers 16 heures, provenant du téléphone fixe du Buffet de la Gare.

— Du Buffet de la Gare ? répéta Andreas.

— Oui, selon la liste que j'ai pu obtenir de Swiss.com, la conversation a duré une minute et dix secondes. Je vous ai envoyé un e-mail avec la liste des appels et la retranscription des messages.

— C'est peut-être le meurtrier, non ? imagina Karine.

— Il aurait pris rendez-vous avec sa victime ? Ça confirmerait le fait qu'ils se connaissaient.

— Et s'il s'agit bien de lui, il a été assez malin pour ne pas utiliser son propre portable, ajouta Karine.

— Peut-être pas si futé que ça… Un employé du restaurant pourra sans doute l'identifier.

— Ne vous emballez pas trop vite ! Il faudrait déjà aller discuter avec la patronne pour savoir si un client a pu se servir de leur téléphone. Il peut s'agir d'un coup de fil qu'elle lui aurait elle-même passé pour une raison ou une autre ! Si on a le temps, on y fera un tour avant la conférence de presse. Nous devons tirer cela au clair. On fait peut-être fausse route.

— Par ailleurs, il avait installé sur son téléphone une application dévolue aux rencontres coquines.

En l'ouvrant, le nom d'utilisateur était affiché, mais il manquait le mot de passe.

— Et je suppose que tu l'as trouvé ?

— En effet, répondit Christophe avec un sourire satisfait. Ce n'était pas vraiment compliqué. Il a une application qui contient des codes. Une sorte de coffre-fort pour y stocker tous les mots de passe. Pour y accéder, un mot de passe entre six et huit chiffres. Donc des probabilités infinies. J'ai essayé quelques combinaisons possibles avant de tenter la plus évidente et la moins sûre. Sa date de naissance. Le jour, *02*. Le mois, *11*. L'année, *60*. Ça n'a pas marché... Ensuite, j'ai inversé les chiffres en commençant par son année de naissance. Toujours rien. Puis j'ai ajouté au début son prénom, d'abord tout en minuscules. Rien. Après, j'ai essayé avec ses initiales en majuscules, suivies par les mêmes chiffres. Bingo ! Et tous ses codes de cartes bancaires y figuraient. Je suis ensuite retourné sur l'application avec le bon sésame. Pouf...

Il mima son ouverture avec les mains, comme si elle avait été aussi magique que celle de la caverne d'Ali Baba.

— De nombreuses conversations avec des femmes, dont le contenu est plutôt explicite, y sont encore sauvegardées. J'ai par conséquent aussi pu accéder à son profil. Si vous voulez, je peux vous exposer la liste de ses fantasmes, proposa-t-il avec un sourire amusé.

Sans attendre de réponse, il poursuivit sur sa lancée.

— Il adorait les petites culottes et les parties à plusieurs. Dans une des discussions, il mentionne qu'il aime se faire dominer et recevoir la fessée. Quoi qu'il en soit, ça devrait me permettre d'identifier les femmes qu'il a réellement rencontrées et, je l'espère, de découvrir qui est la fameuse *Adeline*.

La sonnerie de *Skype* retentit. Andreas accepta la conversation en cliquant sur conférence.

— Salut, Doc !

— Inspecteur, bien le bonjour. Votre cadavre…

Il se racla la gorge. Comme pour faire augmenter la tension.

— … il a bien été tué par le coup de couteau planté dans le cœur qui a provoqué une hémorragie interne massive. Et après des analyses complémentaires, je peux vous affirmer qu'il est bien mort samedi soir, probablement entre 18 heures et 22 heures. Mais, comme vous le savez, ce n'est pas une science exacte.

— Et les yeux ?

— Ils ont été enlevés de son vivant. J'ai constaté des lésions hémorragiques et des ecchymoses à l'endroit où le meurtrier a incisé la peau. C'est un signe de vitalité. Au microscope, j'ai pu identifier qu'une réaction cellulaire à la blessure a bien eu lieu.

— Une réaction cellulaire, kézako ? demanda Karine.

— Lorsque les tissus réagissent à une lésion et mettent en place le processus de cicatrisation, c'est la confirmation que les blessures ont été infligées alors que la victime était encore en vie. Et j'ai également fait trois autres découvertes dignes d'intérêt.

Le légiste fit une brève pause dans ses explications. Il enleva ses petites lunettes rondes et les fit tourner en les tenant par une des branches.

— Après une analyse toxicologique du sang, j'ai pu constater qu'il avait inhalé une quantité importante de chloroforme.

— Du chloroforme ? Où est-ce que le meurtrier a pu s'en procurer ? Ce n'est pas interdit à la vente ? s'étonna Karine.

— En effet, c'est interdit, sauf sur ordonnance ou pour les professionnels qui peuvent justifier de son utilisation. Mais je suis persuadé qu'on peut aussi s'en fournir *via* Internet.

— Et la deuxième découverte ?

— On lui avait injecté une dose importante de curare.

— Du curare ? Étonnant, réagit Andreas, pantois.

— Oui, contrairement au chloroforme, il est plus compliqué de s'en procurer.

— Et ça produit quel effet ? demanda Karine.

— Le curare est une substance extraite de certaines lianes d'Amazonie qui ont un effet paralysant. Les Indiens l'utilisaient comme poison pour enduire leurs flèches. Le gibier était ainsi tué par paralysie musculaire. Le curare est maintenant employé en médecine dans le cadre d'anesthésies. Il fait également partie du cocktail utilisé pour les injections létales aux États-Unis. Quelques minutes après que le curare a été injecté, la victime est atteinte de paralysies musculaires.

— Mais dans quel but lui a-t-il injecté cette substance ?

— Je suppose qu'il a pu ensuite ôter les yeux sans que sa victime se débatte. Par ailleurs, la victime se rend exactement compte de ce qui se passe. Elle perçoit la douleur sans rien pouvoir faire. Elle ne peut ni parler ni bouger jusqu'à ce que la substance se dissipe ou jusqu'au moment où l'effet atteint la respiration et où elle meurt étouffée. Tout dépend de la dose injectée.

— C'est atroce ! s'exclama Karine.

— Et la troisième découverte ?

— Dans le bas du dos, une petite rougeur est visible. En examinant le corps de plus près, j'ai repéré deux minuscules orifices côte à côte de la taille d'une piqûre de moustique. Cela m'a immédiatement fait penser à un *Thomas Appleton's Swift's Electrical Rifle*.

— Un *quoi* ? s'écria Karine, qui éprouvait de grandes difficultés avec la langue de Shakespeare.

— Un Taser, un pistolet à impulsions électriques. La plupart du temps, du fait de la faible intensité, l'effet Joule est moindre et ne provoque pas un échauffement suffisant pour laisser des traces visibles. Cependant, selon la durée de la décharge, il peut causer de petites marques de brûlures telles que celles que j'ai identifiées sur le corps. D'ailleurs, si cette légère rougeur n'avait pas été visible, je n'aurais probablement pas découvert les deux infimes trous laissés par les fléchettes du Taser.

— C'est quoi, l'effet Joule ?

— Décidément, il faut tout vous expliquer… Lorsque le courant électrique passe dans un matériau conducteur, ce qui est le cas d'un corps, il y a une résistance. Ce sont en fait les noyaux des atomes du matériau qui freinent les électrons. Et cela produit de l'énergie calorifique. Plus cet effet est intense, plus la chaleur dégagée est importante. D'où le risque de brûlure sur la peau. C'est assez clair ? Ou est-ce que je dois sortir le manuel de physique pour les nuls ?

— C'est bon. Merci. On n'est pas tous des singes savants comme toi !

Andreas, perdu dans ses pensées, n'avait pas du tout écouté l'exercice de style de Doc. Une question lui était venue à l'esprit :

— Avait-il de l'alcool dans le sang ?

— Non. Aucune trace.

— Rien d'autre à signaler ?

— Non, rien. Je vous envoie une copie du rapport dans la journée.

Andreas termina la conversation, l'air songeur.

Chapitre 17

Buffet de la Gare, Gryon, lundi 10 septembre 2012.

Le Buffet de la Gare était un immense chalet sis au bord de la voie ferrée. Andreas et Karine entendirent le crissement du train qui venait d'entrer en gare et de s'arrêter juste devant le restaurant. C'était le BVB : le Bex-Villars-Bretaye. Il avait entamé son parcours dans la vallée depuis le village de Bex, et allait poursuivre son chemin vers Villars, une station réputée des Alpes vaudoises, puis continuer son ascension en direction de Bretaye, simple alpage en été et pistes de ski en hiver.

Ils longèrent la terrasse entourée par une clôture et entrèrent par la porte qui donnait directement sur le bistrot. Le dimanche précédent, Andreas et Mikaël y avaient mangé une fondue, au soleil avec des amis de Lausanne. De là, la vue sur le Grand Muveran était saisissante. Le cadre était chaleureux. Des banquettes tout autour de la salle et des tables en bois clair. Des rideaux avec des motifs alpins. Des chamois. Des montagnes. Des sapins. À gauche, le bar en bois avec trois chaises hautes. Des poutres soutenaient un faux toit en tavillons pour donner une impression de chalet d'alpage. C'était un des lieux du village où les habitués se retrouvaient le matin pour la pause-café. Des retraités, pour la plupart. Mais aussi des ouvriers en tenue de travail. De l'autre côté se trouvait un couple de Japonais. S'étaient-ils perdus ? Gryon était certes un village typique et charmant, mais pas vraiment une étape cotée sur l'autoroute du tourisme asiatique. Ils s'assirent à la seule table libre, dans l'angle au fond à gauche. Karine commanda un expresso et Andreas un renversé avec un croissant. Leur présence ne passait pas inaperçue. Assises à une table à l'entrée, trois vieilles femmes semblaient les observer du coin de l'œil. Il n'était pas compliqué de deviner le sujet de leur conversation.

Gilbert, un habitué assis au bar, s'entretenait avec la serveuse et un autre client. Le cadavre du temple était venu troubler la quiétude de ce village et les discussions allaient bon train. Chacun spéculait sur l'identité du meurtrier. De vieilles histoires refaisaient surface…

— Tu te souviens… J'sais plus quand c'était. Y a au moins vingt ans. Une femme avait été retrouvée pendue.

— Oui, c'est juste. C'était la postière. Le mari avait finalement été arrêté et inculpé.

— Il a dû sortir de prison depuis.

— Et ses enfants, que sont-ils devenus ?

— Si je me rappelle bien, ils étaient allés vivre chez leurs grands-parents en Valais.

Andreas aperçut la patronne, Géraldine, qui venait de sortir de la cuisine et détourna son attention de la discussion qui se déroulait au bar. Il lui fit un signe. Elle s'approcha de leur table.

— Bonjour, inspecteur ! Je n'ose pas vous demander si ça va.

— En effet… Bonjour, répondit-il. Pouvez-vous nous accorder quelques minutes ?

Géraldine s'assit à la table. Elle avait repris la gestion du lieu depuis près de vingt ans. Son mari était le cuisinier et elle s'occupait du service. Ils s'étaient rencontrés à l'École hôtelière de Lausanne et s'étaient mariés peu après la fin de leurs études. Enfant, Géraldine était venue plusieurs fois à Gryon pour des camps de ski. Elle avait toujours rêvé de vivre à la montagne. À Gryon. Elle n'avait donc pas hésité une seconde lorsque le Buffet de la Gare avait été mis en vente. Elle était devenue un personnage incontournable de la vie sociale du village. Le fait qu'elle venait d'être fraîchement élue au conseil communal ne surprenait personne et sa troisième position, derrière deux dinosaures de la scène politique locale, était un résultat plus qu'honorable.

— Est-ce qu'il arrive qu'un client utilise votre téléphone ?

— De moins en moins. Presque tout le monde a un portable de nos jours. Même mon fils de dix ans en a un. D'ailleurs, je n'y suis pas favorable. Mais tous ses copains en ont un, donc que faire ? En faire un paria de la société moderne ? Non ! On a finalement craqué, mais je n'en suis pas très fière.

Géraldine avait le contact facile et aimait parler, beaucoup. D'ailleurs, ce n'était certainement pas sans raison que des clients qui se sentaient seuls venaient régulièrement ici. Personne n'était anonyme dans son bistrot. Elle connaissait le nom de la plupart de ses clients et avait le don de mettre les gens en relation. Elle avait plus un rôle d'animatrice sociale que de serveuse, en somme.

— Mais si quelqu'un vous le demandait, vous lui rendriez ce service ?

— Oui, bien entendu. Pour autant que ce soit un appel local, précisa-t-elle.

— Est-ce que cela s'est produit dernièrement ?

— Laissez-moi réfléchir… Non. Pas que je sache.

— Étiez-vous ici samedi aux alentours de 16 heures ? questionna Karine.

— Vers 16 heures ? Non, je me suis absentée vers 14 heures, à la fin du service de midi. Je suis montée à la maison avant de revenir pour la soirée.

— Qui était de service ?

— C'était Mathieu. Celui qui vous a servi.

À la demande d'Andreas, elle l'appela, lui fit signe de s'asseoir et lui expliqua la requête des deux inspecteurs.

— Oui, un client a en effet utilisé ce téléphone.

— Pourriez-vous le décrire ?

— C'était un homme. Il devait avoir quoi… entre cinquante et soixante ans, je suppose. Il avait une allure un peu bizarre.

— Un peu bizarre ?

— Oui. Il portait un chapeau. Une sorte de béret. Et il avait des lunettes. Des verres très épais. Je me le rappelle, car ce n'était pas facile de voir ses yeux.

— Un déguisement ? suggéra Karine.

Le serveur leva la tête, le regard dans le vide, et mit la main sur sa bouche.

— Hum… Non, pas forcément. Il m'a juste laissé une impression un peu étrange.

— Vous ne l'aviez jamais vu auparavant ?

— Non. Jamais. Je m'en serais souvenu.

— On connaît très bien nos clients. Des habitués pour la plupart, ajouta Géraldine pour renforcer la réponse du serveur.

— Avez-vous remarqué autre chose ?

— Hum… Il portait un manteau. Brun, je crois. En laine, genre cachemire. Et il avait les cheveux noirs. Oui, même très noirs.

— Et sa voix ? Un accent particulier ?

— Je n'ai rien remarqué de particulier.

— Est-il resté longtemps ? A-t-il bu quelque chose ?

— Non, il n'est resté que peu de temps. Il a commandé un café au bar et il m'a demandé s'il pouvait se servir du téléphone. Je suis allé en cuisine quelques minutes. Quand je suis revenu, il avait posé la monnaie sur le comptoir et était déjà parti.

Karine et Andreas les remercièrent tous deux puis descendirent à pied en direction du village.

— Qu'est-ce que ça t'inspire ? s'enquit Karine.

— Que s'il s'agit du meurtrier, il est malin ! Il n'a pas appelé Gautier depuis chez lui ou depuis son portable, trop facile à tracer. Je suis prêt à parier qu'il anticipe nos actions. Non seulement il a préparé et exécuté son crime à la perfection, mais en plus, il a réfléchi aux conséquences de tous ses faits et gestes. Il est intelligent. Bien au-dessus de la moyenne. Et là, je suis persuadé qu'il a fait en sorte de ne pas pouvoir être reconnu. Qu'il s'est effectivement déguisé !

Chapitre 18

Centre gryonnais, Gryon, lundi 10 septembre 2012.

Le procureur arriva dans son véhicule flambant neuf, une limousine noire avec les vitres teintées. C'était un modèle *break* qui avait une allure de corbillard. Il sortit de sa voiture et ouvrit la portière arrière. Il prit sa veste de costume, pendue à un cintre. Il ne supportait pas les faux plis. Il réajusta sa cravate avant de saisir sa mallette posée derrière le siège du conducteur. Il claqua ensuite la portière d'un geste ferme et s'éloigna de son véhicule qui se verrouilla automatiquement.

Charles Badoux avait à peine trente-cinq ans. De grande taille, svelte. Les cheveux coiffés et gominés en arrière. Son costume ajusté était à la fois sobre et élégant. Ses chaussures noires brillaient tout autant que sa voiture, qu'il venait de faire laver avant de se rendre à la conférence de presse. On ne voyait d'ailleurs que ça. Il avait un ego difficile à contenir et faisait preuve d'une ambition sans limites. Ce n'était pas pour rien qu'il était devenu haut gradé à l'armée.

Andreas et lui éprouvaient une antipathie réciproque. Ni l'un ni l'autre ne faisait d'efforts pour le cacher.

Plusieurs journalistes étaient déjà présents devant la maison où se déroulaient les séances du conseil communal. Le procureur entra dans la salle du Centre gryonnais.

— Avez-vous un ou des potentiels coupables ? grommela-t-il sans même faire usage des formules de politesse.

— Pas encore, trop tôt ! maugréa Andreas d'un ton sec sans prendre la peine de se retourner.

Le procureur s'avança vers l'équipe des inspecteurs. Se tenant debout, juste en face d'Andreas, il se pencha en avant et posa ses deux mains sur la table.

— Inspecteur, il faut travailler vite. Je veux des résultats ! Ça ne doit quand même pas être compliqué de trouver un meurtrier dans un petit village comme celui-là, si ?

— Nous faisons de notre mieux, répliqua Karine, tandis qu'Andreas restait plongé dans ses papiers, ignorant le procureur.

— Je vous parle, inspecteur ! Regardez-moi !

Le ton du procureur dévoilait un agacement certain. Andreas leva la tête et le dévisagea en le fixant droit dans les yeux.

— Voilà. Je vous regarde, dit-il, avec un sourire narquois.

— C'est moi qui introduirai la conférence de presse. Après quoi je vous laisserai leur expliquer la situation.

Le *moi* prononcé par le procureur semblait toujours être en majuscules dans le texte. Et en gras.

— Comme d'habitude, grommela Andreas.

— Pardon ? s'exclama Badoux.

— Non, rien, je disais juste…

— Il faudrait commencer, interrompit Karine.

Ils sortirent du Centre gryonnais pour se rendre à côté, dans la salle du conseil. Karine ouvrit la porte et laissa entrer les journalistes. La conférence de presse débuta pile à l'heure. Andreas reconnut Fabien Berset, assis au fond. Étaient également présents une dizaine d'autres, de la télévision, de la presse écrite et de la radio.

Le procureur resserra sa cravate et ajusta le micro disposé sur un pied. Il tapota dessus pour vérifier qu'il était allumé. Un bruit strident sorti des haut-parleurs fit sursauter tout le monde. Badoux était droit comme un piquet. Il semblait un peu mal à l'aise, car aucun pupitre ne lui permettait de s'y appuyer. Il se racla la gorge.

— Mesdames, messieurs. Un crime sans précédent a été commis à Gryon. Nous œuvrons d'arrache-pied depuis hier. Je suis persuadé que nous allons sans tarder trouver le coupable. J'ai décidé d'accorder la plus haute importance à cette affaire et j'ai consenti toutes les ressources nécessaires aux enquêteurs pour faire la lumière sur cette histoire. Je laisse à l'inspecteur Auer le soin de vous en exposer les détails.

Il aimait roucouler devant la presse et ne perdait jamais une occasion de se mettre en avant. Il se retira pour céder la place à Andreas, qui s'était levé de sa chaise et s'avançait vers le microphone.

— Bonjour. Nous avons en effet découvert un cadavre dans le temple. Il s'agit d'Alain Gautier, responsable d'une agence immobilière à Gryon. À ce stade, je ne peux rien vous dire de plus, car cela pourrait entraver notre enquête. Si vous avez des questions à poser, le procureur y répondra volontiers. Moi, j'ai du travail…

— Il paraît qu'un message a été retrouvé sur le corps, lança une jeune femme assise au deuxième rang.

Andreas avait déjà déserté l'estrade et se dirigeait vers la sortie.

— Le crime est-il de nature religieuse ? cria quelqu'un du fond de la salle.

Andreas ne répondit pas et quitta la conférence de presse où régnait une certaine agitation. Karine avait suivi le mouvement. Elle ne put s'empêcher de pouffer de rire. Le procureur, lui, reprit le micro, feignant un sourire.

Chapitre 19

Gryon, août 1970.

Il avait commencé l'école, à Gryon, une semaine auparavant. Son frère et sa sœur, plus âgés, fréquentaient déjà celle de Bex et devaient partir plus tôt que lui pour prendre le train. L'école se trouvait à l'entrée du village, côté vallée – un bâtiment rose qu'on ne pouvait pas manquer. Depuis la laiterie, il avait cinq cents mètres à faire en longeant la route du Village jusqu'au carrefour de la route principale et ensuite deux cents mètres à marcher sur la route de Bex.

Le premier jour, son père l'avait accompagné jusque dans sa classe. Il se remémora ce moment. Tous les autres élèves étaient déjà assis. La maîtresse présenta le nouveau venu. Il se tenait debout devant le tableau noir. Il sentit tous les regards se poser sur lui et le scruter de haut en bas. Au fond de la classe, il vit un garçon chuchoter à l'oreille de son voisin, qui se mit à rire. Il ressentit, à cet instant précis, de la chaleur inonder tout son être et remonter jusqu'à son visage. Il rougissait. Comme s'il avait été tout nu. Un sentiment de honte l'envahit. La maîtresse lui indiqua ensuite une place libre au milieu de la salle. Il s'avança, tête baissée, pour éviter le regard des élèves. Le trajet lui sembla interminable. Les secondes comme des heures. Arrivé à hauteur du pupitre qui lui était destiné, il leva la tête et aperçut un autre élève au fond de la classe, une sarbacane dans la bouche. Une petite boule de papier mâché plein de bave l'atteignit au milieu du visage. Au moment de s'asseoir, il entrevit le sourire d'une adorable fille blonde qui le regardait. On aurait dit une princesse.

Les jours suivants s'étaient déroulés sans anicroche. Il appréciait beaucoup sa nouvelle maîtresse, qui lui vouait une attention particulière. Était-ce parce qu'il était le dernier arrivé ou parce qu'il se montrait sérieusement intéressé d'apprendre et posait de nombreuses questions ? Il avait toujours bien aimé l'école. Il était un jeune homme curieux et avide de connaissances. C'était pour cette raison qu'il préférait les relations avec les adultes. Avec eux, il pouvait avoir une vraie conversation. Ses rapports avec les garçons de son âge étaient plus difficiles. Il n'appréciait que très modérément de jouer avec eux. Il n'aimait pas le foot ni aucune activité physique en général. Il était plutôt petit et fluet pour son âge. Il avait ainsi été dès le départ exclu du groupe des garçons. Par contre, il s'était lié d'amitié avec sa voisine de pupitre.

Ses cheveux blonds étaient magnifiques. Le plus souvent, elle portait des tresses. C'était sa mère qui les lui faisait, lui avait-elle dit. Dans ses rêves, il la voyait comme la plus belle des princesses. Sa Princesse. Il aurait voulu se marier avec elle. Mais il ne se sentait pas l'étoffe d'un prince. Jamais il n'oserait lui faire sa demande, de peur d'être rejeté.

Durant les récréations, il restait en permanence avec elle. Les autres garçons le charriaient à ce sujet. Il se faisait ainsi traiter de femmelette, de minus, de pédé et de qualificatifs équivalents auxquels il ne voulait pas réagir. Il les ignorait, tout simplement. À la fin des cours, la maman de sa princesse venait la chercher. Elle habitait aux Posses. Il regardait toujours la voiture quitter le village jusqu'à ce qu'elle passe le premier virage. Il se mettait ensuite en route pour regagner sa maison.

Chapitre 20

Chalet *L'Étoile d'argent*, Gryon, lundi 10 septembre 2012.

Karine et Andreas s'attablèrent à la cuisine. Karine ne perdit pas de temps pour raconter à Mikaël l'épisode de la conférence de presse.

— Eh bien ! Andreas, tu n'as pas froid aux yeux, commenta-t-il en ricanant.

Il changea immédiatement de sujet. Andreas aurait droit à un rappel à l'ordre par sa supérieure et il ne servait à rien d'enfoncer le clou.

— À propos, ta sœur a appelé. Elle a demandé si ça tenait toujours pour dimanche. Je lui ai dit qu'elle pouvait venir, mais que vu les circonstances, il était fort possible que tu ne puisses pas être présent.

— En effet, difficile de le dire maintenant, mais de toute façon, je dois aussi manger. Donc même si je ne peux pas rester longtemps, j'essaierai d'être là.

Mikaël amena les plats. Du poulet avec une sauce à la moutarde gros grains, des pommes au four avec du romarin et une mousseline de potimarron et de carottes du jardin dont il était particulièrement fier. Après que chacun se fut servi, Mikaël lança la discussion :

— Avez-vous un ou des suspects à ce stade ?

Andreas posa couteau et fourchette. Il se leva pour aller chercher son carnet dans la poche de sa veste, suspendue au portemanteau de l'entrée. Sur l'une des pages, il avait noté les noms des personnes qui, selon lui, tenaient un rôle potentiel dans cette histoire. Il était persuadé que le meurtrier était un homme. Néanmoins, il ne voulait pas exclure les femmes de sa liste, car les apparences étaient parfois trompeuses. Et rien ne permettait pour l'instant de déterminer s'ils étaient à la recherche d'un tueur solitaire ou d'un duo.

Il se rassit et ouvrit le carnet à la bonne page. Les deux premiers noms qui y apparaissaient étaient ceux d'Erica Ferraud et de son mari Gérard. À ce stade de l'enquête, aucun élément compromettant ou motif apparent ne permettait de les suspecter. Il avait cependant inscrit leurs deux noms sur sa liste, car pour l'instant, ils étaient les seuls à avoir un lien direct avec la religion et le lieu du crime. Erica Ferraud connaissait la victime. Son retour à Gryon avait-il réveillé des fantômes ? L'attitude de Gérard Ferraud l'avait surpris. Celui-ci avait semblé singulièrement stressé.

Il avait aussi noté le nom de Jacques Charrier. Ce dernier avait appelé Alain Gautier plusieurs fois durant la semaine précédant le meurtre. La mère de Gautier soupçonnait des affaires louches entre eux. Ils devaient le rencontrer.

Ensuite, Marie Pitou. Elle paraissait en savoir beaucoup plus sur la vie de Gautier qu'elle ne voulait bien le dire. En avait-elle assez des frasques de Gautier ?

Menaçait-il la santé financière de l'entreprise ? Était-elle jalouse de ses conquêtes ?

En analysant le téléphone portable de Gautier, le nom de Nicole Barbey était apparu. C'était sa maîtresse. Les messages ne suggéraient pas de rupture ou de discorde, bien au contraire. Andreas avait donc noté le nom de Serge Barbey, son mari, bien qu'ils ne l'aient pas encore rencontré. Avait-il tué Gautier par jalousie ? Était-il au courant de leur relation ?

Le nom suivant était Maurice Fournier. Il s'était manifesté auprès d'Andreas la veille devant le temple. Pourquoi ? Était-ce une tentative de se rapprocher de l'enquête dans l'idée de ne pas attirer l'attention sur lui ? Une personne qui veut aider l'enquêteur ne peut pas être le coupable… Était-ce là sa stratégie ? La découverte d'Andreas faite à son sujet en faisait un candidat intéressant. Une visite de courtoisie s'imposait, pensa-t-il.

Et pour finir, il avait noté : « *Meurtrier encore inconnu.* »

— Meurtrier inconnu ? rebondit Mikaël.

— Oui. Pour le moment, en tout cas. La vie d'Alain Gautier ne semble pas être un modèle de vertu. Il semble avoir cumulé bon nombre de péchés capitaux. Orgueil, sans doute. Luxure, c'est sûr. Avarice, peut-être ? Est-ce que le motif est à chercher là ? Plusieurs personnes pouvaient lui en vouloir. Mais de là à souhaiter l'éliminer… Il nous faut continuer à creuser, sans exclure aucune piste. Un meurtrier que nous n'avons pas encore rencontré est peut-être tout près d'ici.

— Tu as une idée en tête ? demanda Karine.

— Si seulement. Dans le lot, une personne m'intéresse en particulier. Juste une intuition…

— Toute cette mise en scène est-elle une manœuvre de diversion ? Pour nous induire en erreur ? Pour nous faire chercher dans la mauvaise direction ? suggéra Mikaël.

— Là encore, nous ne pouvons que spéculer. Je dois dire que si c'est une tentative de diversion, la mise en scène est d'une efficacité redoutable. Pour agir de la sorte, il faut vraiment en vouloir à sa victime. Ou être fou à lier.

— Ou les deux ! compléta Karine.

Andreas esquissa un sourire.

— Au moins, un point me paraît évident. C'est un meurtre prémédité. Exécuté avec soin et précision. Je ne peux pas imaginer qu'on l'ait tué sous le coup d'une impulsion, puis qu'on ait décidé de lui arracher les yeux. Sans oublier le message. Tout ça pour couvrir son acte et nous mettre sur une fausse piste.

La musique de James Bond retentit. C'était le portable d'Andreas, posé sur la table. Numéro inconnu.

— Andreas Auer. Oui, d'accord. Pas de souci. 13 h 30. À la boulangerie de la Barboleuse. À tout à l'heure.

Il raccrocha et se tourna vers Karine.

— C'était l'assistante de Gautier. Elle souhaite me voir. Elle ne voulait rien dire au téléphone.

— Intéressant, ça commence à bouger ! s'exclama Karine.

— Ça ne sert à rien de s'enflammer, mais c'est un signe positif. Une enquête, c'est comme une fourmilière. Si l'on y plonge une branche, toutes les fourmis autour commencent à s'agiter.

— Espérons que nous ayons planté la branche au bon endroit…

— As-tu découvert de nouvelles informations sur Gautier ? demanda Andreas.

Mikaël sourit et se mit à raconter ce qu'il avait déniché.

Alain Gautier était né à Gryon en 1960. Il avait fréquenté l'école à Gryon jusque vers l'âge de douze ans. Ensuite, il était allé à Bex. À l'âge de quinze ans, il avait commencé un apprentissage d'employé de commerce à Monthey dans une entreprise immobilière. Par la suite, il avait été engagé en fixe dans la même entreprise. Après quelques années, il s'était inscrit aux cours pour la préparation au Brevet fédéral de courtier immobilier. C'est là qu'il avait rencontré Marie Pitou. C'était en 1985. Il était devenu directeur adjoint de l'agence en 1990. Il s'était marié en 1992 avec une jeune femme de Monthey. Ils avaient divorcé deux ans plus tard. Pas d'enfants. En 1995, il était retourné à Gryon. Un ami de son père, proche de la retraite, propriétaire de l'agence immobilière de Gryon, l'avait engagé. Par la suite, il lui avait vendu son entreprise. La même année, son père était décédé d'un arrêt cardiaque. Il avait intégré Marie Pitou dans son agence en 2002. Il semblait qu'à cette période il avait manqué de peu de faire faillite. Marie Pitou l'avait sauvé de cette mauvaise passe en injectant de l'argent dans l'entreprise.

— Et j'ai pu trouver quelques renseignements concernant son casier judiciaire. Il est loin d'être vierge…

— Comment as-tu fait ? s'étonna Karine.

— Euh… j'ai un ami qui travaille au Département

fédéral de justice et police, avoua-t-il avec un sourire en coin.

Andreas se sentit un peu mal à l'aise, car lui-même n'avait pas encore pris le temps de demander ces informations.

— Et ça dit quoi ?

— Il a eu quelques retraits de permis pour conduite en état d'ivresse et vitesse excessive. Le dernier en date était de l'année dernière. Six mois de retrait.

— C'est tout ?

— J'ai gardé le meilleur pour la fin. En 1993, il a été condamné à cinq ans de prison, dont vingt-quatre mois fermes pour avoir violé une fille qui avait dix-sept ans au moment des faits. J'ai retrouvé les articles de journaux de l'époque. L'avocat de Gautier avait demandé l'acquittement prétextant que la fille aurait menti sur son âge et qu'elle aurait été consentante. Mais le tribunal a retenu le viol sur mineure. Il a été licencié par son entreprise. Son père est de toute évidence intervenu pour que son ami d'enfance l'engage à Gryon à sa sortie de prison.

— Cela ne fait que rendre ce Gautier de moins en moins sympathique, dit Karine.

— Et j'ai aussi retrouvé la victime. Elle habite toujours à Monthey. Elle a aujourd'hui trente-six ans. Coiffeuse dans le centre commercial de Collombey. Son père et sa mère vivent également à Monthey.

— Tu penses que ça vaut la peine d'investiguer cette histoire de viol ? intervint Karine.

— Oui, cela me semble intéressant. Appelle la fille et dis-lui qu'on va passer la voir.

Il se tourna vers Mikaël.

— Et concernant son enfance à Gryon, tu as quelque chose ?

— Il a été membre du club de tennis, et aussi de la fanfare, mais quand il a déménagé à Monthey il a tout laissé tomber. C'est tout ce que j'ai trouvé, pour l'instant.

— Peux-tu analyser la liste des personnes présentes devant le temple au moment de la découverte du crime, pendant que je vais rencontrer Julie Berthoud ? demanda-t-il à Mikaël.

— Ce n'est pas le plus urgent, non ?

— Nous ne devons surtout rien négliger à ce stade. Nous pourrons ainsi nous faire une image d'ensemble de la situation. En croisant les noms de cette liste, ceux des appels de Gautier, ses contacts et ceux des dossiers de l'agence, on pourra sans doute parvenir à un résultat.

Karine approuva d'un signe de la tête.

— Je pense revenir vers 15 heures au plus tard. Nicolas devrait arriver d'ici là.

— Nicolas Bertin ! s'exclama Karine d'un ton agacé. Tu l'as appelé ?

— Oui, Nicolas Bertin ! Eh oui, je l'ai contacté ! Nous avons besoin d'aide et il peut nous être utile.

— À quoi peut-il nous être utile, ce flemmard invétéré ?

Nicolas Bertin avait cinquante-quatre ans. Il n'avait plus que trois ans avant la préretraite, qu'il attendait avec une impatience grandissante. Il n'était de toute évidence plus motivé par son job et était devenu un expert pour éviter les tâches les plus compliquées, et surtout pour en faire le moins possible. Il n'avait qu'une seule motivation : la voile. Quand il serait à la retraite, il passerait tout son temps sur l'eau. Il s'était même donné comme objectif d'obtenir le permis de navigation en haute mer.

— J'aimerais que Nicolas fasse le tour des gens qui habitent à proximité du temple et parle aux voisins de Gautier. Je vais aussi lui demander de plonger dans les dossiers immobiliers.

— Je me réjouis de voir ça.

Chapitre 21

Boulangerie Charlet et le temple, Gryon, lundi 10 septembre 2012.

Andreas entra dans la boulangerie avec quelques minutes de retard. Julie Berthoud était déjà installée au fond de la salle. Lorsqu'elle aperçut Andreas, elle se leva et lui fit un signe de la main. Il s'attabla en face d'elle après l'avoir saluée. Il remarqua qu'elle était nerveuse. Sa main était à la fois moite et crispée. Elle commença par s'excuser, en bredouillant, de n'avoir rien raconté le matin même au bureau. Ils commandèrent un *cappuccino*. Andreas tenta de la rassurer en lui expliquant qu'elle avait fait le bon choix en le contactant. Puis, elle se mit à parler. Les mots sortirent de sa bouche dans un flot ininterrompu.

Après avoir demandé des précisions et posé quelques questions, Andreas la remercia pour ces informations, se leva, lui serra la main et partit. Il se dit qu'il tenait peut-être le bon bout. Mais, en même temps, cela lui semblait presque trop simple, trop évident.

Avant de rejoindre ses collègues, Andreas décida de retourner au temple. Il se remémora son impression de la veille. Il avait vu quelque chose… mais n'arrivait toujours pas à savoir quoi. Il voulait en avoir le cœur net.

Andreas s'arrêta devant la porte du temple et décolla les banderoles qui avaient été posées pour indiquer qu'il s'agissait d'une scène de crime. Après avoir ouvert la serrure à l'aide de la clé qu'il avait conservée, il entra et s'avança jusqu'à la table sainte, là où le cadavre avait été retrouvé. Il commença par observer à nouveau le vitrail, puis se tourna pour avoir une vue d'ensemble sur le temple et la galerie du fond, sur laquelle se trouvait l'orgue. Il décida de s'asseoir sur le premier banc de droite, juste au-dessous de la chaire. Qu'avait-il bien pu voir ? Il ferma un instant les yeux. Puis les rouvrit.

Le vitrail.

Jésus.

La lumière.

Il baissa les yeux. Il revit la scène.

La table sainte.

Un cadavre sacrifié.

Les ténèbres.

Sur le mur, au fond, étaient peints les quatre évangélistes. Jean était représenté par un aigle. Luc, par un taureau ailé. Marc, par un lion ailé. Et Matthieu, par un homme, également pourvu d'ailes. Il observa la fresque avec intérêt. Puis il décida d'appeler Mikaël. Il voulait en savoir un peu plus.

— C'est ainsi que les quatre évangélistes sont représentés dans la tradition biblique. Ils forment le *tétramorphe*.

— Le quoi ?

— Du grec *tetra*, quatre. Et *morphe*, la forme.

Ce sont les quatre êtres vivants qui dans le livre de l'*Apocalypse* se tiennent autour du trône du Christ. Ils évoquent chacun une qualité de Jésus. Le lion, la puissance. Le taureau, le sacrifice. L'homme, son humanité. Et l'aigle, l'esprit.

— Humm. Intéressant… C'est dans quel chapitre ?

— Plutôt au début. Le quatrième ou le cinquième, me semble-t-il. Pourquoi veux-tu savoir ça ? C'est pour l'enquête ? Ou pour combler un peu ton ignorance dans le domaine ?

Andreas ne réagit pas à la provocation de son compagnon.

— Je ne sais pas. Non. Je m'égare. Je voulais juste savoir.

Andreas raccrocha. Bien qu'il ne fût ni assidu au culte ni même intéressé par le domaine religieux, il était attiré et intrigué par les récits bibliques. Il aimait l'*Ancien Testament* pour son côté sombre et violent. Dieu qui se fâche. Dieu qui détruit Babylone. Un Dieu plus fascinant que Jésus qui aime son prochain et tend la joue gauche. Mikaël et lui avaient eu des débats enflammés sur le sujet et il s'était vu reprocher d'émettre des avis sans fondement et surtout de défendre des points de vue qui ne faisaient que refléter son inculture. Deux choses insupportaient Andreas. Avoir tort et être pris en défaut. Son orgueil avait été touché et il avait ainsi décidé de lire la Bible en entier. Il avait fini la lecture avec plus de questions qu'il n'en avait avant de commencer. Ce qui lui avait d'abord laissé un sentiment de frustration, très vite relayé par la curiosité d'en savoir plus.

Il aimait comprendre.

Il devait tout analyser.

Andreas s'était mis à lire. Il n'avait qu'à se servir dans la bibliothèque. Mikaël s'était constitué durant ses études une collection de livres théologiques à faire pâlir d'envie n'importe quel pasteur. Au fil du temps, Andreas comblait ses lacunes dans le domaine, sans pour autant arriver au niveau de connaissance de Mikaël. Le symbolisme et la psychologie l'avaient particulièrement intéressé dans la Bible. Comme un voyage de découverte aux origines de l'humanité.

Il sortit son portable et chercha le texte sur *Google. Apocalypse 4*.

« *Au milieu du trône l'entourant, quatre animaux couverts d'yeux par-devant et par-derrière. Le premier ressemblait à un lion, le deuxième à un jeune taureau, le troisième avait comme une face humaine et le quatrième ressemblait à un aigle en plein vol. Les quatre animaux avaient chacun six ailes couvertes d'yeux tout autour et au-dedans. Ils ne cessent jour et nuit de proclamer : Saint, Saint, Saint, le Seigneur, le Dieu tout-puissant. Celui qui est, qui était et qui vient !* »

Hier, un homme sans yeux était exposé nu, sans vie, sur la table sainte, sous le regard de quatre créatures couvertes d'yeux. Andreas trouva la coïncidence surprenante. Mais il était en train de s'égarer.

Sur la gauche, un piano. À côté, une stalle où devait à l'époque être assis le chantre qui avait la lourde tâche de guider les paroissiens vers la justesse, pour que les voix qui s'élèvent dans le temple soient dignes d'un hymne à Dieu. Dur métier…

Au mur, un tableau d'affichage des cantiques était

accroché. Seuls deux numéros y figuraient : 579 et 616. Devant la table de communion étaient placés de grands bougeoirs en bois sculptés en forme de flammes. Puis il s'arrêta net et posa à nouveau son regard sur les numéros affichés.

579.

616.

Il se leva, retourna près de l'entrée où il trouva un exemplaire des *Psaumes et Cantiques*. Le dernier cantique portait le numéro 459… D'où sortaient ces deux numéros ?

Il revint s'asseoir sur le banc tout devant. C'est là qu'il aperçut la grande Bible posée sur un piédestal juste en face de lui. Il repensa au verset trouvé sur le corps. Puis, se releva et s'approcha de la Bible. Pourquoi pas ? Ça vaut le coup de regarder !

Il ouvrit la Bible à la page 579. Bingo ! Il vit qu'un verset avait été souligné au stylo. Il lut.

« *Il a été maltraité et opprimé. Et il n'a point ouvert la bouche. Semblable à un agneau qu'on mène à la boucherie, à une brebis muette devant ceux qui la tondent. Il n'a point ouvert la bouche.* »

C'était un verset dans le *Livre du prophète Ésaïe*, au chapitre 53. Andreas le retranscrivit dans son carnet, juste en dessous du verset trouvé sur le cadavre. Il le lut une deuxième fois. Puis, une troisième. Le meurtrier veut que nous comprenions les raisons de son acte, pensa-t-il. Y avait-il d'autres messages ? Il feuilleta la Bible à nouveau. Page 616.

Rien.

Chapitre 22

Centre gryonnais, Gryon, lundi 10 septembre 2012.

Nicolas Bertin ouvrit la porte et entra au Centre gryonnais avec sa nonchalance habituelle. Il était de petite taille. Karine le dépassait d'une demi-tête. Le sommet de son crâne était dégarni. Il avait des chaussures style bateau, bleu et blanc, et portait un pantalon de coupe classique et une chemise blanche avec une ancre brodée sur la poche. Il ne lui manquait plus que la barbe et la casquette du Capitaine Haddock…

Il salua Karine d'un geste de la main.

— Hello. Y a du café ?

Karine lui indiqua la Thermos sur la table près de la cuisine en marmonnant quelques mots qui s'apparentaient de loin à une salutation. Il ouvrit plusieurs armoires avant de mettre la main sur une tasse. Il fit de même avec les tiroirs pour trouver une cuillère. Il les ouvrit et les referma avec la même indélicatesse qu'il l'avait fait avec les armoires, en les claquant de manière un peu trop énergique pour que cela ne soit pas fait dans le but d'énerver sa collègue. Il remplit ensuite sa tasse en prenant tout son temps.

— Pas très chaud, ce café. Y a du lait ?

Karine se retourna et fusilla Nicolas du regard.

— T'as qu'à regarder dans le frigo !

Il vint s'asseoir à la table où Karine était plongée dans ses papiers. Il y posa son coude et appuya son menton sur sa main. Même ses gestes trahissaient une motivation défaillante.

— Alors, j'dois faire quoi ?

Karine dut se mordre les lèvres pour ne pas dire quelque chose qu'elle regretterait ensuite. Elle résuma la situation de la manière la plus détaillée possible et indiqua ce qu'ils attendaient de lui, en ponctuant toutes ses phrases de « *T'as bien compris ?* », « *T'es sûr ?* », « *Tu veux pas noter ?* » ou encore « *C'est clair ?* »

Nicolas ne posa aucune question et attendit la fin pour montrer que son vocabulaire comptait quelques mots de plus que le *oui* prononcé de manière répétée pendant toute la durée de l'explication.

— Je vois. Vous me donnez le travail le plus inintéressant possible. Plonger dans des tonnes de dossiers et faire du porte-à-porte. Super !

Karine allait réagir au moment où la porte s'ouvrit. C'était Andreas. Il enleva sa veste, la posa sur le dossier d'une des chaises, serra la main de Nicolas et s'assit à la table.

— Alors, qu'est-ce qu'elle avait à te dire, Julie Berthoud ? lui lança Karine avec l'impatience qui la caractérisait.

— Je vous raconterai tout ça plus tard. J'aimerais qu'on commence par détailler l'emploi du temps de Gautier dans la journée de samedi.

Elle savait qu'Andreas aimait parfois retenir des informations et choisir son heure pour les divulguer. Cela ne faisait qu'amplifier sa curiosité. Mais elle n'insista pas, car elle savait qu'elle ne gagnerait pas à ce jeu. Elle prit un stylo et nota les éléments sur une feuille accrochée au mur.

10 h	*Téléphone avec Fournier.*
11 h	*Téléphone avec sa mère.*
16 h	*Appel depuis le Buffet de la Gare (du meurtrier ?).*
18 h - 22 h	*Décès dans son appartement.*
24 h - 4 h	*Déplacement du corps de Gautier.*
9 h	*Retrouvé mort dans le temple.*

— C'est tout ce que nous avons pour l'instant.

— Nicolas, pendant que tu feras le tour des voisins de Gautier, j'aimerais aussi que tu passes dans les magasins, les cafés et les restaurants. Peut-être que quelqu'un l'aura vu durant la journée.

— Rien que ça ?

— Oui ! Et le plus vite sera le mieux. Mais ce n'est pas tout. Nous savons que le meurtrier a emmené le corps au temple entre 20 heures, heure à laquelle la pasteure y était encore, et 9 heures du matin, lorsqu'elle l'a trouvé. Grâce aux explications de Doc, nous avons pu restreindre le créneau horaire entre minuit et 4 heures du matin. 1 heure du matin est une des options. C'est à ce moment-là que Gérard Ferraud prétend avoir entendu un véhicule s'arrêter à proximité. 3,2 kilomètres séparent le domicile de Gautier et le temple. Le meurtrier a pu prendre la route de Villars, descendre ensuite l'avenue de la Gare et prendre le Vieux Chemin jusque vers le temple. C'est le trajet le plus direct. Mais d'autres itinéraires sont également possibles. Il a pu emprunter le chemin de la Rote pour être plus discret.

— Et traverser ensuite tout le village depuis Rabou ? s'interrogea Karine, qui avait pris le temps de se familiariser avec la géographie locale et les lieux-dits de la région.

— Ça, c'est moins discret en effet. On sait maintenant qu'il a roulé avec la voiture de Gautier, la Mercedes 4 × 4 noire. Essaie de savoir si quelqu'un a aperçu le véhicule. Ça nous aidera à cartographier les événements.

Nicolas ne manifesta aucun intérêt perceptible pour la tâche, mais Andreas savait qu'on pouvait compter sur lui. C'était un policier expérimenté. Andreas espérait seulement qu'il se prenne au jeu et qu'il soit un peu plus proactif.

— Karine, où en es-tu avec la liste des personnes présentes au temple ?

Karine se leva et dévoila un panneau sur lequel elle avait écrit tous les noms de la liste en question. À côté de chaque nom, elle avait rajouté la fonction et la situation des personnes. Dans des cas complexes comme celui-ci, ils avaient pris l'habitude d'afficher toutes les informations en leur possession. Cela leur permettait de visualiser l'ensemble et la progression de l'enquête. Elle se mit à lire.

Alfred et Germaine Jaccard
deux retraités genevois, résidence secondaire à Gryon.

Nicole Barbey
maîtresse de Gautier, assistante, travaille à Bex dans l'entreprise de Jacques Charrier, et son mari Serge, garagiste. Ils habitent à Bex.
Gertrude Santchi
retraitée, Gryon.
Fabien Berset
journaliste, Lausanne.
Maurice Fournier
entrepreneur et conseiller municipal, Gryon.
John Holder
citoyen américain, résidence secondaire à Gryon.
Alain Murier
sa femme et leurs deux enfants, Gryon. Membre de la fanfare.
Gisèle Martineau
enseignante, Gryon.
Jacques Charrier
promoteur, Les Posses.
Marguerite Dubois
secrétaire communale et conseillère de paroisse, Gryon.
Madeleine Germanier
retraitée, Gryon.
Michel et Andrée Demont
retraités, habitent en face du temple à Gryon.
Gilles Pidoux
épicier à Gryon. Président du conseil de paroisse.
Claude Magne
agriculteur, et sa femme Charlotte, infirmière, Gryon.
Éric Rivoire
militaire de carrière à la retraite, Gryon.

Niklas Albright
citoyen anglais, ex-banquier. Habite à Gryon depuis sa retraite.

Karine avait complété la liste avec deux noms que les policiers n'avaient pas pris en compte.

Erica Ferraud
pasteure, et Gérard, son mari, Gryon.

— Et voilà !

Ils observèrent attentivement ces noms.

— On y retrouve déjà quelques personnages bien connus, fit remarquer Andreas.

— Dont trois personnes qui ont un lien proche avec Gautier, ajouta Karine.

— Nicole Barbey, Jacques Charrier et Maurice Fournier.

— Exact.

— Est-ce que quelqu'un ne rentre pas dans le cadre ? Une personne qui sort de l'ordinaire ? demanda Andreas.

— Tu penses que le meurtrier était présent ? s'interrogea Karine.

— Ce n'est pas impossible…

— Cela paraît un peu audacieux, non ?

— Oui, mais des risques, il en a déjà pris beaucoup. En trimbalant le corps à travers le village notamment. Cela fait peut-être partie de son jeu.

— Qui sort de l'ordinaire… réfléchit Karine. Les deux étrangers, lança-t-elle finalement. Un Américain. Il ne doit pas y en avoir beaucoup qui possèdent un chalet à Gryon. Et un Anglais. Mais qu'auraient-ils de commun avec Gautier ?

— Et puis aussi ce militaire, remarqua Nicolas.

— En quoi tranche-t-il avec le reste ?

— Je ne sais pas trop. Je le mentionnais juste. Une idée. Gautier a-t-il fait l'armée ? Se connaissaient-ils ?

Andreas et Karine furent étonnés que Nicolas se montre si loquace. Ce n'était pas son genre.

— C'est un point à vérifier. Bonne remarque. Sinon, qui d'autre a un lien avec Gautier hormis ceux que nous connaissons déjà ?

— Je n'ai pas eu le temps de creuser plus. On peut essayer de poser la question à…

Karine ravala le nom de Mikaël qu'elle était sur le point de prononcer. Il ne fallait surtout pas que Nicolas apprenne son implication.

— Une personne apparaît encore et encore dans cette enquête. Maurice Fournier. Je pense qu'il est temps d'aller rencontrer notre amical conseiller municipal, suggéra Karine.

— Je suis d'accord. Surtout après ce que Julie Berthoud m'a raconté tout à l'heure !

— Vas-y, crache le morceau !

— Elle a assisté à une scène entre Maurice Fournier et Alain Gautier. C'était jeudi dernier, Fournier était venu sans rendez-vous. Selon Julie Berthoud, il avait l'air agacé. Elle a entendu le ton monter entre les deux hommes, mais n'a pas pu comprendre ce qu'ils se disaient. Il est ensuite sorti, après une dizaine de minutes, en claquant la porte.

— De mieux en mieux. Mais pourquoi n'a-t-elle rien mentionné ce matin ? Et pourquoi Mme Pitou n'a-t-elle rien raconté non plus ?

— Marie Pitou s'était absentée avec des clients pour visiter un chalet. Son assistante lui a relaté les faits lorsqu'elles ont appris la mort de Gautier et sa cheffe lui a ordonné de ne pas en parler à la police. Elle ne veut pas d'histoires. « *C'est assez compliqué comme cela* », lui aurait-elle déclaré.

Ils retourneraient voir Marie Pitou, c'était certain. Mais pour l'heure, Maurice Fournier était la priorité. Il allait devoir s'expliquer sur quelques points. Et sa femme aussi. Ils décidèrent de se séparer. Pendant qu'Andreas s'entretiendrait avec Maurice Fournier à son bureau, Karine rencontrerait Janine Fournier qui, espérait-elle, serait à la maison.

Chapitre 23

Chalet des Fournier, Gryon, lundi 10 septembre 2012.

Situé en Frasses aux abords des pistes de ski, entre Barboleuse et les Mazots de Gryon, le chalet des Fournier était imposant. Karine arrêta sa voiture devant le portail électrique. Elle appuya sur le bouton de l'interphone. Après qu'elle se fut annoncée, le portail se mit en branle et elle put entrer dans la cour où elle parqua son véhicule. Au premier étage se trouvait un balcon avec une immense baie vitrée. De là, on devait avoir une vue magnifique, songea Karine.

Karine se trouvait dans une phase difficile de sa vie. Elle venait de divorcer après dix ans de mariage. Son mari, gendarme, avait décidé de rompre. Il n'en pouvait plus de cette relation dictée par les horaires irréguliers de leurs métiers respectifs. Lui voulait fonder une famille. Avoir des enfants. Karine, elle, n'en désirait pas. Ce n'était pas compatible avec son style de vie. Elle trouvait impensable d'arrêter de travailler pour devenir mère de famille et femme au foyer. Du moins, c'est ce qu'elle avait toujours soutenu. Mais aujourd'hui, à trente-six ans, elle se retrouvait seule. Avait-elle fait les bons choix ? Elle n'en était plus aussi convaincue. Bien sûr, elle était passionnée par son métier. Mais cet engouement avait aussi ses revers. Elle venait d'en faire l'amère expérience. Et paradoxalement, elle se réfugiait maintenant encore plus dans son travail.

Pour se sentir moins seule.

Pour occuper son esprit.

Pour survivre.

Karine s'avança vers la maison. L'entrée était située au rez-de-chaussée, sur la gauche du chalet. La porte s'ouvrit. Une femme élégante se présenta sur le pas de la porte. Elle portait un tailleur bleu marine et une blouse blanche à fleurs avec un grand col qui dépassait de la veste. Des boucles d'oreilles incrustées de diamants. Des vrais ? Un collier, mélange de perles nacrées et noires. Un bracelet assorti. Karine estima que la valeur totale des bijoux et des habits que portait Mme Fournier excédait celle de l'ensemble de sa garde-robe.

Karine présenta son badge.

— Bonjour, madame Fournier, puis-je entrer quelques instants ?

— Vous voulez sans nul doute parler à mon mari. Il est absent. Il travaille, dit-elle avec une arrogance certaine.

Karine avait beaucoup de peine à tolérer les femmes qui jouaient de leur apparence et toisaient le reste du monde du seul fait qu'elles possédaient un sac à main *Vuitton*, des chaussures *Louboutin* ou des bijoux *Chanel*. Ou alors avait-elle un problème d'estime de soi ? Se sentait-elle inférieure à ces femmes, parce que plus masculine ? En tout cas, elle était plus proche du chat de gouttière que de l'angora.

— C'est à vous que je souhaiterais poser quelques questions, madame Fournier.

Cette dernière parut surprise et perdit un peu de son assurance. Elle fit signe à Karine de la suivre. Elles gravirent un long escalier et arrivèrent dans une vaste pièce. Au centre était située une cheminée en pierre naturelle. La cuisine, moderne et luxueuse, s'ouvrait sur le salon. Au fond, un autre escalier menait à une spacieuse mezzanine très cosy.

Elle regarda à travers la grande baie vitrée.

— Comment s'appelle cette montagne ?

— C'est le Grand Muveran, lui répondit Janine Fournier.

— Votre chalet est idéalement situé. Quelle vue splendide !

— Merci. On en est très satisfaits.

Janine Fournier invita Karine à prendre place sur le canapé en cuir blanc. Elle partit préparer deux cafés. Pendant ce temps, Karine continua à détailler avec attention cette grande pièce. L'espace lui plaisait. La vue aussi. Mais elle ne se sentirait pas à l'aise dans tout ce luxe. Elle aimait les intérieurs simples et pratiques.

Janine Fournier revint avec les deux cafés, servis dans des tasses très chic. Elle s'assit et croisa les jambes.

— Que puis-je pour vous, madame Joubert ?

— Nous enquêtons sur l'assassinat d'Alain Gautier…

Avant que Karine ne puisse finir sa phrase, elle

fut interrompue par le ton sec et distant de son interlocutrice.

— Et en quoi cela me concerne-t-il ?

— Ça, c'est à moi d'en juger, rétorqua Karine tout aussi sèchement.

— Je vous écoute…

Karine fut un peu perturbée par cette entrée en matière et en perdit presque le fil. Son interlocutrice ne semblait pas du tout troublée par la situation et agissait comme si elle voulait garder la maîtrise de la conversation et l'ascendant sur l'inspectrice. Mais Karine se ressaisit. Elle en avait maté d'autres.

— Quelle relation avait votre mari avec Alain Gautier ?

— Des liens professionnels. Mon mari est entrepreneur. Il rénove et construit des chalets. M. Gautier les vendait.

— Se côtoyaient-ils en privé ? Alain Gautier venait-il chez vous ?

— Non. Il n'est jamais venu ici. Ils se voyaient au bureau de mon mari, à l'agence ou sur des chantiers, je suppose.

— J'aimerais maintenant vous poser quelques questions sur vos emplois du temps de samedi, le vôtre et celui de votre mari. C'est purement formel, tenta de se justifier Karine, mais Janine Fournier n'était pas dupe.

— Mon mari est-il suspecté ? demanda-t-elle d'un air mi-choqué, mi-surpris, en s'avançant sur le canapé en direction de Karine.

— Qu'en pensez-vous ? Devrions-nous le suspecter ?

— Bien sûr que non ! riposta-t-elle du tac au tac,

marquant un léger recul. Posez-moi vos questions. Nous n'avons rien à cacher !

— Parfait. Où étiez-vous samedi, l'après-midi et le soir ?

— L'après-midi, je suis allée boire un café chez une amie à Villars. Vous pourrez lui demander. Elle le confirmera. Et le soir, j'étais à la maison.

— Et votre mari ?

— Maurice s'est rendu dans notre chalet de Taveyanne après le dîner. Il est revenu pour le souper.

— Quelle heure était-il précisément ?

— Il était 19 h 30 environ. Je venais de regarder les résultats du Loto. C'est juste avant le téléjournal.

— Qu'est-il allé faire à Taveyanne ?

— Il s'y rend presque tous les samedis ces temps-ci. Il est en train de rénover la chambre à coucher.

— Comment s'est déroulée votre soirée ?

— Nous avons suivi les informations sur la première chaîne française en mangeant. Ensuite, j'ai regardé « Les Enfants de la télé ». Mon mari est allé dans son bureau ici au premier étage. Il devait étudier quelques dossiers pour le conseil communal, je crois. Je suis allée me coucher à la fin de l'émission. Il est venu me rejoindre un peu plus tard.

— A-t-il pu sortir de la maison sans que vous vous en rendiez compte ?

— Non. Je ne m'endors pas facilement. Je l'entendais bouger. Il n'est pas sorti d'ici. Je peux le garantir ! Il est venu se coucher peu de temps après moi, comme je vous l'ai déjà indiqué.

— Votre mari est allé au culte dimanche matin. La pasteure m'a raconté que vous étiez des paroissiens assidus et qu'en général vous vous y rendiez ensemble. Pourquoi pas cette fois ?

Janine Fournier sembla un peu hésitante. Elle n'était de toute évidence pas préparée à la question.

— Euh… je ne me sentais pas très bien.

Karine décida de creuser plus loin.

— Vous étiez malade ?

— Non. Pas vraiment…

Karine resta sans rien dire et traqua le regard fuyant de Janine Fournier. Le silence, trop pesant, la fit céder sans même que Karine doive insister.

— On a eu une dispute. Et du coup, je ne voulais plus y aller.

— À quel sujet ?

Karine laissa la question suspendue en fixant son interlocutrice. Face au silence, Janine Fournier parut déstabilisée. Elle avait ouvert la brèche. Pas de retour en arrière possible. Elle chercha dans son imagination une réponse plausible à invoquer, mais rien ne vint.

— Je répète ma question. À quel sujet ?

— Juste une dispute conjugale, vous savez ?

— Je le répète encore une fois, madame Fournier. À quel sujet ?

Sous la pression, Janine Fournier lâcha le morceau. Son attitude supérieure et offensive s'était évanouie, laissant la place à l'incertitude et à la peur. Elle venait de donner à l'inspectrice un morceau de viande sur lequel celle-ci s'acharnait comme un vautour.

— Au sujet de Gautier, lâcha-t-elle finalement.

— Oui. Et ?

— Je suis tombée sur un message de Gautier à mon mari sur son portable.

Janine Fournier semblait embarrassée. Son visage vira au cramoisi.

— Il m'arrive de vérifier. Vous savez, juste pour voir… Vous comprenez ?

Elle espérait de la part de Karine une solidarité féminine, qui l'absoudrait… De son acte de jalousie. De sa curiosité maladive. Karine resta parfaitement insensible.

— Que disait ce message ?

— Il lui demandait de faire voter au conseil municipal un projet de construction dont il serait le promoteur en lui promettant le contrat et vingt mille francs. Et, à la fin du message, il disait quelque chose du genre « *Ne me déçois pas…* »

— Vous pensez qu'il faisait chanter votre mari.

— Je n'en ai aucune idée. Ça faisait des années qu'ils collaboraient. Ils ont même grandi ensemble à Gryon. Mais lorsque j'en ai parlé à mon mari, il s'est comporté très bizarrement. Il n'a pas voulu en discuter. Mais j'ai insisté et il m'a insultée en me disant de m'occuper de mes affaires.

— Le message date de quel jour ?

— Il l'a reçu jeudi soir, il me semble.

— Parfait. Je vous remercie. Pour le moment, ce sera tout.

Janine Fournier raccompagna Karine jusqu'à la porte. Lorsque l'inspectrice lui tourna le dos pour partir, elle l'interpella.

— Vous pensez qu'il a quelque chose à voir avec la mort de Gautier ?

Karine tourna la tête.

— C'est ce que vous semblez penser, non ?

Janine Fournier ne répliqua pas. Elle resta immobile sur le pas de la porte.

Karine se dirigea vers la voiture. Elle ouvrit la portière. Avant de s'asseoir, elle jeta un dernier regard en direction de la maison. Elle aperçut une ombre derrière la baie vitrée. Quelqu'un l'observait. Janine Fournier ? Le portail électrique se mit en mouvement. Elle appuya sur les gaz et démarra en faisant gicler le gravier, laissant une trace derrière elle.

Janine Fournier regarda la voiture de l'inspectrice s'éloigner et sortit sur la terrasse. Elle avait besoin de prendre l'air. Elle inspira profondément. Elle prit une cigarette dans un étui en peau de crocodile. Elle l'alluma. Tira une grande bouffée. Un doute s'était installé dans son esprit. Bien sûr que non ! Son mari n'était pas sorti de la nuit.

Chapitre 24

Entreprise de Maurice Fournier, Gryon, lundi 10 septembre 2012.

Andreas était arrivé devant les locaux de l'entreprise Fournier Constructions SA, situés à l'angle de la route des Renards et de celle de Villars, non loin de Barboleuse. Il avait été accueilli par la secrétaire de Maurice Fournier. Ce dernier était sur un chantier. Il ne devait pas tarder à revenir. Il décida d'aller boire un café chez Charlet en attendant. Il s'installa à une table près de la fenêtre qui donnait sur la route de Villars et l'arrêt du train. De là, il pourrait le voir arriver. Le patron l'aperçut et vint le saluer. Il en profita pour échanger quelques mots avec lui. Fournier était un client régulier. Il venait presque tous les matins boire son café à la pause de 9 heures. La dernière fois qu'il l'avait vu ? Samedi après-midi, vers 14 heures, il était en compagnie d'Alain Gautier.

Ils étaient restés assez longtemps. Une mise au point après l'engueulade de la veille ?

Le patron lui amena le café qu'il avait commandé ainsi qu'une confiserie.

— Je crois savoir que vous aimez les Bouchons Vaudois ?

Andreas le prit et croqua dedans.

— Merci. En effet, ils sont excellents. J'adore ce côté croustillant et le goût d'amandes. Et ce léger arôme d'alcool. C'est quoi déjà ?

— C'est du *Bitter des Diablerets*. Un alcool à la gentiane et d'autres herbes de montagne. On dit que le diable est dans la bouteille.

Andreas vit passer la voiture de Fournier, un 4 × 4 gris qui n'était plus de première jeunesse.

— Désolé de couper court, mais je dois y aller.

Il était 17 heures. Il paya son café et traversa la rue. Maurice Fournier parlait avec un ouvrier devant l'atelier. Il était grand et avait une stature assez impressionnante. Malgré son ventre qui semblait avoir quelques réserves pour l'hiver, il était plutôt baraqué. Large d'épaules. Il n'aurait eu aucune peine à transporter un cadavre, pensa Andreas. Contrairement au jour précédent où il portait un costume pour aller au culte, Maurice Fournier était vêtu d'habits de travail. Andreas avait le sentiment que sa tenue d'aujourd'hui lui convenait mieux et qu'il se sentait plus à l'aise. Salopette bleue. Chemise à carreaux. Chaussures montantes de sécurité. Malgré son statut de chef d'entreprise, il ne faisait visiblement pas partie de ceux qui ne se consacraient plus qu'au travail de bureau en envoyant les ouvriers à la mine. Fournier était un homme de terrain. Un artisan avant tout.

L'ouvrier vit Andreas s'approcher d'eux et fit signe à son chef, qui se retourna.

— Bonjour, inspecteur !

— Bonjour, puis-je vous parler quelques minutes ?

Fournier hocha la tête et donna des instructions à son ouvrier avant de le libérer. Il invita ensuite Andreas à entrer dans le vaste atelier où tout semblait sens dessus dessous. Des planches en bois et des poutres étaient entassées contre les murs. Au milieu, une table de montage avec ce qui avait l'air d'être un escalier en colimaçon en devenir. Le sol était recouvert de copeaux de bois et de sciure. Plusieurs machines remplissaient la pièce. Andreas reconnut en l'une d'elles une scie, mais se demanda à quoi pouvaient bien servir les autres. Le bricolage et les travaux manuels ne faisaient pas partie de son monde. Il avait bien fait quelques tentatives, notamment pour rénover une des pièces de la maison. Mais il avait dû en fin de compte se résoudre à faire appel à un professionnel. Il avait deux mains gauches et avait failli se trancher un doigt avec une scie sauteuse. Sans parler du fait que le résultat laissait franchement à désirer. Il n'avait d'ailleurs ni la patience ni le sens du détail pour entreprendre ce genre de travaux. Mais au fond, la raison principale, c'est qu'il n'aimait pas ça.

— Je vous sers un verre de blanc. C'est l'heure de l'apéro, non ?

Andreas accepta. Non pas qu'il en ait eu particulièrement envie. Mais il ne voulait pas le contrarier. Fournier le convia dans une pièce exiguë au fond de l'atelier qui avait été transformée en carnotzet. De nombreuses bouteilles de vin étaient disposées sur un meuble prévu à cet effet. Au milieu de la pièce, quatre tabourets en bois et une table ronde faite à partir de la roue d'une ancienne charrette, sur laquelle avait été posée une vitre. Était-ce ici qu'il montait des coups avec Gautier ? se demanda Andreas. Avec Charrier aussi ? Il devait aimer la brocante. De nombreux objets rustiques provenant d'une ferme décoraient l'endroit. Divers outils d'antan. Des râteaux. Des haches. Des baquets à crème. De vieux moules à beurre. Dans le coin, une boille à lait, peinte avec un motif de vache. Dans l'autre coin, une baratte qui servait à transformer la crème de lait en beurre. Sur le mur, un tranche-caillé qui permettait de fractionner la masse coagulée lors de la fabrication de fromage, ainsi qu'une vieille paire de skis en bois.

Fournier interrompit cette observation des lieux.

— Que me vaut votre visite, inspecteur ? demanda-t-il avec une assurance qui surprit Andreas.

Il avait rencontré de nombreux suspects dans sa carrière. Celui-ci ne laissait paraître aucune forme de nervosité. Soit il n'avait rien à se reprocher, soit c'était un virtuose de la maîtrise de soi. Il ne voulait pas encore passer à l'attaque.

— Hier, vous êtes venu me proposer votre soutien. Je suis là. En tant que conseiller municipal et entrepreneur, vous êtes sans aucun doute une personne qui en sait long sur le village et ses histoires. Vous pouvez m'aider à y voir un peu plus clair.

— Bien sûr, inspecteur, assura-t-il en bombant le torse.

Maurice Fournier s'exprima sans retenue au sujet d'Alain Gautier. Son hôte aimait parler, comme tout politicien qui se respecte. Il était terriblement triste pour son ami. Alain Gautier était un professionnel reconnu. Il faisait beaucoup pour le développement économique de Gryon. Il en dressa un profil des plus élogieux. Il s'arrêta dans son monologue et s'adressa à Andreas.

— Avez-vous un ou des suspects ?

— Nous avons quelques pistes intéressantes. Une qui me semble relativement prometteuse. Mais vous comprendrez que je ne peux pas vous en parler.

Fournier acquiesça. Après quelques verres de blanc qui avaient mis à l'aise son interlocuteur, Andreas sentit que c'était le moment de passer à l'offensive.

— Et vous ? Vous auriez une idée de qui a pu le tuer ? Et pour quel motif ?

— Je n'en ai pas la moindre idée, inspecteur.

— Des histoires d'argent ? De sexe ?

— Il ne m'a parlé d'aucun souci particulier.

— Que connaissez-vous sur sa vie privée ? Affective ? Sexuelle ?

Maurice Fournier paraissait un peu gêné. Sans doute Andreas commençait-il à approcher de la zone sensible. La réponse tarda à venir.

— J'étais au courant pour sa maîtresse, lâcha finalement Fournier. Il a fait une allusion à ce sujet, mais je n'en sais pas plus.

— Quand l'avez-vous vu pour la dernière fois ?

— Samedi après-midi. Nous avons été boire un café chez Charlet.

— Comment était-il ? Avez-vous remarqué s'il était tendu ?

Nerveux ?

— Non, il était comme d'habitude.

— Et de quoi avez-vous parlé ?

— D'un projet immobilier. Il voulait me demander d'en assurer la construction.

Andreas décida de passer à l'assaut.

Sans prévenir.

Par surprise.

De front.

— Nous avons découvert qu'Alain Gautier avait une vie sexuelle intense et débridée. Nous avons pu établir qu'il avait eu des relations avec des filles mineures. Étiez-vous au courant ?

Fournier s'immobilisa. Son cerveau était en ébullition. L'inspecteur pouvait-il être au courant ? Comment ? Il devait réfléchir vite. Il décida de nier.

— Non. Vous me l'apprenez !

— En êtes-vous certain ? Ne s'est-il jamais vanté de ses exploits ?

— Non. Je ne sais rien de ses histoires de cul.

Une goutte de sueur venait de se former à la hauteur de son front. Pourtant il ne faisait pas chaud. Bien au contraire.

— Même après quelques verres ici, dans votre carnotzet ?

— Non, jamais. Je vous l'ai dit !

Le ton de Fournier montait. Andreas vit qu'il avait serré son poing, qui était devenu tout rouge. La goutte de sueur commençait à couler le long de sa joue.

— Il vous a peut-être même convié à l'une de ses soirées de débauche dans son loft ?

— Ça suffit, inspecteur ! C'est quoi, ces insinuations ? Je ne vous permets pas ! s'écria-t-il en se levant de sa chaise et en menaçant Andreas d'un geste de la main. Vous savez à qui vous vous adressez !

— Asseyez-vous, monsieur Fournier, ordonna Andreas d'une voix posée, mais ferme.

Fournier s'exécuta. Andreas sentit chez lui cet instant de faiblesse qui précède la vérité. Le mur commençait à céder sous la pression. Mais il avait gardé le meilleur pour la fin.

— Ah oui ! Au fait, j'ai quelque chose à vous montrer.

Maurice Fournier parut surpris et observa Andreas sortir son iPad et le poser sur la table. Fournier se rassit et se tut.

— Appuyez ici ! lui enjoignit Andreas.

Maurice Fournier regarda la tablette, avança son doigt vers l'écran. Il marqua un temps d'arrêt, questionna l'inspecteur du regard. Andreas hocha la tête. Puis Fournier s'exécuta. À la vue du film projeté, il se décomposa littéralement. Il avait perdu le contrôle. Tant d'images se bousculaient dans son cerveau. Il ne savait plus comment réagir.

Son monde s'écroulait.

Il baissa les yeux.

— Je ne sais pas quoi vous dire, inspecteur, bredouilla Fournier. Je reconnais. J'ai participé quelquefois à ce genre de soirées.

— Et il vous a fait chanter. C'est pour ça que vous vous êtes disputé avec lui, vendredi dernier ? Il voulait de l'argent pour sauver son entreprise ? Il menaçait d'envoyer la vidéo à votre femme ?

— Non, je ne l'ai pas tué. Je n'ai rien à voir avec ça ! Je ne savais pas qu'il m'avait filmé. Je vous le jure !

Fournier fondit en larmes. Andreas l'observa attentivement. Sa surprise n'était pas feinte. Peut-être n'était-il pas au courant que Gautier filmait leurs ébats ?

— Monsieur Fournier, maintenant je veux tout savoir !

Maurice Fournier se mit à table. Il lui raconta comment cela avait commencé. Combien de fois. Il lui expliqua également leurs petits arrangements professionnels… et de quelle manière il avait fait pencher certaines décisions du conseil communal en faveur de leurs intérêts.

Le samedi ? Il était parti de chez lui après le dîner pour rencontrer Gautier. Oui, le jour précédent ils s'étaient fâchés. Alain Gautier lui avait mis la pression concernant une autorisation de construire que la commune n'avait pas encore accordée. Il lui avait expliqué qu'il ne pouvait pas trop s'engager pour le dossier, au risque que ses collègues de la municipalité ne commencent à douter de son impartialité. Alain Gautier s'était laissé amadouer. Après le café, vers 15 heures, il avait rejoint son chalet à Taveyanne comme il le faisait tous les week-ends. Il était en train de refaire la chambre à coucher. Il était retourné chez lui vers 19 h 30 pour le souper et n'avait plus bougé de là.

— Monsieur Fournier, je souhaiterais prendre vos empreintes digitales. Êtes-vous d'accord ?

— Sans problème ! Comme je l'ai dit, je n'y suis pour rien. Je n'ai rien à cacher.

Andreas positionna sa tablette à plat sur la table. Ils avaient récemment installé une application qui permettait de scanner les empreintes. Il demanda à Fournier de placer ses doigts les uns après les autres sur la vitre à l'endroit indiqué. Le progrès avait du bon, parfois. Il enverrait tout à l'heure les empreintes à Christophe par mail. La réponse serait quasi immédiate.

— Monsieur l'inspecteur, ne parlez pas de tout ça à ma femme. Je vous en conjure. Ça ficherait tout par terre, ajouta-t-il, sachant pertinemment que tout était déjà fini.

— Je vous conseille de l'en informer vous-même.

Je crains que nous ne soyons amenés à nous revoir très vite.

En sortant de l'atelier, Andreas avait un sentiment mitigé. Il ne comprenait pas pourquoi. Pourtant il avait un suspect idéal sous la main. Et un motif. Mais il avait la conviction que le meurtrier était un homme intelligent, organisé, structuré, et qui savait parfaitement ce qu'il faisait. Un être froid et calculateur. Et cette image ne correspondait pas à Fournier. Il le croyait incapable de commettre un tel crime. Il avait même eu le sentiment qu'il avait été sincère.

Chapitre 25

Refuge de Frience, Gryon, lundi 10 septembre 2012.

Le deuxième jour de l'enquête touchait à sa fin. Andreas avait proposé à son équipe d'aller manger ensemble au restaurant. Mikaël ne serait de toute façon pas à la maison. Il avait été invité à une soirée organisée par son ancien employeur à Lausanne. Il rentrerait tard.

Ils s'étaient ainsi retrouvés au Refuge de Frience à 19 h 30. Malgré les réticences de Karine, Andreas avait convié Nicolas Bertin.

L'année précédente, le chalet avait brûlé jusqu'aux fondations. Andreas n'y était pas encore retourné depuis la réouverture. Le refuge flambant neuf était en bois. De gros rondins avaient été utilisés pour sa construction. La porte d'entrée était massive. Au milieu de la pièce, une grande cheminée, dont la hotte était elle aussi recouverte de bois, occupait l'espace. Tout était très ouvert. Une sorte de duplex spacieux avec une galerie. Décoré avec goût. Mais il préférait le refuge d'avant. Plafond bas. Poutres foncées. Plus chaleureux et plus typique.

Andreas avait demandé une table isolée, pour qu'ils puissent parler en toute discrétion. Ils se retrouvèrent juste en face de l'entrée, protégés par une paroi en bois. Comme dans une pièce à part.

Ils commandèrent en apéritif une bouteille de vin blanc d'Ollon, un chardonnay, ainsi qu'une assiette de viande séchée. Karine et Andreas racontèrent leur entretien respectif avec les époux Fournier.

— Tu penses que c'est Maurice Fournier ? demanda Nicolas.

— Certains éléments vont dans ce sens. Mais je ne le pense pas.

— Et pourquoi pas ? renchérit Karine.

— Pas de certitude. Un sentiment. Je ne perçois pas le lien entre toute cette mise en scène et les motifs potentiels de Fournier. Et je ne l'estime pas capable de ça.

— Tu ne le sens pas capable de tuer ?

— De tuer, peut-être. Mais pas de cette manière. Tuer de manière impulsive, c'est une chose. Tuer avec préméditation en est une autre. Tuer avec une telle violence et avec une prise de risque pareille en est encore une troisième. Je vois notre meurtrier comme un être marqué par un fort trouble de la personnalité et qui fait preuve d'un comportement déviant, un être dont les actes ne sont subordonnés à aucune norme sociale.

— Tu es en train de faire la description d'un psychopathe.

— Exact. C'est un sadique. Il tire du plaisir de ses actes. Il n'a aucun remords. La culpabilité et les interdits ne font pas partie de son monde. Il fait preuve d'une absence complète d'empathie et les émotions humaines lui sont étrangères. Il éprouve un sentiment de supériorité.

— Comment peux-tu déduire tout ça, alors que la seule chose que nous ayons pour l'instant, c'est un cadavre ? s'étonna Nicolas.

— Justement. C'est ce que m'inspire la manière dont le crime a été perpétré et ensuite agencé. Le meurtrier ne s'est pas contenté de tuer sa victime d'un coup de pistolet dans la tempe. Il a pris le soin de lui ôter les yeux de son vivant. Si ça, ce n'est pas du sadisme, je n'y comprends rien. Imaginez-le avec son scalpel en train de lui découper les yeux… Il a dû ressentir un plaisir très intense. Probablement encore mieux qu'un orgasme.

— Tu me fais un peu peur là, dit Nicolas.

— Le fait qu'il communique avec nous sous forme de messages, avec en plus une sorte de jeu de piste me fait penser qu'il se sent intouchable et supérieur. On pourrait rajouter orgueilleux, vaniteux et imbu de lui-même à la liste de ses qualités intrinsèques. Il peut se permettre de jouer avec nous, car il n'imagine même pas la possibilité que nous puissions le coincer. Ce qui l'intéresse, c'est le pouvoir qu'il exerce sur sa victime, et celui qu'il présume exercer sur nous.

— Ça me dépasse un peu, tout ça. À l'époque, à l'école de police, on nous a appris à travailler avec des preuves et des faits. Pas avec des suppositions *psychomachin*…

— Oui, heureusement que t'es bientôt à la retraite…

Andreas ne prêta aucune attention à ce conflit de générations et poursuivit sur sa lancée.

— Et la mise en scène dans le temple est le fruit de ses fantasmes et de ses émotions. Elle exprime le profond trouble qui l'habite. C'est sa signature. Elle doit avoir pour lui une signification très intime, connue de lui seul, de manière plus ou moins consciente. C'est donc là qu'est la clé. Si l'on arrive à interpréter les différents aspects de cette mise en scène, on peut accéder au tueur. Pourquoi les yeux ? Pourquoi dans le temple ? Pourquoi le couteau dans le cœur ? Pourquoi les messages bibliques ? Rien n'est le fruit du hasard. Tout a un sens. Telles sont les questions auxquelles nous devons répondre.

Andreas observa ses deux collègues qui avaient l'air un peu perplexes avant de continuer :

— Mais admettons que Fournier soit le meurtrier. Comment aurait-il procédé ? demanda Andreas.

— Après leur café chez Charlet, Fournier est parti à Taveyanne. Cela nous a d'ailleurs été confirmé par un voisin qui était également dans son chalet. Il a même échangé quelques mots avec Fournier. Il a ensuite pu revenir entre 17 heures et 19 heures à Gryon et se rendre chez Gautier. Ce dernier aurait ouvert la porte sans se poser de questions. Ils boivent une bouteille de vin ensemble. Fournier le tue. Il retourne chez lui à 19 h 30. Mange avec sa femme. Il prétexte qu'il doit encore travailler. Lorsque sa femme dort, il quitte la maison. Il a peut-être même glissé des somnifères dans sa tisane du soir. Il se rend chez Gautier. Il sort la voiture de Gautier du garage et y met la sienne. Ensuite, il charge le coffre du cadavre et l'emmène au temple. Il revient, échange à nouveau les voitures, et rentre se coucher, expliqua Karine.

— Jusque-là, c'est plausible. Mais il y a un hic.

En sortant de chez Fournier, je suis passé au Buffet de la Gare. J'ai reparlé avec le serveur. Il connaît très bien Fournier et peut jurer que ce n'est pas lui qui a passé le coup de fil. Même déguisé, il l'aurait reconnu.

— L'appel à Gautier n'a peut-être rien à voir avec le crime, suggéra Nicolas.

— En effet. Mais si ce n'était pas le meurtrier, qui est ce mystérieux personnage qui a appelé Gautier juste avant sa mort ? Et si Gautier avait utilisé les films pour mettre la pression sur Fournier et le faire chanter, est-ce que vous pensez vraiment qu'ils auraient trinqué ensemble avant ?

— Pourquoi pas ? Peut-être que le climat était entre guillemets normal au début. Ils discutent autour d'un verre de vin. Ensuite, l'alcool aidant, la situation dégénère. Fournier refuse de se laisser intimider. Gautier lui montre alors le film en menaçant de l'envoyer à sa femme s'il ne coopère pas. Fournier le tue.

— ... ou alors ce n'était pas Fournier, renchérit Nicolas en coupant la parole à sa collègue. Peut-être que le mobile n'a rien à voir avec du chantage. Peut-être qu'on fait fausse route...

— C'est juste. Pour l'instant, nous n'avons que des suppositions, rappela Andreas. Rien de concret sur quoi s'appuyer. Même si ton hypothèse est séduisante, je ne pense pas que cela se soit déroulé comme ça. Fournier l'aurait tué sous le coup de la colère ou de l'émotion ? Non ! Je suis persuadé que tout a été préparé et planifié avec minutie. Du coup, ta théorie tombe à l'eau.

La discussion était devenue plus animée, Andreas et Karine défendant chacun leur scénario bec et ongles, tandis que Nicolas faisait l'arbitre au milieu – pas toujours impartial, d'ailleurs.

— Fournier est notre seule piste tangible et, moi, je suis persuadée qu'il y a quelque chose de pas net. En plus, nous avons du concret et le chantage est le mobile le plus réaliste que nous ayons pour l'instant.

Karine leur exposa le contenu du SMS envoyé par Gautier à Fournier.

— Je veux bien, mais premièrement tu n'as pas vu ce message. Et deuxièmement, le fait qu'il ait écrit « *Ne me déçois pas* » ne prouve pas qu'il le faisait chanter. À mon avis, nous devons continuer à creuser dans la vie de Gautier. On va bien finir par trouver quelque chose. Une piste sérieuse, s'entend.

Au vu de l'expression franchement irritée de Karine, Andreas décida de désamorcer la bombe pour faire redescendre la tension. Il avait l'habitude de gagner contre Karine aux joutes oratoires, mais il lui était déjà arrivé de dépasser les bornes. Et Karine prenait la mouche. Andreas préférait ne pas être dans les environs quand cela se produisait. Ainsi, il avait pris l'habitude de désamorcer la situation au moment où il sentait la limite approcher pour ne pas devoir subir l'étalage de son vocabulaire fleuri. Mais il reconnaissait que parfois cela l'amusait de jouer avec le feu…

— Sans pour autant exclure Fournier, bien entendu.

— Bien entendu, répéta Nicolas.

On pouvait apercevoir un léger sourire au coin des lèvres de Karine. Le désamorçage avait été effectué à temps…

— Quelle est ton impression quant à Janine Fournier ?

— Elle était très affirmative concernant le

déroulement de la soirée. Elle certifie que son mari n'a pas bougé de la maison. Mais j'ai eu le sentiment qu'elle était un peu ébranlée. Comme si elle avait un doute.

— Un doute ?

— Oui. Je ne suis pas sûre qu'elle soit au courant de tous les agissements de son mari. Elle s'imagine peut-être qu'il lui cache des choses. Sur sa relation avec Gautier, entre autres. Et surtout depuis qu'elle a découvert ce SMS. Mais pour l'instant, elle confirme son alibi.

— On verra jusqu'à quand. J'ai discuté avec Christophe avant d'aller chez Fournier. Il a pu identifier trois des filles sur les vidéos. Celle qui apparaît sur la vidéo intitulée *Adeline* est mineure. Elle s'appelle en réalité Christelle Mounard. Elle a dix-sept ans et habite à Monthey. Le procureur a envoyé une inspectrice pour lui parler. Même si la fille ne dépose pas plainte, il veut poursuivre Fournier. Pour abus sexuel sur mineure. Et, cerise sur le gâteau, il sera appréhendé demain pour le meurtre de Gautier.

— On l'arrête ? Mais sur quelle base ? demanda Nicolas.

— Ah oui, Christophe m'a aussi informé que les empreintes que nous avons identifiées sur la bouteille de vin sont celles de Fournier. Nous avons donc un lien direct entre Fournier et le lieu du crime.

— Ah ! Tu vois. Mon intuition n'était finalement pas si fausse.

— Mais un point me turlupine.

— Forcément… Quoi donc ?

— Gautier n'avait pas d'alcool dans le sang. As-tu vérifié s'il avait une femme de ménage ?

— J'ai appelé sa mère. Il en avait une. J'ai son nom et son numéro de téléphone.

— Et tu ne l'as pas encore contactée ? releva Andreas, un brin irrité.

— Non. Je n'ai pas pu…

— Appelle-la tout de suite ! intima Andreas en lui coupant la parole.

Karine s'exécuta. Par chance, cette personne répondit. Elle avait fait le ménage vendredi après-midi comme d'habitude. Alain Gautier voulait que son appartement soit prêt pour le week-end. Elle avait vidé les poubelles.

— Et donc, la seule chose qui a été mise dans la poubelle entre vendredi soir et samedi, c'est cette bouteille ! Vous ne trouvez pas ça bizarre ?

— Oui. Et il y a aussi autre chose. Les deux verres à vin sont parfaitement propres. Si le meurtrier les a lavés pour effacer ses traces, pourquoi diable aurait-il jeté la bouteille avec les empreintes dans la poubelle plutôt que de la prendre avec lui ? s'interrogea Nicolas.

— Peut-être parce que ces empreintes ne sont pas celles du meurtrier, suggéra Andreas.

— Tu penses que quelqu'un d'autre l'y a placée ? Une troisième personne ? Le tueur ? Mais dans ce cas-là, comment les empreintes de Fournier et Gautier s'y sont-elles retrouvées ? Ça ne colle pas ton histoire, lança Karine.

— Suppose la chose suivante. Je suis le meurtrier. J'ai volé la bouteille chez Fournier. Ses empreintes y figuraient donc probablement déjà. Lorsque Gautier est mort, je prends sa main et la place sur la bouteille. Le tour est joué.

— Intéressant !

— Oui, mais pas assez pour le procureur ! Je lui ai fait part de ma théorie tout à l'heure. J'ai tenté de le dissuader d'arrêter Fournier maintenant. Je pense que c'est trop tôt. On n'a rien d'autre. Mais lui estime qu'en le cuisinant demain au poste, il va craquer et tout raconter. Il est déjà en train de préparer le mandat d'amener et le mandat de perquisition pour la maison et le bureau.

Andreas fit une pause.

— Nous l'arrêterons donc demain matin. Je l'accompagnerai ensuite au poste à Bex pour l'auditionner. Vous deux, vous irez perquisitionner d'abord sa maison, puis son bureau.

— Comment saura-t-on où trouver Fournier ?

— Des policiers en civil sont stationnés devant sa maison et son bureau depuis ce soir.

Le serveur apporta la carte des mets. Andreas proposa de manger une fondue. Les deux autres acquiescèrent.

— Je suis retourné au temple cet après-midi, poursuivit Andreas.

Nicolas et Karine le regardèrent, attendant la suite.

— Hier, il me semblait avoir manqué quelque chose. Ça m'a travaillé toute la nuit.

— Et tu as trouvé ? demanda Nicolas.

Andreas sortit son carnet et lut le verset qu'il avait recopié de la Bible :

« *Il a été maltraité et opprimé. Et il n'a point ouvert la bouche, semblable à un agneau qu'on mène à la boucherie, à une brebis muette devant ceux qui la tondent. Il n'a point ouvert la bouche.* »

— Et tu es sûr que c'est le meurtrier qui a affiché ces numéros et entouré le verset ? insista Nicolas.

— C'est même certain. La pasteure m'a confirmé que ces numéros n'étaient pas ceux qu'elle avait mis le samedi soir. Par ailleurs, ce verset est complémentaire au premier.

— Ça me semble un peu fumeux, cette histoire de boucherie, commenta Karine.

— Littéralement, j'en déduis que le meurtrier a été maltraité et opprimé. Mais est-ce qu'il y a autre chose ? Je ne sais pas trop. Avec ce verset, c'est comme s'il cherchait à justifier son acte.

— Il a voulu plonger sa victime dans les ténèbres parce qu'il a été maltraité, résuma Karine.

— C'est ça.

— Et le 616 ? souleva Nicolas.

— Je ne sais pas. Ce n'est ni une page de la Bible ni un des cantiques.

— Mais tout ça ne colle pas vraiment avec Fournier, je me trompe ? lança Nicolas.

— Nous verrons demain… Si ce n'est pas Fournier, qui est-ce ?

Andreas laissa planer la question.

Chapitre 26

Chalet *L'Étoile d'argent*, Gryon, lundi 10 septembre 2012.

Mikaël gara sa voiture devant la maison peu avant minuit. Il aperçut Andreas, assis sur la terrasse, en train de fumer un cigare, emmitouflé dans une grosse veste. Le fond de l'air était devenu frais.

Andreas s'était servi un whisky pour accompagner son cigare. Un Ardbeg Uigeadail. L'étiquette mentionnait qu'il fallait le prononcer *oog-a-dal*. C'était le nom d'un lac qui alimentait la distillerie en eau de source et qui signifiait en gaélique *lieu sombre et mystérieux*. Avant de faire un voyage en Écosse quelques années auparavant, Andreas n'y connaissait pas grand-chose en whisky. Et il en buvait sans vraiment se rendre compte de ce qu'il avait en bouche et sans prendre le temps de l'apprécier. Sur place, il avait découvert un monde qui l'avait fasciné et lui avait fait comprendre à quel point les caractéristiques de ce nectar divin étaient liées au cadre naturel. Rien qu'en se remémorant cette expérience, c'était comme s'il y était. La distillerie était située sur la pittoresque île d'Islay, en bord de mer. Le vent soufflait avec ardeur et balayait l'odeur de la mer, celle de l'iode et des algues, jusqu'à ses narines. L'entrepôt de stockage des fûts était jour après jour, année après année, soumis aux mêmes conditions. Il prit son verre en main. Au nez, un mélange de douceurs, celles du miel et du caramel, s'associait à des arômes de café fraîchement moulu. Il prit une gorgée. Il fit tourner le liquide en bouche. Son côté doux et moelleux, voire huileux, caressait sensuellement sa langue. Des arômes de miel et de mélasse apparurent. Une explosion en bouche. La saveur fumée du malt et la tourbe firent irruption.

Mikaël arriva derrière lui et l'enlaça. Andreas sursauta. Il ne l'avait pas entendu tant il était perdu dans ses pensées.

— Pas encore au lit, mon chéri ?

— Non, je t'attendais. Comment s'est passée ta soirée ?

Mikaël s'assit. Andreas lui servit un verre.

— C'était sympa. Comme d'habitude, ils mettent les petits plats dans les grands pour leur bastringue annuel. J'ai revu plein d'anciens collègues. Mais ça m'a conforté dans mon choix de devenir indépendant. Tu n'imagines pas tous les ragots ! Ces journalistes, c'est vraiment une race à part, dit-il en rigolant.

— C'est une autocritique ?

— Effectivement, je suis à part ! Différent ! Mais pas comme eux ! Et toi, tu en es où ?

Andreas lui raconta en détail sa journée. Mikaël avait une excellente écoute. Il savait quand il devait ou non intervenir. Andreas avait besoin de cette oreille pour exprimer le tourbillon de pensées engendré par son enquête. Et comme il le disait lui-même, ça lui permettait de ressasser tous les éléments encore une fois. Andreas était du genre à se triturer les méninges. Il n'arrivait pas souvent à déconnecter. Ses enquêtes le travaillaient. Parfois jusqu'à l'obsession. C'était comme s'il ne mettait jamais son cerveau en mode *pause*.

— Mais plus on avance, plus j'ai le sentiment qu'il faut creuser dans le passé. Si tu as le temps, essaie encore de fouiller dans la vie de Gautier et élargis tes recherches. Il y a peut-être quelque chose à trouver dans l'histoire du village.

Le cigare était pratiquement consumé. Fumer était pour Andreas un moyen de prendre du recul. De faire baisser la pression. Pour l'apprécier, il fallait s'octroyer du temps. Être calme et attentif pour discerner tous les arômes qui s'en dégageaient. Cela lui permettait de s'évader. De réfléchir à son enquête de manière plus posée. Mais là, il voulait arrêter de penser, juste un moment. Le sexe, par contre, était une façon de se déconnecter de tout. Son regard croisa celui de Mikaël.

Ils se levèrent sans un mot et gagnèrent leur chambre.

Chapitre 27

Gryon, septembre 1970.

Début septembre, il commença le catéchisme à la paroisse protestante. Les rencontres avaient lieu tous les vendredis soir de 18 heures à 19 h 30 dans le presbytère, juste à côté du temple. Le pasteur de Gryon assurait l'enseignement religieux. Ils étaient un groupe de dix enfants. Tous étaient dans la même classe que lui. Il y avait cinq filles, dont sa Princesse, et quatre autres garçons qui faisaient partie de ceux qui le rabrouaient constamment. Il était remonté au plus haut point contre ses camarades, qui ne s'intéressaient pas du tout à ce que racontait le pasteur et qui, surtout, prenaient un malin plaisir à perturber les cours.

Il aimait aller au catéchisme. Encore plus qu'à l'école. Ils avaient commencé par étudier la Genèse *et l'*Exode*. Adam et Ève. Abraham. Noé. Il avait été particulièrement fasciné par l'histoire de Moïse. Le buisson ardent. Les Tables de la loi. Les dix plaies d'Égypte. La sortie du peuple d'Israël. La mer qui s'ouvre pour les laisser passer. Les soldats du pharaon* *submergés par les eaux. Ses parents lui avaient permis de voir à la télévision le film avec Charlton Heston. Le pasteur lui avait raconté que ce film n'était pas tout à fait conforme à la réalité. Que c'était du cinéma américain ! Que tout était un peu exagéré. Il lui avait expliqué que les textes étaient souvent plus symboliques qu'historiques. Il n'avait pas vraiment compris la nuance. La mer s'était-elle réellement séparée en deux comme dans le film ou non ? Mais alors, ces histoires dans la Bible, c'est pas vrai ? C'est inventé ?*

Le pasteur lui avait proposé de venir le rencontrer les vendredis après l'école, car il ne pourrait pas répondre à toutes ses questions pendant le cours. Il lui avait expliqué que les autres n'étaient pas encore aussi avancés dans leurs réflexions au sujet de la foi. Il avait alors éprouvé un sentiment de fierté, car, dans tous les autres domaines, il n'était jamais à la hauteur. Le pasteur appellerait ses parents pour en discuter.

Chapitre 28

Café Pomme, Gryon, mardi 11 septembre 2012.

L'homme qui n'était pas un meurtrier était assis au Café Pomme, comme tous les matins. Il aimait cet endroit. Le cadre était frais et agréable. Des tables et des chaises en bois naturel. Beaucoup de vert pour rappeler la couleur de la pomme. Les coussins en déclinaient les différents tons. Les rideaux aussi. Le bar était vert pomme. Le plateau en bois massif. Depuis la table où il était assis, il voyait la rue. Juste à côté se trouvaient les bureaux de l'agence immobilière de Gautier. La veille, il avait aperçu l'inspecteur et sa collègue qui passaient devant. Il trouvait la situation amusante. Mais il devait faire attention à ne pas trop jouer avec le feu.

En face se situait la laiterie de Gryon. Le bâtiment était en pierre au rez-de-chaussée et en bois au premier étage. Sur la droite, une arcade abritait l'entrée du magasin. Chaque matin, il assistait au bal des agriculteurs qui venaient livrer leur lait. Il y passerait tout à l'heure pour acheter quelques fromages d'alpage. Il aimait bien celui de Frience, mais aussi celui de l'Alpe des Chaux. Ils lui rappelaient les fromages que faisait sa grand-mère. De là où il était assis, il pouvait voir ce qui avait été autrefois sa chambre.

Le meurtre avait fait les gros titres de la presse. « *Crime dans le temple de Gryon* », titrait *24 Heures* de manière neutre. *Le Matin* se voulait un peu plus évocateur : « *Crime satanique dans un temple* ». En première page, la photo du temple de Gryon, avec son clocher typique en pierre. Il ouvrit le journal à la page trois et commença à lire l'article.

« *Un crime diabolique a été commis dans le paisible village de Gryon, situé dans les Alpes vaudoises. Le corps mutilé d'un responsable immobilier de la région a été retrouvé dimanche dernier dans le temple à l'heure du culte. Il a été découvert par la pasteure du village, un couteau planté dans le cœur et les yeux arrachés. Le procureur a déclaré avoir tout mis en œuvre pour que la police puisse trouver au plus vite le responsable de cet acte odieux. Il estime que c'est sans aucun doute le fait d'un meurtrier psychopathe.* »

Un psychopathe ! Il arrêta sa lecture et referma le journal. Il sentit monter en lui la colère. Ils n'avaient rien compris. Ce n'était pas un acte odieux. Il n'était pas un meurtrier. Ce n'était que le jugement de Dieu qui venait s'accomplir pour triompher du Mal. N'avaient-ils pas saisi son message ?

Chapitre 29

Chalet *L'Étoile d'argent* et entreprise de Fournier, Gryon, mardi 11 septembre 2012.

Andreas était resté endormi après la sonnerie du réveil. Il avait certes entendu son téléphone portable se manifester, mais, au lieu de se lever tout de suite, il avait voulu appuyer sur *rappel* et profiter de quelques instants supplémentaires sous la couette. Sauf qu'il avait effleuré *OK*, condamnant ainsi son iPhone au silence.

Mikaël lui apporta une tasse de café au lit une demi-heure plus tard. Andreas sursauta. Voyant son compagnon, il eut un grand sourire. Il se remémora les sensations et les émotions partagées durant la nuit. Puis, en un éclair de seconde :

— Il est quelle heure ?

— Ne t'inquiète pas. Il est 7 h 15. Tu as le temps. Karine est à la cuisine. Elle t'attend.

Il but quelques gorgées de son café et se leva. Il alla directement sous la douche et se brossa les dents en même temps. Après s'être séché et passé un rapide coup de déo sous les bras, il s'habilla. Il n'était pas du genre à traîner dans la salle de bains. Il se coiffa. Quelques giclées de parfum. Un bref regard dans le miroir.

Dix minutes plus tard, il était à la cuisine. Mikaël était sorti promener Minus.

— Te voilà enfin, le charria Karine avec un grand sourire. Pas assez dormi ?

Andreas rougit un peu. Il se demanda si elle avait entendu quelque chose. Il changea rapidement de sujet.

— Tu as eu des nouvelles des policiers qui surveillent Fournier ?

— Oui. Je les ai appelés. Fournier n'a pas encore quitté son domicile. Ils ont dit qu'ils me contacteraient immédiatement.

Andreas se servit un deuxième café, ainsi qu'un verre de jus de pamplemousse fraîchement pressé, et s'assit à côté de Karine. Il coupa une épaisse tranche de tresse qu'il couvrit d'une bonne dose de beurre et de confiture aux abricots. Il l'avala en quelques bouchées, avant d'en refaire une deuxième. Karine le regarda faire et ne put s'empêcher de commenter.

— Très *light* tout ça… Tu sais qu'à partir de quarante ans, ça a tendance à se stocker là. Tu devrais venir faire du sport avec moi.

Elle avait saisi sur le ventre d'Andreas un bourrelet qui commençait à faire son apparition.

— Tu vas pas t'y mettre, toi aussi !

Le portable de Karine sonna. Il était 7 h 45. Fournier venait de partir de chez lui. Andreas enfila sa veste et prit ses clés sur le meuble de l'entrée. Ils montèrent dans la voiture et Andreas démarra en trombe. Il ne voulait pas que Fournier puisse quitter le bureau. Il devait l'appréhender maintenant.

Christophe et Nicolas sortirent de leur véhicule, parqué devant la boulangerie, au moment où Andreas s'arrêta. Christophe leur fit un rapide topo. Fournier était rentré dans l'atelier à peine cinq minutes auparavant et n'avait pas bougé depuis. Quatre employés étaient également arrivés. Une des voitures banalisées était sur le grand parking en face, l'autre le long de la route à quelques mètres de l'entreprise de Fournier. Andreas les informa qu'il entrerait avec Karine. Fournier serait ensuite conduit à Bex dans l'une des voitures.

Chacun regagna son véhicule. Andreas donna le signal. Les quatre voitures se mirent en mouvement avec les feux bleus enclenchés et vinrent se garer juste devant les locaux de l'entreprise. Karine sortit la première de la voiture, précédant Andreas. Elle pénétra dans l'atelier et aperçut Fournier, de dos, assis à son bureau derrière une vitre. Elle eut l'impression qu'il les attendait. Elle s'avança et frappa à la porte vitrée. Fournier se retourna et les fixa. Karine entra. Andreas se tint un peu en retrait.

— Monsieur Fournier, veuillez nous suivre. Vous êtes en état d'arrestation pour le meurtre d'Alain Gautier et pour abus sexuel sur mineure.

Fournier se leva d'un bond de sa chaise. Karine n'hésita pas une seconde. En moins de deux, elle s'était avancée jusqu'à lui. Elle attrapa son bras et lui fit une clé dans le dos sans qu'il ait le temps de réagir. Ses mouvements étaient précis et rapides. Elle le menotta et le fit à nouveau asseoir sur sa chaise.

— Monsieur Fournier, vous avez le droit de garder

le silence, si vous ne voulez pas exercer ce droit, tout ce que vous direz pourra être retenu contre vous. Vous avez le droit à un avocat…

— Je suis innocent, inspecteur. Je vous l'ai dit !

— Nous avons trouvé un élément de preuve qui vous lie au lieu du crime. Nous vous emmenons au poste pour vous interroger.

— Mais… J'exige mon avocat. Tout de suite.

— Vous pourrez l'appeler depuis le poste.

Fournier sembla se résigner. Il se leva de sa chaise. Karine le guida vers la sortie, sous le regard ébahi des employés présents. Elle le fit s'asseoir dans un des véhicules de police, à l'arrière. Un des gendarmes s'installa à côté de lui. Karine tapota le toit de la voiture pour faire signe au conducteur qu'il pouvait y aller.

Christophe et Nicolas partirent en Frasses pour fouiller la maison de Fournier. Andreas retourna avec Karine dans l'atelier. Ils informèrent les employés de la situation et leur demandèrent de quitter les lieux.

Après quelques minutes, les locaux étaient désertés. Les machines, arrêtées.

— Que devons-nous rechercher ?

— Je ne sais pas trop. Passe au peigne fin son bureau. Je m'occupe du carnotzet.

Andreas commença par regarder les bouteilles de vin. Il était curieux de connaître les goûts de Fournier. C'était des vins de la région. Aigle. Ollon. Yvorne. Mais aussi du valaisan. Du rouge. Du blanc. Aucun étranger. Son regard fut attiré par l'étiquette d'une bouteille avec le dessin d'un oiseau noir sur fond rouge. Il la sortit et la considéra quelques instants avant d'appeler Christophe sur son portable. Il eut la confirmation. C'était bien ça. Il passa encore un moment dans le carnotzet. Sur la commode, une très grande bouteille de vin trônait fièrement. Six litres. Était-ce un Jéroboam ? Non, de mémoire ce dernier contenait quatre bouteilles de vin, soit trois litres. Ou alors était-ce un Mathusalem ? Il avait toujours eu de la peine à classer ces rois en fonction de leur capacité. Il fouilla ensuite tous les récipients exposés. Rien.

Dans un des meubles, il y avait des tiroirs. Il les ouvrit un à un. Le premier, comportait plusieurs sortes de tire-bouchons et divers accessoires du parfait amateur de vin étaient posés pêle-mêle. Un collier de Bacchus. Un bec verseur. Des stop-gouttes argentés. Par contre, aucun bouchon. Ce n'était probablement pas le genre de la maison de ne pas finir une bouteille qu'on ouvrait. Dans le deuxième, des stylos, des cartes postales et toutes sortes de petits objets. Dans le dernier, des cartouches de fusil. Il referma le tiroir. À côté du meuble, un fusil de chasse était appuyé contre le mur.

Andreas s'assit quelques instants, regarda autour de lui, avant de se lever et de quitter le carnotzet. Sur sa droite, au fond de l'atelier, il aperçut une porte en bois. Elle était verrouillée. Et pas de clé. Il fit le tour de la maison. La serrure était basique. À clé à gorge. On ne peut plus facile à forcer. Il se baissa pour mieux l'examiner. Sur la plaque métallique peinte avec la même peinture que celle de la porte, il y avait quatre vis. La peinture qui les recouvrait était écaillée. Comme si quelqu'un les avait récemment dévissées et avait ainsi fait partir la peinture à l'aide d'un tournevis. Il décida de ne rien toucher. Christophe viendrait faire des prélèvements. Il ne fallait rien négliger, même s'il n'espérait pas trouver quoi que ce soit. Le meurtrier, s'il était entré par ici, n'avait certainement rien laissé au hasard.

Il alla ensuite rejoindre Karine. Elle avait fait chou blanc. Rien de particulier. Elle avait regardé les feuilles sur le bureau. Des factures, pour la plupart. Dans les tiroirs, des devis, encore des factures, des plans de maisons. Rien n'avait attiré son attention. Rien qui tranchât avec le reste.

Chapitre 30

Poste de police, Bex, mardi 11 septembre 2012.

Alors qu'il conduisait sur la route étroite et sinueuse qui se frayait un chemin entre les maisons du village du Chêne, Andreas était plongé dans ses pensées. À la sortie du virage en épingle, à la hauteur de la cave du vigneron, il dut planter sur les freins pour ne pas percuter la voiture qui arrivait en sens inverse. Le conducteur de l'autre véhicule dut lui aussi faire un écart pour éviter le pare-chocs de la BMW et gratifia Andreas d'un geste de la main très explicite.

Depuis son départ de Gryon, il se demandait comment il mènerait l'interrogatoire avec Fournier. Il devait le mettre sous pression. Il n'avait pas le choix. Le procureur l'attendait au tournant. Mais qu'allait-il bien pouvoir en tirer ?

En arrivant, il fut avisé de la présence de l'avocat de Fournier, un certain maître Bordier. Il alla le voir dans la salle d'attente où il faisait le pied de grue, seul. Après les présentations d'usage, l'avocat haussa le ton. Andreas ne se sentit aucunement intimidé.

Il l'écouta sans réagir, puis lui expliqua la situation. Il reconnut que, pour l'instant, la preuve faisant le lien entre le lieu du crime et Fournier n'était pas accablante. Néanmoins suffisante pour l'interroger. Et quoi qu'il en soit, son client serait accusé d'abus sexuel sur mineure. L'homme de loi acquiesça.

Andreas et maître Bordier entrèrent dans la salle d'audition. Fournier était assis, affalé, le coude posé sur la table, sa tête appuyée sur sa main. Son avocat prit place à côté de lui. Andreas, en face.

Fournier se redressa. Il semblait abattu. C'était un homme grand et assez baraqué, mais dans ces circonstances il paraissait amenuisé. Lorsqu'il l'avait interrogé dans son atelier, Andreas n'avait eu aucune peine à lui faire tout avouer. Sauf le meurtre. Mais Andreas ne pouvait s'empêcher de penser qu'il n'était pas le coupable.

Il s'imagina que le véritable meurtrier se sentirait supérieur et arrogant, et que même dans cette situation il ne s'abaisserait pas. Il se représentait le tueur comme un véritable adversaire, à qui il pourrait se mesurer, comme dans un match de poker. Un combat entre deux mégalos qui ont une estime de soi exagérée et une soif de puissance et de gloire insatiable, où seule la victoire sur l'autre compterait. La mégalomanie est un des défauts les plus répandus chez les joueurs de poker, mais pour celui qui maîtrise le bluff, cela devient l'atout le plus redoutable. Andreas avait appris à jouer aux États-Unis, avec ses collègues du FBI. Il avait été plutôt réticent, car il n'aimait pas les jeux où la chance jouait le rôle majeur. Il préférait les jeux de stratégie. Mais il avait très vite changé d'avis… à l'instant où il avait vu le lien entre le poker et un interrogatoire de police. Pour gagner, il fallait réussir à percevoir les signes des autres joueurs, mais aussi canaliser les siens. Au poker, on appelle ça les *tells*. Ce sont des messages inconscients que l'on transmet à son adversaire. C'est le fameux « *on ne peut pas ne pas communiquer* » de Paul Watzlawick. Ces signes, il s'agit de les détecter et de les interpréter. A-t-il les pupilles dilatées ? Une respiration plus forte ? Les veines du cou sont-elles gonflées ? Cela pourrait être une indication d'angoisse. Il détourne le regard. Il a peur qu'on ne lise en lui. Craint-il que son bluff ne soit détecté ? Il se mord les lèvres. Il est probablement tendu. Tous les signes ont une signification. La position du corps. Les mouvements. La respiration. Le regard. Les expressions du visage. Les habitudes. Comment tient-il ses cartes ? Que fait-il avec ses jetons ? Détecter tous ces détails requiert un sens de l'observation développé. Les interpréter nécessite d'analyser le jeu de l'autre sur une certaine durée. Dans le cadre d'un interrogatoire, c'est plus compliqué, car il faut très rapidement pouvoir comprendre comment son adversaire réagit. Un joueur expérimenté parvient à créer la confusion chez son rival. À le déstabiliser. C'est là que l'adversaire est susceptible de commettre des erreurs. Les *tells* que je perçois sont-ils des manifestations inconscientes dévoilant mon adversaire, ou alors des signes distillés de manière consciente, censés m'induire en erreur ? Il bluffe ou il ne bluffe pas ? C'est la fameuse question. Le doute s'installe. Au bout du compte, le plus rusé est celui qui est conscient de ce qu'il veut bien montrer à l'autre et maîtrise ses propres émotions. La motivation, le calme et le *self-control* sont les meilleures armes. Peu importe quelles cartes on a en main. Le plus habile au niveau psychologique remportera l'enjeu. Mais avec Fournier, il avait affaire à un amateur. Pas de quoi se réjouir. La partie était gagnée, même avant de commencer…

Avant de débuter avec les questions importantes, celles qui l'aideraient à progresser dans son enquête, Andreas avait pris l'habitude d'en poser quelques-unes dont il savait quelle serait la réponse. Des questions où il était certain que son interlocuteur dirait la vérité et d'autres où il pensait qu'il mentirait. Cela lui permettait d'observer le comportement du suspect dans les deux cas, au niveau verbal et non verbal. C'était loin d'être une science exacte. Dans les faits, c'était comme jouer à pile ou face. Il ment ou il ne ment pas ? Mais avec le temps et l'expérience, il avait développé un certain flair dans le domaine. Ce qui était évident, c'est qu'un seul signe n'était jamais suffisant pour tirer des conclusions. Les gestes étaient souvent liés à des habitudes de comportement et ils étaient différents chez chacun. Leur interprétation était à intégrer dans un tout. Lors d'un interrogatoire de police, un suspect avait souvent des réactions différentes de celles qu'il avait dans un autre contexte. Ainsi, quelqu'un qui met la main devant sa bouche ne trahit pas forcément qu'il a quelque chose à dissimuler.

— Monsieur Fournier, vous connaissez les chefs d'accusation pour lesquels vous êtes ici ?

La réponse ne se fit pas attendre. Fournier baissa légèrement la tête, fuit le regard d'Andreas, et répondit, après un bref soupir, d'une voix résignée.

— Oui.

Le moral de son adversaire du jour semblait être

au plus bas. On aurait dit qu'il portait le poids du monde sur ses épaules. Comme si toute sa vie venait de s'écrouler.

— Est-ce que vous reconnaissez le chef d'accusation d'abus sexuel sur mineure ?

Fournier releva sa tête, mais évita à nouveau de regarder Andreas dans les yeux. Son regard s'attarda d'abord sur sa gauche, dans le vide, avant de se détourner en direction de la fenêtre. Il se racla la gorge avant de répondre.

— Oui.

Pas un mot de trop. Juste un oui qui en disait long. Son regard fuyant n'était pas le signe d'un mensonge, mais, probablement, l'expression d'un sentiment de gêne et de honte. Devoir reconnaître ses actes, pour un homme public très attentif à sa propre image, est une épreuve particulièrement humiliante. Il avait mis un certain temps à répondre. Non pas pour imaginer un mensonge. Il était trop tard pour ça. Mais il avait réfléchi à la situation. À son aveu. À son avenir qui s'assombrissait.

Fournier regardait par la fenêtre. Il se tenait légèrement en arrière, appuyé sur le dossier de sa chaise. Un désir de fuir la pièce dans laquelle il se trouvait l'avait envahi. L'air était devenu irrespirable et oppressant. Son cœur battait fort. Sa respiration était rapide et saccadée. Il sentait ses muscles se rétracter. Une seule envie. Échapper à la réalité présente et à tout ce qu'elle impliquait.

— Est-ce que vous reconnaissez être coupable du meurtre d'Alain Gautier ?

Fournier sortit de son état intérieur et s'avança d'un

geste brusque en posant les mains sur la table. Cette fois, il regarda Andreas droit dans les yeux.

— Bien sûr que non ! Je ne l'ai pas tué. Je vous l'ai déjà dit ! Je n'y suis pour rien ! s'exclama-t-il d'une voix forte et puissante, laissant émerger toute la rage en lui.

Andreas ne se laissa pas déstabiliser et reformula la question sur un ton calme et posé.

— Donc vous n'avez pas tué Alain Gautier ?

Fournier serra son poing et le maintint juste au-dessus de la table. Sa main devint toute rouge. Il avait envie de taper de toutes ses forces sur le bureau. Mais il se ravisa.

— Non. Combien de fois dois-je le répéter !

Maurice Fournier relâcha son poing et ralentit sa respiration avant de s'exprimer sur un ton posé.

— Inspecteur, je ne l'ai pas tué. Alain était mon ami. Je n'avais aucune raison de le tuer.

Par deux fois, Maurice Fournier venait de répondre de manière absolument claire tout en regardant Andreas dans les yeux. Aucune hésitation. Pas de gestes contradictoires. Andreas avait le sentiment très net qu'il disait la vérité. Il en était convaincu. Il posa sur la table un sachet en plastique contenant une bouteille de vin vide.

— Reconnaissez-vous cette bouteille ?

Fournier s'approcha de la table pour regarder. Il l'observa attentivement. Il la reconnaissait, bien sûr. Il passa sa main sur son cou et la glissa ensuite le long de son visage jusque devant la bouche. Mais pourquoi diable était-elle là, dans ce sac en plastique ? Il ne comprenait pas. Quel lien pouvait-elle avoir avec le meurtre de Gautier ? Il dévisagea l'inspecteur. Sans réfléchir, il répondit par la négative.

— Euh… non.

Fournier se recula et s'appuya sur le dossier de sa chaise. Il fixait cette fois une marque au plafond pour éviter de croiser le regard de l'inspecteur. Celui-ci avait le don de le mettre mal à l'aise, d'autant plus qu'il laissait s'installer par moments, comme en cet instant, des espaces de silence où Fournier se sentait observé jusque dans les moindres détails. Il voulait donner l'impression d'être sûr de lui, mais, en son for intérieur, il ne ressentait qu'inquiétude et angoisse. L'inspecteur l'avait-il aussi remarqué ? Probablement. Il voulait fuir son regard, qui agissait sur lui comme un aimant.

Andreas chercha à nouveau ses yeux, mais il n'arrivait pas à le fixer assez longtemps pour en tirer quoi que ce soit.

— C'est un *Milan Noir*, un pinot vieilli dans les Mines de Sel de Bex de 2010. Un très bon vin, soit dit en passant. Ça ne vous inspire toujours rien ?

— Ben oui, je connais ce vin. Bien sûr. Il est de la région.

Fournier ne voyait pas où l'inspecteur voulait en venir. Il avait réussi à susciter sa curiosité.

— En possédez-vous ?

Bien sûr qu'il en avait. C'était son vin préféré de la région. C'était la peur au ventre, et non la raison, qui dictait ses paroles. Il préférait s'abstenir d'avancer ses doigts en direction du feu. Donner une réponse vague, neutre, lui permettrait ensuite de corriger le tir dans un sens ou dans l'autre, en fonction de la direction où soufflait le vent.

— C'est possible. Je ne me souviens pas de toutes les bouteilles que j'ai dans ma cave.

— Oui ou non, monsieur Fournier ? Je veux une réponse claire.

— Oui ! s'exclama Fournier. Oui. Oui. Oui, répéta-t-il. En effet. J'en ai toujours quelques bouteilles dans mon carnotzet.

— Je vais vous aider. Dans le carnotzet de votre bureau se trouvent exactement sept autres bouteilles de la même année. Plus deux de 2009 et une de 2008. La société vinicole de Bex m'a confirmé que vous commandiez six cartons de ce vin chaque année.

— Où voulez-vous en venir, inspecteur ? intervint l'avocat.

— Cette bouteille a été trouvée dans l'appartement d'Alain Gautier. Dans la poubelle, vide. Les empreintes de votre client y figurent, ainsi que celles de la victime.

— Comment avez-vous obtenu les empreintes de mon client ? s'insurgea l'avocat.

— Je les lui ai demandées hier.

— Lui aviez-vous expliqué qu'il pouvait refuser ? Qu'il fallait un mandat pour cela ?

— Je lui ai juste demandé son autorisation. Et il a accepté.

— C'est inadmissible, inspecteur. Je…

Andreas le coupa et répondit sèchement :

— L'accusé, ici, c'est lui. Si vous avez des soucis avec la procédure, parlez-en au procureur.

L'intervention de l'avocat avait laissé à l'accusé quelques instants pour respirer et se ressaisir, mais le répit fut de courte durée.

— Monsieur Fournier, pouvez-vous m'expliquer la présence de cette bouteille chez Alain Gautier ?

— Je n'en sais rien. Je la lui ai peut-être donnée.

— Quand ? Monsieur Fournier, il est temps que vous me donniez des réponses précises ! Vous voulez me faire croire que vous ne vous souvenez pas. Ça suffit. On ne joue plus, là. La femme de ménage est formelle. Elle a vidé la poubelle vendredi. La bouteille y a donc été mise entre vendredi et dimanche matin. Vous m'avez raconté avoir vu Alain Gautier samedi après-midi. Étiez-vous convenus de vous retrouver chez lui ? Vous êtes revenu de Taveyanne vers 19 heures. Vous avez bu l'apéro et ensuite vous l'avez tué.

— C'est une belle théorie, mais vous n'avez aucun mobile ! Quelle raison aurait poussé mon client à commettre ce crime ?

— Détrompez-vous. Le mobile existe.

Andreas regarda fixement Fournier. Ce dernier n'avait plus le courage de l'affronter. Il baissa la tête et ferma les yeux.

— Il vous faisait chanter. Mme Berthoud, l'assistante d'Alain Gautier, nous a informés que vous vous étiez disputé avec lui jeudi dernier dans les locaux de l'agence. Votre femme nous a fait savoir qu'elle avait vu un message menaçant de Gautier sur votre téléphone portable. Et, de plus, nous avons le film avec lequel il vous tenait par la peau des…

Maurice Fournier se redressa et tapa du poing sur la table, comme il l'avait déjà fait la veille.

— Non ! Non ! Non ! Ce n'est pas moi ! Je ne l'ai pas tué !

Andreas décida d'arrêter l'audition. Il n'arriverait

pas à obtenir quoi que ce soit de plus pour l'instant. Cet interrogatoire était intervenu beaucoup trop tôt. Il n'avait aucun autre atout dans sa manche à faire valoir…

Chapitre 31

Chalet des Fournier, Gryon, mardi 11 septembre 2012.

Karine avait rejoint ses deux collègues dans le chalet des Fournier en Frasses. Lorsqu'elle arriva, Janine Fournier était assise sur le canapé du salon. Christophe était en train de fouiller le bureau. Nicolas s'occupait des autres pièces. Que cherchaient-ils ? Ils ne le savaient pas vraiment. Karine prit place sur le fauteuil en face de Janine Fournier. À côté de sa tasse de café se trouvait un verre d'alcool. Elle but le contenu cul sec et reposa le verre brusquement sur la table.

— Désolée, mais j'avais besoin d'un petit remontant. Vos collègues m'ont appris de quoi on accusait Maurice.

Elle prit la bouteille de vodka qui était sur la table et dévissa le bouchon. Au moment de se servir un nouveau verre, elle se ravisa. Elle la referma et la posa par terre, à côté du canapé, hors de sa vue.

— Saleté d'alcool, pesta-t-elle. Il n'en vaut pas la peine, ce salaud.

Karine resta silencieuse. Ce n'était plus la même Mme Fournier que le jour précédent. La veille, Karine avait eu l'impression d'avoir affaire à un jeu d'actrice admirablement rodé, alors que là, sa vraie nature semblait refaire surface. Le langage châtié et les bonnes manières avaient été laissés dans la loge. Le maquillage et les bijoux clinquants aussi. Elle était vêtue d'un vieux jean et d'un pull en laine dont la forme ressemblait à un sac de patates. Son apparence n'était plus la même.

— Je sais que mon mari a toujours eu un faible pour la gent féminine, et qu'il m'a déjà trompée. Souvent. Je l'ai accepté en me noyant dans l'alcool. J'ai en tout temps joué la femme parfaite malgré tout. Pour lui. Sa carrière, son entreprise. Mais là, c'est terminé. Je ne pense pas que je serai capable de lui pardonner. Je ne vais plus oser sortir de chez moi et faire mes courses dans le village. Vous vous rendez compte ? Tout le monde sera au courant. Les femmes qui étaient envieuses de ma situation vont me railler. Les gens d'ici ne voudront plus confier de travaux à mon mari. Il va faire faillite. Il ne sera pas réélu comme municipal. C'est fini ! Pour lui, et pour moi aussi.

Janine Fournier essuya quelques larmes qui commençaient à couler de ses yeux rougis. Elle fit presque de la peine à Karine, qui, en même temps, ne put s'empêcher de penser qu'elle l'avait bien cherché. Elle avait profité de la situation et du vent favorable pendant de longues années. Un petit ouragan… Et la façade venait de s'envoler !

— Mais je peux vous dire une chose. Il n'a pas tué Gautier.

— Pourquoi en êtes-vous si sûre ?

— Je ne l'en crois pas capable. Me tromper, oui. Magouiller, oui. Mais tuer, non !

— Hier, vous sembliez empruntée quand nous avons parlé de la soirée de samedi dernier. Avez-vous un doute ?

Janine Fournier parut perplexe et tarda à répondre.

— J'avais pris un cachet pour dormir. Au moment où il est venu se coucher, il m'a réveillée, mais j'étais dans les vapes et je me suis rendormie tout de suite. Je ne peux pas vous dire l'heure qu'il était. Par conséquent, je ne peux pas vous dire de façon certaine s'il est resté ici ou non.

— Si je comprends bien, vous retirez l'alibi de votre mari que vous m'aviez donné hier ?

Janine Fournier demeura silencieuse quelques secondes. Elle regarda à travers la vitre. Puis, se retourna et fixa Karine droit dans les yeux.

— En ce qui me concerne, il peut passer le reste de sa vie en prison. Mais je vous le répète. Il n'est pas assez courageux pour assassiner quelqu'un, comme ça, froidement.

Chapitre 32

Poste de police, Bex, mardi 11 septembre 2012.

Karine appela Andreas et lui fit savoir qu'ils n'avaient rien trouvé de compromettant dans la maison de Fournier. Elle lui raconta son entretien avec Janine Fournier. Andreas raccrocha et entra dans la salle de conférence. Le procureur et Viviane Bourgeaux étaient déjà là. Il appréciait beaucoup sa cheffe, malgré les préjugés qu'il avait eus au départ. Elle avait été nommée trois ans auparavant. C'était une femme de quarante-deux ans. Très déterminée. Elle n'avait jamais exercé sur le terrain comme policière. Avec un doctorat en sciences criminelles en poche, elle avait été promue responsable du service de la police scientifique avant d'être recrutée en tant que commissaire. Ils se connaissaient et avaient régulièrement travaillé ensemble. En devenant sa cheffe, elle n'avait pas changé d'attitude envers lui. Bien au contraire, elle s'appuyait souvent sur l'expérience d'Andreas. Ce dernier s'assit sans serrer la main du procureur. Il fit un clin d'œil à Viviane.

— Il est innocent.

— Comment pouvez-vous en être si sûr ? s'exclama le procureur.

— C'est mon sentiment.

Andreas s'exprimait de manière flegmatique, ce qui avait pour effet d'énerver encore plus le procureur. Et il le savait.

— Inspecteur, je n'en ai rien à faire de vos sentiments ! Je veux des faits !

— Eh bien, justement. Les faits ne sont pas suffisants.

— Ses empreintes figurent sur la bouteille !

— Avez-vous imaginé un instant la possibilité que quelqu'un d'autre ait pu déposer la bouteille dans la poubelle pour nous induire en erreur ? Ou alors, exprimé différemment, pourquoi aurait-il laissé traîner une bouteille avec ses empreintes sur le lieu du crime ?

Le procureur marqua un silence. Andreas avait gagné un point.

— Et si Gautier l'a fait chanter, pourquoi est-ce que Fournier n'a pas fait disparaître les vidéos ?

— Charles, il faut reconnaître que nous n'avons rien de solide. Aucune preuve qui nous permettrait d'inculper Maurice Fournier pour homicide.

— Et nous n'avons rien trouvé ni dans son appartement ni dans son bureau qui pourrait corroborer un mobile lié au chantage, à part le fameux SMS sur son portable. Il ne l'avait même pas effacé.

Andreas sortit son carnet et lut :

— « *Il faut que tu fasses accepter le permis de construire. Je n'ai pas grand-chose à me mettre sous la dent, ces jours-ci. Les temps sont durs avec la*

Lex Weber. Je te donnerai la construction à faire. Et 20'000 de bonus. On s'est toujours entraidés, non ? Ne me déçois pas ! » Ce message me semble être le fait d'un homme inquiet pour son avenir professionnel, qui tente de convaincre son ami de le soutenir, plus que celui d'un maître chanteur qui domine la partie, non ?

— C'est votre interprétation. Pour moi, le « *ne me déçois pas* » pourrait tout aussi bien être une menace. Si tu ne fais pas ce que je te demande, je vais révéler que tu as abusé d'une fille mineure…

— Monsieur le procureur, si vous étiez le meurtrier, n'auriez-vous pas fait disparaître ce qui pourrait être considéré comme des preuves à charge ? Et si vous étiez le maître chanteur, auriez-vous laissé une trace écrite qui pourrait être utilisée contre vous ? Et vous semblez également oublier que la vidéo est incriminante pour Fournier, mais aussi pour Gautier.

Le procureur acquiesça. Andreas venait de remporter la partie. Ils discutèrent de la suite des événements. Maurice Fournier serait présenté au juge dans l'après-midi. Le chef d'inculpation retenu était l'abus sexuel sur mineure. Il serait probablement relâché le lendemain dans l'attente de son jugement. Andreas se leva de sa chaise et serra la main du procureur, satisfait d'avoir pu imposer son point de vue. Mais d'un autre côté, tout restait à faire.

— Je suis persuadé que nous faisons fausse route avec Fournier. J'entends le meurtrier rire d'ici. Il nous a mis sur une voie de garage. Et en attendant, il court toujours…

Chapitre 33

Bureau de Jacques Charrier, Bex, mardi 11 septembre 2012.

Andreas quitta le poste de police. Il avait le sentiment d'avoir perdu son temps, il s'était néanmoins senti conforté dans son idée que Fournier était innocent. Dans une certaine mesure, Fournier et Gautier avaient tout pour être les parfaits interprètes d'un homicide digne d'une série télévisée mêlant pouvoir, argent et sexe – les ingrédients indispensables d'un bon audimat.

Deux amis d'enfance.

Deux positions influentes.

Des affaires louches.

Des histoires de femmes.

Des goûts de luxe.

Des problèmes financiers.

Des menaces. Du chantage. Un crime.

Mais voilà…

C'était tout sauf un crime ordinaire !

En voyant le cadavre et la mise en scène dans le

temple, il avait ressenti des émotions très intenses. Comme s'il avait pu pénétrer l'esprit du meurtrier.

La douleur.

La colère.

La haine.

Elles étaient d'autant plus perceptibles qu'elles s'opposaient à l'atmosphère calme et paisible du temple. Comme une ombre imperméable à toute lumière. Comme des ténèbres obscurcissant le soleil. Dans cette noirceur la plus absolue, Andreas distingua une silhouette. Un homme détruit sous l'impact d'un choc traumatique. Une douleur intenable lui ronge les entrailles. Une colère incommensurable. La haine comme unique réponse au vide laissé par son âme brisée. Une personnalité éclatée, cherchant le moyen de recoller les morceaux éparpillés. Retrouver la paix intérieure. Donner du sens à son existence. Pour éviter de sombrer dans la folie, une seule alternative. La vengeance. Détruire l'objet de sa haine.

Il s'assit dans sa voiture, mais ne démarra pas tout de suite. Il sortit son carnet et relut rapidement les autres noms qu'il avait notés. *Jacques Charrier*. Son bureau était à Bex. Il décida de passer le voir à l'improviste.

Il se parqua sur la place du Marché, juste en face de la poste. Les bureaux de Charrier se situaient dans une maison de la rue Centrale, à deux pas de là. Il entra dans l'allée et monta les escaliers jusqu'au premier étage. Il sonna à la porte. Une femme, dans la quarantaine, ouvrit. Elle avait les cheveux châtains, mi-longs. Des yeux verts en amande. Dans son regard, une grande tristesse était perceptible. Andreas la reconnut tout de suite. Gautier avait une photo d'elle dans son porte-monnaie. Il présenta son badge de police et demanda à entrer.

Les locaux n'étaient pas très grands. Mais l'aménagement était fait avec goût. Le bureau de l'assistante faisait office de réception. Il aperçut sur la droite une porte ouverte. C'était une salle de réunion. Au fond, une porte fermée. Probablement le bureau de Charrier. Visiblement, elle seule était présente. Jacques Charrier n'était pas là. Il était à Gryon sur un chantier, lui expliqua l'assistante.

— Vous êtes sans doute madame Barbey ?

— Oui, c'est bien moi.

— J'aimerais m'entretenir avec vous quelques instants.

— Prenez place dans la salle. Je vous rejoins.

Nicole Barbey s'attendait à avoir la visite de la police. Elle avait déjà décidé de ne rien cacher. Ça ne servait plus à rien. Elle s'assit en face d'Andreas.

— Je suppose que vous voulez me parler de ma relation avec Alain.

— En effet. C'est bien ça.

— Alain venait souvent rencontrer Jacques Charrier. Il avait beaucoup de charme et il en usait chaque fois qu'il me voyait. La vie de couple avec mon mari n'est plus ce qu'elle était. Je pense que nous sommes restés ensemble pour les enfants, la famille. Vous comprenez ?

Nicole Barbey chercha à obtenir l'assentiment d'Andreas en le regardant avec détermination. Il cligna des yeux en baissant légèrement la tête.

— Quand mes enfants ont quitté le foyer, j'ai ressenti un grand vide. Mon mari ne comblait plus mes attentes.

Andreas perçut chez elle une sincérité touchante et sans artifices. C'était une femme attrayante. Il ne put s'empêcher de penser qu'elle aurait mérité mieux qu'un Gautier. Mais ce n'était pas le moment d'avoir des préjugés.

— Il y a environ six mois de cela, il était arrivé sans prévenir. Jacques n'était pas là. Il m'a proposé d'aller manger avec lui. J'ai accepté. Nous avons déjeuné ensemble la semaine suivante. Mon mari a des horaires irréguliers. Il travaille souvent le soir. Nous nous sommes revus. Il m'avait invitée chez lui à Gryon pour ne pas éveiller de soupçons. Aller au restaurant et être repérés tous les deux n'était plus une option. Depuis, nous nous rencontrions le plus souvent possible. Et maintenant, il est mort.

Elle essuya quelques larmes.

— Étiez-vous amoureuse ?

La question frontale de l'inspecteur la surprit.

— Je crois que oui. Il était vraiment charmant avec moi. Avant de mieux le connaître, j'avais l'impression qu'il était très sûr de lui, un peu trop même. Et superficiel. En fait, il était sensible. Avec moi, il était vraiment attentionné.

— Nous avons retrouvé des factures pour une nuit d'hôtel et un repas gastronomique portant la date de vendredi dernier. Est-ce que…

Nicole Barbey lui coupa la parole.

— C'était avec moi, inspecteur. Les derniers instants que nous avons passés ensemble. C'était merveilleux.

Elle ferma les yeux et des larmes s'écoulèrent le long de ses joues.

— Aviez-vous des projets ?

— Des projets ?

— Des projets d'avenir commun ? Cette soirée luxueuse, était-ce pour une occasion particulière ?

— Ah ! Je vois. Non, nous n'avions pas de projet de mariage. Nous vivions tout simplement le présent sans nous poser de questions.

Pour la première fois depuis le début de l'entretien, Andreas eut le sentiment qu'elle n'avait pas été totalement sincère. Était-ce à cause du ton de sa voix ? Ou alors, son regard ?

— Vous a-t-il parlé de sa vie ? De choses qu'il regrettait d'avoir faites ? Ou vécues ?

— Un jour, il m'a raconté qu'il avait été inculpé pour viol. Ce jour-là, il a pleuré dans mes bras. Il m'a aussi déclaré qu'il voulait oublier le passé, regarder vers l'avenir. Il m'a assuré qu'il se sentait bien avec moi. C'était réciproque.

— Comment avez-vous pris cette nouvelle ?

— Je savais qu'il ne me disait pas tout sur sa vie. Il ne parlait pas facilement de lui-même. Mais ce jour-là, il s'était exprimé à cœur ouvert. Il regrettait. J'avais été touchée par le fait qu'il m'en parle. J'avais de la peine à imaginer qu'il ait fait ça. Cela m'a fait réfléchir, bien sûr. Mais il n'était plus la même personne. Du moins avec moi.

— Avez-vous une idée de qui a pu le tuer ?

— Non, aucune. Je ne comprends pas.

Cette fois-ci, elle fondit en larmes. Andreas lui tendit un mouchoir qu'il avait dans sa veste. Il lui laissa un peu de temps, avant de poursuivre :

— Madame Barbey, j'ai encore quelques questions…

— Faites donc, inspecteur !

— Est-ce que votre mari était au courant de votre relation avec Gautier ?

— Non. Je le lui ai annoncé hier.

Nicole Barbey se tut quelques instants et inspira profondément avant de continuer.

— J'ai appris la mort d'Alain par Jacques en arrivant au bureau, hier matin. Dimanche, je m'étais rendue au temple pour le culte, mais jamais je n'aurais pu imaginer que la victime puisse être Alain. J'étais tellement choquée que Jacques m'a proposé de rentrer. Mon chef était au courant de notre relation. Je lui en avais parlé. Quand je suis arrivée à la maison, mon mari était déjà là. Il avait travaillé de nuit. Et je lui ai tout raconté.

— Quelle a été sa réaction ?

— Il m'a traitée de salope, a attrapé un vase sur la table du salon et l'a jeté par terre de toutes ses forces. Ensuite il est parti en claquant la porte.

— Et vous êtes sûre qu'il n'était pas au courant de votre relation ?

— J'en suis certaine. Mais je crois que l'idée que je puisse avoir une liaison avec un autre homme avait déjà traversé son esprit.

— Qu'est-ce qui vous permet de le supposer ?

— C'est difficile à exprimer. Ce sont des choses qu'on ressent quand on a été en couple avec la même personne pendant très longtemps. Lorsqu'il a eu l'impression, à juste titre, que je m'éloignais encore plus de lui, il a commencé à m'offrir des fleurs et à m'inviter au restaurant. Mais il ne m'a jamais rien dit ni posé aucune question. Il se comportait comme si de rien n'était. Il avait sans doute peur d'affronter la réalité et de devoir admettre que notre relation de couple n'était plus qu'un vieux souvenir.

— Et maintenant ?

Cette dernière question ne sortait pas tout droit du manuel du parfait petit enquêteur. Andreas ne put s'empêcher d'éprouver de la compassion. L'amant qu'elle aimait avait été assassiné et son mari venait de claquer la porte.

— Il est revenu le soir. Il s'était calmé. Nous avons discuté. Il m'a demandé si je voulais rester avec lui. Il a dit qu'il m'aimait.

Elle laissa les paroles flotter dans les airs.

— Mais je lui ai répondu que j'avais besoin de prendre du recul et de réfléchir. Que j'étais en deuil.

Chapitre 34

Le temple, Gryon, mardi 11 septembre 2012.

Andreas avait repris la route en direction de Gryon. Après sa discussion avec Nicole Barbey, son image de Gautier n'était plus tout à fait la même. Ce qu'elle lui avait raconté ne correspondait pas à la représentation qu'il s'était faite d'un coureur de jupons qui abusait de jeunes filles et filmait ses ébats. D'ailleurs, ils n'avaient trouvé chez lui aucune vidéo ou photo de Nicole Barbey. Dans son carnet, il avait mis entre parenthèses « *mari de Barbey* » dans la liste des suspects. Il ne l'avait pas formellement tracé, mais là encore il avait la ferme impression que cette piste ne mènerait à rien.

Après avoir traversé le village de Fenalet, il appela Jacques Charrier sur le numéro de téléphone portable qu'il avait obtenu de Nicole Barbey. Peut-être était-il chez lui aux Posses ? Après deux sonneries, Charrier répondit. Il proposa une rencontre en fin d'après-midi. Pour le moment, il était occupé sur un chantier. 16 heures. Au Buffet de la Gare.

Lorsqu'il arriva à Gryon, Andreas descendit le chemin des Écoliers. Il se parqua après la fontaine, le long de la barrière qui entourait le temple. Dire que la place était plus calme que dimanche dernier tenait de l'euphémisme. Il n'y avait pas âme qui vive. Il contourna le temple et se rendit au presbytère. Il sonna à la porte. Aucune réaction. Il regarda à travers la fenêtre du bureau. Personne. Pourtant la voiture de la pasteure était garée dans la cour. Il sonna à nouveau. Finalement, il entendit une voix dire : « *J'arrive* », et un bruit de chasse d'eau. La porte s'ouvrit, Erica Ferraud se tenait là. Elle donna l'impression d'être légèrement mal à l'aise. Était-ce parce qu'elle était aux toilettes au moment où il avait sonné ? Avait-elle quelque chose à cacher ? Andreas ne savait pas trop quoi penser de la pasteure. Elle paraissait au-dessus de tout soupçon, mais il ne pouvait pas s'empêcher d'imaginer qu'elle avait un lien avec cette histoire. Le cadavre découvert dans le temple. Les textes bibliques. Elle l'invita à prendre place sur le canapé, dans son bureau, et s'assit en face de lui. Son mari n'était manifestement pas présent.

— Ça tombe bien que vous soyez passé, inspecteur. J'ai une question importante à vous poser.

— Je vous écoute.

— J'ai discuté avec le conseil de paroisse ce matin. Nous nous sommes réunis pour faire le point sur la situation. Nous sommes tous d'avis que le culte doit avoir lieu dimanche prochain. Ici, dans le temple. Est-ce que cela sera possible ?

— L'équipe de la police scientifique n'a pas encore fini son travail, mais ça devrait être envisageable. Je pense que nous allons lever l'interdiction d'accès d'ici la fin de la semaine. Mais avez-vous réfléchi à l'éventualité de célébrer le culte ailleurs ?

— Vous savez, inspecteur, il faudra bien retourner à la vie paroissiale habituelle. Et le plus tôt sera le mieux. En plus, après cet événement les paroissiens auront besoin de se retrouver, de prier et d'écouter la parole de Dieu. Et ce temple, c'est le leur. Des cultes ont eu lieu dans cet endroit tous les dimanches. Depuis des siècles. Cela ne doit pas s'arrêter, même dans ces circonstances. J'ajouterais : surtout dans ces circonstances.

— Je comprends. Je vais faire le nécessaire.

— Merci beaucoup, inspecteur.

— Avez-vous déjà décidé ce que vous comptez dire ? Avez-vous choisi le texte biblique ?

— J'y ai longuement réfléchi hier soir.

Elle fit une pause.

— Je vais prêcher sur le texte du *Sermon sur la montagne* dans l'*Évangile de Matthieu*…

— … qui contient le verset choisi par le meurtrier !

Erica Ferraud sourit pour la première fois depuis qu'il était arrivé et les traits de son visage se détendirent.

— Exactement, monsieur l'inspecteur. Je suis étonnée de vos connaissances en la matière.

Andreas s'attendait à cette réponse. Il avait compris qu'Erica Ferraud n'était pas du genre à fuir ou à se cacher, mais à affronter. Il lui retourna son sourire.

— La Bible ne m'est pas étrangère. Je l'avoue. Je l'ai même lue une fois du début à la fin.

— Vous êtes croyant ? En tout cas, je ne vous ai jamais vu le dimanche au culte…

— Je crois en Dieu, oui. Et je suis profondément attaché à la dimension humaine de la Bible et aux valeurs de la culture chrétienne. Mais je dois reconnaître que le cadre ecclésial et le langage liturgique suranné ne me parlent pas vraiment. Et la perspective communautaire ne m'intéresse pas. Je suis plus vieux loup solitaire que mouton, si vous comprenez ce que je veux dire. Et la dimension spirituelle ne fait pas défaut à mon caractère indépendant et individualiste. Je préfère prier dans mon coin. Une sorte de relation privilégiée. Et privée.

— Je vois.

— J'espère que je ne vous ai pas choquée.

— Non, pas du tout. Dans le cadre de mon ministère, j'ai rencontré toutes sortes de personnes. Chacune a sa manière de vivre sa foi, ou pas. Je le respecte.

— Et les rares fois où je suis allé au culte, j'étais en général déçu des prédications. Je ne peux pas comprendre pourquoi les pasteurs s'acharnent à utiliser leur charabia théologique et un vocabulaire désuet qui ne sont pas en lien avec la réalité dans laquelle nous vivons.

Erica Ferraud se mit à rire, de bon cœur.

— Ça me change des discours habituels… J'ai l'impression que la plupart des gens me disent ce qu'ils estiment que j'ai envie d'entendre plutôt que ce qu'ils pensent réellement. J'aimerais volontiers poursuivre avec vous ces joutes théologiques. Je suis persuadée que la discussion pourrait s'avérer intéressante… Mais avant de me juger, vous devriez venir m'écouter un jour !

— Je serai présent au culte de dimanche.

— Je suppose que ce n'est pas vraiment pour

m'entendre prêcher ou prier avec les paroissiens que vous voulez y assister. Mais peu importe. Pensez-vous que l'assassin viendra ?

— Si je me base sur mon sixième sens, je crois en effet qu'il sera là. Ou elle. Rien ne nous dit s'il s'agit d'un homme ou d'une femme…

Il laissa la dernière phrase en suspens.

— Pourquoi viendrait-il sur le lieu du crime ? C'est un peu risqué, non ?

— Risqué, peut-être. Mais il se sent supérieur. Il a le sentiment d'être invincible. Il ne pourra pas s'empêcher d'être présent. De sonder l'ambiance. De constater par lui-même les conséquences que son acte a eues. Il veut écouter ce que les gens disent. Il désire aussi très probablement me narguer. Il sera là. J'en suis certain.

— Comment pouvez-vous en être si sûr ?

— Je ne suis pas pasteur… mais j'ai une bonne connaissance de la nature humaine. Plus particulièrement du fonctionnement psychique des criminels. Et c'est mon travail de construire une image de la personnalité du tueur. Pour tenter de m'en approcher le plus près possible.

— Et que savez-vous de lui pour avoir une idée si précise de ce qui se passe dans sa tête ?

— Pour l'instant ? Rien ! Mais la scène du crime est un livre ouvert. Elle est comme une parabole biblique. Un récit en trois dimensions qui exprime une vérité d'un autre ordre avec laquelle le meurtrier a une relation plus ou moins complexe. Tout y est symbole et sens. La scène du crime est l'expression profonde de l'état psychologique de notre tueur.

Et cerise sur le gâteau, il communique avec nous à l'aide de textes bibliques.

— Intéressant. Très intéressant.

Erica répondit presque machinalement. Pour la première fois, elle ne relança pas la discussion. Elle était maintenant absorbée par ses pensées. Comme si elle était ailleurs. Qu'avait-il pu dire pour provoquer cela ? Il l'observa attentivement, mais ni geste ni attitude ne trahissait son état d'esprit intérieur.

— Revenons à nos moutons. Que vous inspire le texte que vous avez choisi pour votre prédication de dimanche ?

Erica secoua légèrement la tête de gauche à droite comme pour se remettre les idées en place.

— Alors. Le *Sermon sur la montagne* est pour moi un des textes les plus décisifs des Évangiles. Au début, il est mentionné que Jésus monta sur la montagne pour parler à ses disciples. Je l'imagine au sommet de l'Alpe des Chaux avec autour de lui une foule de personnes qui boivent ses paroles. Aller sur la montagne, c'est prendre de la hauteur. Cela signifie que les paroles qui vont suivre sont très importantes. Dans ce texte, on retrouve le *Notre Père*. La règle d'or. Vous savez, le « *faites aux autres tout ce que vous voulez qu'on vous fasse* ». L'inverse étant bien entendu implicite. Un commentaire des Dix Commandements y figure aussi. Jésus passe en revue les grands principes de la foi avec un message central. Ce qui est essentiel, ce n'est pas l'extérieur, mais l'intérieur. Il n'est pas suffisant de faire et de paraître, encore faut-il être sincère. Au début du *Sermon*, Jésus déclare heureuses les personnes que le commun des mortels aurait tendance à plaindre ou à mépriser. Peu importe que l'on soit pauvre, affligé ou persécuté. Ce qui est déterminant, c'est d'avoir une joie intérieure qui ne peut être troublée par aucune circonstance extérieure. C'est cela que la foi offre. Ainsi, même si l'on est aveugle, on peut être dans la lumière, à condition d'être ouvert et d'accueillir les paroles de Jésus comme une nourriture spirituelle capable de guider notre vie.

— Ce qui n'était pas le cas d'Alain Gautier ?

— Je ne me permettrai pas de juger. Je ne le connaissais plus assez bien. Et ce n'était pas un dc mes paroissiens.

— Avez-vous pu réfléchir au verset que j'ai découvert dans la Bible ? Celui où il est question de l'agneau mené à la boucherie ?

— Oui. J'ai fait quelques recherches. Ce verset est souvent interprété comme une prophétie. C'est-à-dire un texte qui annonce une nouvelle à venir. Les chrétiens pensent qu'il prédit la venue et la souffrance de Jésus. Les juifs estiment qu'on parle du peuple d'Israël et de ses souffrances à travers le temps et que la prophétie concerne l'annonce de la fin de son exil et son retour triomphal à Sion. Mais dans les faits, le texte raconte l'histoire d'un serviteur choisi par Dieu pour accomplir une mission particulière. Le reste est une question d'interprétation. Le début de ce qui est appelé le quatrième chant du serviteur commence ainsi.

Erica lui tendit une Bible ouverte au chapitre 52 du prophète Ésaïe. Andreas lut :

— « *Voici que mon serviteur réussira, il sera haut placé, élevé, exalté à l'extrême.* » Que pouvons-nous en déduire ? demanda le policier, qui voulait avoir l'avis de la pasteure.

— À l'évidence, le meurtrier connaît bien la Bible.

— Je le pense aussi. À mon avis, il n'a rien choisi au hasard.

— Par contre, son interprétation des textes me semble assez personnelle.

— Comment ça ?

— Il choisit des versets hors de leur contexte et les utilise comme cela l'arrange, pour illustrer sa propre vie. De ce deuxième verset, je déduis que le meurtrier nous dit sa souffrance. Tout comme ce serviteur, il estime avoir été maltraité et opprimé. Dieu se préoccupe de ceux qui souffrent. D'accord. Par contre, dans le texte biblique, le mal et la violence sont bannis en faveur de la miséricorde et de la joie. Je ne vois vraiment pas comment le meurtrier peut justifier son acte odieux.

— Vous pensez qu'il considère que Dieu légitime ses actes ?

— Ce n'est pas impossible. Il nourrit probablement le secret espoir que sa vie sera exaltée s'il réussit la mission pour laquelle il se sent appelé.

— Et le chiffre 616 qui est affiché sur le tableau ? Ça vous dit quelque chose ?

La pasteure réfléchit quelques instants sans rien dire puis se leva. Elle commença à fouiller dans une pile de journaux posés sur un coin de son bureau. Elle en feuilleta un premier, puis un deuxième.

— Ah, voilà. Il me semblait bien.

Elle revint s'asseoir et posa un magazine ouvert sur

la table. Andreas lut le titre de l'article : *Les Papyrus d'Oxyrhynque déchiffrés*.

— Oxyrhynque est une ville antique égyptienne. Des chercheurs y ont découvert au XIXe siècle un ensemble de papyrus grecs anciens. En 2005, des experts ont réussi grâce à de nouvelles technologies à déchiffrer certains fragments du IIIe siècle, dont un extrait du livre de l'*Apocalypse*. Et ils y ont fait une découverte surprenante. Le 666 avait été remplacé par le 616. Je dois me corriger… Certains théologiens estiment que le 616 est la version originelle du chiffre de la Bête.

— Incroyable. Le meurtrier en connaît vraiment un rayon dans le domaine.

— Il a sans doute voulu vous rendre la tâche un peu moins aisée. Mais je suppose que si vous aviez fait des recherches sur Internet, vous auriez trouvé sans trop de difficultés.

La pasteure venait de prendre Andreas en défaut. Pourquoi n'y avait-il pas songé ? Il était resté focalisé sur le chiffre sans même envisager qu'il pouvait avoir un sens symbolique.

— Pourquoi a-t-il affiché le chiffre du diable, à votre avis ?

— Les premiers chrétiens utilisaient un principe appelé *isopséphie* qui associe les noms et les chiffres. Chaque lettre a une valeur numérique en fonction de sa place dans l'alphabet et le chiffre d'un nom est le total de ses lettres. Le 666 représente l'empereur César Néron qui fut un grand persécuteur de chrétiens. Ces derniers pouvaient ainsi parler d'une personne en toute liberté sans la nommer. Et il semble que le 616 fasse référence à un autre empereur sanguinaire, Caligula.

Contrairement au chiffre 7 qui est le nombre parfait par excellence, le 666 et le 616 symbolisent l'imperfection dans toute sa splendeur. Le Mal incarné.

— Et le meurtrier attribue ce chiffre à Gautier. Le Bien a triomphé du Mal.

Chapitre 35

Chalet de Rivoire, Alpe des Chaux, mardi 11 septembre 2012.

Après la fouille de la maison de Fournier – qui n'avait rien donné de probant –, Nicolas avait fait le tour des voisins de l'immeuble où résidait Gautier. Sur les treize appartements, seuls quatre, dont celui de Gautier et du concierge, étaient habités à l'année. Les autres étaient des logements de vacances occupés principalement pendant les fêtes et la période hivernale par des citadins venus profiter de la neige.

Personne n'avait rien vu.

Personne n'avait rien entendu.

— C'est quand même incroyable, se dit-il tout haut, alors qu'il était dans l'ascenseur pour retourner au garage où l'attendait sa voiture.

Le concierge lui avait expliqué qu'à Gryon, pas moins de quatre-vingts pour cent des habitations étaient des résidences secondaires. Arrivé dans le garage, il compta plus de trente places. Plus d'une par appartement. En plus de sa voiture, trois autres véhicules étaient stationnés. Cela donnait le sentiment d'une maison presque abandonnée. Gryon était une sorte de ville fantôme pendant la plus grande partie de l'année, qui ressuscitait comme un lieu en proie à la ruée vers l'or en hiver. Sauf qu'ici l'or n'était pas jaune, mais blanc. Et les prospecteurs n'emportaient pas sur leur dos une pelle et une pioche, mais des skis et des bâtons. Et *last but not least*, les convois de *Prairie Schooner*, ces typiques chariots bâchés de l'Ouest américain, avaient été remplacés par des limousines rutilantes provenant directement d'usines allemandes, de préférence. Nicolas repartit de l'immeuble avec un sentiment de frustration.

Un homme dans la liste des personnes présentes devant le temple dimanche dernier l'avait intrigué. Le militaire. Il habitait dans un chalet à l'Alpe des Chaux. Avant de continuer à faire du porte-à-porte à Gryon, il voulait lui parler. Peu importe ce qu'Andreas dirait. Il devait lui prouver qu'il savait prendre des initiatives. Qu'il était un bon flic.

Le chalet n'avait rien de spécial. Mais il était idéalement situé. Nicolas ne connaissait pas la région. Il était plus mer et lac que montagne, mais il devait reconnaître que le panorama était superbe. Il pouvait bien s'imaginer passer du temps sur une terrasse comme celle-là à boire son apéro.

Il monta les quelques marches qui le séparaient de l'entrée. Il sonna. La porte s'ouvrit. L'homme tomba nez à nez avec le badge de police que Nicolas avait sorti et tenait devant lui.

— Monsieur Rivoire, je souhaiterais vous parler.

— Je m'attendais à votre visite. Entrez.

Nicolas fut invité à s'asseoir à la table de la cuisine. Vraiment, la vue était splendide. Éric Rivoire était très mince, voire sec. Il avait le visage carré et les joues creusées. Les cheveux blancs coupés à ras. Impeccablement rasé. Le prototype du militaire propre sur lui. Nicolas accepta un verre de blanc.

— Vous vous attendiez à une visite de la police ?

— Oui. Je m'étais rendu au culte dimanche dernier et un gendarme m'avait demandé mes coordonnées. J'en ai déduit que vous passeriez me voir.

C'était logique en effet.

— Connaissiez-vous Alain Gautier ?

— Oui. Je le connaissais, mais je ne le fréquentais pas. Il a fait son école de recrues à la caserne de Saint-Maurice. J'y travaillais à cette époque.

— Comment avez-vous réagi à l'annonce de sa mort ?

— Sa mort ne me fait ni chaud ni froid, inspecteur. Comme je l'ai déclaré, je ne le côtoyais pas.

Ses réponses étaient brèves et se limitaient au strict minimum.

— Êtes-vous originaire de Gryon ?

— Non. J'ai vécu en plaine. J'ai emménagé ici à ma retraite, il y a deux ans de cela. C'était le chalet de la famille.

— Vivez-vous seul ? demanda Nicolas, avec son indélicatesse habituelle.

— Oui. Ma femme est décédée il y a cinq ans. Un accident de voiture. Et nous n'avions pas d'enfants.

Nicolas se sentit embarrassé, moins parce qu'il avait eu l'impression de commettre une bourde qu'à cause du regard pénétrant et dur de son interlocuteur. Par moments, il fuyait son regard, en regardant dehors ou en baissant les yeux en direction de la table. Et même là, il avait le sentiment que Rivoire l'observait, fixement, sans sourciller.

— Je suis désolé.

— Non, vous ne l'êtes pas. Mais merci.

Il était censé garder l'ascendant psychologique lors d'un entretien avec un suspect. Ne jamais perdre la main. Le problème, il devait l'admettre, c'est qu'entre Rivoire et lui, il y avait une classe de différence. Et ils le savaient tous les deux. Nicolas haussa un peu le ton pour tenter de se repositionner dans la discussion.

— Que faisiez-vous dimanche matin devant le temple ?

— J'étais venu prendre un café au village et faire des courses à l'épicerie. Alors que j'étais en train de faire le plein d'essence au garage, j'ai entendu les sirènes de la police. Je suis descendu voir ce qu'il se passait.

— Pourquoi ?

— Par pure curiosité. Ce n'est pas souvent qu'il se passe quelque chose de spécial par ici.

— Et votre curiosité a-t-elle été satisfaite ? s'enquit Nicolas sur un ton un brin sarcastique.

— Monsieur *comment*, déjà ?

— Inspecteur Bertin.

— Vous m'étiez sympathique, mais là vous devenez désagréable. J'ai répondu franchement à votre interrogatoire jusqu'à présent. Si vous n'avez pas d'autres questions, je serais heureux que vous me laissiez tranquille. J'avais l'intention d'aller me promener.

En quittant le chalet de Rivoire, Nicolas ne savait pas trop que penser de lui. Les sentiments semblaient être pour cet homme un concept étranger. Il paraissait aussi impassible et froid que l'œil d'un reptile. En tout cas, c'était un homme qui avait la maîtrise de ses émotions et qui ne laissait transparaître que ce qu'il voulait bien que l'autre perçoive. Des restes de sa carrière de haut gradé militaire ? Ou le comportement d'un meurtrier de sang-froid ? Il en avait des frissons dans le dos. À nouveau, Nicolas se sentit frustré. De ne pas être le policier qu'il aurait tant aimé être. D'avoir le sentiment d'avoir encore une fois échoué. Il avait certes obtenu des informations complémentaires sur Rivoire, dont le fait qu'il connaissait Gautier, mais rien de concluant. Il décida de retourner au village et de faire le tour des maisons voisines du temple.

Demain matin, il irait voir l'Anglais et l'Américain en espérant qu'ils parlent un peu français. Peut-être qu'il pourrait en tirer quelque chose.

Chapitre 36

Centre gryonnais, Gryon, mardi 11 septembre 2012.

Andreas et Karine s'assirent au soleil, sur l'esplanade devant le Centre gryonnais, avec chacun une eau minérale et un sandwich que Karine était allée acheter à la boulangerie. Andreas raconta sa journée, qui avait commencé avec l'interrogatoire de Fournier, suivi de la séance avec sa cheffe et le procureur, puis les entretiens avec Nicole Barbey et Erica Ferraud.

Karine écouta attentivement tout en profitant des rayons de soleil qui réchauffaient son visage. Contrairement à la plaine où le brouillard faisait régulièrement son apparition, Gryon était comme une sorte d'oasis de lumière au-dessus des nuages. Même si elle appréciait de plus en plus le temps qu'elle passait ici, elle devait admettre que la ville lui manquait. Parfois, elle se rendait dans les bois de Sauvabelin, de nuit, pour grimper jusqu'en haut de la tour de trente-cinq mètres. À ces heures-là, on n'y rencontrait pas grand monde. Depuis tout en haut, elle avait vue sur la ville de Lausanne et ses lumières. Elle aimait imaginer tout ce qui s'y passait. Le manège des dealers dans le quartier de la Borde. La patrouille de police surveillant les alentours de la place Chauderon. Où les voleurs étaient-ils en train d'opérer ? Un crime serait-il commis cette nuit ?

Lorsque Andreas finit son interminable monologue, Karine prit la parole :

— Et maintenant ?

Il sortit son carnet et l'ouvrit à la page des potentiels suspects.

— Il me reste Jacques Charrier à voir. Je vais le rencontrer tout à l'heure.

— Et le mari de Nicole Barbey ?

— Je l'ai mis entre parenthèses. Je ne vois pas la nécessité de creuser dans cette direction.

— Qu'est-ce qui te fait dire ça ?

Andreas se leva et demanda à Karine de le suivre à l'intérieur de la salle. Sur un des panneaux, ils avaient écrit les versets bibliques ainsi que les deux numéros. 579 et 616.

— Avec le premier verset, le meurtrier nous explique ce qu'il a fait. Il a plongé sa victime dans le noir, dans les ténèbres, en lui ôtant les yeux.

Karine acquiesça.

— Avec le deuxième verset, il nous donne la raison pour laquelle il a commis ce meurtre. Il a été maltraité et opprimé. C'est une justification. Il ne tue pas pour le plaisir de tuer, mais pour se venger de ce qu'il a un jour subi. Tu suis mon raisonnement ?

— Oui. Et pourquoi le fameux chiffre de la Bête ? Il vient faire quoi là, le diable ?

— Le 616 était affiché juste en dessous du 579 qui faisait référence au verset dans Ésaïe avec l'agneau envoyé à la boucherie et la brebis qui se fait tondre sans rien dire. Il y a comme une opposition entre l'agneau, lui, la victime, et le diable, son bourreau, qui est maintenant à son tour devenu victime.

Il arracha ensuite une autre feuille du *flipchart* et la scotcha sur la paroi. Il écrivit « *Que savons-nous du meurtrier ?* »

Andreas et Karine commencèrent à remplir la page. Après un moment, ils s'assirent et considérèrent le résultat.

Il connaît très bien la Bible.
Il connaissait sa victime.
Il connaît bien le village de Gryon.
Il a subi un traumatisme.
Il est très consciencieux.
Il estime ses actes légitimes.
Il est de confession protestante (probablement).
Le motif est la vengeance.

Karine réagit la première.

— Tout ce que nous avons écrit au sujet du meurtrier n'est que supposition. Aucun fait. Aucun indice. Aucune information avérée.

— En effet. Une chose dont je suis cependant certain, c'est que nous devons fouiller le passé de Gautier. La solution doit se trouver là. Je ne pense pas que le mobile est à chercher dans une histoire récente.

— Pourquoi dis-tu cela ?

— Pour deux raisons. Premièrement, l'interprétation des messages bibliques laissés par le meurtrier. Deuxièmement, le crime a été commis avec une violence inouïe. J'essaie de me mettre à la place du tueur. La mise à mort a été réfléchie, mûrie et organisée avec soin. Il a cultivé une haine envers Gautier pendant de nombreuses années.

— Dans ce cas, pourquoi agit-il maintenant ?

— C'est une des questions cruciales. Y a-t-il eu un élément déclencheur ?

— Ou alors était-il dans l'impossibilité de le faire avant ?

— Qu'as-tu à l'esprit ?

— Il était peut-être en prison ces dernières années.

— Ou tout simplement absent. Il a quitté Gryon et il est revenu. Ou encore a-t-il attendu une date symbolique ? Il a voulu le laisser vivre avec le poids de ce qu'il lui avait fait. Le laisser vivre avec la peur au ventre ?

— Et un autre point à ne pas perdre de vue : quel événement s'est produit dans la vie du meurtrier ? Et quand ? Durant son enfance ? À l'adolescence ? Pendant l'âge adulte ?

Les questions fusaient. Andreas accrocha une autre feuille à côté de la précédente, écrivit : « *Questions au sujet du meurtrier* » et souligna le titre. Il y nota quelques questions qui lui semblaient importantes avant de retourner s'asseoir.

Événement traumatique durant son enfance ?
Son adolescence ?
Pourquoi a-t-il tué maintenant ?

Élément déclencheur ?
Date symbolique ?
Quel lien avec Gautier ?
Quel rapport avec la religion ?

Karine se leva à son tour et prit un stylo-feutre. Elle ajouta à la liste une dernière question.

Va-t-il encore tuer ?

Chapitre 37

Buffet de la Gare, Gryon, mardi 11 septembre 2012.

Jacques Charrier était assis à une table proche de l'entrée. Il était vêtu d'un costume bleu foncé. Un homme très distingué. La cravate dorée avec un motif de petites fleurs bleues, assortie au mouchoir de poche, n'était cependant pas de très bon goût. Les cheveux gris, gominés en arrière, lui donnaient un air de Vito Corleone. Seuls le nœud papillon et la moustache lui manquaient pour qu'on le confonde avec un mafieux sorti d'un film de Scorsese.

Sa femme l'avait quitté trois ans auparavant, emmenant leurs deux enfants. Aujourd'hui, il vivait seul. Son assistante, Nicole Barbey, l'avait décrit comme un homme trop occupé par ses affaires pour s'embarrasser d'une relation féminine au quotidien. C'était un très bon chef, mais pour rien au monde elle ne le voudrait comme mari. Un coureur de jupons ? Non. L'année dernière, il fréquentait une femme de temps à autre. Elle ne l'avait jamais vue. Charrier lui avait demandé conseil à quelques reprises sur ce qu'il fallait lui offrir.

Elle s'était même occupée de réservations pour ses week-ends romantiques. Mais tout d'un coup, plus rien. Du jour au lendemain, la femme avait arrêté de téléphoner à l'agence pour parler à Charrier. Nicole Barbey n'avait pas osé demander à son patron ce qui s'était passé.

Andreas serra la main de Jacques Charrier et s'assit en face de lui. Ils commandèrent deux expressos.

— Alors inspecteur, que puis-je pour vous ?

— Votre nom est apparu à plusieurs reprises au cours de l'enquête sur la mort de Gautier.

— Mon nom ? Comment ça ? réagit Charrier avec un regard surpris et nerveux.

— Pour commencer, vous étiez présent dimanche devant le temple. Pour quelle raison ?

— C'est très simple. Je suis un paroissien assidu. J'ai même été président du Conseil de paroisse pendant des années.

— Comment avez-vous réagi à la mort de Gautier ?

— J'ai été choqué. Je le connaissais très bien. C'était un ami.

— Pouvez-vous me décrire vos liens avec Gautier ?

— Nous avions des rapports professionnels. Moi, en tant que promoteur, et lui, en qualité de vendeur. Nous faisions des affaires ensemble.

— Également avec Maurice Fournier, je suppose.

— Oui, en effet. C'est juste. L'avez-vous arrêté ? Un de ses employés m'a informé que vous l'aviez emmené ce matin. De quoi est-il accusé ? Vous ne pensez quand même pas qu'il a tué Gautier ?

— Je ne peux rien vous dire pour l'instant. Mais quel est votre avis ?

— Moi ? Non, je ne vois pas pour quelle raison il l'aurait tué. Ils étaient amis.

— Depuis quand vous connaissiez-vous, tous les trois ?

— Nous sommes tous trois originaires de Gryon. Nous avons été à l'école ensemble. Enfin, pas dans la même classe. Nous avions entre deux et trois ans d'écart. Mais nous étions tous les trois membres de la Jeunesse.

— Et en quoi consiste le fait d'être membre de la Jeunesse à Gryon ?

— Comme ailleurs dans le canton de Vaud, c'est une société des jeunes du village qui organise différentes activités et manifestations en lien avec la vie villageoise. On s'y fait des amis pour la vie.

— Et depuis, êtes-vous toujours restés en contact ?

— Oui, toujours.

— Fréquentiez-vous aussi Gautier et Fournier en privé ?

— Il nous arrivait d'aller manger ensemble. Mais en règle générale, c'était pour parler affaires.

— Seulement pour discuter du travail ?

— Non, bien sûr que non. Nous sommes nés ici et nous n'avons jamais quitté la région. Enfin presque. Gautier a travaillé quelques années en plaine, mais il est ensuite revenu. Il est évident que nous parlions aussi de Gryon, des derniers potins et des histoires qui font partie de la vie d'un petit village.

Andreas sentit son portable vibrer dans sa poche. Il le sortit discrètement. Un SMS de Fabien Berset. Il l'ouvrit et lut : « *Appelez-moi. Il faut qu'on se voie ! Urgent !* »

— Avez-vous participé à des soirées un peu arrosées avec vos deux amis ?

— Oui. C'est arrivé quelquefois lors de fêtes villageoises. À la Mi-été, par exemple. Ou lors d'apéros prolongés dans un des bistrots du coin.

— Et dans l'appartement de Gautier, en charmante compagnie ?

Le ton jovial et ouvert de Charrier disparut.

— Qu'insinuez-vous, inspecteur ?

— Saviez-vous que vos deux amis avaient organisé des partouzes avec des jeunes filles ?

Jacques Charrier ne parut guère choqué par la question d'Andreas.

— Écoutez, inspecteur. Je suis au courant, en effet. Alain m'en avait parlé une fois. Il m'avait proposé de me joindre à eux. Mais j'ai refusé. Ce n'est plus de mon âge, ces conneries.

— Avant, oui ?

— Ce n'est pas ce que je voulais dire. Vous comprenez sûrement, inspecteur. Quand on est jeune, on fait ses expériences. Et si l'on est intelligent, on apprend de ses erreurs.

— Ce qui n'était pas le cas de Gautier et Fournier ?

— Non. Chacun sa vie. C'est pour cela que j'ai pris un peu mes distances avec eux.

— Mais vous continuiez à faire affaire avec eux.

— Oui. Il faut reconnaître qu'à Gryon le choix n'est pas énorme. Et puis, c'était une sorte de fidélité mutuelle.

— Est-ce une manière de dire que vous faisiez des magouilles ensemble ?

— Des magouilles ? Je vous en prie, inspecteur. Là, je me sens attaqué dans mon intégrité.

— Vous ne répondez pas à ma question, monsieur Charrier !

— Cela fait des dizaines d'années que j'ai mon entreprise dans la région. Si je faisais des magouilles, comme vous dites, ça ferait longtemps que plus personne ne me confierait des affaires.

— Sauf si tous les intervenants sont dans le coup…

— Écoutez, inspecteur…

— J'écoute. Très attentivement.

Jacques Charrier sembla perdre un peu de son assurance et de son calme. Son ton de voix était devenu plus agressif. Mais jamais il ne détourna le regard.

— À Gryon, nous avons une seule agence immobilière. En plus, celui qui la dirige est un ami. Bien sûr que je travaille avec lui. Pareil pour Fournier. Pourquoi ne pas favoriser les gens que l'on connaît ? Ce n'est pas un crime.

— Non. Mais verser des pots-de-vin, oui.

— Ce sont des insinuations infondées ! C'est faux et vous n'avez aucun moyen de le prouver, pour une bonne et simple raison : je n'ai jamais fait ça.

— Jamais ?

— Non, jamais. Mais là, je parle pour moi. Je ne peux pas vous dire exactement ce que manigançaient Alain et Maurice.

— Vous semblez être au courant de quelque chose ?

— Ces derniers temps, Alain s'était lancé dans la promotion de terrains et de biens immobiliers et traitait directement avec Fournier.

— Il vous faisait donc concurrence ?

— Non, j'avais beaucoup de travail en plaine et je lui ai, entre guillemets, laissé le champ libre.

D'ailleurs, avec l'entrée en vigueur de la nouvelle loi, il n'y aura plus grand-chose à construire à Gryon.

— Vous parlez de la loi qui limite le nombre de résidences secondaires dans les communes alpines ?

— Oui. Au maximum, vingt pour cent des résidences peuvent être secondaires. À Gryon, ce taux est déjà largement dépassé. Je l'ai senti venir et je me suis diversifié. Alain commençait à se faire beaucoup de souci et je sais qu'il devenait de plus en plus insistant avec Fournier.

— Pour quelle raison ?

— Pour convaincre le Conseil municipal de donner des autorisations de construire avant l'entrée en vigueur de la *Lex Weber* au 1er janvier.

— Expliquez-moi comment ça marche. Je me perds toujours entre promoteurs, agents immobiliers…

— C'est très simple. J'achète des terrains à bâtir. Maurice construit les chalets et Alain, en tant qu'intermédiaire, vend les biens. L'effet de cette loi va impacter fortement notre *business*. Bon, il faut dire qu'on a bien profité ces dernières années…

— Et comment se passaient vos affaires en général avec Gautier ? Vous a-t-il causé des problèmes ?

— Non. Pas directement. Mais j'ai dû le rappeler à l'ordre en certaines occasions. Parfois, il tardait à me payer ce qu'il me devait. Il avait quelques difficultés à gérer ses finances. Ses envies personnelles mettaient en danger son entreprise.

— Vous étiez un peu comme son grand frère, non ? Vous sentiez-vous responsable de lui ?

— En quelque sorte. Quand il était jeune, il venait souvent me demander conseil. Déjà à l'époque, je lui avais fait la morale à plusieurs reprises.

— Vous connaissiez sa relation avec Nicole Barbey ?

— Oui. Et cela ne m'a pas plu. Je l'ai averti de faire attention. Je ne pouvais pas accepter qu'il profite d'elle. En plus, elle est mariée. Mais Nicole était amoureuse. Elle ne voulait pas entendre raison. D'après elle, il avait changé.

— En avez-vous discuté avec Gautier ?

— Oui. Il y a quelques mois de ça. Je lui en ai parlé entre quatre yeux. Il m'a certifié qu'il avait évolué. Que c'était du sérieux !

— Et vous l'avez cru ?

— On va dire que je lui ai laissé le bénéfice du doute. Je dois reconnaître que Nicole avait eu une bonne influence sur lui.

— Monsieur Charrier, avez-vous une idée de qui a pu en vouloir à Alain Gautier et le tuer ?

Charrier baissa le regard. Après quelques instants, il répondit d'une voix ferme.

— Non. Vraiment. Je ne vois pas.

Andreas mit fin à la discussion et quitta Jacques Charrier. Il appela Fabien Berset. Celui-ci n'avait rien voulu lui dire au téléphone. Ils se verraient le lendemain dans la matinée.

Il avait le sentiment que Charrier avait été en majeure partie sincère. Il était persuadé que les trois amis avaient des arrangements professionnels pas toujours très nets, mais il ne pensait pas que la réponse se trouvait là. Néanmoins, il gardait l'impression que Charrier ne lui avait pas tout dit.

Chapitre 38

Chalet *L'Étoile d'argent*, Gryon, mardi 11 septembre 2012.

Andreas avait l'impression que son cerveau surchauffait. Tous ces entretiens. Toutes ces informations à gérer. Tous ces morceaux de puzzle à essayer de combiner, pour tenter d'apercevoir le motif qui se cachait derrière.

Le motif ?

Le motif !

Pour l'instant, tout était flou…

Aucune image précise ne se dégageait dans son esprit.

Lorsqu'il arriva à la maison, Karine et Mikaël étaient assis sur la terrasse. Il faisait encore beau et chaud en cette fin de journée de septembre. Minus en profitait aussi et se prélassait au soleil.

Andreas vint les saluer et entra ensuite dans la maison. Il alla ouvrir son armoire à cigares, placée contre un des murs du salon. Certains se contentaient d'une boîte, mais Andreas avait choisi un humidor luxueux en bois de noyer avec plusieurs étagères réglables mesurant plus d'un mètre de hauteur. Son prix ? Lorsqu'il s'agissait de ses passions, seul le plaisir comptait. Avec le temps, l'armoire à cigares s'était remplie de toutes sortes de boîtes. Que des cubains. Il savait lequel il voulait maintenant. Il prit un *Sir Winston* de la marque Upman, un long module qui lui prendrait environ deux heures à fumer.

Andreas sortit dans le jardin et rejoignit les deux autres sur la terrasse. Il écouta d'une oreille la discussion qui tournait évidemment autour de l'enquête. Il alluma son cigare. Celui-ci se consumerait au rythme du soleil qui était en train d'entamer sa descente. Juste avant qu'il disparaisse à l'horizon, le Miroir de l'Argentine revêtirait son voile rose-orangé.

Au fil des bouffées, le cigare se faisait plus moelleux, plus confortable et surtout extrêmement suave. Lorsqu'il arriva au Divin, la partie centrale, il sentit des arômes de cuir tanné, de cacao noir et de miel qui se bousculaient dans son palais. C'était un moment de pur plaisir.

Chapitre 39

Gryon, novembre 1970.

Albert s'était réjoui de l'intérêt de son fils pour la religion. Lui-même avait été élevé par une mère très pieuse et engagée. Ils se rendaient au culte tous les dimanches. Ils récitaient des prières avant chaque repas et tous les soirs avant d'aller dormir. Mais contrairement à son fils, il ne s'était jamais vraiment posé de questions spirituelles ou existentielles. La foi était pour lui étroitement liée à sa mère. C'était devenu une sorte d'habitude. Des rituels rassurants. L'odeur du pain qui cuisait dans le four les dimanches matin. La douceur de sa voix lorsqu'elle lui parlait. La chaleur de ses mains qui serraient les siennes pour prier ensemble. Mais avec sa femme, Louise, ce sujet avait rapidement conduit à des disputes. Elle estimait qu'on ne devait pas perdre de temps à aller au culte. Ce n'était pas le travail qui manquait à la ferme, et c'était bien plus important que d'écouter des sornettes. Le conflit s'était encore renforcé avec l'arrivée des enfants. Surtout avec sa belle-mère, Odile, qui ne pouvait pas accepter que Louise s'oppose à les éduquer dans la foi chrétienne. Louise ne s'intéressait pas du tout à la religion et refusait catégoriquement de mettre les pieds dans le temple, à l'exception des enterrements. Par respect pour les morts, avait-elle dit. Mais Odile avait toujours profité des moments où elle gardait les enfants pour leur lire des récits de la Bible et leur parler de Dieu. Le frère aîné et la sœur ne s'y intéressaient guère, mais le cadet en redemandait. Il aimait entendre sa grand-maman lui raconter des histoires. Il avait été particulièrement fasciné par l'histoire de Noé.

Depuis qu'ils avaient emménagé à Gryon, les choses avaient évolué. Lorsque le cadet avait demandé à suivre les leçons de catéchisme, Louise s'était finalement résignée, au grand soulagement d'Albert.

Lorsque le pasteur était venu à la maison pour leur suggérer d'autoriser leur fils à lui rendre visite en dehors des cours, Louise s'y était catégoriquement opposée, mais, pour une fois, Albert, tapant du poing sur la table, s'était imposé.

Cela faisait donc maintenant deux mois qu'il voyait le pasteur tous les vendredis avant le cours de catéchisme. Il réfléchissait pendant toute la semaine et rédigeait une liste de questions qu'il voulait lui poser. Après l'école, il se rendait au presbytère. La femme du pasteur préparait toujours un goûter pour lui. Elle faisait généralement un gâteau, souvent aux pommes. Des biscuits sur un plat. Du sirop dans une carafe. Il était gâté. Le couple pastoral n'avait pas eu la chance d'avoir des enfants. Pour eux, cette présence hebdomadaire était comme un don du ciel. Un moment pendant lequel ils avaient le sentiment d'être parents.

Après le goûter, le pasteur et lui s'installaient dans

son bureau. Le petit était impressionné. C'est là qu'il préparait les cultes et ses prédications. Il lui avait raconté qu'il y passait de nombreuses heures pendant la nuit. C'est là qu'il était au calme et qu'il trouvait l'inspiration nécessaire. Une énorme bibliothèque recouvrait tout un pan de mur. Des livres théologiques pour la plupart, avait-il expliqué. Il avait passé du temps à lire les titres de tous les ouvrages pendant que le pasteur était assis à son bureau. Une série de livres identiques prenait presque toute la longueur d'une des étagères. Ils semblaient neufs. La Dogmatique *de Karl Barth. Dogmatique, qu'est-ce que c'est ? Il était très curieux pour son âge. Le pasteur lui avait expliqué que c'était la réflexion d'un théologien sur l'impact de la foi dans la vie de tous les jours. Il avait été impressionné qu'on puisse autant écrire sur le sujet. Des ouvrages de Calvin et de Luther remplissaient une étagère entière. Des réformateurs, lui avait-il expliqué. Il n'avait pas exactement saisi leur rôle, mais ils avaient beaucoup écrit. Il s'arrêta ensuite sur un titre qui l'avait surpris.* Résistance et soumission. *Il sortit le livre. Dietrich Bonhoeffer. Le pasteur lui expliqua que ce pasteur avait vécu en Allemagne pendant la Seconde Guerre mondiale et qu'il avait résisté activement au nazisme. Il lui parlait comme à un adulte tout en essayant de ne pas utiliser un jargon trop théologique ou ecclésial. Et lorsqu'il ne comprenait pas à cause de son jeune âge, il demandait. Encore et toujours. Il lui avait posé une série de questions au sujet du rôle de pasteur. Des questions spirituelles, mais aussi des questions très pragmatiques. Parfois naïves, mais souvent très pertinentes. Est-ce que pasteur était un métier ? Est-ce qu'il vivait avec l'argent de la collecte ? C'était qui, son chef ? Dieu ?*

Le pasteur éprouvait pour cet enfant une affection sincère. Il aimait partager ses connaissances, mais aussi sa vie de pasteur. Il se réjouissait du temps qu'ils passaient ensemble.

Au fil des rencontres, l'envie d'aller au culte était apparue. La seule fois qu'il s'y était rendu, c'était pour l'enterrement de son grand-père. Un jour, en rentrant du catéchisme, il avait demandé à sa mère l'autorisation d'y participer. Elle prétexta que ce n'était que pour les adultes. Et que le catéchisme suffisait. Et alors, pourquoi mon père ne peut-il pas y aller ? avait-il rétorqué, n'acceptant pas, comme à son habitude, des réponses dont il ne comprenait pas le sens. Sa mère le gifla et lui expliqua qu'il avait mieux à faire que d'aller écouter des sornettes. Par exemple, travailler pour gagner de l'argent.

Chapitre 40

Café des Alpes, Gryon, mercredi 12 septembre 2012.

Andreas ouvrit la porte et entra dans le bistrot. Sur la droite, au fond, assis à la table ronde, deux vieillards buvaient un ballon de blanc alors qu'il était à peine 9 heures du matin. L'un d'eux avait une énorme barbe et portait un pull en laine et un bonnet rouge qui lui donnaient une allure de marin à quai pour qui la haute mer n'était qu'un lointain souvenir. Il avait un nez en pied de marmite, large sur le bas et retroussé. L'autre était complètement dégarni et avait le visage marqué. De nombreuses rides, gravées dans la peau, comme des vallées érodées, au fil du temps, par la pluie et le vent, témoignaient d'un vécu soumis à de rudes conditions. Ils parlaient fort, avec un accent vaudois à couper au couteau. Des habitués, sûrement.

Dans le bar, tout était en bois. Les parois. Le plafond. Les chaises et les tables. Un restaurant typique de village montagnard. Sur la gauche, assis au comptoir, il reconnut de dos la silhouette de Fabien Berset qui se retourna au même moment. Il avait à peu près le même âge que lui. Son crâne était rasé et brillait comme une boule de billard neuve. Un petit nez pointu. Le visage rond. Des yeux noirs expressifs. Un gros anneau en argent à l'oreille droite, avec un motif tribal, lui donnait un air de mauvais garçon.

Andreas prit place sur le tabouret à côté de lui et lui serra la main. *Le Matin*, le journal pour lequel il travaillait, était posé devant lui.

— Bonjour, inspecteur. Merci d'être venu.

— Je tiens à m'excuser de m'être emporté l'autre jour.

— Ce n'est pas grave. Je comprends. Nous avons chacun notre boulot à faire. Et ce n'est pas simple tous les jours…

Berset esquissa un léger sourire, mais Andreas perçut dans son regard des signes d'inquiétude.

— J'ai reçu hier un e-mail très surprenant et je voulais vous en parler.

Berset déposa sur le bar, devant Andreas, une feuille de papier. Le message était destiné à *fabienberset@lematin.ch* mais c'est à la lecture de l'adresse électronique de l'expéditeur qu'Andreas tressaillit.

« *jenesuispasunmeurtrier@hotmail.com* »

Dans la case *objet*, on pouvait lire « *Rétablir la Vérité* ». Andreas sentit la tension monter en lui. Presque de l'excitation. Le meurtrier s'était manifesté. C'était comme s'il était sorti de l'anonymat.

Il était devenu réel.

Il existait.

Andreas avait eu une crainte la veille en s'endormant. Que le meurtrier soit venu commettre son crime et ait ensuite mis les voiles ! Mais ce courrier, même s'il ne prouvait rien, confirmait son impression : le meurtrier assistait de près aux événements.

Il commença à lire le message :

« *Monsieur Berset,*

Je me permets de vous écrire pour faire suite à votre article paru dans l'édition de ce jour qui est outrageux à mon égard. Je ne suis ni un meurtrier ni un psychopathe. Je suis juste un homme qui a souffert par la faute d'autres. Mon existence a été un enfer. Les flammes m'ont aidé à me purifier et à me construire une autre vie. C'est dans la prière que j'ai trouvé le salut. Aujourd'hui, je ne fais qu'accomplir la volonté de Dieu et mettre en œuvre son jugement.

Le soleil se changera en ténèbres, et la lune en sang...

Signé : L'agneau de Dieu qui a été opprimé.

PS. Ne vous avisez pas de continuer à relater des mensonges à mon égard dans vos articles. C'est un conseil d'ami ! »

— Qu'en pensez-vous inspecteur ?

Andreas ne répondit pas. Le serveur leur amena un expresso. Il relut le texte attentivement. Il s'arrêta net sur un mot. Il avait trouvé ce qui à la première lecture lui avait échappé…

— Nous avons affaire à un meurtrier terriblement susceptible, lança-t-il.

— Susceptible… et psychopathe.

— Ce message confirme un sentiment que j'avais.

Il considère être mandaté par Dieu. Il estime être investi d'une mission divine. Tout son monde semble tourner autour de la religion. C'est dans la foi qu'il a découvert la réponse à son malheur.

— Son malheur ?

— Un des deux messages bibliques mentionnait qu'il avait été maltraité et opprimé. Ici, à nouveau, il l'affirme. Je pense que le mobile est lié à un événement du passé qui a marqué sa vie de manière profonde. Négativement, cela va sans dire.

— Je ne comprends pas son histoire de flammes qui l'ont aidé à se purifier.

Andreas venait de se lancer dans un dialogue ouvert avec un journaliste au sujet de l'enquête, ce qui en principe n'était pas très judicieux. Mais Berset, sans le vouloir, était maintenant partie prenante de l'histoire. C'était à lui que l'assassin avait choisi de s'adresser. Qu'espérait Andreas ? Il ne le savait pas encore vraiment. Un nouvel éclairage sur l'affaire ? Il décida de répondre à la question de Berset et de poursuivre la discussion.

— Dans la Bible, le feu est associé à la présence de Dieu ou à son intervention. Principalement dans l'*Ancien Testament*. Dans certaines circonstances, il est lié à des actions positives. Dieu se présente à Moïse dans les flammes du buisson ardent pour lui donner une mission. C'est une colonne de feu qui guide le peuple d'Israël hors de l'Égypte. Mais le feu est aussi associé à des actions destructrices qui témoignent de la colère de Dieu. Sodome et Gomorrhe, détruites par le feu céleste, en sont un des exemples les plus connus.

— D'accord, mais cela n'a rien à voir avec ce qu'il a dit dans son message, non ?

— En effet. Je pose le contexte. Mais c'est dans le *Nouveau Testament* qu'on va peut-être trouver le sens qu'il a voulu donner aux flammes.

— Je suis tout ouïe.

— Dans le *Nouveau Testament*, les flammes représentent le Saint-Esprit. Celui-ci permet de purifier l'âme et le corps. Le feu guérit et libère. Le feu transforme la personne. Mais le feu consume aussi de l'intérieur celles et ceux qui refusent d'accepter Dieu dans leur vie.

— Notre meurtrier voit donc les flammes comme ce qui l'a sauvé. Mais sauvé de quoi ?

— Hum. On est ici dans l'interprétation. J'ai le sentiment qu'il conçoit certains aspects dont il nous a fait part de manière symbolique. D'autres de manière littérale. Ou même les deux à la fois.

— Je ne comprends pas.

— Un exemple. Les yeux. Le message biblique est très clairement symbolique. Celui qui ne voit pas la lumière de Dieu vit dans les ténèbres. Notre meurtrier va plus loin que la symbolique. Il a arraché les yeux de sa victime pour qu'elle ne puisse plus voir. Être dans la nuit noire. Physiquement et spirituellement.

— Que serait l'interprétation littérale du feu ?

— Je n'en ai pas la moindre idée. Il n'en a probablement qu'une interprétation symbolique. Le meurtrier a trouvé dans la foi un sens à ce qui lui est arrivé et un sens à sa vie.

— Accomplir la mission de Dieu et se venger ?

— C'est ça.

— Et la dernière phrase, là. « *Le soleil se changera en ténèbres et la lune en sang.* » Ça nous révèle quoi ?

— C'est sans doute encore un verset biblique.

Andreas sortit son téléphone portable et y entra le texte.

— Voilà. En effet. C'est tiré du *Livre de Joël.*

— Joël ? Jamais entendu parler de lui !

— C'est un prophète moins connu que Moïse, Ésaïe ou Jérémie. D'après Google, il aurait vécu au VIIe siècle avant Jésus-Christ.

— Oh ! Vous savez, moi, à part Moïse, tout ça ne me m'évoque pas grand-chose. Les cours de catéchisme sont un lointain souvenir… Mais dites-moi, comment un inspecteur de police connaît-il aussi bien la Bible ?

— Je vois que vous avez une idée toute faite des flics.

— C'est tout à fait juste. En général, je les considère comme des êtres primitifs dépourvus de toute culture littéraire, qui voient dans leur pistolet le symbole de leur virilité.

Les deux éclatèrent de rire mais Berset, visiblement ébranlé par le message, afficha à nouveau une mine préoccupée.

— Vous conviendrez quand même que c'est inhabituel, inspecteur.

— Je vous l'accorde. Mais je ne répondrai pas à votre question aujourd'hui. Peut-être une autre fois. Retournons à nos moutons…

— Je compte bien avoir une réponse. Tôt ou tard. C'est plus fort que moi. Je ne suis pas journaliste par hasard…

— Hum. Du coup, j'ai perdu le fil. Où en étions-nous ?

— Le prophète Joël, celui dont j'ignorais l'existence jusqu'il y a quelques minutes.

— Ah oui. Juste. Mais là, je sèche… J'ai besoin d'aide.

Berset le regarda, dubitatif. Andreas saisit son téléphone portable et appela Mikaël sur *Facetime*. Son image apparut quelques instants plus tard sur l'écran.

— Ah. Je vois que vous vous êtes réconciliés, dit Mikaël en rigolant.

— Oui, on peut dire ça, réagit Berset qui n'était pas d'humeur à plaisanter.

— On a besoin de tes lumières. Le meurtrier a envoyé un message à Berset avec un verset du *Livre de Joël*, mais je ne sais pas comment l'interpréter.

Mikaël écouta attentivement et prit le temps de réfléchir avant de se lancer dans ses explications.

— Alors, les prophètes sont des porte-parole de Dieu, dont la mission est de transmettre au peuple des croyants un certain nombre de messages. Des annonces de jugement contre une personne ou une nation qui dévient de la foi. Des rappels à l'ordre au niveau des lois. Leur rôle est aussi d'exprimer la volonté de Dieu et d'inviter les croyants à un examen de conscience. Et ils annoncent aussi des prophéties, qui sont des paroles pour annoncer et prédire l'avenir. C'est à mon avis ce dernier point que le tueur veut mettre en avant.

— J'entends bien, mais je ne vois pas où il veut en venir.

— Les Hébreux vivaient dans l'attente du Jour du Seigneur, le retour de Dieu sur terre qui viendrait tout remettre en ordre. De manière définitive. Une sorte de bouleversement du monde qui devait se réaliser par la dévastation totale de la terre au moyen des forces de la nature. Des colonnes de feu. De la fumée. Les astres qui s'obscurcissent. Et des armées qui mettent les villes à feu et à sang.

— Sympa comme Dieu, intervint Berset.

— L'idée de la dévastation est que tous les éléments extérieurs qui empêchent le croyant de vivre dans la foi soient anéantis. Que l'homme soit mis à nu pour que s'opère en lui un bouleversement ! Un dépouillement total qui permet une nouvelle orientation et un retour à Dieu. Et quiconque retrouve le chemin vers Dieu sera épargné.

— En somme, c'est un peu comme l'idée de l'enfer et du paradis. Les bons iront au paradis et les mauvais en enfer.

— Et ceux qui ne sont clairement ni d'un côté ni de l'autre au moment de la mort commencent par un séjour au purgatoire. Mais ça, c'est une conception catholique qui date du Moyen Âge, compléta Andreas.

Andreas termina la conversation téléphonique.

— C'est passionnant tout ça, inspecteur, mais je ne vois pas en quoi ça nous permet de progresser au niveau de notre enquête.

— Tout d'abord, c'est *mon* enquête. Ce n'est pas parce qu'on bavarde un peu que c'est devenu *notre* enquête.

— Mais…

— Et si je retrouve quoi que ce soit de notre discussion dans un de vos articles, vous aurez à en découdre avec mon côté primitif…

— J'en prends bonne note. Après avoir fait l'expérience dimanche dernier de cette facette de votre personnalité, j'avoue préférer celle que vous montrez maintenant. J'ai encore une question. Que pensez-vous de sa signature ?

— « *L'agneau de Dieu qui a été opprimé* » ? C'est une expression qui désigne Jésus-Christ en tant que victime sacrifiée et crucifiée. Je suppose que notre meurtrier croit être une sorte de prophète. Un nouveau Jésus qui a pour mission d'annoncer un jugement, mais qui doit aussi accomplir ce qu'il estime être la volonté de Dieu.

— Ce que vous essayez de me faire comprendre, c'est que le meurtrier considère que la mort de Gautier est l'accomplissement d'une prophétie ?

— Oui. Peut-être bien. Ou alors tout simplement, il nous annonce ce qui va encore venir…

— Je vois… À propos, vous allez relâcher Fournier ?

Andreas acquiesça d'un signe de la tête.

— J'ai reçu l'e-mail hier à 11 heures. Fournier était déjà en détention, non ?

— Oui, j'étais avec lui à ce moment-là.

— Ça le disculpe donc !

— Probablement.

— Je ne suis pas un inquiet de nature, mais là… c'est un peu effrayant. C'est la première fois que je suis pris à partie par un criminel. Que dois-je faire ?

— Suivre son conseil, je suppose. Lui avez-vous répondu ?

— Répondu ? Pour lui dire quoi ? Que je m'excuse ? Que je publie un rectificatif ? Non ! Je ne voulais rien faire avant de vous en avoir parlé.

— Je vous recommande de faire profil bas ces prochains temps et de ne pas trop vous montrer à Gryon. On ne sait jamais. Mais dans tous les cas, ne lui répondez pas. Aucune demande de sa part n'a été formulée. C'est juste un avertissement. Je vais en parler avec un de nos spécialistes, pour voir s'il peut en tirer quelque chose. Pour cela, il devra accéder à votre ordinateur.

— Pas de problème. Mais à part Fournier, vous avez un autre suspect ?

— Vous savez bien que je ne peux pas répondre à cette question, monsieur Berset.

En quittant le café, Andreas repensa au message du meurtrier. Il avait lu juste. C'était bien écrit « *par la faute d'autres* ». Au pluriel ! Qui serait la prochaine victime ?

Chapitre 41

Route du Village, Gryon, mercredi 12 septembre 2012.

L'e-mail qu'avait reçu Fabien Berset n'apportait pas un éclairage nouveau à l'affaire, mais il venait renforcer certaines hypothèses d'Andreas.

Le meurtrier était un homme.

Il avait souffert et était maintenant prêt à se venger.

Il ne se considérait pas comme un meurtrier.

Mais comme un envoyé de Dieu.

Il allait encore tuer.

Probablement…

Par contre, ce qui importait le plus à Andreas, c'est que le meurtrier qui estimait ne pas en être un venait d'entrer en contact avec eux par l'intermédiaire du journaliste. Il s'expliquait, justifiait ses actes et parlait de lui… mais sans dévoiler son visage ! Une sorte de *coming-out*, mais sans faire tomber le masque. Il était là, à Gryon, parmi la foule. Mais sous quel masque se cachait-il ? Celui d'Arlequin, de Colombine, de Scaramouche, du Capitan… ou de Pantalon ? Cela pouvait être n'importe qui… Andreas avait le sentiment de se promener sur la place Saint-Marc en plein carnaval.

Andreas avait accepté d'aller à Venise deux ans auparavant sur la demande insistante de Mikaël. Il avait eu un *a priori*. Venise, la ville des amoureux… Il trouvait cette destination peu originale et craignait d'étouffer au milieu de la foule des touristes. Il ne supportait pas de faire partie de la masse et fuyait tous les lieux trop fréquentés. Plus qu'une phobie, c'était un profond mépris de tous ces gens armés de leur appareil photo au comportement de mouton. En fin de compte, il avait adoré Venise. Comme partout ailleurs, les gens s'attroupaient dans des lieux bien précis. La place Saint-Marc. Le pont du Rialto. Le palais des Doges. Le long du Grand Canal. Mais en s'écartant de quelques ruelles, on découvrait la vraie Venise. Celle des Vénitiens, comme le quartier de Canarregio avec son ancien ghetto juif, où ils avaient bu un café sur une terrasse le long d'un des canaux tout en observant le va-et-vient des bateaux.

Et maintenant, à Gryon, des masques déambulaient à perte de vue. Fournier s'était dévoilé et, malgré son masque de Scapin le Fourbe, il n'était pas celui qu'ils recherchaient. Il en était convaincu. Andreas repassa dans sa tête l'image de toutes les personnes rencontrées ces quatre derniers jours, mais aucune – pour l'instant du moins – ne semblait correspondre au profil d'un psychopathe répondant à l'identité de *jenesuispasunmeurtrier*.

Je ne suis pas un meurtrier… Un peu facile de se cacher derrière Dieu pour justifier un tel acte, pensa-t-il. Un lâche ! *Je suis un meurtrier, mais je ne l'assume pas* aurait été plus approprié. Il sentait une rage naissante à l'encontre de son adversaire. Stop ! Il devait empêcher cela. Ne jamais laisser les émotions prendre le dessus. Il devait garder son calme et conserver toute son énergie pour raisonner. Se focaliser sur sa mission. Et la seule question qu'il devait garder à l'esprit était la suivante : comment allait-il le démasquer ?

Chapitre 42

Centre commercial, Monthey, mercredi 12 septembre 2012.

Andreas et Karine s'étaient installés à une table ronde au fond du restaurant de la Coop. Ils entendirent Marine Besson arriver, au bruit de ses talons aiguilles sur les carreaux du sol. Sa démarche élégante et assurée ne pouvait pas être le fruit du hasard, mais plutôt le résultat d'une longue pratique. Karine apprécia en connaissance de cause. Elle avait toujours exécré les talons hauts et n'en avait jamais porté de sa vie, jusqu'au jour où son ex-copain l'avait invitée à l'Opéra. Pour cette occasion, elle avait acheté une robe de soirée et une paire de chaussures à talons hauts. Le miroir du magasin lui avait renvoyé une image d'elle-même qu'elle ne reconnaissait pas, mais la vendeuse l'avait convaincue d'assumer sa féminité. Le soir venu, tous ses espoirs s'évanouirent dès les premières marches qui menaient à l'entrée de l'Opéra. Elle s'était entraînée en faisant des allers et retours dans son salon. À plat, elle se débrouillait encore pas trop mal, mais elle avait oublié les marches… Au lieu d'assister à la représentation des *Pêcheurs de perles* de Bizet, elle s'était retrouvée aux urgences avec une cheville assortie à sa robe rouge et aussi enflée que celle de sa vieille voisine qui souffrait de rétention d'eau. La semaine suivante, Karine apporta ses escarpins à une boutique de seconde main de l'entraide catholique…

Marine Besson avait de longs cheveux blonds légèrement ondulés. Sous la frange qui recouvrait son front, des yeux vert profond. Elle s'installa.

Karine la salua et s'excusa de venir s'entretenir avec elle d'une si vieille histoire.

— Pas de souci. C'est en effet une histoire très ancienne. Quand vous m'avez appelée, cela m'a fait un choc de devoir en reparler. Je ne l'ai jamais oubliée. J'ai eu besoin de temps, mais maintenant c'est du passé et je suis satisfaite de ma vie. Je suis mariée et j'ai deux enfants.

— Je comprends très bien.

— Pouvez-vous nous raconter ce qu'il vous est arrivé à l'époque ?

Marine Besson n'hésita pas une seconde et commença à retracer son histoire.

— J'avais dix-sept ans. J'avais été invitée à une soirée chez une amie plus âgée que moi. Gautier avait été convié aussi. Il avait un peu plus de trente ans à l'époque. Je l'avais trouvé charmant. Il me faisait un peu de rentre-dedans. Sur le moment, j'étais contente de susciter de l'intérêt chez un homme plus mûr. Il me faisait sentir plus adulte que je ne l'étais. À la fin de la soirée, il a proposé de me ramener. J'avais un peu bu. Lui aussi, d'ailleurs. Quand j'y repense… Comment ai-je pu accepter ? Jeune et stupide, non ? J'aurais dû rentrer avec mes copines. En cours de route, il a bifurqué sur un chemin agricole, prétextant vouloir fumer une cigarette. Il s'est arrêté à l'orée de la forêt et a éteint les phares de la voiture, puis le moteur. Au cours du trajet, il avait déjà fait des commentaires déplacés sur mon physique qui m'avaient mise mal à l'aise. Nous sommes sortis de la voiture. Il a allumé sa cigarette, les yeux braqués sur moi. Son regard avait changé. J'étais restée appuyée contre la voiture. Je m'en souviendrai à jamais… Il a pris une dernière taffe de sa cigarette, puis l'a jetée par terre avant de se diriger vers moi. Il m'a plaquée contre la carrosserie et s'est serré contre moi. Il a essayé de m'embrasser, mais j'ai tourné la tête pour l'en empêcher. Là il m'a donné une très forte gifle. Il a glissé ses mains sous ma chemise tout en essayant de mettre sa langue dans ma bouche. Plus je lui demandais d'arrêter, plus il continuait. Il m'a ensuite encore frappée, traitée de salope et d'autres noms de ce genre. J'étais paralysée. Je ne pouvais plus rien faire. Impossible de me débattre. C'était comme si mes muscles ne répondaient plus aux impulsions de mon cerveau. Ensuite, il m'a plaquée sur le capot de la voiture. Je l'ai entendu déboucler sa ceinture et descendre son pantalon. Et là, il m'a violée.

Elle garda le silence. Ses yeux étaient humides.

— Je me revois encore sur ce capot. C'est comme si j'avais assisté à la scène depuis en haut. Comme si mon esprit avait fui mon corps, le temps qu'il fasse son affaire.

Elle ferma les yeux. Sa gorge s'était nouée. Ce n'était plus la personne qui avait tout à l'heure montré son assurance du haut de ses talons. Karine posa sa main sur la sienne.

— Et ensuite ? Qu'est-il arrivé ?

Marine Besson releva la tête et un semblant de sourire de satisfaction s'afficha sur son visage.

— Au moment où il était en train de remettre son pantalon, mon esprit a regagné mon corps. Toute ma peur s'est évaporée. Je devais partir de là. Je me suis approchée de lui par-derrière et lorsqu'il s'est retourné, je lui ai donné, de toutes mes forces, un coup de pied dans les parties. Je l'ai vu s'effondrer et tomber face contre terre. Je me suis alors enfuie. J'ai couru à travers les bois jusqu'à la maison la plus proche. De là, j'ai pu appeler mes parents. Puis nous sommes allés directement au poste de police.

— Avez-vous eu des nouvelles de Gautier après cette histoire ?

— Je l'ai revu au procès. Ensuite, non, jamais. Je n'ai pas cherché à en avoir. Je voulais passer à autre chose.

— Et vos parents ?

— J'ai pu beaucoup en discuter avec ma mère. Je lui en suis reconnaissante. Cela m'a aidée à me reconstruire.

— Et votre père ?

— Cela a été plus dur pour lui. Il a gardé une énorme colère contre Gautier. Je suis sa fille unique. Il a toujours veillé sur moi. Là, c'est comme s'il avait échoué à me protéger. Mais la rancœur est mauvaise. C'est justement ce que je voulais éviter.

— Votre père a-t-il entrepris quelque chose contre Gautier ?

— Oh non ! La seule chose dont il était capable

envers Gautier, c'était d'éprouver de la haine. Il ne ferait pas de mal à une mouche.

— Et aujourd'hui ? poursuivit Karine.

— Aujourd'hui ? Vous n'y pensez pas ! Mon père est cloué dans un fauteuil roulant. Il a la maladie de Parkinson.

Karine et Andreas avaient été surpris, tout au long de l'entretien, par sa détermination et son franc-parler.

— Comment avez-vous appris la mort de Gautier ? lança Andreas, qui jusque-là était resté en retrait.

— En lisant la presse.

— Et quelle a été votre réaction ?

— J'ai été choquée par la manière brutale dont il a été tué. Mais cela ne m'a fait ni chaud ni froid. Ça ne change en rien ce que j'ai subi. Qu'il soit vivant ou mort, pour moi c'est pareil. Dès la fin du procès, je m'étais juré qu'il n'existerait plus dans ma vie.

Andreas et Karine la remercièrent. Elle se leva et les salua. Ils l'observèrent évoluer entre les tables pour regagner la sortie. Elle avait retrouvé son assurance.

Chapitre 43

Centre gryonnais, Gryon, mercredi 12 septembre 2012.

Andreas et Karine en étaient convaincus : il n'y avait rien à chercher du côté de cette famille qui avait vécu un drame aujourd'hui oublié.

Lorsqu'ils arrivèrent au Centre gryonnais, Nicolas était déjà là. Ils s'assirent autour de la table. Nicolas commença par leur raconter qu'il avait fait le tour du village et interrogé les voisins de Gautier. Mais il n'en avait rien retiré. Personne n'avait vu ou entendu quoi que ce soit.

Parmi les personnes présentes devant le temple, il avait rencontré Éric Rivoire, le militaire. Nicolas avait trouvé le bonhomme singulier et plutôt froid, mais il n'avait pas réussi à en tirer grand-chose.

— Je suis aussi allé faire la connaissance des deux étrangers de la liste ce matin, Holder et Albright.

— Et ?

— John Holder est un Américain. J'ai dû me dépatouiller en anglais, car son français n'est pas très bon. Il m'a dit qu'il l'avait appris avec sa mère, mais qu'il ne l'employait pas beaucoup. Il est venu ici pour quelques mois de vacances afin de découvrir ses racines. Sa grand-mère est née en Suisse, m'a-t-il raconté. Il a fait l'acquisition d'un chalet vers Frience. Il compte y revenir avec sa famille l'année prochaine. Et il s'est rendu au temple dimanche dernier car il voulait assister au culte. Il essaie de s'imprégner de la vie locale. Il a été touché par la nouvelle de la mort de Gautier, étant donné que c'était par son intermédiaire qu'il avait acheté son chalet. Il va bientôt retourner aux États-Unis.

— Quel est ton ressenti ?

— Il m'a donné l'impression d'être un homme distingué. Très sympathique. Il était coopératif et m'a tout expliqué de manière ouverte et directe.

— Et Albright ?

— Il est anglais. Il a également un chalet vers Frience. Il est plutôt discret et un peu renfermé, mais, dès qu'il se met à parler de sa vie, il ne s'arrête plus. Il s'exprime assez bien en français, mais avec un accent britannique. Il réside à Gryon depuis cinq ans. Il est venu avec sa femme dans la région pour la première fois au début des années septante. Ils ont aimé cet endroit au premier coup d'œil. Depuis, il passait ses vacances ici tous les hivers avec sa femme et ses enfants, puis ses petits-enfants. Depuis quarante ans. Il y a six ans, son épouse est décédée d'une leucémie foudroyante et il a décidé de quitter Londres pour s'établir définitivement à Gryon. Ses enfants vivent toujours en Angleterre. Il se rend tous les dimanches au culte. Il est très croyant. Lorsqu'il est dans le temple, il éprouve la sensation d'être en communion avec sa femme. Ils y venaient d'ailleurs chaque fois qu'ils étaient à Gryon.

— Ça ne nous avance pas beaucoup, soupira Karine.

— Non, pas *a priori*. Mais nous devons continuer à explorer toutes les possibilités. On va bien finir par tomber sur une piste sérieuse !

Andreas pensa qu'il allait solliciter Mikaël pour faire des recherches sur ces différentes personnes. Histoire de ne rien négliger.

— As-tu pu analyser les dossiers immobiliers de Gautier ?

— Non, pas encore. Je compte m'y mettre tout de suite.

— Bien !

— Et maintenant ? demanda Karine. Quelles sont les prochaines étapes ?

Andreas se leva, prit un stylo-feutre et ajouta sur le panneau « *Que connaissons-nous du meurtrier ?* » deux nouveaux éléments :

A soif de reconnaissance.
Est susceptible.

Sur l'autre panneau, celui où les questions au sujet du meurtrier étaient notées, il traça la phrase « *Va-t-il encore tuer ?* » et en écrivit une nouvelle :

Il va à nouveau tuer !

— D'où tiens-tu ça ?

Andreas sortit la copie de l'e-mail que le meurtrier

avait envoyé à Berset et la posa sur la table en expliquant son point de vue.

— En es-tu sûr ? C'est peut-être juste une manière de formuler les choses dans l'e-mail. Ce n'est pas si explicite que ça !

— Écoute, Nicolas. Ça suffit ! J'en ai la ferme conviction. C'est tout. Il…

— Est-ce qu'on peut retracer l'e-mail ? l'interrompit Karine, en lui lançant un regard sévère pour prévenir une querelle inutile.

— Voyons ça avec Christophe. Appelle-le !

Après quelques sonneries, la chevelure hirsute de Christophe apparut sur l'écran de l'ordinateur.

— Salut, l'équipe !

— Salut, Christophe ! répondirent en chœur Nicolas et Karine.

Andreas prit la parole :

— Tu as pu vérifier cette histoire d'e-mail ?

— Oui. C'est très intéressant, dit-il en essayant d'aplatir une mèche de cheveux plus rebelle que les autres, comme s'il venait de découvrir sur *Skype* à quoi sa tête ressemblait.

— Fabien Berset est passé me voir avec son ordinateur portable. J'ai donc pu travailler sur le message original. L'adresse IP d'un e-mail se retrouve dans le code source du message. Sur *Outlook*, il faut ouvrir le message puis cliquer dans le menu *Affichage* puis sur *code source*. Ensuite, il faut partir du texte du message puis remonter les données. La première adresse e-mail rencontrée, précédée de *from* est suivie d'une adresse IP. Elle correspond à l'expéditeur d'origine.

— On sait que t'es un crack en informatique…

Pas besoin de nous le prouver. Dis-nous ce que tu as découvert, s'impatienta Karine.

— Merci du compliment. Je continue. J'ai recherché sur *Google* le fournisseur d'accès Internet lié à l'adresse IP. J'ai trouvé. C'est Swiss.com. Je les ai contactés et j'ai pu obtenir l'identité de l'expéditeur.

Christophe afficha son plus beau sourire.

— Crache le morceau !

— Il s'agit de Maurice Fournier. À partir du compte privé, depuis chez lui.

Cette nouvelle bouscula les pensées dans la tête d'Andreas.

— Elle est bien bonne ! s'écria Karine.

— Mais il n'a pas pu l'envoyer. Il était au poste de police à ce moment-là, fit remarquer Nicolas.

— C'est peut-être sa femme qui l'a envoyé, proposa Karine.

— Deux autres possibilités existent, annonça Christophe.

— Lesquelles ?

— Sur *Outlook*, tu peux différer l'envoi d'un message électronique. Tu peux l'écrire à un moment donné et définir le jour et l'heure auquel l'e-mail doit être envoyé.

— Et ?

— La deuxième solution, c'est que quelqu'un d'autre se soit connecté au réseau WiFi des Fournier avec son propre appareil, à proximité de leur chalet, et l'ait envoyé depuis là.

— Mais un code est nécessaire pour y accéder, non ?

— Oui, si un mot de passe a été configuré par le propriétaire. Ce qui n'est pas le cas. J'ai vérifié avec Swiss.com.

— Donc n'importe qui peut aller se connecter à leur réseau.

— En effet. Nous devons saisir tous les appareils de Fournier, iPhone, iPad, ordinateur portable, et contrôler si l'e-mail a été envoyé avec l'un de ceux-ci. Sinon on peut en conclure que quelqu'un d'autre a utilisé son réseau.

— Cette fois, on ne va pas trop s'exciter ! Nous devons réfléchir un peu plus avant d'agir. Il vient d'être relâché ce matin.

— Oui, d'accord. Mais si nous attendons trop longtemps, il peut faire disparaître l'e-mail, renchérit Nicolas.

— Il l'aura sûrement déjà fait. Mais ce n'est pas grave. On retrouve tout, même si cela a été supprimé, expliqua Christophe. Sinon, j'ai continué à analyser l'iPhone de Gautier. C'est incroyable, tout ce que l'on peut dénicher de nos jours dans un petit appareil comme celui-là. Quasi toute la vie d'une personne y est contenue. Contacts, photos, vidéos, notes, rendez-vous… C'est une mine d'or ! À première vue, je n'ai rien découvert de significatif. Une chose peut-être. Une impression. Contrairement à l'ordinateur, aucune photo ou vidéo compromettante ou liée au sexe n'y figure. J'ai tout imprimé sur des listes. Je vous en ai envoyé une copie. Pour l'ordinateur portable de Gautier, je vais poursuivre dès que nous aurons terminé. Ça prend du temps.

Andreas, qui avait écouté la discussion tout en suivant le cours de ses pensées, prit la parole :

— Merci Christophe. J'aimerais que tu retournes à l'appartement de Gautier, puis au temple. Nous avons certainement dû louper quelque chose. Bien qu'il soit très consciencieux, le meurtrier a dû commettre au moins une erreur, non ?

Chapitre 44

Chapelle catholique et cimetière, Gryon, jeudi 13 septembre 2012.

Andreas et Karine parquèrent leur voiture vers les courts de tennis sur la route de Rabou, non loin du cimetière. Mikaël s'était également joint à eux pour assister au service funèbre d'Alain Gautier. La chapelle Saint-François-d'Assise de Gryon se situait à quelques centaines de mètres de là sur la route de Villars. De loin, ils aperçurent un corbillard noir stationné au bord de la route. Arrivés à la hauteur de la chapelle, ils virent sur la terrasse, en contrebas, un attroupement. Au bas mot, une soixantaine de personnes étaient réunies. La chapelle, une construction relativement récente, ressemblait à une grande maison avec un petit clocher sur le toit. À l'avant du bâtiment, trois arches soutenues par quatre colonnes en pierre lui donnaient néanmoins un air d'église.

Ils descendirent l'étroit chemin en direction de la chapelle et virent de nombreux regards se fixer sur eux. Andreas se sentit un peu mal à l'aise. Un enterrement était un moment intime pour la famille et les amis où la police n'avait pas sa place. Pas plus d'ailleurs que tous les gens venus par pure curiosité et non pour un dernier adieu à un être cher. Mais il voulait être là. Il était certain que le meurtrier ne pourrait pas s'empêcher d'être présent, lui aussi. Il avait la nette impression qu'il leur tournait autour. Peut-être même qu'il surveillait leurs allées et venues. Le reconnaîtrait-il ? Rien n'est moins sûr… Comment le pourrait-il ?

Au moment où ils se mêlèrent à la foule, un des croque-morts, le visage fermé et totalement inexpressif, ouvrit la porte de la chapelle et les gens commencèrent à entrer. Andreas, Karine et Mikaël restèrent un peu à l'écart pour observer.

Andreas reconnut plusieurs personnes. Marie Pitou et son assistante, Julie Berthoud, toutes de noir vêtues. Chez la première, seule la couleur de sa tenue permettait de savoir qu'elle se rendait à un enterrement et non à un défilé de mode, alors que la seconde portait des habits plus simples et sobres. Jacques Charrier était suivi par Maurice Fournier. Pourquoi ce dernier était-il venu ? La nouvelle de son arrestation et de sa libération avait déjà fait le tour du village, mais son inculpation pour abus sexuel avait été gardée secrète. Par sa présence, voulait-il prouver son innocence ? Ou alors, craignait-il que son absence ne suscite réactions et questions ? Était-il tout simplement en deuil de son ami Gautier ? Dans tous les cas, sa situation était devenue compliquée. Andreas reconnut ensuite Nicole Barbey, qui était venue seule. Erica Ferraud surprit Andreas en arrivant derrière lui. Elle le salua, puis entra. Ils étaient les derniers et s'assirent sur un banc, tout au fond, à droite. Tous les autres étaient déjà occupés. Il repéra au premier rang, à gauche, la mère de Gautier, accompagnée d'une autre femme, âgée elle aussi, qu'il ne connaissait pas.

Andreas trouvait le cadre beaucoup plus froid que celui du temple. Le mobilier en bois clair était neuf et moderne. Il aimait les meubles anciens. Ceux qui possédaient ce petit supplément d'âme propre aux objets qui avaient vécu. Les vitraux contemporains ne lui plaisaient pas. Dans le chœur de l'église, au mur, une sorte de fresque colorée. Il la trouvait infantile. L'ensemble ne se prêtait ni au recueillement ni à la méditation, pensa-t-il.

Devant la table de communion était placé le cercueil de Gautier. Il était simple. En bois. Sans fioritures. De chaque côté, un gros bougeoir avec un cierge allumé. Sur le cercueil, un arrangement floral aux teintes chaudes, jaunes et orange avait été disposé. Au milieu, des lys blancs. Sur un ruban doré accroché sur le flanc du cercueil était écrit « *À mon fils adoré* ». À côté, sur un chevalet, une autre couronne, bien plus grande. Elle était composée de roses rouges et roses, de chrysanthèmes blancs, de lys rouges et d'anthuriums. Le ruban blanc portait le nom de son agence immobilière Immogryon avec la mention « *Tu vas nous manquer !* »

Dans la chapelle étaient présentes de nombreuses personnes âgées. Sans doute des connaissances de la mère de Gautier, ainsi que des paroissiens. Une pensée lui vint à l'esprit. Pourquoi diable le corps avait-il été déposé dans le temple protestant, alors que Gautier était catholique ?

L'orgue commença à jouer. Il reconnut tout de suite

la marche funèbre de Chopin, même si ce n'était pas le morceau le plus connu de la fameuse *Sonate n° 2*.

Une des réponses plausibles, voire la plus vraisemblable, c'était que le meurtrier devait avoir un lien avec le temple. Était-il protestant ?

Oui, probablement.

Cela pouvait-il l'aider à ce stade de l'enquête ?

Non, probablement pas.

L'orgue s'arrêta de jouer. Le curé se leva de sa chaise. Il portait une aube blanche et une étole violette, couleur du deuil. Il était jeune, environ quarante ans, estima Andreas. Son regard était sombre. Il prit la parole :

— Chers frères et chères sœurs en Christ. Chers amis. Nous sommes assemblés aujourd'hui pour rendre les derniers hommages à notre frère, Alain Gautier, que Dieu a rappelé à lui à l'âge de cinquante-deux ans et pour entourer de notre profonde sympathie sa mère ainsi que ses proches. Mais aussi, et surtout, pour entendre les promesses de l'Évangile. Je n'évoquerai pas les circonstances particulièrement douloureuses du décès d'Alain Gautier si ce n'est pour dire que notre frère a été enlevé à l'affection des siens à l'heure où l'on s'y attendait le moins.

« *Où l'on s'y attendait le moins ?* » Drôle d'entrée en matière, songea Andreas. Il se réfugia ensuite à nouveau dans ses pensées et en ressortit lorsque tout le monde se leva, proclamant à haute voix « *Gloire à toi, Seigneur* » avant de faire un signe de croix sur le front, la bouche et le cœur. C'est à ce moment-là qu'Andreas constata qu'il était le seul encore assis. Il se leva et fit un mouvement de bras à hauteur du visage qui donna l'impression qu'il chassait une mouche posée sur son nez.

Le curé ouvrit la Bible placée sur le lutrin et commença à lire.

— « *Le diable le conduisit plus haut, lui fit voir en un instant tous les royaumes de la terre, et lui dit : je te donnerai tout ce pouvoir avec la gloire de ces royaumes, parce que c'est à moi qu'il a été remis et que je le donne à qui je veux. Toi donc, si tu m'adores, tu l'auras tout entier. Jésus lui répondit. Il est écrit : tu adoreras le Seigneur ton Dieu, et c'est à lui seul que tu rendras un culte...* »

Après avoir terminé, le curé referma la Bible d'un geste énergique. L'assemblée entonna d'une seule voix un « *Louange à Toi, Seigneur Jésus* », avant de se rasseoir.

— Écoutez, mes frères et sœurs en Christ et vous, amis de passage, croyants ou non, écoutez bien ces paroles de l'Évangile. Comprenez-vous ce que cela signifie ? Nous pourrions chacune et chacun nous poser la question de savoir où nous avons choisi de placer notre vie. Vers quelle réalité, vers quel but tendons-nous notre cœur inexorablement ? Vers le bien ou vers le mal ? En Dieu ou au diable ? La question est simple ! La réponse que nous pouvons y apporter en tant qu'êtres humains faillibles l'est moins. Jésus, lui, a choisi de ne pas succomber à la tentation. C'est en acceptant d'être crucifié pour nous qu'il nous a délivrés du mal et du péché. Dans les circonstances particulièrement douloureuses du deuil, à quelle source croyez-vous pouvoir alimenter le vide laissé par la séparation ? Où donc pensez-vous trouver votre consolation ? Et comment imaginez-vous faire face à cette cruelle réalité de la mort ? Sur Dieu seul, mon âme se repose… mon attente est en lui ! Pas ailleurs ! Et il n'est jamais trop tard. Le Seigneur accueille à bras ouverts celui qui se repent. Veuillez croire, chers amis, qu'Alain Gautier a finalement opté pour la bonne part. Il s'en est allé rejoindre le Seigneur, son Dieu. Il avait choisi de placer sa confiance en Dieu, dans la vie comme dans la mort. Sur Dieu seul, mon âme se repose paisiblement… Mon attente est en lui ! Mon attente est en lui !

C'était une homélie pour le moins surprenante. Le ton de la prédication était culpabilisant et assez abrupt. Drôle de manière d'accompagner des gens en deuil. Succomber à la tentation avant de retrouver le chemin vers Dieu… Était-ce l'histoire de Gautier que racontait le curé ?

Après la célébration de l'eucharistie, il alluma l'encensoir qu'il leva au ciel. Il fit le tour du cercueil en le balançant pour que l'encens se répande. Ensuite, il s'arrêta à l'avant du cercueil et prononça la bénédiction. L'odeur parvint en quelques secondes aux narines d'Andreas. Cela lui rappela la petite chapelle *San Damiano* à Assise où il avait assisté aux vêpres. Cet endroit, empreint de simplicité et d'humilité, était le lieu où François d'Assise avait entendu, alors qu'il priait face à la croix, une voix lui demander de rebâtir sa maison en ruine. Le retour aux sources prôné par saint François, bien que radical, était de nature à réconcilier Andreas avec l'Église catholique en qui il ne voyait d'habitude qu'une institution sclérosée et avide de pouvoir.

— Jésus était mort, mais il est ressuscité et nous croyons qu'il nous a fait passer avec lui de la mort à la vie. Avec cette eau qui nous rappelle notre baptême, nous sommes invités à venir bénir le corps de notre frère. Que le Seigneur l'accueille auprès de lui ! Qu'il nous bénisse et qu'il nous garde, lui qui est Père, Fils et Saint-Esprit. Amen.

Au moment où Andreas se leva du banc pour aller asperger le cercueil de quelques gouttes d'eau bénite, un homme le bouscula par inadvertance. Ce dernier s'excusa et laissa Andreas passer devant lui. Il lui semblait l'avoir déjà vu, mais il ne se souvenait pas où. Depuis qu'il vivait à Gryon, il croisait souvent des visages connus, mais sans vraiment mettre un nom dessus. Il n'avait pas encore eu le temps de s'impliquer dans la vie du village. Il avait commencé à sympathiser avec la gérante de l'épicerie, le boucher et la patronne du Buffet de la Gare où il prenait régulièrement son café. Mais il travaillait énormément. Et les rares moments libres, il aimait les passer avec Mikaël et leur chien Minus, dans la nature, loin du monde. C'était son tour. Il saisit le goupillon et le trempa dans l'eau bénite. Il aspergea le cercueil en traçant la forme d'une croix, comme il avait vu faire le prêtre. Il resta figé quelques instants, le regard posé sur cette caisse en bois. Un jour, c'est lui qui serait à l'intérieur. Il chassa immédiatement cette pensée de son esprit. D'autres images lui vinrent.

Alain Gautier.

Qui t'a tué ?

Aide-moi !

Parle-moi !

Une idée s'imposa à lui.

Avait-il parlé au curé ? Alain Gautier s'était-il confessé à lui ? Il était persuadé que oui.

Derrière lui, le même homme que tout à l'heure lui tapota l'épaule. Andreas émergea de ses pensées, lui tendit le goupillon, et se dirigea vers la sortie, où il retrouva Mikaël et Karine.

Quelques instants plus tard, six hommes, entièrement vêtus de noir et coiffés d'un chapeau, sortirent de la chapelle en portant le cercueil à bout de bras. Le curé avait informé les personnes présentes que ceux qui le voulaient pouvaient suivre à pied le corbillard jusqu'au cimetière, où aurait lieu l'inhumation.

L'homme qui n'était pas un meurtrier était sur la terrasse parmi la foule, en attendant le départ du convoi. Il contemplait le panorama qui s'offrait à lui. Le Grand Muveran était magnifique. Il l'avait décidé : il accompagnerait Gautier à sa dernière demeure. Lorsque le convoi démarra, il se positionna vers la fin. À quelques mètres devant lui, il observait l'inspecteur et sa collègue. Pour l'instant, ils étaient à mille lieues de la vérité. Il s'était à nouveau déguisé. À ce petit jeu, il était très doué. Mais il devait être prudent. Il avait du respect pour cet inspecteur, bien qu'il ne le connût pas.

Le cortège funèbre était en marche en direction du cimetière, qui se situait à environ un kilomètre de là. À la hauteur des courts de tennis, le corbillard bifurqua vers Rabou. La route était en pente descendante et particulièrement raide.

Le corbillard s'arrêta un peu plus bas, devant le portail en fer du cimetière sur lequel un panneau d'interdiction aux chiens était accroché. Pourtant, c'est ici que Gautier allait reposer… pensa l'homme qui n'était pas un meurtrier.

Les gens entrèrent dans l'enceinte et se dirigèrent sous la conduite du curé vers le fond du cimetière. Dans le sol, un trou avait été creusé, là où Alain Gautier allait être enterré.

Andreas et Karine étaient restés un peu en retrait. Mikaël, lui, avait décidé de ne pas venir assister à la mise en terre. Andreas observait attentivement toutes les personnes présentes, les unes après les autres. Il pensait qu'il était là. Il en était quasi sûr. Mais comment l'identifier ?

Le cimetière était entouré d'un mur en pierre d'environ un mètre de hauteur. Seuls quelques arbustes et un grand sapin agrémentaient l'alignement de tombes. Mais le panorama était exceptionnel. C'était même un des endroits du village où la vue était la plus dégagée. L'Alpe des Chaux sur la gauche. Au fond, Les Diablerets et la Tour d'Anzeinde. Le Miroir de l'Argentine. La pointe des Savoleyres. Le Grand Muveran.

L'homme qui n'était pas un meurtrier ne se lassait pas de cet environnement. Il existait pires emplacements pour le repos éternel, mais ce n'était pas ici qu'il voulait être enterré. Il avait rédigé son testament. Il souhaitait que ses cendres soient répandues sur l'alpage près de son chalet. Son vœu serait-il exaucé ? En s'avançant, il posa son regard sur la tombe de sa grand-mère. Elle lui manquait. C'était la seule personne qu'il avait aimée, à part sa Princesse.

Le curé prononça la bénédiction finale avant que les hommes en noir fassent descendre le cercueil tout doucement à l'aide de trois grandes lanières. Après ces ultimes paroles, un lourd silence régna dans le cimetière. Chacun fit son dernier adieu à Gautier.

L'homme qui n'était pas un meurtrier s'avança. Il braqua ses yeux sur le cercueil au fond du trou, souhaitant à Gautier de pourrir en enfer pour l'éternité. Il avait enfin eu le sentiment d'avoir le dessus. Il l'avait suivi et surveillé pendant plusieurs mois. Cela avait été une vraie jouissance de ressentir la peur l'envahir à la seconde même où il lui avait révélé son identité. Le moment où il lui avait ôté les yeux et où il avait senti, après une légère résistance, le couteau pénétrer la chair et percer le cœur avait été d'une extrême intensité. Il avait pris du plaisir à le tuer. Cet instant, il l'avait attendu si longtemps. Et soigneusement préparé. Il en avait rêvé. Il avait espéré que cela soulagerait sa peine. Il avait eu tort. La souffrance n'était pas moins grande. La colère était encore intacte. Il n'avait pas d'autre choix. Il devait aller jusqu'au bout.

Chapitre 45

Centre gryonnais, Gryon, jeudi 13 septembre 2012.

Andreas se tenait debout et scrutait les montagnes par la fenêtre, perdu dans ses pensées. Nicolas faisait semblant d'être plongé dans ses papiers. Il s'imaginait naviguer en plein océan. Karine préparait les cafés. Le sifflement de la bouilloire fit l'effet d'un signal. La réunion pouvait commencer.

— J'ai l'impression qu'il est tout proche, qu'il nous tourne autour, cherchant à nous défier. Il se sent fort. Invincible. C'est comme s'il puisait de l'énergie dans le fait de nous narguer !

— Qu'est-ce qui te fait dire ça ? lança Nicolas.

— Les messages sous forme de jeux de piste. La bouteille dans la poubelle. L'appel effectué depuis le Buffet de la Gare. L'envoi de l'e-mail à Berset.

Il resta silencieux quelques instants.

— Un sentiment. Ce matin aux funérailles de Gautier. C'est comme si je ressentais sa présence. J'en suis sûr. Il veut que je sache qu'il est là.

— Tu ne crois pas que tu donnes un peu dans le

mélo, se moqua Karine. Tu as constamment l'impression d'être le centre du monde. Ce n'est pas toujours le cas ! Tu en fais une sorte de combat personnel. Tu devrais te concentrer sur les faits plutôt que de te battre contre des moulins à vent...

La tension dans la pièce était palpable. La nervosité commençait à s'installer subrepticement. Bien qu'ils aient déployé une énergie sans limites pour l'enquête, ils n'avaient pas fait, jusqu'à maintenant, de percées significatives.

— Merci, Sancho Panza !

— Merci *qui* ? grimaça Nicolas, qui semblait largué.

— Sancho Panza est un vulgaire paysan qui n'a pas grand-chose dans la cervelle, lui répondit Andreas.

— Ne l'écoute pas, Nicolas. En fait, c'est le fidèle et très sensé compagnon de Don Quichotte qui tente d'avertir son maître qu'il est en train de se perdre dans ses illusions de rêveur alors que la réalité lui échappe. Sancho a les pieds sur terre et Don Quichotte la tête dans les nuages...

Nicolas assistait déconcerté à la joute verbale à laquelle se livraient ses deux collègues.

— Ne cherche pas à comprendre, Nicolas, ajouta Karine avec un sourire en coin.

Karine pouvait faire sa maligne, mais elle n'avait jamais ouvert ni même vu de près ou de loin un roman de chevalerie médiéval. Elle avait d'ailleurs fait à peu près la même tête que Nicolas lorsque Mikaël avait comparé un jour Karine et Andreas aux deux héros de Cervantès.

— Je ne suis pas en train d'affabuler. Tout ça est bien réel. Pour certains criminels, le fait de narguer les enquêteurs fait partie du jeu. Tuer ne leur suffit pas. Ils doivent prouver qu'ils sont les meilleurs et renforcer leur sentiment de toute-puissance. Et en faisant cela, il prend des risques. Quand il commettra sa première erreur, je serai là !

Karine lâcha l'affaire. Lorsque Andreas était convaincu de quelque chose, rien ni personne ne pouvait le faire changer d'avis, sauf, peut-être, lui-même. Dire qu'il avait la tête dure était un euphémisme. Au début, lorsqu'ils avaient commencé à faire équipe, cela avait eu tendance à exaspérer Karine. Mais avec le temps, elle s'était rendu compte que, sous ses airs de mufle égocentrique, Andreas l'écoutait et prenait en considération ses opinions, même s'il faisait mine de ne pas y prêter attention.

— Où en es-tu avec ces dossiers immobiliers ? Est-ce que tu as pu croiser des noms avec ceux que l'on connaît déjà ?

— Alors…

Nicolas, surpris, non pas par la question en soi, mais par le brusque changement de sujet, n'était visiblement pas prêt à répondre. Il fouilla parmi ses papiers avec nervosité, en laissant tomber certains par terre. Il se baissa pour les ramasser et, en remontant, se frappa la tête contre la table. Karine ne put s'empêcher de glousser, alors qu'Andreas fulminait intérieurement.

— La voilà. Au niveau des clients, j'ai trouvé quelques noms déjà connus. John Holder. Il a fait l'acquisition d'un chalet l'année dernière. L'acte de vente a été signé au mois de novembre 2011. Et Albright, l'Anglais. Il a acheté son chalet en 2007, à Frience. Celui-ci était la propriété d'une famille de Gryon, les Santchis. L'ancienne propriétaire était d'ailleurs présente au temple, elle aussi. Elle a vendu sa maison et acheté un appartement à Barboleuse. Puis, les Fournier. Ils ont acquis le terrain où Fournier a lui-même construit son chalet. Ils ont payé pas loin de 1,2 million pour une parcelle de trois mille mètres carrés. Ensuite, Alfred et Germaine Jaccard, deux retraités genevois qui ont acheté un appartement près du village il y a dix ans. Et puis j'ai aussi retrouvé les noms d'Andreas Auer et Mikaël Achard, conclut-il, en regardant Andreas d'un air amusé.

Andreas ne sembla pas apprécier la blague, mais il s'en tint à un froncement de sourcils.

— Et sinon, est-ce que quelque chose t'a paru surprenant ou bizarre ?

— Non, pas vraiment. J'ai aussi jeté un coup d'œil aux comptes de l'agence. Mais je ne suis pas un spécialiste. Nous devrions peut-être mettre la brigade financière sur le coup.

— Pas pour l'instant, répondit Andreas sur un ton cassant.

La sonnerie de *Skype* se fit entendre. C'était Christophe. Il avait poursuivi l'analyse du contenu de l'ordinateur et il avait pu déterminer que les dernières vidéos pornographiques amateurs tournées par Gautier remontaient à environ huit mois. Depuis, plus rien.

— Ça correspond à peu près à la date où il a rencontré Nicole Barbey, fit remarquer Karine.

— Notre Don Juan a visiblement pris sa retraite en faisant la connaissance de Barbey, conclut Andreas.

— Je dirais même qu'il s'apprêtait à changer de vie, ajouta Christophe.

— Comment ça ?

— Dans sa boîte électronique, je suis tombé sur une

correspondance avec un avocat. Il voulait vendre ses parts de l'agence. Il l'avait mandaté pour trouver un acheteur. Dans un des e-mails, il est en outre spécifié qu'il souhaitait que tout se passe discrètement.

— Très intéressant. Ça donne un motif à Marie Pitou, non ?

— En admettant qu'elle ait été au courant et qu'elle ait voulu l'empêcher de vendre les parts à un autre. Mais je n'y crois pas trop. Ces messages datent de quand ?

— Ça remonte au mois de mai. J'ai aussi vérifié ses comptes en banque. Si je totalise le tout, épargne, caisse de pension, actions et fonds divers, il y en a pour plus d'un million de francs. Et les parts de l'agence auraient pu lui rapporter quelques centaines de milliers de francs.

— On dirait qu'il était sur le point de prendre la poudre d'escampette.

— C'est bien ça. Son avocat me l'a confirmé. Il était en train d'acheter un charmant hôtel sur une île en Thaïlande. À Koh Lipe, pour être précis. Il était censé s'y rendre en décembre. Le billet d'avion était déjà réservé. Un aller simple.

— Incroyable. Est-ce que tu as trouvé des informations qui indiqueraient qu'il s'apprêtait à partir avec Barbey ?

— J'ai contacté la compagnie aérienne et il avait prévu de voyager seul.

— Elle avait peut-être planifié de le rejoindre plus tard, suggéra Nicolas.

— Va falloir lui poser la question…

— Mais attendez, ce n'est pas tout. Son avocat m'a donné une information très intéressante. Il avait conclu une nouvelle assurance vie, également au mois de mai dernier. Vous voulez en connaître les bénéficiaires ?

Il laissa le suspense planer quelques secondes.

— Nicole Barbey, son amante, et Marine Besson, la femme qu'il avait violée il y a plus de vingt ans.

Chapitre 46

Chapelle catholique, Gryon, jeudi 13 septembre 2012.

À la fin de la cérémonie, l'inspecteur de police s'était approché de lui et avait demandé à le rencontrer. Le curé avait été surpris dans un premier temps, mais très vite sa curiosité avait été éveillée. Il avait tenté de savoir de quoi il voulait lui parler. Mais l'inspecteur était resté très évasif.

À midi, de retour du cimetière, il s'était assis à la table de sa cuisine, seul, comme pour la plupart des repas, avec un bout de pain, du fromage et un verre de vin rouge. La cuisine de la cure était fonctionnelle. C'était le mot juste, car rien de chaleureux ne s'en dégageait. Il avait gardé l'ameublement de l'ancien curé. Une table blanche en contreplaqué et des chaises en bois usées, identiques à celles de la salle de paroisse. Les armoires de la cuisine avaient déjà survécu à ses prédécesseurs et avaient été repeintes plusieurs fois. Le rouge actuel laissait apparaître par endroits le vert pâle précédent. Il songeait à rajouter sa propre couche, mais les paroissiens l'accaparaient et il n'avait pas trouvé de temps à consacrer à un projet aussi futile. Et d'ailleurs, il n'avait pas encore choisi la couleur. Sur les murs blancs, défraîchis, seul un crucifix rompait la monotonie, bien qu'il n'exprimât que de la tristesse. Il avait soudain le sentiment que sa cuisine était une représentation physique de son état intérieur. Ennuyeuse et déprimante. Terne et sans couleur.

Il était arrivé à Gryon cinq ans auparavant, après une expérience dans la ville de Genève, où sa motivation et son enthousiasme de jeune curé l'avaient amené à approcher certaines limites d'un peu trop près. En l'occurrence, l'une de ces limites s'appelait Charlène et était une des catéchètes. L'évêque avait insinué que l'air de la montagne lui ferait du bien. Il avait dû se décider – Charlène ou Gryon. Sur le moment, le choix avait paru évident. Il ne s'imaginait tout simplement pas vivre en dehors du clergé. Qu'aurait-il fait ? En un sens, le monde réel lui semblait étrange et menaçant. Il avait opté pour le monde familier de l'Église avec toutes ses règles et ses rituels qui lui procuraient un sentiment de sécurité.

Aujourd'hui, il avait l'impression d'être dans une prison à ciel ouvert. Et tout ça pour quoi ? Pour réconforter de vieilles bigotes… Pour boire des verres de blanc à 10 heures du matin au Buffet de la Gare avec des paroissiens qui ne savaient même pas réciter le *Notre Père*…

Le jour où il avait trouvé Gautier, priant dans la chapelle, de vieux démons avaient resurgi. Un homme qui avait vécu dans le péché et la luxure souhaitait en sortir… Et lui-même ? C'est de cela qu'il rêvait la nuit, mais, quand il se réveillait le matin, seuls les regrets le rongeaient de l'intérieur. Comme des cellules cancéreuses qui se multipliaient à un rythme infernal. À l'heure où le soleil se couchait, il ne priait plus Dieu, mais Satan. Il ne voulait plus être délivré du mal, mais céder au péché.

En descendant la rampe qui menait à la chapelle, Andreas entrevit le curé, assis sur un banc sous l'avant-toit. Il semblait regarder dans le vide. Au moment où il aperçut Andreas, il se leva et vint le saluer. Il l'invita à entrer. Ils prirent place sur un banc, tout devant, côte à côte, face à l'endroit où était posé le cercueil pas plus tard que le matin même.

— En quoi puis-je vous être utile, inspecteur ? demanda le curé, en gardant son regard fixé droit devant, évitant ainsi celui d'Andreas.

— Monsieur le curé, j'ai été interpellé par votre homélie.

Cette remarque surprit sans doute l'homme d'Église, qui se tourna cette fois vers Andreas et osa affronter son regard.

— Cela me fait plaisir, inspecteur ! déclara-t-il timidement.

— Non, détrompez-vous, je ne suis pas venu parler théologie. Je suis là pour Gautier. Je pense que vous le connaissiez. Non, en fait, j'en suis sûr.

Le curé, qui n'avait jamais eu affaire à un policier, se sentit un peu déstabilisé et mal à l'aise. Il avait l'impression que l'inspecteur pouvait lire en lui comme dans un livre ouvert.

— En effet. Il était catholique. C'était un de mes paroissiens.

— Monsieur le curé, vous et moi savons que Gautier n'était pas un ange. Et ce n'était en tout cas pas un de vos fidèles paroissiens. Même sa mère regrettait que son fils se fût éloigné de Dieu.

Le curé observa un moment de silence avant de prendre la parole :

— Un jour, il y a quelques mois, je suis entré dans la chapelle. Un homme était agenouillé devant la table de communion. C'était Alain Gautier. Nous avons commencé à parler et il a décidé de se confesser.

— Que vous a-t-il communiqué ?

— Ce qui a été dit est soumis au secret de la confession, même après la mort. Vous ne l'ignorez pas, je suppose ?

Le curé dirigea un regard sévère vers Andreas qui, l'interprétant comme un air de supériorité, s'en agaça.

— Je suis à la recherche d'un meurtrier qui court toujours. Si vous avez des informations qui peuvent m'aider, je vous demande de me les révéler ! Vous ne souhaitez pas avoir un mort sur la conscience ! Ou bien ?

Même son col blanc, qui d'habitude inspirait le respect chez ses interlocuteurs, ne semblait produire aucun effet sur l'inspecteur.

Le curé prit tout son temps avant de répondre. Il se sentait piégé entre deux sentiments. La crainte de violer un des sacrements de l'Église et de trahir les vœux qu'il avait formulés en devenant prêtre, et le souhait de peut-être contribuer à faire avancer l'enquête en mettant l'inspecteur sur la piste de l'assassin d'Alain Gautier. Avait-il réellement le choix ? Bien qu'il eût souhaité outrepasser certaines règles de cette Église bien-pensante, la culpabilité le rattrapait sans cesse. Et il avait l'impression que, s'il s'autorisait des libertés, il n'aurait plus aucun point de repère. Comme quand l'eau fait pression sur un barrage. Une minuscule faille pourrait faire exploser la digue. Il aurait voulu entendre la voix de Dieu lui souffler la réponse... Mais il le savait très bien, lui et lui seul, en son âme et conscience, devait prendre la décision. Il regarda l'inspecteur dans les yeux. Son choix était fait.

— Je comprends, inspecteur. Alain Gautier avait fait tout un cheminement avec moi. Il se repentait et souhaitait ardemment devenir quelqu'un de bien ou de moins mauvais, comme il le disait lui-même. Il n'avait pas été heureux dans sa vie. Je lui avais conseillé d'aller se dénoncer à la police pour les actes qu'il avait commis ces dernières années. Il m'avait assuré qu'il le ferait quand il se sentirait prêt.

— De quels actes s'agit-il, monsieur le curé ?

— Je suis désolé. C'est difficile pour moi. J'ai l'impression de le trahir, même si aujourd'hui il est mort.

Le curé fixa la croix dans le chœur de l'église avant de répondre :

— Il avait couché avec plusieurs filles mineures... lâcha le curé en accéléré, comme si le fait de dire ces mots le plus vite possible rendait sa trahison plus acceptable.

— Oui, nous sommes au courant.

Le curé, qui s'était tenu droit jusque-là, s'affaissa un peu sur le banc.

— A-t-il mentionné quelque chose qui pourrait nous mettre sur la voie de son meurtrier ?

— Non. Il ne m'en a pas confié suffisamment pour que je puisse même imaginer qui a commis cet horrible crime. Je crains de ne pas vous être très utile.

— Vous a-t-il expliqué pourquoi il était venu vous

voir justement à ce moment-là ? S'est-il produit un événement dans sa vie ?

— Il m'a raconté qu'il avait rencontré une femme. Qu'il avait l'impression d'être amoureux. Qu'il voulait tirer un trait sur son passé. Et…

— Oui ?

— Il m'a aussi dit que son passé le rattrapait. Je n'ai pas très bien compris, mais cela avait l'air de l'inquiéter. Il avait reçu une carte postale.

— Une carte postale ? Vous a-t-il parlé de ce qui était écrit dessus ?

— Oui. Il y avait une phrase au contenu religieux. « *L'homme coupable sera jugé* », me semble-t-il. Et puis, une deuxième phrase. Je ne peux pas vous redire les mots exacts, mais je me souviens de l'idée générale. « *Je ne t'ai pas oublié* » ou alors « *Je n'ai rien oublié* ». Il m'avait par ailleurs confié que ce n'était pas la première fois qu'il recevait ce genre de carte.

— Savez-vous d'où elle lui a été envoyée ? Et quand ?

— Non. Je n'en ai aucune idée. Je n'ai pas jugé important de demander ce genre de précisions. Et il me paraissait un peu gêné, alors je n'ai pas voulu insister. Vous savez, une relation d'aide est très fragile. Je ne voulais pas qu'il se referme ou qu'il décide de ne plus me parler.

— Oui, je comprends. Aviez-vous le sentiment qu'il avait peur ? Qu'il craignait pour sa vie ?

— Non. Je ne peux pas affirmer cela. Je pense plutôt qu'il redoutait que quelqu'un ne fasse des révélations sur ce qu'il avait fait. Il me disait qu'il ne pourrait plus se regarder en face si certaines choses venaient à être connues dans le village. Que son entreprise ferait faillite !

— Savait-il qui lui avait adressé la carte ?

— Non. Il semblait avoir de vagues soupçons. Probablement une vieille histoire, m'avait-il dit.

— Merci, monsieur le curé, d'avoir accepté de me parler. J'apprécie. Je suis conscient que cela ne va pas de soi. Si le moindre détail vous revient, contactez-moi.

— Je n'y manquerai pas. J'espère vous avoir été utile, inspecteur. Je prierai pour vous. C'est un métier courageux que vous faites.

Après le départ de l'inspecteur, le curé resta assis sur le banc, le regard fixé sur une bougie se consumant sur la table de communion.

Chapitre 47

Dépôt du train, Bex, jeudi 13 septembre 2012.

Michel Martin venait de terminer son service. Il était conducteur de train. Enfant, il avait décidé de suivre la voie de son père. Chaque fois qu'il le pouvait, il l'avait accompagné dans la cabine de pilotage. Les trains étaient à la fois son travail et sa passion. Et il n'avait jamais dévié de sa trajectoire. Il était maintenant âgé de cinquante-deux ans et assurait la ligne de Bex à Bretaye, en passant par Gryon et Villars, depuis presque trente ans.

Il était content d'avoir fini sa journée et se réjouissait de rentrer retrouver sa femme. Elle lui aurait sûrement gardé quelque chose à manger. Ensuite, il testerait, sur l'immense maquette qu'il avait construite au sous-sol de sa maison, la nouvelle locomotive à vapeur reçue par la poste le jour même. C'était un modèle très rare, la reproduction d'une locomotive des chemins de fer danois, dégoté sur Internet. Il l'avait payé une petite fortune. Plus de mille francs. Mais bon, quand on aime…

Il faisait déjà sombre et personne ne se trouvait aux alentours. Il marchait en direction de la voiture parquée à environ trois cents mètres de là. Pas un son, excepté le bruissement du vent dans les arbres. Tout d'un coup, il lui sembla entendre autre chose.

Des pas ?

Il s'arrêta.

Se retourna.

Rien.

C'était sûrement un animal. Dans le coin, les biches ou les blaireaux sortaient à la tombée de la nuit. Il continua à avancer en accélérant le pas. La voiture n'était plus très loin. Il sortit les clés. Appuya dessus. Les lumières du véhicule clignotèrent. Il était déverrouillé. Au moment où il s'apprêtait à ouvrir la porte, il sentit un choc terrible dans le bas du dos.

Puis tout devint noir.

Chapitre 48

Gryon, décembre 1970.

Louise, sa mère, voulait qu'il devienne membre de la société locale de la Jeunesse ainsi que de l'Abbaye, la société de tir, comme son frère aîné. Bien qu'il fût encore trop jeune pour en faire partie, Louise lui en avait parlé à maintes reprises. Comme s'il s'agissait d'un passage obligé, une tradition familiale incontournable, qui lui apporterait bien plus que les bondieuseries. Elle ne manquait pas une occasion de ramener le sujet sur la table. C'était devenu un élément conflictuel supplémentaire entre la mère et son fils cadet. Elle estimait que c'était une étape essentielle dans la vie sociale locale et une expérience nécessaire à l'évolution de la personnalité d'un adolescent. Mais lui ne le voyait pas de cet œil-là. Participer à la tournée aux saucisses avec tambours, grosses caisses et cymbales, ou organiser la Mi-été, dans l'intention sous-jacente de se saouler chaque fois, n'exerçait sur lui aucun attrait. Sans parler du tir qu'il se refusait à intégrer dans la catégorie sport, le fusil ou le pistolet ayant pour finalité de tuer. Il haïssait plus que tout la violence sous toutes ses formes. Et il haïssait sa mère ! Elle ne le comprenait pas et ne l'acceptait pas tel qu'il était. Elle aurait voulu qu'il soit différent. Comme elle. Comme son frère. Alors qu'il était beaucoup plus proche de son père. Mais cela l'inquiétait aussi. Il voyait bien l'ascendant que sa mère avait sur lui. Jamais il ne pourrait admettre d'être traité ainsi par sa femme. Jamais !

Il avait depuis toujours eu beaucoup de peine à trouver sa place dans cette famille, dont il détestait une partie et dont l'autre lui inspirait de la pitié. Comment avait-il atterri là ? Il avait la sensation d'y être un étranger. Il se posait beaucoup de questions pour son âge. Sur le sens de la vie. Sur Dieu. Des problématiques d'adultes qui n'effleuraient même pas ses parents pour qui la vie ressemblait à un long fleuve ne déviant jamais de son cours. Tout devait se faire en fonction de ce qui avait toujours été fait et comme tout le monde le faisait. Seule sa grand-mère, Odile, était comme lui.

Le pasteur lui avait parlé de la Providence. Il lui avait dit que c'était l'opposé du hasard. Et que justement Dieu avait un plan duquel nous faisions partie. Mais il aurait voulu savoir, comprendre. Le pasteur lui avait expliqué que seules la foi et la prière lui permettraient de trouver une réponse. Il priait ainsi tous les soirs avant de s'endormir, dans le noir. Mais aucune réponse. Dieu restait silencieux. Pourquoi ne pouvait-il pas lui parler ? Avec le temps, le sujet de sa prière avait changé. Il ne voulait plus comprendre. Il demandait juste à Dieu que sa famille ne soit plus là. Qu'elle disparaisse ! En avait-il le droit ? Il n'avait pas osé en parler au pasteur. Il avait tout gardé en lui dans le secret de son âme. Tout doucement, mais sûrement, sa foi se transformait en rancœur et en haine. Et rien ni personne ne pouvait l'empêcher.

Mais dans cette obscurité, une infime lumière se manifesta. Albert, soutenu par sa mère, Odile, avait réussi à convaincre Louise de les laisser aller au culte. Il avait été fou de joie à cette nouvelle. Et ils s'étaient ainsi rendus au premier dimanche de l'Avent. Son frère et sa sœur étaient restés avec leur mère à la laiterie.

Ils s'étaient assis sur le banc, tout devant, juste sous la chaire. Il voulait être le plus près possible pour être sûr de ne rien manquer. Il avait écouté très attentivement le pasteur qui avait expliqué que chacun devait se préparer à accueillir Jésus. Et lui faire une place dans sa vie comme on accueille un nouveau-né dans une famille. Il aurait désiré, lui aussi, avoir le sentiment d'être le bienvenu dans sa propre famille. Être un enfant désiré et chéri. Il savait que son père l'aimait. Mais le poids de la méchanceté de sa mère ainsi que l'ignorance de son frère et de sa sœur étaient tels que tout le reste devenait insignifiant.

Albert, son père, n'était pas particulièrement intéressé par les questions spirituelles, et, au moment de la prédication, il avait laissé ses pensées vaquer. Il était heureux de ces instants partagés avec son fils et sa mère. Cela lui rappelait son enfance. Mais au lieu de le réconforter, cette introspection lui fit ressentir une grande tristesse. Il n'était pas heureux. Mais que pouvait-il y faire ? Rien.

La semaine suivante, lorsqu'il rencontra le pasteur, il lui posa de nombreuses questions sur la prédication. Sur le déroulement du culte. La Sainte Cène.

Les chants. Après de longues explications, le pasteur lui avait proposé de venir l'aider le dimanche suivant à préparer le temple pour le culte. Sur son visage s'était alors dessiné un large sourire.

Lorsque le pasteur sortit de chez lui le dimanche suivant, le petit garçon était déjà là, assis sur le banc. Il se leva d'un bond pour venir le saluer et ils entrèrent dans le temple. Ils avaient d'abord affiché les cantiques sur le panneau. Le pasteur lui avait donné une boîte, avec des pièces en bois, sur lesquelles étaient inscrits les chiffres de zéro à neuf. Comme des dominos. Il les glissa sur un rail, un à un, pour former le numéro des cantiques. Le pasteur lui montra ensuite comment préparer la Sainte Cène. Il versa le vin dans les deux grandes coupes et le reste dans une channe. Dans une plus petite coupe, il vida un berlingot de jus de raisin. Certains paroissiens ne buvaient pas d'alcool, avait-il précisé. Après avoir rempli les coupes, il plaça un napperon au-dessus. Le pain était posé sur un plat en étain, recouvert d'un plus grand napperon, blanc. Le pasteur avait dû lui expliquer le concept du corps et du sang du Christ. Et la différence entre la vision catholique et protestante. Tout était prêt. Ils allèrent boire un verre de jus d'orange au presbytère et revinrent peu avant 10 heures. Il se posta juste à l'entrée, à côté d'une pile de psautiers. Le pasteur lui avait demandé d'accueillir les paroissiens en leur donnant un exemplaire. La porte s'ouvrit. La première à entrer fut sa grand-mère, suivie de son père. Il les accueillit avec un grand sourire. Il était fier.

Le vendredi suivant, comme d'habitude, il était venu voir le pasteur, avant le cours de catéchisme. Il avait le sentiment d'avoir trouvé là à la fois un refuge et un lieu où il avait tout simplement l'impression d'être quelqu'un. Une personne à part entière. Ce jour-là, il avait aperçu un ouvrage dans la bibliothèque intitulé Le Jugement dernier *qui avait suscité sa curiosité. Ils en avaient parlé très longuement. Le pasteur lui avait raconté qu'un jour chacun serait présenté à Dieu et jugé pour ce qu'il avait fait durant sa vie. Les uns iraient au paradis, les autres en enfer. Le pasteur continua son explication. Le texte disait que certains essaient de faire plaisir à Dieu sans se soucier d'autrui, tandis que d'autres choisissent d'aider leur prochain. Voilà l'important : faire le bien autour de soi. Et si l'on fait le bien, on vit comme Jésus le demande. C'est comme ça que l'on peut être heureux. L'enfer et le paradis. C'était bien entendu une image. Dieu pardonnait à chacun ses mauvaises actions. Vraiment ? Il se demandait comment pardonner à ceux qui faisaient du mal. Dieu en était capable. Lui ? Il n'en était pas persuadé.*

Chapitre 49

Le Fond de Ville, Gryon, vendredi 14 septembre 2012.

Michel et Andrée Demont avaient été très choqués, le dimanche précédent, d'apprendre qu'un cadavre avait été trouvé dans le temple, juste en face de chez eux. Ils étaient tous les deux originaires de Gryon. Michel était même né dans le chalet où ils habitaient. Son épouse Andrée avait grandi à la Losse à quelques pas de là. Ils étaient retraités depuis bien des années.

Michel avait de la peine à marcher et utilisait une canne, mais il avait l'habitude d'aller tous les matins chercher une tresse à l'épicerie du village pendant que sa femme préparait la table pour le petit déjeuner. C'était devenu un rituel. Ce n'était pas loin, mais il devait quand même monter le Vieux Chemin, assez pentu. À mi-parcours, il s'arrêtait toujours pour observer le temple, la fontaine et les montagnes, le temps de reprendre son souffle avant d'attaquer le reste de la montée. Ces derniers jours, il n'avait pas manqué à son habitude, bien que son regard sur le temple fût dénaturé par l'image d'un corps mutilé découvert à l'intérieur. Il ne l'avait pas vu. Mais il avait lu la presse et il en avait entendu parler à l'épicerie. Il était depuis toujours très pratiquant. Comment pouvait-on souiller un lieu saint de cette manière ?

Michel prit son pardessus accroché sur le portemanteau à l'entrée et l'enfila avec peine. Il mit ensuite son chapeau, qu'il ne quittait sous aucun prétexte quand il était à l'extérieur. Il ouvrit la porte et sentit un vent froid lui arriver en plein visage. La bise s'était levée. Il sortit et fit quelques pas en direction de la fontaine.

C'était un énorme bassin qui pesait près de sept tonnes. Les après-midi ensoleillés, il aimait s'asseoir sur le banc en bois sous le couvert, et écouter l'eau s'écouler. Il était fier d'être un *Tatchi*. C'était le sobriquet donné aux habitants de Gryon et qui signifiait *porteur de sac de montagne*. Cette fontaine était pour lui le symbole de la force des *Tatchis*, d'autant plus qu'un de ses aïeux avait participé à une folle épopée pour l'amener au cœur du village depuis la carrière de Saint-Triphon. C'était en 1805. La fontaine avait été réalisée pour une commune de la plaine qui finalement n'en voulut plus. Trop lourde à transporter. Tout d'abord avec l'aide des chevaux, puis à la seule force des bras, les hommes du village tirèrent ce bloc, posé sur des rondins, à l'aide de cordes. À mi-chemin, après deux jours, ils étaient fatigués, les cordes cassées, les rondins écrasés et les provisions terminées. Les femmes avaient été prévenues de la déconvenue de leurs hommes. Elles s'étaient rendues aux Posses avec de la nourriture et des encouragements. Tout le monde avait ainsi contribué à amener la fontaine jusqu'au lieu où on la trouvait encore aujourd'hui.

Michel s'approcha. Tout était calme. On entendait à peine le vent qui passait sous le toit de l'abri de la fontaine. Il avança encore d'un pas. Il resta bouche bée. Un homme entièrement nu gisait dans la fontaine. Mort.

Chapitre 50

Le Fond de Ville, Gryon, vendredi 14 septembre 2012.

Andreas et Karine arrivèrent sur place les premiers. Le Fond de Ville était étrangement désert. Pas le moindre petit chat à l'horizon. Ils avaient été prévenus par la gendarmerie de Bex, qui était également en route. Un silence de cathédrale régnait. Seul le bruit de l'eau, qui s'écoulait paisiblement dans la fontaine depuis le robinet incrusté dans la pierre, parvint à leurs oreilles.

Karine et Andreas contemplèrent la scène pendant de longues secondes. C'était le corps d'un homme. Ils ne pouvaient pas très bien distinguer le visage immergé. Karine sortit son iPhone et prit quelques photos, pendant qu'Andreas continuait à observer en silence.

Un couteau était planté dans le cœur.

Un message y était accroché.

Les yeux avaient été enlevés.

Les soupçons d'Andreas s'étaient confirmés. Le meurtrier avait mis en scène le second acte.

Deux voitures de la gendarmerie, feux bleus et sirène enclenchée, arrivèrent quelques minutes plus tard sur les lieux. Le calme initial allait faire place à l'effervescence. Ils aménagèrent une zone de sécurité autour de la fontaine avec des piquets et des banderoles. Ensuite, ils dressèrent une sorte de paravent en toile pour éviter que les curieux déjà en train de se rassembler ne puissent voir le cadavre.

Karine avait appelé Nicolas qui logeait au *Bed and breakfast*, Le Dahu, près de la gare. Il les avait rejoints quelques minutes plus tard. Ils devaient maintenant attendre l'arrivée de Christophe et du légiste avant d'entreprendre quoi que ce soit. Et ceux-ci mettraient au moins une heure à arriver.

Karine et Nicolas décidèrent d'aller interroger les Demont chez eux. Entre-temps, d'autres personnes étaient apparues. Parmi elles, Erica Ferraud et son mari, qui voulaient connaître l'identité de la victime. Andreas répondit avec fermeté à leurs questions, leur ordonnant de rentrer chez eux. Il demanda ensuite aux gendarmes de faire partir les curieux, alertés par les sirènes de la police. Andreas prit le temps de les observer. C'était pour la plupart des petits vieux du voisinage. Le meurtrier jouait à un jeu risqué, mais il n'était pas assez fou pour venir rôder dans les parages ce matin, pensa-t-il. Il n'était sûrement pas loin, mais il ne se montrerait pas ici.

Andreas s'assit sur le banc près de la fontaine, sous le toit en bois, caché derrière la toile. Il voulait être seul et tranquille pour réfléchir.

Deuxième cadavre.

Même signature.

Aucun doute possible !

Ils avaient maintenant affaire à un double meurtre.

Andreas était impatient de lire le message qui se trouvait dans la pochette en plastique, mais il décida d'attendre Christophe. Il ne voulait pas prendre le risque de détruire une preuve.

Il sortit son carnet et écrivit : « *Pourquoi la fontaine ?* » D'abord le temple. Ensuite la fontaine. Les deux lieux où avaient été déposés les cadavres se situaient à dix mètres l'un de l'autre. Pourquoi ici ? Pourquoi le cœur du village ? Et qui était cette nouvelle victime ? Il n'avait jamais vu cet homme. Il se remémora une phrase entendue lors de son séjour américain. *La signature, c'est ce qui est inutile pour commettre un crime, mais psychologiquement essentiel au tueur.* Il était désormais persuadé que la clé se trouvait dans la mise en scène qu'il avait sous les yeux.

Le deuxième tableau du meurtrier.

Un cadavre dans la fontaine.

Andreas scrutait attentivement la scène du crime. Il ferma les yeux et revit le premier tableau réalisé par le meurtrier dans le temple. Il ne représentait pas seulement la signature d'un meurtrier qui obéissait à ses fantasmes ou une carte de visite qui exprimait ses idées et ses désirs les plus sombres de manière inconsciente. Tout était symbole à comprendre, à analyser, à déchiffrer. Un message que le meurtrier avait très consciemment orchestré. Ce scénario, le meurtrier avait dû le rêver et le réfléchir. Il n'avait rien laissé au hasard. Ce n'était pas l'action d'un psychopathe compulsif qui tuait de manière aléatoire, mais celle d'un meurtrier extrêmement bien organisé, soigneux et prêt à tout pour atteindre son but.

Qu'y avait-il à l'origine de ce processus meurtrier ?

Il l'avait fait savoir lui-même au travers d'un message biblique. Il avait été maltraité et opprimé. Cet événement avait sans aucun doute provoqué chez lui un trouble pathologique dont la conséquence avait été le développement d'une nouvelle personnalité. Cela peut se produire lorsque sa propre identité devient trop insupportable à vivre.

Il s'était créé une nouvelle identité de serviteur de Dieu, devenant l'instrument de sa vengeance. Il n'était pas un meurtrier à sa propre solde puisqu'il était un exécutant de Dieu. C'était une façon comme une autre de justifier ses actes. Une façon lâche.

Il espérait qu'avec l'aide de ce deuxième cadavre ils pourraient trouver un lien, un dénominateur commun, qui leur permettrait de comprendre la cause de cette fureur meurtrière et de remonter ensuite jusqu'à l'assassin.

Andreas eut une idée. Il se leva et partit en direction du temple. Il voulait vérifier si quelque chose avait changé à l'intérieur. Un autre message y avait-il été déposé ? Le temple avait été bouclé jusqu'au matin de la veille par la police. Il ouvrit la porte et entra. Il s'avança vers la table de communion. Il regarda le panneau sur la droite. Les mêmes numéros étaient restés affichés. Il considéra la Bible posée sur un support au milieu de la table sainte, là où le premier cadavre avait été placé. Elle était ouverte sur une page du *Nouveau Testament*, mais il n'y avait aucune inscription. À première vue, rien n'avait changé. Il resta immobile dans le couloir central. Il parcourut encore une fois du regard l'intérieur du temple, mais rien n'attira son attention. Il retourna ensuite sur la scène du crime. Il fit le tour de la fontaine. Sur un côté, trois affiches annonçant des événements dans le village. Sinon, rien. Il s'assit à nouveau sur le banc. Quatre piliers en bois soutenaient le toit. Il aperçut une plaque métallique portant le numéro trois, accrochée sur le bloc en pierre d'où s'écoulait l'eau. C'était un des panneaux du parcours historique *Chemin Juste Olivier* qui traversait le village de Gryon. Il s'en approcha pour le lire. L'acte héroïque des villageois qui avaient amené cet énorme bassin depuis la plaine y était relaté. Il lut jusqu'à la fin.

Tout en bas et en tout petit.

Un numéro.

Écrit à la main.

548.

Il se précipita à l'intérieur du temple. Il longea l'allée centrale jusqu'à la table sainte et ouvrit la Bible. Il feuilleta et chercha la page correspondant au numéro.

Oui !

Un verset était entouré.

Ésaïe 47,3.

Dans la marge, un *smiley* avait été dessiné. Ce n'était plus une impression : le meurtrier le narguait bel et bien. Il lut :

« *Ta nudité sera dévoilée et ta honte sera exposée. J'exercerai ma vengeance sans aucune opposition.* »

Chapitre 51

Le presbytère, Gryon, vendredi 14 septembre 2012.

Karine et Nicolas sortirent de chez les Demont et retrouvèrent Andreas assis sur le banc. Ces derniers n'avaient rien vu ni entendu. Nicolas s'assit à côté de son chef. Karine s'éloigna pour lancer un coup de fil et revint quelques instants après.

— Je viens de parler à la centrale. Un homme a été porté disparu hier soir vers 23 heures à Bex. Ils vont m'envoyer la photo d'un moment à l'autre.

L'iPhone de Karine émit une brève sonnerie. Nouveau message. Elle appuya. Une photo apparut à l'écran. Elle la montra à Andreas. Ils tournèrent tous deux leur regard vers le cadavre dans la fontaine. C'était bien lui. Michel Martin, cinquante-deux ans.

— Qui a signalé sa disparition ?

Karine relut les informations qu'elle venait de recevoir.

— Sa femme, Christelle Martin. Il n'est pas rentré hier soir après le travail.

— Essaie d'en savoir un peu plus. Je vais aller voir la pasteure. Nicolas, tu m'accompagnes ?

Andreas sonna à la porte. Erica Ferraud ouvrit et fit entrer les deux inspecteurs dans son bureau. Ils s'assirent sur le canapé. Erica prit place en face d'eux dans un fauteuil.

— Il a encore frappé ?

— Oui. C'est le même meurtrier, sans aucun doute, confirma Andreas.

— C'est quand même incroyable. D'abord le temple, ensuite la fontaine. Ça me fait froid dans le dos de penser qu'un tueur rôde juste à côté de chez moi.

Erica Ferraud s'arrêta de parler pour reprendre son souffle. Elle paraissait à nouveau très ébranlée. Elle se ressaisit.

— Qui est la victime ?

— Michel Martin. Vous le connaissiez ?

Les yeux d'Erica s'agrandirent. Andreas crut y percevoir de la peur.

— Le conducteur de train ? C'est pas vrai ! Oui, je le connaissais. J'étais avec lui à l'école.

— Tout comme Gautier, remarqua Andreas.

Erica poursuivit sans même attendre qu'on lui pose de questions, avec un débit de paroles proche du *staccato*.

— Nous avons perdu contact quand j'ai quitté Gryon. Il m'a appelée il y a quelques semaines de cela. Il est venu me voir, ici même. On a bu un café et évoqué le passé. C'est incroyable. Je ne comprends pas. Il m'a demandé de célébrer le mariage de sa fille. C'était prévu pour octobre. Et maintenant, il est mort… Lui aussi.

Son cerveau était en ébullition. Tant d'images se bousculaient. Des souvenirs refirent surface comme la lave qui remonte des tréfonds de la terre pour s'écouler sur l'herbe ayant recouvert les douces pentes du volcan après sa dernière éruption. D'abord Gautier. Ensuite Martin. Une image s'imposa à elle. Michel, Alain et les autres. Enfants. Le soleil. La cour d'école. Les cris des gamins qui s'amusaient. Elle eut soudain l'impression que le sol se dérobait sous ses pieds. Puis l'image du cadavre d'Alain. Dans le temple. Michel. La fontaine. Une nouvelle image chassait l'autre comme de vieilles diapositives floues qu'on passerait beaucoup trop vite. Puis une question en entraîna une autre. Pourquoi ? Comment ?

Gérard Ferraud les rejoignit avec quatre cafés. Erica fut tirée de ses sombres pensées par le bruit des cuillères et des tasses au moment où il posa le plateau sur la table basse. Il s'assit sur le dernier fauteuil libre. D'un geste de la main, il replaça sa mèche de cheveux sur le sommet du crâne. Erica s'apprêtait à s'adresser à son mari, mais il la devança.

— J'ai tout entendu depuis la cuisine. Pas besoin de répéter, lança-t-il sur un ton exempt de toute émotion.

Cette fois-ci, il ne propose pas de goutte, remarqua Andreas. Avait-il bu son verre en cachette avant de les rejoindre ? Il paraissait plus calme. Extérieurement, en tout cas.

— Madame Ferraud, deux de vos anciens camarades de classe ont été assassinés. Qu'est-ce que cela vous inspire ?

— Je ne comprends pas. C'est terrible !

— Est-ce qu'il s'est passé quelque chose de

particulier durant vos années d'école, un événement marquant ayant impliqué Gautier et Martin ?

— Je réfléchis.

Erica avait placé ses coudes sur ses genoux, la tête posée entre ses mains. Après quelques instants, elle se redressa dans son fauteuil.

— Non, je ne vois pas, déclara-t-elle finalement.

Andreas ne fut pas convaincu par sa réponse. Elle savait quelque chose, pensa-t-il. Deux anciens camarades d'école retrouvés morts à quelques mètres de chez elle. Cela ne pouvait être un hasard ! Il aurait voulu être capable de lire en elle. Connaissait-elle l'identité du meurtrier ? Voulait-elle le protéger ? Ou alors, avait-elle peur ?

— Jusqu'à quel âge les avez-vous côtoyés ? lança Nicolas pour prendre le relais d'Andreas qui semblait avoir perdu le fil.

— Après l'école, ils ont commencé un apprentissage en plaine. Moi, j'ai déménagé avec mes parents à Lausanne où j'ai poursuivi mes études. C'est là que nous nous sommes perdus de vue. Nous ne revenions que très rarement à Gryon. Je les y ai bien entendu croisés à quelques reprises, mais…

Elle regarda l'inspecteur dans les yeux.

— Avez-vous découvert un autre texte biblique ?

— Oui. En effet. Probablement même deux. J'en ai découvert un premier entouré dans la Bible qui se trouve dans le temple. Le prophète *Ésaïe*. Chapitre 47. Le verset 3. L'autre est encore sur le cadavre dans une pochette en plastique.

Erica Ferraud saisit la Bible posée sur la table basse devant elle. Elle l'ouvrit. Tout le monde écouta attentivement la pasteure lire le texte avec une voix très solennelle en laissant chaque mot résonner.

Elle ferma la Bible et la reposa.

— C'est le jugement de Babylone.

— C'est-à-dire ? réagit Nicolas qui, à part Moïse et Noé, ne connaissait rien à la Bible.

— Babylone était une ville réputée pour sa décadence, sa corruption et sa perversité. La capitale de l'orgueil humain et de l'idolâtrie. Elle est appelée la *Grande Prostituée* dans le livre de l'*Apocalypse* et elle est aussi souvent comparée à Satan.

— Comment devons-nous interpréter ce nouveau message ? demanda Nicolas.

— Je me permets de répondre, fit Andreas. Corrigez-moi si je me trompe, madame Ferraud.

Elle acquiesça.

— À mon sens, nous devons considérer chaque fois une double lecture. Au premier degré, indépendamment du contexte biblique, le verset explique l'action du meurtrier. « *Ta nudité sera dévoilée et ta honte sera exposée. J'exercerai ma vengeance sans aucune opposition.* » Ici, comme la première fois d'ailleurs, le corps de la victime est mis à nu, dévoilé, exposé aux yeux des autres. La nudité est souvent liée à la honte, comme dans ce verset. Le meurtrier indique clairement que, selon lui, la victime a accompli un acte méprisable qui doit être dévoilé. Au second degré, c'est la deuxième fois que nous retrouvons le personnage de Satan, incarné par la *Grande Prostituée*, Babylone. Le meurtrier a vraisemblablement une vision binaire de la réalité. Le Bien et le Mal. Lui œuvre pour Dieu et pour le Bien. Le Mal doit être rayé de la surface de la Terre, comme Babylone.

— Je rejoins vos pensées, inspecteur. Théologiquement parlant, ce n'est pas sans failles. Mais c'est terrifiant !

Erica Ferraud les accompagna à la porte et les regarda partir.

Elle resta là.

Debout.

Sans bouger.

Chapitre 52

Le Fond de Ville, Gryon, vendredi 14 septembre 2012.

Andreas et Nicolas retournèrent sur le lieu du crime. Karine était au téléphone, un peu à l'écart. Des badauds curieux s'étaient à nouveau rassemblés derrière les banderoles, ce qui agaça Andreas. Il demanda aux gendarmes d'agrandir la zone de sécurité et invectiva les personnes qui se tenaient sur le balcon juste au-dessus de la fontaine pour qu'ils rentrent chez eux.

Karine raccrocha et se dirigea vers ses deux collègues.

— Du nouveau ?

— La police a retrouvé la voiture de Martin. Elle était garée tout près du dépôt des trains à Bex.

— Cela laisse donc supposer qu'il a été agressé par notre meurtrier à la sortie de son travail.

— C'est plus que probable. J'ai appelé son employeur. Il a terminé hier soir à 21 h 30. D'après la police de Bex, sa femme a annoncé sa disparition à 23 heures, après avoir essayé de le joindre sur son portable à de multiples reprises.

Andreas entendit la voiture de Christophe arriver et se faufiler tant bien que mal entre les nombreuses personnes rassemblées dans cette ruelle étroite bordée de chalets. Un des gendarmes enleva la banderole pour le laisser passer. Il se parqua un peu après la fontaine, juste derrière la voiture d'Andreas. Il sortit en trombe, ouvrit le coffre et saisit sa mallette.

Après avoir salué ses collègues, il passa derrière le paravent et posa ses affaires par terre. Il saisit son appareil photo numérique et commença à prendre des clichés du cadavre sous tous les angles. Il retourna ensuite vers la voiture et en sortit un trépied qu'il installa à côté de la fontaine. Il prit son temps pour faire des gros plans, afin qu'ils soient les plus nets possible. La tête sous l'eau. Le couteau. La pochette. Puis il enfila des gants en plastique. Le couteau était exactement identique à celui retrouvé sur la première victime. Un modèle *Rambo III*. Il détacha la pochette qui y était attachée. Elle était plastifiée. Le meurtrier avait tout prévu. Il sortit le bout de papier, parfaitement sec, qui était à l'intérieur et le montra à Andreas.

« *Si quelqu'un blesse son prochain, il lui sera fait comme il a fait.* »

Andreas lut une deuxième fois le texte.

Œil pour œil, dent pour dent.

La loi du talion.

La vengeance.

Doc arriva dans sa vieille Renault, prête pour la casse. Il était immédiatement suivi par une ambulance. Il vint se joindre au groupe en faisant une entrée théâtrale.

— Faites-moi de la place !

Tout le monde recula. Après quelques minutes, il se retourna.

— Nous allons emmener le corps à la morgue. Il n'y a pas grand-chose que je puisse faire ici. Le *modus operandi* semble être identique. Ce qui est sûr, c'est qu'il n'est pas mort ici.

Après qu'il eut soigneusement ôté le couteau qu'il mit dans un sachet en plastique numéroté, il fit un geste en direction des ambulanciers. Ils sortirent le corps, le posèrent sur la civière, l'enfermèrent dans un « sac à viande », selon l'expression de Doc, et l'emportèrent.

Nicolas, qui était en train de faire le tour de la fontaine, s'arrêta net.

— Andreas ! Viens voir.

Andreas s'approcha de Nicolas, agenouillé à l'angle de la fontaine qui donnait sur le haut de la rue, en direction du village.

— Des débris ?

— Oui, on dirait des morceaux de voiture. Des petits bouts de plastique rouge provenant d'un phare. Des marques noires et blanches sont visibles sur la fontaine. Regarde ! La voiture a dû toucher la fontaine en reculant.

La première erreur de notre meurtrier, pensa Andreas, réjoui. Au même moment, son portable joua la mélodie de James Bond.

— Oui, c'est moi. Quoi ? Où ça ? D'accord !

Il raccrocha. Il était stupéfait.

— Karine ! Viens ! Il faut y aller.

Chapitre 53

Café Pomme, Gryon, vendredi 14 septembre 2012.

La découverte du deuxième crime s'était propagée comme une traînée de poudre. Maurice apprit la nouvelle par un de ses employés, l'ayant lui-même apprise à l'épicerie en venant acheter des cigarettes. Il avait immédiatement appelé Jacques Charrier. Ils étaient convenus de se voir au Café Pomme.

Maurice s'était installé à une table, à droite en entrant. Il avait commandé un expresso en attendant l'arrivée de Jacques. C'était déjà son cinquième de la matinée. Depuis qu'il avait été relâché, il avait l'impression que tout le monde le regardait en coin. Que les gens se sentent mal à l'aise en sa présence, il comprenait pourquoi. Leur malaise n'était de toute évidence pas aussi grand que le sien. Bien que son accusation d'abus sexuel n'eût visiblement pas encore filtré, son arrestation dans le cadre du meurtre de Gautier n'avait laissé personne indifférent. Mais bon, il ne pouvait pas rester cloîtré chez lui. Il avait essayé de parler avec sa femme, de lui expliquer. De lui demander pardon, même. Mais pour l'instant, elle ne faisait que lui répéter qu'il avait gâché sa vie. Elle était hors d'elle. Il espérait qu'elle n'allait pas demander le divorce. C'était elle la plus fortunée. Elle avait hérité de ses parents. La maison était à son nom. L'entreprise lui appartenait pour moitié. Il savait qu'elle le tenait. Leur mariage n'était de toute façon plus qu'un compromis de circonstances depuis des années. Il ne se faisait plus vraiment d'illusions. S'il était condamné et emprisonné, elle ne serait pas à ses côtés.

Il observa les autres clients. Au bar, deux ouvriers en salopette buvaient leur café. Dans le coin, à gauche, une jeune femme lisait le journal avec son bébé sur les genoux. Au fond, un homme d'une quarantaine d'années, chauve, était en pleine discussion avec un agriculteur.

Il entendit la sonnette de la porte tinter. Jacques Charrier entra, le vit et vint s'asseoir, à côté de lui.

— Salut, Maurice. Putain, c'est quoi cette histoire ?

Charrier brailla à travers le bistrot en direction de la serveuse qui se tenait derrière le bar.

— Un express, s'il vous plaît. Et toi, t'en veux encore un ? lança-t-il à son acolyte.

— Oui. Pareil.

— Et un deuxième. Et puis, s'il vous en reste, des croissants. Merci.

Maurice Fournier baissa un peu la tête et se rapprocha de Charrier.

— Tout d'abord, je voulais te dire que je n'ai rien à voir avec la mort d'Alain et de Michel, marmonna-t-il.

Charrier posa sa main sur le bras de Fournier et le regarda droit dans les yeux.

— Tu n'as pas besoin de m'en convaincre. Je sais

que tu es innocent. Par contre, je t'avais prévenu d'arrêter avec vos conneries ! lui dit-il en accentuant le mot *conneries* avec sa voix grave et timbrée, si bien que tout le monde en profita.

— Ne parle pas si fort. Tu ne vois pas que tout le monde nous observe ? Bravo pour la discrétion !

Charrier leva la tête et balaya la pièce de ses yeux perçants tandis que les clients retournaient à leurs occupations.

— Désolé. Je suis juste un peu nerveux.

— Tu penses à ce que je pense. Tu crois que ça pourrait être lui ?

— Non, c'est impossible ! Il est mort ! Je ne sais plus ce que je dois penser. Jusqu'à ce matin, je supposais que Gautier s'était empêtré dans une sale histoire, comme il en avait l'habitude. Mais là, ça change la donne.

— J'aimerais bien savoir qui est le mauvais plaisantin qui nous a envoyé cette carte !

— Qui était au courant ? Et qui peut le savoir maintenant ?

— J'y ai longtemps réfléchi. Une personne m'a forcément balancé à l'époque. Je ne suis pas sûr, mais… Erica. C'est peut-être un hasard. Elle est de retour à Gryon depuis un an. Et il y a six mois de ça, nous avons reçu cette carte…

— Tu es en train de me dire que tu penses que la pasteure pourrait être une tueuse cinglée ? Il a aussi pu en parler à quelqu'un d'autre… Ou peut-être que ça n'a rien à voir. On n'en sait rien…

— Si tu as une meilleure explication, je serai heureux de la connaître. Tu crois qu'il faut prévenir la police ?

— Et leur dire quoi ? Qu'un fantôme nous hante ! Non ! C'est exclu. Nous n'en savons rien pour l'instant. Rien du tout.

Jacques Charrier fit un geste de la main et souleva sa veste. Fournier entrevit une housse avec un revolver.

— Qu'il vienne ! Je suis prêt.

Chapitre 54

Poste de police, Bex, vendredi 14 septembre 2012.

Andreas et Karine avaient laissé Christophe et Nicolas sur la scène du crime. Ils devaient encore y effectuer quelques prélèvements. Andreas démarra sur les chapeaux de roue et remonta le chemin des Écoliers en direction de la route principale.

— On va où ?

— À Bex. Au poste. Un homme est venu avec la camionnette de son entreprise. Il a trouvé un plastique plein de sang à l'intérieur.

Durant le trajet jusqu'en plaine, l'ambiance dans la voiture était détendue. Ils avaient le sentiment, après la découverte du deuxième cadavre, que les choses s'accéléraient. Tout d'abord les traces laissées par un véhicule sur la fontaine. Et maintenant la camionnette avec un plastique dans lequel le corps de Michel Martin avait probablement été transporté.

Au moment où ils arrivèrent devant le poste de police, ils virent une fourgonnette VW blanche avec l'inscription suivante :

Fournier Constructions SA
Gryon

Andreas et Karine restèrent bouche bée. Ils se parquèrent. Un gendarme attendait à côté de la camionnette avec un ouvrier en salopette de travail. Tout d'un coup, une idée s'imposa à Andreas. Et si le meurtrier n'avait toujours pas commis de faute ? S'il s'agissait à nouveau d'un indice fabriqué de toutes pièces pour les induire en erreur ?

Le gendarme présenta l'homme comme étant João Alvares. Celui-ci avait l'air extrêmement nerveux. Il s'exprimait avec un débit de parole impressionnant.

— Monsieur Alvares, détendez-vous. Racontez-moi ce qui s'est passé, calmement.

— Ce matin, je suis allé chercher la camionnette à l'atelier. À Gryon. Après, je me suis rendu directement à Fenalet. On est en train d'y rénover une maison. Quand j'ai ouvert la porte arrière, j'ai vu le sang. Et je suis venu ici, tout de suite.

— Où était parquée la fourgonnette la nuit dernière ?

— Devant l'atelier, sous le toit.

— Et sur le moment, vous n'avez rien remarqué ?

— Non, je suis parti directement au chantier.

— Où étaient les clés du véhicule ?

— Dans le bureau. Il y a une armoire pour les clés.

— Et c'est vous qui la conduisiez hier ?

— Oui. C'est toujours moi.

L'homme était très agité. Des gouttes de sueur coulaient sur son front. Même s'il n'avait rien à faire avec le meurtre, il avait peur. Il répondait aux questions de manière succincte et précise. Pas un mot de trop. Que craignait-il ? Son patron ? Ou était-il un travailleur illégal ?

— Est-ce que M. Fournier l'utilise aussi ?

— Non. Il a sa jeep.

— À quelle heure avez-vous quitté l'atelier hier soir ?

— Je crois vers 18 h 30.

— Quelqu'un d'autre était-il encore présent au bureau ?

— Monsieur le patron. C'est tout. Les autres étaient déjà partis.

— Monsieur Alvares, merci d'être venu voir la police. Vous allez maintenant suivre le gendarme. Il va prendre votre déposition et nous aimerions aussi relever vos empreintes. Si vous êtes d'accord.

— Moi ? Mais je n'ai rien fait, inspecteur. Je suis innocent.

— Ne vous inquiétez pas. Nous voulons vérifier si d'autres empreintes que les vôtres se trouvent sur le véhicule. C'est tout.

Après la peur initiale et l'incompréhension face à ce qui lui arrivait, l'ouvrier était en train de remettre ses idées en place et les différents éléments en perspective.

— D'accord, je comprends. Vous pensez que c'est le sang de celui qui a été tué ce matin ?

— C'est possible, mais nous devons procéder à des analyses pour le déterminer.

— Mais comment se fait-il que vous soyez déjà au courant ? demanda Karine.

— Mon collègue m'a appelé pour me raconter. Il a croisé la police et l'ambulance au village et il est allé voir.

Une autre question lui brûlait la langue. Il ouvrit la bouche, mais se ravisa.

— Oui ? Vous vouliez dire quelque chose ? l'interrogea Andreas.

— Euh, oui. Vous croyez que c'est M. Fournier qui a fait ça ?

— Monsieur Alvares, l'estimez-vous capable d'avoir tué ces deux personnes ?

Un long silence circonspect suivit la question d'Andreas.

— Inspecteur, je ne sais pas. Je ne pense pas, répondit-il avant de rapidement changer de sujet, comme s'il ne voulait pas prolonger la discussion qu'il venait lui-même d'amorcer.

— Comment est-ce que je fais avec la camionnette maintenant ?

— Nous devons la garder. Est-ce qu'un collègue peut venir vous chercher ?

Alvares fit signe que oui.

— Et je dois dire quoi au patron ?

— Rien. Nous allons nous en occuper.

Andreas le remercia et lui serra la main. Au moment où il se tournait pour suivre le gendarme au poste, Andreas l'interpella.

— Monsieur Alvares ?

L'ouvrier s'arrêta et se retourna.

— Oui ?

— Vous avez peur de quelque chose ou de quelqu'un ? De votre patron ?

— Non, monsieur, non.

Alvares avait détourné son regard en répondant à l'inspecteur. Il n'avait rien à cacher, mais il était mal à l'aise devant lui. Il avait l'impression que le policier avait le pouvoir de comprendre ce qui était dans sa tête. Était-ce à cause de son regard ? Ou de sa voix ? Ou alors était-ce juste parce qu'il se sentait inférieur et moins intelligent ? Ce même sentiment qu'il avait à l'égard de son patron. À cause de la langue française qu'il ne maîtrisait pas bien. Et compte tenu du fait qu'il était presque illettré, même dans sa langue maternelle. Son métier, il l'avait appris avec son oncle, mais il n'avait pas de diplôme. Aucune reconnaissance. Oui, à cause de tout cela. Mais, avec Fournier, autre chose le mettait mal à l'aise. L'inspecteur avait vu juste. Il en avait peur… Il suivit le gendarme jusqu'au poste.

Andreas fit le tour de la fourgonnette. Le hayon était ouvert. Il aperçut un plastique entaché de sang. Le corps de Martin avait sans doute été enroulé à l'intérieur avant d'être jeté dans l'énorme bassin en pierre. Il examina l'arrière droit de la voiture. Le phare était cassé et les traces d'un impact clairement visibles. Pas de doute, se dit-il. Il a percuté la fontaine. Andreas appela Christophe. Dès qu'il aurait fini sur le lieu du crime, il viendrait faire les prélèvements sur la fourgonnette.

— Qu'est-ce qu'on fait ? lança Karine.

— Nous allons rencontrer Mme Martin. Elle habite à quelques pas d'ici. Ensuite, nous rendrons visite à notre ami Fournier.

— Mais tu en penses quoi ?

— Nous devrions à nouveau fouiller son atelier de fond en comble. J'ai ma petite idée…

Chapitre 55

Maison de Michel Martin, Bex, vendredi 14 septembre 2012.

Andreas et Karine parquèrent la voiture devant une villa mitoyenne dans la zone résidentielle de Bex. La façade était jaune clair. Les volets verts. Elle ressemblait comme deux gouttes d'eau aux autres maisons qui l'entouraient. Mais aujourd'hui, c'était dans celle-ci qu'Andreas allait apporter une terrible nouvelle. Il espérait que jamais il n'aurait à vivre une situation pareille. Ouvrir la porte et comprendre… Comprendre en un instant que la vie a basculé. Que l'être le plus cher n'est plus. Que jamais plus on ne pourra le voir, l'entendre et le toucher.

Le portable d'Andreas sonna et le sortit de ses pensées. C'était Viviane, sa cheffe.

— Oui. Vous allez monter ? Avec le procureur, bien sûr. D'accord. On y sera. Je vous ferai un point de la situation à ce moment-là.

Le procureur, cet *avocaillon* qui avait été nommé dans une fonction bien au-delà de ses compétences, était vraiment une plaie. Comme si Andreas n'avait pas déjà assez à faire… En plus, il subirait ses élans mégalomanes, maintenant que l'affaire allait monopoliser la une des médias. Ce n'était un secret pour personne qu'il lorgnait le poste de procureur général. Ces circonstances constituaient une aubaine, l'occasion de se mettre en avant. Ce qui agaçait prodigieusement Andreas, qui ne pouvait pas le voir en peinture.

Ils entrèrent dans le jardin par le portail. Ils longèrent l'allée et entraperçurent par la baie vitrée une jeune femme assise sur un canapé du salon. Andreas croisa furtivement son regard. Une fois devant la porte, il appuya sur la sonnette. On ouvrit après quelques secondes seulement. À la vue des deux inspecteurs, Christelle Martin eut le regard figé. Andreas voulut se présenter, mais elle ne lui en laissa pas le temps.

— Que lui est-il arrivé ? Michel !

— Madame Martin, est-ce que nous pouvons entrer ?

— Il est mort, c'est ça ?

Elle leur fit signe de la suivre et alla s'asseoir dans le salon à côté d'une jeune femme, celle qu'Andreas avait aperçue, probablement sa fille. Celle qui devait bientôt se marier. Elle prit la main de sa mère et la serra fort.

Andreas et Karine s'installèrent chacun sur un des fauteuils en cuir, genre moka. Tout l'appartement était dans des tons brun et vert avec des touches de couleurs vives présentes sur les tableaux accrochés aux murs. Des reproductions de Mirò. Impossible de ne pas reconnaître le monde onirique et naïf du peintre catalan. Il y avait aussi de nombreuses plantes vertes. Un cadre de vie très chaleureux, pensa Andreas. Cependant, l'atmosphère très chargée qui régnait dans le salon l'obligea à se recentrer sur la lourde tâche dont il devait s'acquitter.

— Madame Martin, je suis navré de devoir vous apprendre la mort de votre mari.

Christelle Martin éclata en sanglots. Même si elle avait imaginé cette issue depuis que son époux n'était pas rentré la veille au soir, et même si elle avait compris quand les deux inspecteurs avaient franchi le portail de la maison, le fait de l'entendre fit s'écrouler son monde plein de couleurs joyeuses. Tout devint gris et noir. Sombre. Effrayant. Ses cris sourds résonnèrent dans la pièce. Un hurlement. Son visage reflétait une angoisse profonde qui faisait penser au célèbre tableau de Munch. La fille avait les yeux brillants, mais elle ne pleurait pas. Elle serrait sa mère dans ses bras. Elle devait être forte et la soutenir. C'est elle qui, après quelques minutes, prit la parole :

— Qu'est-il arrivé ?

— Il a été assassiné.

Les deux femmes restèrent sans voix.

— Nous présumons que c'est le même meurtrier qui a tué Alain Gautier, ajouta Karine.

Christelle Martin fixa Andreas de ses yeux rougis et humides. Elle s'était un peu ressaisie. Une image lui traversa l'esprit. Le temple de Gryon. Un cadavre. Les yeux enlevés. L'idée que l'homme de sa vie ait pu subir un sort identique lui glaça le sang.

— L'homme qui a été retrouvé dans le temple ?

Andreas fit un signe de la tête.

— Et vous l'avez trouvé où, mon mari ?

— Il a été retrouvé dans la fontaine du village, à Gryon.

Les interrogations fusèrent dans sa tête. La fontaine ?

Pourquoi Michel ? Pourquoi son mari, si gentil et aimant, qui ne ferait pas de mal à une mouche ? Lui aurait-il caché quelque chose ? Non, impossible ! Jamais il n'aurait fait ça. Mais une once de doute vint s'installer comme une infime faille au milieu du mur de ses certitudes. Cette pensée l'irrita. Elle ressentit alors de la culpabilité. Comment pouvait-elle douter, ne serait-ce qu'une seconde, de son mari ? Tout cela semblait tellement irréel. Et pourtant, une faille devait exister…

— Est-ce que je peux aller le voir ? Vous me dites qu'il est mort, mais je n'arrive pas à y croire. Je dois le voir. S'il vous plaît !

— Madame Martin, votre mari a été emmené à Lausanne. Il doit être autopsié. Nous vous informerons dès que ce sera possible. Probablement demain.

Un grand silence s'empara de la pièce. Christelle Martin se laissa tomber sur les genoux de sa fille et on entendit de longs et profonds sanglots.

— Si vous le désirez, nous pouvons vous laisser et revenir à un autre moment, suggéra Karine, la gorge un peu nouée.

La tension émotionnelle régnant dans la pièce avait de toute évidence trouvé une fissure dans sa carapace d'habitude si étanche.

— Nous sommes conscients que cela doit être très dur pour vous, ajouta-t-elle.

Christelle Martin se redressa. Avec une voix ferme et décidée, elle prit la parole :

— Non ! Posez-moi toutes les questions que vous souhaitez. Je veux qu'on retrouve le salaud qui a fait cela. Je veux vous aider !

— Nous allons tout mettre en œuvre pour y arriver. Soyez-en certaine.

Elle acquiesça.

— Votre époux connaissait-il Alain Gautier ?

— Ils ne se fréquentaient plus du tout. Mon mari m'a raconté qu'ils avaient été ensemble à l'école à Gryon et à Bex. Mais ensuite, ils ont pris des chemins différents.

— Vous a-t-il mentionné avoir appris la mort de Gautier ?

— Oui. Nous avons lu l'article dans la presse. Et il en avait entendu parler dans le train le jour même. Il travaillait.

— Et comment a-t-il pris la nouvelle ?

— Il m'a dit que ça lui faisait drôle, étant donné qu'il le connaissait. Mais il n'en était pas vraiment affecté. Du moins, il me semble.

De nombreuses images défilaient sans discontinuer dans la tête de Christelle Martin. Elle repensait à sa vie avec son mari comme dans un film en accéléré. Elle croyait le connaître par cœur. Jusque dans les moindres détails. Elle voulait continuer à en garder l'image qu'elle avait toujours eue. Mais maintenant, elle n'en était plus si sûre. Il devait forcément y avoir quelque chose. Une zone d'ombre ? Lui avait-il caché une partie de sa vie ? Trouver des réponses à ses interrogations lui faisait peur, mais elle désirait en avoir le cœur net. Elle voulait savoir. À tout prix. C'était à son tour de poser une question à l'inspecteur.

— Vous savez à quoi tout cela est lié ?

— Je suis navré de ne pas pouvoir vous en dire plus à ce stade, madame Martin. C'est justement ce que nous essayons d'élucider. Est-ce qu'il vous a parlé d'une quelconque histoire du passé ? Un événement précis qu'il regrettait dans sa vie ?

Christelle Martin prit cette fois un peu de temps pour répondre, le regard dans le vide.

— Maintenant que j'y pense, il ne m'a jamais vraiment raconté grand-chose sur sa jeunesse à Gryon. C'est comme s'il avait occulté un peu cette période de sa vie. Son père était aussi conducteur de train. Sa mère s'occupait de lui et de sa sœur. Il a quitté Gryon au moment où il a commencé son apprentissage aux CFF. À Lausanne. C'est d'ailleurs là où nous nous sommes rencontrés. J'avais dix-huit ans.

L'évocation de ces souvenirs suscita un léger sourire, mais, très vite, un voile sombre s'empara à nouveau de son visage.

— Vous a-t-il parlé de ses amis de l'époque ? Vous a-t-il raconté des anecdotes ?

— Non, jamais. La seule chose dont il parlait souvent, c'était de son père qu'il vénérait par-dessus tout. C'était son modèle. Il a toujours été fasciné par les trains.

— Faisait-il partie de la Jeunesse à Gryon ? Ou d'une autre association ?

— De la Jeunesse, non. Mais il était membre de la fanfare. Il jouait du trombone.

— Votre mari paraissait-il inquiet ces derniers temps ?

— Pas particulièrement. Il ne le montrait pas en tout cas.

La fille réagit à la réponse de sa mère.

— Maman, le week-end passé. À table. Il était un peu troublé, non ?

— Oui, c'est juste. Mon mari nous a raconté qu'il

avait cru reconnaître un passager dans le train. Il avait visiblement fait tout le trajet de Gryon à Bretaye, puis le retour sans descendre. Michel disait avoir perçu quelque chose de connu dans son regard.

— Vous lui avez demandé à qui il songeait ?

— Oui, bien entendu, répondit la fille. Mais il a juste mentionné que cet homme lui avait fait penser à quelqu'un qu'il n'avait pas revu depuis des siècles. Il a rajouté qu'il s'était sûrement trompé.

— Quel jour était-ce ?

— Je ne me rappelle plus exactement. On en a parlé dimanche à table. Cela devait être un ou deux jours plus tôt, je crois.

— Votre mari a-t-il reçu une carte postale il y a quelques mois ? lança Karine.

Les yeux de Christelle Martin s'ouvrirent grands. Comment n'y avait-elle pas encore pensé ?

— Oui, en effet. Attendez.

Elle se leva et se dirigea vers le buffet. Elle ouvrit le tiroir du haut, en sortit une pile de cartes postales et revint s'asseoir. Elle les posa sur la table et les passa en revue.

— La voilà.

Elle la tendit à l'inspecteur. C'était une image de Gryon avec comme motif le Grand et le Petit Muveran. La photo avait dû être prise depuis le village. Il la retourna. Le texte était rédigé à la main. On aurait dit l'écriture d'un enfant. Les lettres étaient grandes et espacées. Le destinataire était Michel Martin. Il lut : « *L'homme coupable sera jugé. Ô Dieu, aie pitié de lui.* » Un post-scriptum au bas de la carte comblait l'absence de signataire : « *Je ne vous ai pas oubliés !* »

Il examina le tampon de la poste. *Gryon, le 8.3.2012.*

— Comment votre mari a-t-il réagi en recevant cette carte ?

— C'est moi qui la lui ai donnée un soir quand il est rentré. Il l'a lue. Il a eu l'air de ne pas comprendre. Il a ajouté que ce n'était rien de grave et qu'il fallait oublier ça. Il l'avait laissée sur la table en me disant de la brûler.

— Et vous ne l'avez pas fait. Pourquoi ?

— Je n'en sais rien. J'avais trouvé cela étrange. Et sa réaction m'a surprise. J'ai bien vu qu'il avait fait une drôle de tête en la lisant.

— Une drôle de tête ?

— Oui. L'espace d'un instant, j'ai vu de la frayeur dans ses yeux.

— En avait-il reçu d'autres ? demanda Karine.

— Non, pas à ma connaissance. Si c'est le cas, il ne m'en a pas parlé.

— Madame Martin, nous n'allons pas vous importuner plus longtemps. S'il vous revient quelque chose, une idée ou n'importe quoi qui vous paraisse bizarre, même si ça a l'air insignifiant à vos yeux, contactez-nous.

— Je n'y manquerai pas.

Chapitre 56

L'entreprise de Maurice Fournier, Gryon, vendredi 14 septembre 2012.

Nicolas arriva à hauteur de l'entreprise de Fournier, suivi par deux patrouilles de gendarmes. Le 4 × 4 de Fournier était garé sous l'avant-toit devant l'entrée de l'atelier.

Nicolas sentait son âme de policier revivre. Depuis le début de l'enquête, Andreas l'avait bien intégré, même s'il ne faisait pas partie du duo central. C'est vrai qu'il lui avait confié des tâches secondaires. Faire le tour des voisins. Rencontrer des résidents. Mais là, il devait aller appréhender un suspect. Enfin… Andreas lui avait seulement demandé de le garder à disposition jusqu'à ce que lui-même soit présent. Mais il voulait montrer qu'il n'avait rien perdu de sa hargne. Il allait en profiter pour lui poser quelques questions.

Il entra dans l'atelier. Fournier était sorti de son bureau et vint à sa rencontre. Il l'avait sans doute vu arriver.

— Que se passe-t-il ? lança-t-il d'un ton à la fois inquiet et irrité.

Nicolas l'informa de la situation. Fournier annonça à sa secrétaire qu'elle avait congé pour le reste de la journée. Deux gendarmes étaient postés à l'entrée de l'atelier. Fournier s'assit à son bureau, à la demande de l'inspecteur. Nicolas prit place en face de lui. Il croisa les jambes et les bras. Le regard sérieux. Il était appuyé en arrière sur le dossier de la chaise.

— Alors, monsieur Fournier, pouvez-vous m'expliquer la présence de ce plastique plein de sang dans votre voiture ?

Fournier était dépité. Des gouttes de sueur coulaient sur son front.

— Je n'en ai aucune idée. Vraiment ! Je vous jure. Quelqu'un veut me faire porter le chapeau. Je n'ai rien à voir là-dedans.

— C'est un peu facile comme réponse ! C'est quand même votre véhicule ! Où étiez-vous hier soir ?

— Je suis resté au bureau un bon moment. J'avais des devis à préparer. Je suis rentré pour le souper vers 20 heures. Ma femme vous le confirmera.

Nicolas pensait que s'il lui mettait encore un peu plus de pression, il craquerait peut-être. Avec un peu de chance, il lui avouerait le crime. Couper l'herbe sous le pied d'Andreas… Il ressentit de la fierté rien qu'à cette idée. Pour y parvenir, rien ne l'empêchait d'utiliser certains éléments, même s'ils n'avaient pas encore été confirmés par Christophe, voire glisser de fausses affirmations pour faire réagir le suspect. Il se jeta à l'eau.

— Monsieur Fournier, nous avons des témoins qui vous ont aperçu hier soir près de la fontaine.

Fournier, surpris, haussa les sourcils. La réaction ne tarda pas.

— Ce sont des mensonges !

— Et comment expliquez-vous qu'on ait trouvé des débris de votre fourgonnette juste à côté de la fontaine ? Ça commence à faire beaucoup d'éléments à charge, non ?

Fournier ne dit rien. Pas un mot.

— Ce n'est plus qu'une question de temps. Vous allez être inculpé. Vous ne pouvez rien y faire. Mieux vaut avouer ! Ça épargnera des tracas à tout le monde !

Cette fois, Fournier tapa du poing sur la table et hurla contre l'inspecteur. Ses yeux étaient rouges et les veines de son cou avaient triplé de volume. Il était en colère. Il avait perdu la maîtrise de sa vie. Il ressentait de l'impuissance assortie d'une peur grandissante et incontrôlable au creux de l'estomac.

— Putain de merde ! Je suis innocent !

Au même moment, Karine et Andreas firent leur apparition.

— Qu'est-ce qui se passe ici ?

Nicolas s'était levé de son siège. L'accès de colère de Fournier l'avait impressionné. Il était content de voir débarquer les autres, mais son interrogatoire n'avait pas servi à grand-chose. Et tout ce qu'il aurait gagné, ce serait une bonne engueulade de son chef.

— Inspecteur Auer, votre collègue insinue que je suis coupable. Je n'ai rien à voir avec ça. Vous le savez, vous, inspecteur ! Non ?

— Asseyez-vous et calmez-vous, monsieur Fournier.

Le ton apaisant et serein d'Andreas fit effet. Fournier se rassit. Andreas fit signe à Nicolas de les laisser. Il s'exécuta. Au même moment, un des gendarmes vint les déranger.

— Elle est là.

— Merci. Je reviens dans quelques instants.

Le gendarme resta posté devant la porte vitrée du bureau de Fournier. Andreas sortit et se dirigea vers Nicolas, qui n'osa pas affronter son regard. Il lui demanda sur un ton très sec de lui répéter mot pour mot le contenu de son interrogatoire avec le suspect. Après avoir écouté Nicolas bégayer une réponse, il lui tourna le dos sans rien dire et alla rejoindre Janine Fournier qui attendait devant l'atelier avec le deuxième gendarme.

— Bonjour, madame Fournier ! Je vous remercie d'être venue.

— De rien. Je n'avais pas vraiment le choix, semble-t-il, déclara-t-elle sur un ton hautain et avec un sourire forcé.

— Je dois vous poser une question. Où était votre mari hier soir ?

— Hier soir ?

Janine Fournier comprit d'emblée de quoi il s'agissait. Elle avait appris la découverte du deuxième cadavre ce matin en allant à la poste. Depuis que son mari avait été arrêté par la police, elle évitait de se montrer au village, mais elle ne pouvait pas non plus rester indéfiniment recluse. Elle avait accordé une attention sans relâche à son image et elle savait pertinemment qu'elle ne s'était pas fait que des amis à Gryon. Certaines personnes ne se gêneraient sûrement pas pour lui rendre la monnaie de sa pièce. Oui, elle était arrogante et se sentait supérieure aux autres femmes. Oui, elle avait toujours étalé sur la place du village le fait qu'elle était riche et que son mari était conseiller municipal. Mais qu'y pouvait-elle ?

C'était la vie. Elle avait mieux réussi que les autres. Ce qu'elle ressentait en ce moment ? Elle était furieuse contre son mari. Elle ne s'était jamais imaginé que l'existence qu'elle s'était construite reposait sur des bases aussi fragiles, et que tout pouvait s'écrouler comme un château de cartes, balayé par un coup de vent.

— Je l'attendais pour souper. Il m'avait dit qu'il travaillerait jusqu'à 20 heures, mais il n'est pas rentré à l'heure. J'ai finalement mangé toute seule.

— À quelle heure est-il arrivé ?

— Je ne l'ai pas entendu rentrer. Je dormais. C'était tard, je me suis couchée vers 23 h 30 environ.

— Et lorsque vous vous êtes aperçue qu'il n'était pas rentré comme prévu, avez-vous essayé de le joindre ?

— Non, je n'ai pas cherché à le contacter. En ce qui me concerne, cela m'est parfaitement égal. Il peut bien faire ce qu'il veut. Je m'en contrefiche.

Andreas n'aimait pas Janine Fournier. Son air de supériorité. Son ton condescendant. Son attitude de vipère. Elle représentait tout ce dont il avait horreur. Accompagné par Karine, il retourna voir Maurice Fournier. Celui-ci était assis dans son fauteuil, la tête cachée entre les mains.

— Monsieur Fournier, votre alibi ne tient pas.

Maurice Fournier releva les yeux et regarda l'inspecteur, l'air surpris.

— Comment ça ?

— Votre femme prétend que vous êtes rentré bien plus tard que ce que vous avez dit à mon collègue. Après 23 heures.

— Quelle salope ! Elle ment. C'est faux !

Il se leva d'un bond de sa chaise et contourna son bureau pour se diriger vers la porte. On pouvait discerner de la fureur dans ses yeux.

— Elle est où ? Je vais…

— Vous n'allez *rien du tout*, monsieur Fournier ! s'exclama Andreas.

Karine, aux aguets, s'était elle aussi levée. Elle saisit le bras de Fournier au passage et lui fit une clé dans le dos, qui l'immobilisa net. Elle sortit les menottes de sa poche arrière tout en maintenant fermement sa prise. Elle les lui mit aux poignets et le fit s'asseoir à nouveau sur la chaise.

— Nom de Dieu ! Ce n'est pas moi, je vous dis !

— Monsieur Fournier, nous allons parler de cela calmement au poste de police.

Deux gendarmes prirent en main un Maurice Fournier résigné, et l'emmenèrent dans la voiture. Andreas n'avait pas eu le choix. Le procureur n'aurait pas accepté qu'il ne le coffre pas avec tous les éléments de preuve existant à son encontre. Cependant, quelque chose clochait dans cette histoire.

Ce sentiment trottait dans sa tête. Fournier était très certainement innocent. Mais même Andreas devait reconnaître que de plus en plus de points jouaient en sa défaveur. Karine et Andreas allèrent s'asseoir dans le carnotzet de Fournier.

— La presse va faire ses choux gras de cette histoire. Et nous n'avons rien d'autre pour le moment.

Aucune piste concrète. Andreas ne réagit pas à ce que venait de dire Karine. Il était en train de regarder autour de lui dans la pièce au moment où il aperçut un bocal en verre, posé sur l'étagère, caché en partie par d'autres objets. L'étiquette indiquait « *Raisins à la Lie* ». Il ne lui semblait pas l'avoir vu la première fois.

Il se leva.

Il prit le bocal.

Il ouvrit le couvercle.

Au fond, il aperçut quatre globes oculaires ensanglantés.

Chapitre 57

La Barboleuse, Gryon,
vendredi 14 septembre 2012.

L'homme qui n'était pas un meurtrier avait observé la scène qui s'était déroulée devant l'entreprise de Fournier avec une certaine délectation. Il s'était assis sur un banc devant les bureaux de l'Office du Tourisme en faisant semblant de lire le journal.

Il avait commencé la matinée comme à son habitude par un petit déjeuner au Café Pomme. Vers 7 h 30, il avait entendu les sirènes de la police. Il s'était alors demandé combien de temps ils mettraient pour arriver chez Fournier. Trois, quatre heures, au plus, s'était-il imaginé.

Il était ensuite parti faire ses courses à l'épicerie du village, puis était retourné à la maison, avant de venir chez Charlet vers 10 heures. Il y avait tranquillement lu la presse quotidienne, bu plusieurs cafés, mangé un éclair au chocolat et un mille-feuille.

Ce n'est qu'aux alentours de 11 heures qu'il avait vu arriver deux voitures de police. Il était alors sorti pour mieux apprécier la scène qui se déroulait sous ses yeux. Il avait vu Fournier être embarqué, menotté, dans un des véhicules de la gendarmerie. Il était satisfait. Il avait réussi à mettre la police sur une fausse piste. Mais pas pour longtemps. Il le savait.

Il avait pris de gros risques la veille au soir, mais cela en avait valu la peine. Avec Michel Martin, il avait décidé de suivre le rituel, tout comme avec Alain Gautier.

Point par point.

À la lettre.

C'était nécessaire.

La frayeur dans le regard de Michel lorsqu'il avait reconnu son bourreau au moment de reprendre conscience avait été un instant jouissif. Il avait ressenti la peur de sa victime comme un moteur. Rien ne pouvait plus l'arrêter dans son élan de vengeance. Au moment de faire pénétrer le couteau dans le cœur de Michel, tous ses sens avaient été en éveil, décuplés par l'intensité de l'instant où le sang avait commencé à gicler et couler à flots. Il avait comme la première fois revêtu une tenue blanche en papier comme celles qu'utilisent les peintres. Elle avait été complètement éclaboussée par le sang de sa victime. Lorsque Michel rendit son dernier souffle, il ressentit une extrême tension sexuelle envahir son corps. Il était en érection. Il avait dû faire des efforts considérables pour se concentrer.

Retrouver son calme intérieur.

Reprendre le contrôle.

Impérativement.

Surtout ne pas modifier le rituel.

En y repensant maintenant, il revoyait tout comme s'il y était encore. Son cœur s'était mis à battre à tout-va. Il devait se soulager. Il avait regardé le corps inerte de Michel et ouvert sa braguette. Il avait sorti son sexe et avait commencé à faire des va-et-vient de plus en plus rapides. Au moment où était arrivé l'instant de jouissance, qu'il n'avait jamais, de mémoire, éprouvé de manière aussi intense, toute la tension qui l'habitait avait jailli hors de lui. Son pouls était redescendu et il s'était senti mieux l'espace de quelques secondes. Soulagé. Mais un autre sentiment l'avait alors envahi. La rage. Contre lui-même.

Il avait failli. Il s'était écarté du rituel. Et il avait commis une erreur. Il s'en était rendu compte trop tard. À présent, il n'y pouvait plus rien.

Le rituel.

Point par point.

À la lettre.

Et rien d'autre.

Chapitre 58

Centre gryonnais, Gryon, vendredi 14 septembre 2012.

Andreas et Karine entrèrent dans la salle du Centre gryonnais. Quatre paires d'yeux se tournèrent vers eux – ceux de Christophe, Nicolas et Viviane, la cheffe de l'équipe, ainsi que ceux du procureur. Ils étaient assis autour de la grande table. Deux chaises libres n'attendaient qu'eux pour que la séance puisse commencer. Andreas et Karine s'assirent.

Le procureur prit la parole en premier et parla d'un ton qu'Andreas ressentit comme suffisant et hautain. Rien de nouveau…

— Vous voyez, inspecteur. C'est bien Fournier, le coupable !

— Monsieur le procureur, ce n'est pas aussi simple que cela.

— Vous n'y croyez toujours pas ?

— Toujours pas.

— Je n'ai pas le choix. Il sera mis en examen.

— Je sais.

Andreas se leva. Il fit quelques pas et se plaça derrière le procureur en s'appuyant contre le dossier de sa chaise.

— Certes, les indices sont incriminants. À mon avis un peu trop… Je vais vous exposer les faits et vous donner ma version.

Andreas fit à nouveau quelques pas autour de la table et s'arrêta. Le procureur était assis juste en face. Il le regarda dans les yeux. Fixement.

— Tout d'abord, son alibi. Il affirme qu'au moment des deux crimes il était à la maison. Sa femme a confirmé ses dires pour le premier meurtre, avant de se rétracter et prétendre qu'elle ne pouvait pas être sûre de sa présence, car elle se serait endormie. Pour le deuxième meurtre, elle a cassé l'alibi de son mari. Elle semble avoir changé son point de vue au moment où elle a appris que son mari l'avait trompée et était accusé d'abus sexuel sur mineure. Nous ne pouvons pas accorder de crédit à son témoignage, trop partial dans les deux cas.

— Soit, admit le procureur.

— Concernant les indices incriminant Fournier, les voici.

Il les écrivit un par un sur le *flipchart*.

La bouteille de vin avec les empreintes de Fournier retrouvée dans l'appartement de Gautier.

L'e-mail envoyé à Fabien Berset depuis le réseau Internet de Fournier.

Les débris provenant de la fourgonnette de Fournier trouvés à côté de la fontaine.

Le plastique plein de sang découvert dans la

fourgonnette. Le sang de Michel Martin (doit encore être confirmé par les analyses).

Les yeux retrouvés dans le carnotzet seraient ceux de Gautier et Martin (doit encore être confirmé par les analyses).

— À ce stade, ce sont les seuls indices matériels que nous avons. Que prouvent-ils ?

— Que Fournier est sans aucun doute le coupable ! réagit le procureur.

— Non, cela ne démontre rien du tout ! Maurice Fournier a travaillé à son bureau, hier soir, jusqu'aux environs de 20 heures. Contrairement à ce que prétend sa femme, il est bien rentré manger. Au moment où Fournier quitte son atelier, le meurtrier s'introduit dans les locaux de l'entreprise par la porte de derrière, comme la première fois où il a volé la bouteille de vin qu'il a vidée et déposée dans la poubelle de Gautier. La serrure a été dévissée. La peinture enlevée sur les vis en témoigne. Il entre dans le bureau et prend les clés de la fourgonnette. Il descend ensuite à Bex, non pas avec la fourgonnette, mais avec son propre véhicule. Il attend sagement que Michel Martin finisse son travail. Il le neutralise avec le Taser et l'emmène quelque part. Chez lui ? Il le tue. Dans la nuit, il revient chercher la fourgonnette. Discrètement, il y transfère le corps de Martin. Il se rend ensuite à la fontaine. Y dépose le cadavre. Fait exprès de reculer contre la fontaine pour laisser des traces. Puis il ramène le véhicule. Il abandonne le plastique ensanglanté à l'intérieur. Il remet les clés dans le bureau et place le bocal contenant les yeux dans le carnotzet.

Il repart par la porte de derrière, prend sa voiture et rentre chez lui.

— C'est absurde, commenta le procureur.

— Non, c'est parfaitement plausible. Vous ne pourriez pas prouver le contraire.

— Et vous, inspecteur, vous ne pouvez pas prouver votre théorie farfelue !

— Pour une fois, je suis d'accord avec vous.

— Andreas ! s'exclama Viviane.

— C'est exactement là où je voulais en venir : les deux versions sont plausibles.

— Mais toi, tu penses que ce n'est pas Fournier ? Que c'est un autre. Mais qui ? demanda Viviane.

— J'en suis même intimement convaincu. Si c'était Fournier, pourquoi aurait-il mis les yeux dans un bocal sur une étagère de son carnotzet ? Pourquoi aurait-il laissé le plastique plein de sang dans la fourgonnette de son entreprise ? Pourquoi aurait-il laissé la bouteille avec ses empreintes chez Gautier ? Cela d'autant plus qu'il savait que nous l'avions à l'œil. Aurait-il commis ces erreurs involontairement ? Alors, comment expliquer qu'il n'a laissé aucun autre indice ? Aucune empreinte sur le couteau ? Pas même sur la pochette en plastique qui contenait le message ? Rien ! Nous avons affaire à un meurtrier extrêmement consciencieux. Qui sait exactement ce qu'il fait. Et qui s'amuse à nous diriger sur une fausse piste.

Le ton d'Andreas était énergique et décidé. Il déroulait son argumentaire avec aisance et passion. Il aurait pu être un excellent avocat ou comédien, pensa Karine.

— Le meurtrier communique. Avec ses victimes.

Avec nous. Tout d'abord le coup de téléphone à Gautier depuis le Buffet de la Gare. Le serveur confirme que ce n'était pas Fournier. Ensuite cet e-mail envoyé à Fabien Berset depuis le réseau WiFi de Fournier. Mais le réseau n'est pas sécurisé. Le meurtrier a pu se connecter depuis l'extérieur de la maison. Et pour finir, la carte postale adressée à Michel Martin. L'écriture ne correspond pas à celle de Fournier, mais nous devons encore la soumettre à un graphologue.

Le procureur avait écouté le plaidoyer d'Andreas sans broncher. Il avait les coudes posés sur la table et il se tenait la tête. Son silence ne pouvait signifier qu'une chose. Andreas n'avait peut-être pas gagné la partie, mais il avait en tout cas marqué des points. Le procureur se redressa.

— Je vois, inspecteur, dit-il avec un ton de voix oscillant entre frustration et résignation.

Il voulait à tout prix résoudre cette affaire le plus vite possible. Il le devait. Sa carrière politique en dépendait. Il avait eu le sentiment de tenir son coupable, mais il devait admettre que l'inspecteur avait réussi à semer le doute dans son esprit. Et ce qu'il redoutait plus que tout, c'était de commettre une erreur et de devenir la risée de la presse. Il venait de réaliser que la seule option à ce stade, bien que cela lui coûtât un peu de sa fierté personnelle, était de faire confiance à l'intuition de ce flic borné et exaspérant.

— Mais qu'allons-nous raconter demain lors de la conférence de presse ?

— Nous allons dire la vérité, lança Andreas comme si c'était une évidence.

— Quelle vérité ?

— Que nous avons arrêté à nouveau Maurice Fournier et qu'il est mis en examen dans le cadre de l'enquête sur les crimes commis sur les personnes d'Alain Gautier et Michel Martin.

Chapitre 59

Centre gryonnais, Gryon, vendredi 14 septembre 2012.

Le procureur et Viviane venaient de quitter la salle. Ils allaient se rendre à Villars où ils avaient réservé un hôtel pour la nuit.

— J'ai l'estomac qui crie famine, fit Karine.

Christophe avait prévu le coup. Il partit chercher un sac avec quelques sandwichs, achetés chez Charlet. Il prit également deux bouteilles d'eau et quatre verres.

— Christophe, je pense que tu devrais rester à Gryon, suggéra Andreas. On va avoir besoin de toi ici.

— Tu trouveras sûrement de la place au Dahu, où je loge, proposa Nicolas.

Tous les quatre s'assirent et commencèrent à manger en silence. Nicolas prit la parole :

— Et maintenant ?

Karine se leva et se dirigea vers le panneau qui titrait « *Questions au sujet du meurtrier* ». Elle traça la phrase : « *Il va à nouveau tuer !* » et en ajouta une nouvelle : « *Il a à nouveau frappé.* » Et une autre : « *Va-t-il tuer une troisième personne ? Ou plus ?* »

Elle vint se rasseoir sans dire un mot. C'était en effet une question pertinente.

— Est-ce que nous avons affaire à un tueur en série ? demanda Christophe.

— On peut légitimement se poser la question. La réponse est sans doute oui. Mais deux points diffèrent avec le profil type du tueur en série. Au niveau du mode opératoire et au niveau de la motivation. Le meurtre en série est en général défini comme trois meurtres ou plus commis par une même personne à trois endroits différents ou plus, avec un certain laps de temps entre les crimes.

Andreas fit une pause pour laisser à chacun le temps de bien enregistrer ces informations.

— Je ne vois pas en quoi ces théories vont nous aider à aller de l'avant dans cette enquête, réagit Nicolas.

— À ce stade, nous n'avons aucun indice concret. La seule voie qui nous permette pour l'instant d'avancer, c'est de tenter de mieux comprendre notre tueur, deviner ses motivations, cerner les caractéristiques de sa personnalité, son état mental.

— Et à quoi ça va nous servir ?

Andreas ignora Nicolas et ne répondit pas à la question.

— Pour le moment, nous avons deux meurtres, deux endroits et un laps de temps relativement court entre les deux. Un autre élément qui caractérise les tueurs en série, c'est qu'en général ils n'ont pas de lien avec leurs victimes. Or, dans ce cas, je suis persuadé du contraire. Notre meurtrier connaissait ses victimes. Très bien même. Concernant les deux lieux, le temple et la fontaine, ils sont différents, certes, mais je suis convaincu qu'ils n'ont pas été choisis au hasard. Ces endroits ont une signification pour le meurtrier.

Andreas, comme à son habitude, fit une pause, balayant du regard ses collègues, avant de poursuivre :

— Chez les tueurs en série, un dysfonctionnement familial est souvent à l'origine de la folie meurtrière, couplé ou non avec un événement traumatisant durant l'enfance. Je pense ne pas me tromper en avançant que la clé est là. Si nous parvenons à découvrir quel est cet événement déclencheur, nous trouverons le meurtrier. Le mobile, il nous l'a donné lui-même à travers ses différents messages bibliques. La vengeance.

— Oui, mais nous ne savons pas qui il est.

— Mais nous connaissons ses victimes. C'est là qu'il faut approfondir. Nous en avons maintenant deux. Nous devons chercher leurs points communs. Nous savons qu'ils ont été à l'école ensemble. Ont-ils fréquenté la Jeunesse ? Les scouts ? Le Tennis Club ?

— Ou alors est-ce qu'ils allaient au catéchisme ? fit remarquer Karine.

Comment n'y avait-il pas pensé ?

Le temple.

Les textes bibliques.

Le catéchisme !

— Mais l'une des victimes est protestante et l'autre catholique, non ? releva Christophe.

L'enthousiasme d'Andreas retomba un peu.

— C'est juste. Un catholique. Un protestant. Mais nous devons examiner toutes les pistes. Ne rien négliger. J'en parlerai avec la pasteure. Nicolas, je te laisserai suivre les autres pistes.

Andreas poursuivit ses réflexions.

— En ce qui concerne les meurtriers en série,

nous pouvons faire une distinction entre ceux qui sont organisés et ceux qui sont désorganisés. Le nôtre est clairement organisé. Rien n'est laissé au hasard. Le mode opératoire est réfléchi et soigneusement préparé. Le lieu du crime est scrupuleusement mis en scène. Il ne laisse pas d'indices, sauf ceux qui sont censés nous induire en erreur. Il s'autorise même le luxe de communiquer et de jouer avec nous.

— Il ne semble pas y avoir de composante sexuelle dans les crimes, observa Christophe.

— Non, pas *a priori*. En effet.

— Mais pourquoi toute cette mise en scène si la vengeance est le motif ? Pourquoi ne pas juste les tuer, tout simplement ?

Il suffisait que quelqu'un pose une question ou émette une hypothèse pour qu'Andreas embraye immédiatement avec ses théories devant un auditoire très attentif, sauf Nicolas bien entendu.

— Même s'il n'y a pas un désir sexuel exprimé en tant que tel ou d'acte sexuel perpétré sur les victimes, il est fort probable qu'en exécutant celles-ci il assouvisse un fantasme. Un fantasme inconscient, né d'un fort traumatisme, refoulé, et qui se manifeste à travers sa motivation à agir. En tuant ses victimes, il répond à deux besoins. Celui de se venger, mais aussi celui d'assouvir son fantasme qui a pris une part démesurée dans sa vie. Un désir profond qui génère chez lui une excitation si forte qu'il est poussé à le réaliser. Il tue et la tension redescend. Mais il n'est pas pour autant satisfait. Le fantasme reprend le dessus. L'effervescence augmente. Il tue à nouveau. Même s'il n'est pas excité sexuellement par ses victimes, il se peut qu'il le soit par la mise en scène, le pouvoir qu'il exerce sur ses victimes ou la souffrance qu'il leur inflige. Le fait qu'il leur ôte les yeux de leur vivant en témoigne.

Andreas ouvrit son carnet et tomba sur la question « *Pourquoi les yeux ?* »

— Pourquoi les yeux ? J'ai l'impression que tous les éléments liés au crime ont une double signification. Au deuxième degré, le fait d'avoir enlevé les yeux signifie sans doute qu'il a voulu plonger ses victimes dans le noir afin qu'elles finissent dans les ténèbres. C'est leur punition pour ce qu'elles lui ont fait dans le passé. Je me demande quelle est la raison au premier degré. Ont-ils vu quelque chose qu'ils n'auraient pas dû voir ?

Il posait des questions, non pas pour ouvrir le débat et recevoir une réponse de ses collègues, mais pour lui-même, pour avancer dans ses réflexions.

— Où va-t-il s'arrêter ? s'interrogea Karine.

— Difficile à dire. Il devrait probablement mettre un terme à sa folie meurtrière lorsqu'il aura accompli sa vengeance en tuant ceux qu'il considère comme ses bourreaux. Mais s'il correspond à l'image que je m'en fais, il ne sera en aucun cas guéri. La tension et les fantasmes vont rester. Que va-t-il faire ensuite ? Je ne sais pas.

— S'il a subi un traumatisme dans son enfance ou sa jeunesse, pourquoi a-t-il attendu tant d'années avant d'agir ? demanda Karine.

— Excellente question.

Andreas sortit son carnet et écrivit : « *Pourquoi avoir pris son mal en patience aussi longtemps avant d'entrer en scène ?* »

Chapitre 60

Centre gryonnais, Gryon, vendredi 14 septembre 2012.

Skype se mit en branle. L'avatar de Doc apparut à l'écran. Plutôt que de mettre son portrait comme la plupart des gens, il avait choisi la photo d'un vautour charognard affairé sur une proie. Karine accepta l'appel. L'image de sa tête ébouriffée s'afficha. Il était presque affalé sur la table, le menton posé sur ses deux bras croisés. Il se redressa, ôta ses lunettes et regarda fixement la caméra de ses gros yeux globuleux.

— Salut la compagnie ! Je n'ai pas encore tout à fait terminé l'autopsie, mais je pense que j'ai une information par laquelle vous pourriez être intéressés.

Il afficha un sourire satisfait. Il aimait se sentir important et faire durer le plaisir.

— Dans les grandes lignes, je vais vous faire les mêmes remarques que pour la première victime. Décès dû au coup de couteau dans le cœur. Légères marques de brûlure dans le dos provoquées par le Taser. Les yeux arrachés de son vivant. Des traces de chloroforme. Du curare. Le crime a probablement été commis hier dans la soirée. Je situerais la mort peu avant minuit. Mais il est difficile de le déterminer avec certitude, car le corps a été placé dans la fontaine. Et la température de l'eau fausse le calcul.

— Accouche, Doc, lança Karine.

— Malgré le fait que le cadavre soit resté de nombreuses heures dans l'eau, j'ai retrouvé des traces de liquide séminal collé dans ses poils.

— Du sperme ?

— Dans ses poils ?

— Oui. Agglutiné dans les poils de ses jambes.

— Pardon ? s'exclama Andreas.

— Je confirme. Dans ses poils de jambes !

— Tu as comparé l'ADN ?

— Oui, bien sûr. Tu crois que je suis un branquignol ? dit Doc avec un grand sourire. J'ai fait analyser l'ADN du sperme et je l'ai fait comparer avec celui du sang de Fournier, c'est bien à cela que tu pensais, je suppose ?

— Non, avec celui du père Noël !

— Ce n'est pas celui de Fournier !

— Le voilà définitivement innocenté, intervint Nicolas.

— Ça répond à notre question de tout à l'heure. Il y a bien une composante sexuelle, conclut Christophe.

— C'est vraiment étonnant, compléta Karine. Est-ce que notre meurtrier est homosexuel ?

— Je n'en sais rien. Ça, c'est à vous de le déterminer, mes chers. Par contre, j'ai vérifié. Aucune marque de violence ou d'acte sexuel sur la victime n'a pu être constatée. Pas de sperme dans la bouche. Pas de traces de sodomie. Rien. Juste un peu de sperme dans les poils.

— Un peu ?

— Oui. Un peu. Le reste a dû partir avec l'eau ou alors tout simplement finir ailleurs que sur le corps.

Andreas, perdu dans ses réflexions, n'écouta pas la suite de la conversation entre ses collègues et Doc. Il intervint au moment où Doc raccrochait.

— Oui, je pense que nous pouvons définitivement éliminer Fournier de la liste des suspects. Oui, une composante sexuelle est bel et bien présente, mais pas comme on l'entend habituellement.

— Comment ça ?

— Pas de traces d'acte sexuel. Mais du sperme sur la victime. Celui du meurtrier.

— Et alors ?

— Je pense qu'il a dû avoir un orgasme en regardant le cadavre. C'est un comportement que l'on retrouve chez bon nombre de tueurs en série. Ils se masturbent soit sur le lieu du crime, soit après. La tension en lui devait être tellement forte que c'était la seule manière de s'en débarrasser momentanément. Ce qui n'implique en aucun cas qu'il a des tendances homosexuelles ou éprouve un attrait sexuel pour sa victime. En tout cas, cela me réjouit !

— Quoi donc ?

— Il a commis sa première véritable erreur. Nous avons son ADN !

Chapitre 61

Café Pomme, Gryon,
vendredi 14 septembre 2012.

L'homme qui n'était pas un meurtrier était installé au Café Pomme. Il était redescendu pour regarder les nouvelles, car il n'avait pas la télévision dans son chalet. Il était persuadé qu'avec ce deuxième crime, il ferait la une. Non pas lui-même en tant que tel, puisqu'à ce jour il n'avait pas été identifié. Il le regrettait presque. Il aurait aimé qu'on parle de lui. Il aurait éprouvé une énorme fierté à entendre son nom prononcé lors du journal télévisé. Être enfin reconnu. Il avait tant souffert, enfant, d'être celui qu'on ne voit pas, celui dont personne ne se soucie. Son frère et sa sœur avaient accaparé toute l'attention. Son père était devenu de plus en plus transparent avec le temps. Il ne prenait aucune décision. Ne pouvait jamais s'imposer. C'était sa mère qui dirigeait la maison. Elle s'occupait de tout. Faire à manger, nettoyer, gérer l'entreprise familiale. Elle n'accordait que peu d'attention à ses enfants et encore moins à lui, le petit dernier. Et finalement, ses parents l'avaient trahi. Il n'avait jamais pu leur pardonner. Ce jour-là, il avait décidé de ne jamais devenir comme son père. Il voulait être reconnu et respecté. Mais chaque chose en son temps. Pour l'instant, l'anonymat lui convenait puisqu'il pourrait ainsi accomplir son œuvre en toute tranquillité. Sa mission n'était pas encore terminée.

Le café était plein de monde. Le deuxième cadavre était sur toutes les lèvres. La tension, palpable. Le simple fait de savoir qu'un meurtrier se promenait en toute impunité dans le paisible village de Gryon était de nature à réveiller la peur chez chacun des habitants. Il avait même entendu une vieille femme dire : « *Il est peut-être dans ce restaurant, parmi nous !* » Il sourit. Il était à l'origine de toute cette effervescence. Mais il devait faire attention.

Seule la réussite de sa mission comptait.

À 19 h 30 précises, la musique d'introduction du journal télévisé généra un grand silence dans le café. Tous les visages se tournèrent vers l'écran plat accroché au mur.

« *Un deuxième cadavre a été découvert ce matin à Gryon. Le corps de la victime a été retrouvé nu dans la fontaine au cœur du village. Il s'agit d'un homme de cinquante-deux ans, conducteur de train. Il était originaire de Gryon, tout comme Alain Gautier, la première victime. Il semble qu'il s'agit du même meurtrier dans les deux cas. La police a arrêté un suspect, Maurice Fournier, entrepreneur et conseiller municipal. Il venait d'être relâché hier matin après une première audition. Nous avons tenté de parler avec l'inspecteur Auer, chargé de l'affaire, mais il n'a pas tenu à s'exprimer devant nos caméras.* »

Ils montrèrent des images du journaliste s'approchant d'Andreas, qui repoussa la caméra d'un geste vif. On entendit ensuite sa voix. « *Je n'ai rien à dire pour le moment. Laissez-nous travailler !* » Après quoi, tout le monde écouta attentivement deux personnes interviewées exprimer leurs craintes au sujet des événements terribles qui venaient de se produire dans leur village sans histoire. Dès la fin des nouvelles, les discussions reprirent de plus belle.

L'homme qui n'était pas un meurtrier appela la serveuse. Il paya la bière qu'il avait bue, se leva et quitta le café. En sortant, il posa quelques instants le regard sur la fenêtre de la laiterie qui donnait sur ce qui avait été sa chambre d'enfant. Il traversa le village à pied pour rejoindre sa voiture. Au moment où il passa devant le Café des Alpes, il aperçut en contrebas le temple et la fontaine. Il se remémora les événements qui avaient fait basculer sa vie.

De retour chez lui, il s'assit sur la terrasse pour réfléchir. Il reconsidéra l'existence qui avait été la sienne ces dernières années. Il se revit dans sa barque en train de pêcher sur le magnifique petit lac où il avait été la plupart du temps seul. Loin de tout. Un havre de paix. Mais cela n'effaçait rien des blessures de l'enfance.

Il ressentit un grand vide.

La peur l'envahit.

Sa vie n'était qu'un cauchemar éveillé.

Puis, soudainement, il retrouva ses esprits. Ce qu'il avait subi avait détruit en lui tout sentiment d'être humain. Jamais deux sans trois. C'est bien ce que l'on dit, non ?

Chapitre 62

Chalet *L'Étoile d'argent*, Gryon, vendredi 14 septembre 2012.

Mikaël et Karine étaient confortablement assis dans le canapé du salon pendant qu'Andreas était aux fourneaux. À la fin des nouvelles, Mikaël éteignit la télévision et ils s'installèrent à table.

— Tu te fais de la bonne pub ! s'exclama Karine.

Andreas n'était pas d'humeur à réagir à l'humour de sa collègue. Il était furieux. Pourquoi s'étaient-ils sentis obligés de montrer ces images ?

Ce soir, c'est lui qui avait préparé à manger. Il avait fait mijoter un plat asiatique. Du poulet à la sauce Satay, du riz et des légumes à la vapeur. Il servit Mikaël et Karine et vint s'asseoir.

— Excellent, commenta Karine après sa première bouchée.

— J'ai réussi à mettre la main sur la liste des classes de l'école de Gryon.

Mikaël tendit à Andreas une feuille qui portait le titre : « *Gryon 1971, classe de 6e année, élèves nés en 1960* ». Il y lut les noms suivants :

Erica Chollet
Charlotte Peret
Michel Martin
Martine Juget
Alain Gautier
Annette Charrier
Christian Valdes
Jean-Louis Morier
Justine Achard

— Justine Achard ?

— Oui, c'est ma tante, fit Mikaël.

— Tu as pu lui en parler ?

— Non, pas encore. Elle est en voyage en Thaïlande. Elle rentre lundi. Mais je lui ai laissé un message sur son répondeur.

— Fournier n'est pas sur la liste ? s'interrogea Karine.

— C'est normal. En 1971, Maurice Fournier, qui est né en 1957, allait déjà à l'école à Bex. Pareil pour Jacques Charrier, qui est de 1958.

Andreas resta silencieux.

— À quoi penses-tu ? demanda Mikaël.

— Je cherche le lien. Il doit y avoir autre chose. Même si Fournier n'est pas le coupable, ce dont je suis sûr, il a dû jouer un rôle important dans cette histoire. Sinon pourquoi le meurtrier essaie-t-il de lui faire porter le chapeau ?

— Comment peux-tu être si certain de son innocence ? demanda Karine.

— Il n'est pas assez sophistiqué. Pas capable de mettre en scène tout cela. Il est trop basique. Son profil psychologique ne correspond pas du tout à l'image du tueur qui s'est formée dans mon esprit.

— Tu peux aussi te tromper, non ? Ce n'est pas une science exacte. Et…

— Je sais que je me suis déjà mépris une fois. Pas besoin de me le rappeler, réagit Andreas au quart de tour.

Karine venait de toucher un point sensible. Andreas se fiait beaucoup à son instinct avec, en général, pas mal de succès, mais il n'avait toujours pas digéré le fait qu'il avait fait enfermer et même condamner une personne par erreur, quelques années plus tôt. Avec le temps, il avait appris à faire à nouveau confiance à son intuition.

— D'autres liens communs entre les victimes et Fournier existent-ils ?

— Fournier et Charrier ont fait partie de la Jeunesse de Gryon à leur sortie de l'école obligatoire. Alain Gautier les y a rejoints pendant l'été 1974, à l'âge de quatorze ans. Fournier, Charrier et Gautier ont également été membres de l'Abbaye de Gryon, nom donné à la société de tir locale. Michel Martin n'a participé à aucune des deux. Mais il était engagé dans la fanfare tout comme Jacques Charrier. Charrier était au Tennis Club tout comme Gautier. Erica Chollet qui s'appelle maintenant Erica Ferraud, la pasteure, a fait du scoutisme. Les autres, non. Donc, en résumé, de nombreuses connexions entre nos différents protagonistes existent. Mais pas une seule qui les réunit tous.

— Et les autres noms sur la liste ?

— Je vais continuer à chercher demain.

— Hum. Le temple. Les textes bibliques. As-tu vérifié la piste du catéchisme ? fit observer Karine.

— Je n'ai rien trouvé de concluant pour l'instant. Mais nous savons que Fournier, Martin et Charrier sont protestants alors que Gautier est catholique. Donc, là non plus, pas de lien commun.

— Tant que nous n'aurons pas mis au jour une corrélation entre tous nos protagonistes, nous ne pourrons pas avancer dans l'enquête. C'est la clé.

— Oui, je veux bien, mais où la trouver ?

— Notre meurtrier a été maltraité et opprimé, selon un des messages bibliques. Dans la plupart des cas de tueurs en série, il existe à l'origine une problématique d'abus psychique ou physique. Même si ce n'est pas le seul, c'est un des facteurs primordiaux dans le passé d'un psychopathe. Souvent, c'est au cœur même de la famille qu'on retrouve le germe de futures névroses. A-t-il eu une génitrice trop protectrice et étouffante ? Une mère fanatique et trop stricte ? Un père alcoolique et sadique ? Un frère qui l'agressait sexuellement ?

— Mais ça ne suffit quand même pas pour en faire un tueur en série, si ?

— Même un manque d'amour des parents peut avoir des effets désastreux sur le développement d'un enfant. Au lieu de cultiver des valeurs et des traits de caractère positifs comme la confiance, l'autonomie et la sécurité et de mettre en place un lien social avec sa famille et son entourage, l'enfant peut se réfugier dans un monde fantasmatique. Imaginez si la violence, l'alcool, la dépendance ou l'abus viennent se mêler à l'histoire… Un enfant soumis à ce type de cruautés peut grandir en pensant que la violence est la seule façon d'interagir et de se défendre face aux défis de la vie. Il ne parvient ainsi pas à se construire une identité sexuée et sexuelle adulte et équilibrée. L'enfant peut devenir complètement dépendant de sa vie fantasmatique, créer en lui des images négatives et violentes, et s'isoler plutôt que développer des interactions sociales. Incapable de puiser de la satisfaction dans ses relations aux autres, il cherchera à la trouver en réalisant ses fantasmes.

— C'est bien beau, toutes ces théories, rétorqua Karine énergiquement. Mais notre meurtrier n'a pas tué sa mère ou son père, que je sache.

— Tu as sans doute raison, Karine. Dans le cas qui nous occupe, il est légitime de penser que ce sont les deux victimes qui ont maltraité et opprimé notre futur meurtrier. Je reste néanmoins persuadé que nous devons explorer également son entourage familial. S'il a été opprimé en tant qu'enfant, il est possible que son environnement familial ait fait de lui une proie facile. Mikaël, essaie de voir si tu trouves dans l'historique des faits divers de Gryon et de la région une histoire de famille qui a viré au drame. Une condamnation pour inceste ou violence familiale ? Ou une famille suivie par le social ? Commence à chercher à partir des années soixante.

Mikaël alla préparer trois cafés et sortit une bouteille de whisky pendant qu'Andreas allumait un feu dans la cheminée. C'était un des premiers soirs où le fond de l'air était frais. Puis ils s'installèrent dans les canapés du salon.

— Que faut-il penser de la fontaine comme deuxième scène de crime ? demanda Mikaël.

— La fontaine, tout comme le temple, se trouve au Fond de Ville, le cœur du village de Gryon. C'est autour de la fontaine que se retrouvaient les femmes pour la lessive et pour échanger les histoires et ragots du village. C'est au temple qu'ont eu lieu d'innombrables événements qui ont marqué la vie du village. Deux lieux symboliques.

— Les a-t-il choisis pour cette signification symbolique ?

— Ou alors son traumatisme est-il lié à ces deux endroits ?

— Peut-être qu'il vivait là ! suggéra Karine.

— Dès demain matin, je m'y mets. J'espère que je trouverai du nouveau. Avant que vous rentriez, je me suis penché sur les deux derniers textes bibliques.

— Et ?

— Un point me chicane.

Mikaël ouvrit la Bible posée sur la table devant lui et lut le verset qui figurait dans le livre du *Lévitique* : « *Si quelqu'un blesse son prochain, il lui sera fait comme il a fait.* »

— Œil pour œil, dent pour dent. Mais le meurtrier ne rend pas à l'égal ! Il va plus loin ! Il tue.

— C'est juste une manière de dire qu'il se venge du mal qu'on lui a fait, fit remarquer Andreas.

Mikaël se pencha pour prendre son verre. Il but une gorgée de l'excellent whisky seize ans d'âge. Il fit tourner le liquide doré dans sa bouche pour profiter le plus pleinement possible de son puissant arôme de fumée de tourbe. Il reposa ensuite son verre.

— Et si vraiment il rendait « Œil pour œil, dent pour dent » ?

— Que veux-tu dire ? demanda Karine.

— Soit le meurtrier considère qu'il est mort lui-même et qu'il n'a plus de vie en raison de ce qui lui a été fait…

— Ou alors ?

— Il se venge de la mort de quelqu'un d'autre !

Chapitre 63

L'Avançon, Gryon, vendredi 14 septembre 2012.

Minus se manifesta en tenant sa laisse entre ses crocs. Andreas se leva et se dirigea vers l'entrée pour mettre sa veste. Au moment où il enfilait ses chaussures, Minus, qui ne l'avait pas lâché d'une semelle, faillit le faire trébucher. Il était bien encombrant, mais c'était un amour de chien. Andreas sourit. Ils sortirent dans la nuit noire pour aller faire une balade que tous deux connaissaient par cœur. Au bord de la rivière L'Avançon.

Andreas appréciait ces moments où il se retrouvait seul face à lui-même. Il ne pouvait pas s'empêcher de continuer à réfléchir à celui qui occupait toutes ses pensées depuis bientôt une semaine, le double meurtrier de Gryon. Ce n'était pas un tueur en série classique, songea-t-il. Un tueur en série pouvait-il être classique ? Non ! Chacun avait sa propre histoire et ses motivations particulières. Celui-ci devait être complexe, doté d'une intelligence bien au-dessus de la moyenne, parfaitement organisé, et il savait exactement ce qu'il faisait. Le lieu et la mise en scène de ses crimes étaient non seulement l'expression de ses fantasmes les plus secrets et les plus violents, mais aussi une véritable parabole comportant un message et sans aucun doute l'explication de ses motivations. Si seulement il pouvait réussir à pénétrer son esprit.

Andreas repensa à la phrase écrite sur la carte postale envoyée à Michel Martin. Était-ce un verset biblique comme ceux qu'ils avaient trouvés après chaque meurtre ? Il n'en était pas sûr, mais elle lui rappelait quelque chose. Andreas continua sa balade tout en se creusant les méninges.

Puis il sortit son iPhone et ouvrit son répertoire musical. Il repéra rapidement ce qu'il cherchait. Il appuya sur la touche de lecture et après un moment il entendit les paroles suivantes en latin : « *Judicandus homo reus. Huic ergo parce, Deus.* » « *L'homme coupable sera jugé. Ô Dieu, aie pitié de lui.* » C'était un extrait du *Requiem* de Mozart. Le meurtrier était-il, tout comme lui, amateur de musique classique ?

Chapitre 64

Gryon, janvier 1971.

Après des débuts plutôt harmonieux à Gryon, il commença la nouvelle année sous des auspices plus sombres. À la fin du premier cours de catéchisme, les enfants s'éparpillèrent dans la cour. Sa Princesse partit en voiture avec sa mère qui l'attendait comme d'habitude à côté de la fontaine.

Il remonta tranquillement le Vieux Chemin en direction de la route du Village. Il se retourna et aperçut quatre garçons qui le suivaient. Deux d'entre eux étaient au catéchisme avec lui. Les deux autres, il les connaissait de vue. C'était les terreurs dans le village. Le plus âgé des quatre l'interpella.

— Hé, tapette !

Il ne se retourna pas, décidant de les ignorer comme il l'avait fait jusqu'à ce jour. Il accéléra le pas.

— Attends-nous, petit con ! lui cria un des jeunes.

Ils se mirent à courir et le rattrapèrent sans peine. Le plus grand des quatre le poussa en pleine foulée. Il tomba, face contre terre. Son nez commença à saigner.

— Alors, tu fais moins le malin, hein !

Il se releva et s'essuya le nez avec sa manche. Celui qui semblait être le meneur l'empoigna.

— Tu te crois supérieur à nous ? Tu ne veux pas nous adresser la parole ?

Il tenta de se débattre en lui donnant des coups de pied. Un autre arriva et ils le maîtrisèrent.

— T'as pas intérêt à dire quoi que ce soit, sinon la prochaine fois on te cassera la gueule et c'est pas seulement ton nez qui pissera le sang !

Un des garçons le poussa contre la barrière en bois jouxtant le temple. Il réussit de justesse à éviter de passer par-dessus et chuter. Il prit alors ses jambes à son cou et courut le plus vite possible. Quand il arriva à hauteur de la boucherie, il se retourna. Ils ne l'avaient pas suivi.

Chapitre 65

Grande salle de Barboleuse et Café Pomme, Gryon, samedi 15 septembre 2012.

Andreas arriva à Barboleuse juste avant le début de la conférence de presse. Ils avaient choisi cette fois la grande salle, car l'intérêt des journalistes pour l'affaire était croissant et le nombre de personnes présentes le serait aussi.

Suite au précédent épisode où Andreas avait quitté la conférence de presse en son milieu, laissant le procureur seul face aux journalistes, Viviane, sa cheffe, avait décidé de l'écarter et d'assumer elle-même l'intervention. Cela était parfaitement égal à Andreas. Contrairement au procureur, son ego n'éprouvait aucun besoin de bomber le torse devant le public.

Il sortit de la voiture et entendit une voix bien connue le saluer. Il se retourna.

— Bonjour, monsieur Berset.

— Alors inspecteur, vous allez nous refaire votre magnifique sortie de scène tout à l'heure ?

Andreas esquissa un sourire. Il commençait à apprécier Fabien Berset un peu malgré lui, même s'il travaillait pour ce qu'il considérait être un journal *people* dénué d'intérêt. Toutefois, il était le premier à le feuilleter au bistrot en buvant son café.

— Je n'ai pas été invité sur scène aujourd'hui.

— Je vois, dit Berset en répondant à son sourire. Ce procureur est une vraie plaie !

— Vous avez décidé de ne pas écouter mon conseil de prudence ?

— Je sais faire attention à moi. Je ne pense pas que ces menaces soient réelles. Visiblement, le meurtrier a d'autres chats à fouetter que moi, si on peut dire.

— Restez tout de même vigilant.

— Je ne pensais pas que mon sort puisse vous importer.

— Il ne m'intéresse pas, en effet. C'est juste un conseil… de policier.

— J'en prends bonne note. Avez-vous du nouveau ?

— Vous allez le savoir tout de suite.

— Ce qui va être communiqué officiellement ne m'est d'aucun intérêt. Je veux connaître votre avis.

— Ça vous dit d'aller boire un café ? lança Andreas spontanément.

— Après la conférence de presse ?

— Non, maintenant. La conférence de presse ne m'intéresse pas non plus.

— D'accord.

Andreas envoya un SMS à Karine, qui était déjà entrée dans la grande salle : « *Ne m'attendez pas.* » Il y ajouta un *smiley*. Ils prirent la voiture d'Andreas et partirent en direction du village. Occupé à converser avec son passager, Andreas ne remarqua pas le véhicule qui les suivait.

L'homme qui n'était pas un meurtrier était au volant de son 4 × 4 rouge. Il s'était levé ce matin à l'aube. Il avait profité du temps pour admirer le lever de soleil en buvant un café sur la terrasse de son chalet, avant de faire quelques pas sur l'alpage pour se dégourdir les jambes et aérer son esprit. Les dernières heures avaient été très épuisantes.

Une concentration de tous les instants.

Une intensité rare.

Des émotions contrastées.

De la jouissance, tout d'abord, comme chaque fois. De la colère ensuite. C'était invariablement le même schéma. La satisfaction était de courte durée et la colère reprenait le dessus. Il avait imaginé qu'en éliminant ceux qui avaient fait de son existence un enfer, il pourrait retrouver la sérénité et un peu de répit dans sa vie intérieure si chaotique et destructrice. Mais ce n'était qu'illusion et espoir vain. La seule solution était la mort. Le Jour du Jugement ? Il n'en avait pas peur. Il avait toute sa vie été un serviteur de Dieu fidèle et engagé. Il était lui-même devenu un instrument du jugement divin. Mais maintenant, il était fatigué. Usé. Il devait rester concentré sur sa tâche. Ne pas commettre d'erreurs. Plus que quelques jours. Sa mission serait bientôt accomplie. Si cet inspecteur venait à le coincer avant qu'il ait terminé, il ne s'en remettrait jamais. Il ne pouvait pas se permettre de finir sur un échec. Pas après toutes ces années. C'était pour cette raison qu'il s'intéressait de près aux déplacements de l'inspecteur. De ce qu'il avait pu comprendre et observer jusqu'à présent, son adversaire était encore très loin de trouver la solution, voire des indices qui pourraient le mener à lui. Certes, il possédait maintenant son ADN. Comment avait-il pu commettre cette erreur ? Cela ne lui était jamais arrivé. Jamais ! Il avait toujours été si consciencieux. C'était sa marque de fabrique. Un perfectionniste et un artiste maîtrisant parfaitement son sujet. Il avait failli. Mais encore fallait-il que l'inspecteur parvienne jusqu'à lui… Tôt ou tard, ce serait le cas. Le plus tard possible, espérait-il.

Même s'il avait encore du temps devant lui, il devait mettre en place le troisième acte de son œuvre sans attendre.

Andreas se parqua devant la laiterie et ils entrèrent au Café Pomme. Une seule table était libre, dans l'angle tout au fond à droite. Ils s'y assirent. Andreas commanda un *café latte* et Fabien Berset un *cappuccino*.

— Je ne crois pas un instant que Fournier soit le coupable. J'ai raison, non ? commença Berset.

— C'est ce que je pense aussi.

— Vous avez une autre piste ?

— Non.

— Et je suis censé accorder du crédit à ce que vous me dites ?

— À vous de juger, répondit Andreas avec un sourire en coin.

— J'aimerais vous aider, inspecteur.

— En échange de quoi ?

— Oh, inspecteur, ne vous faites pas de fausses idées… Vous me connaissez bien mal. Je ne fais pas du troc là ! Mais bien sûr, lorsque vous aurez résolu l'enquête, vous m'accorderez une interview exclusive. Cela ne vous fera pas de mal de redorer un peu votre blason auprès de la presse et du procureur.

— Ce n'est pas totalement faux, rigola Andreas. Et comment imaginez-vous pouvoir m'aider ?

— À vous de me le dire, inspecteur.

La porte s'ouvrit. Un homme d'une cinquantaine d'années entra. Sans arriver à le remettre, Andreas avait le sentiment de l'avoir déjà vu à plusieurs reprises dans le village. Il avait les cheveux courts et gris. Une carrure assez impressionnante. Un ancien sportif probablement, pensa-t-il.

Au moment où il prit place au bar à quelques mètres d'eux, leurs regards se croisèrent. Celui de l'homme était d'une intensité rare. Des yeux très profonds. Presque envoûtants. C'était visiblement un habitué, car la serveuse lui apporta un renversé sans qu'il ait eu à le commander.

Andreas avait le sentiment que le meurtrier n'était pas loin. Cela pouvait être cet homme assis, seul, à la table contre la fenêtre. Ou alors encore celui qu'il venait de voir entrer dans la laiterie d'en face. Il pouvait tout aussi bien être reclus dans un chalet. Mais non ! Il en était convaincu : le meurtrier voulait suivre les événements, être au fait de ce qui se tramait dans le village. Écouter les discussions des gens. Être le centre d'attention tout en passant inaperçu lui procurait certainement un plaisir tout particulier. À quoi pouvait-il ressembler ? Un être banal et insignifiant que la grand-mère assise à la table d'à côté ne soupçonnerait pas, même dans ses accès de paranoïa ? Ou un homme charismatique et sûr de lui comme celui qui venait de prendre place au bar ?

— Il va encore tuer, n'est-ce pas ?

Andreas se pencha vers Fabien Berset, approcha sa tête et s'exprima presque en chuchotant.

— Ne parlez pas trop fort, monsieur Berset. Beaucoup d'oreilles traînent.

— Vous ne pensez tout de même pas qu'il est ici, en ce moment précis ?

— Rien n'est impossible. Gardons nos réflexions pour nous. C'est plus sûr.

Andreas balaya à nouveau la salle des yeux. Au même moment, plusieurs regards changèrent de direction. À présent, tout le monde dans le village savait qui il était.

— Pour répondre à votre question, ce n'est pas fini.

— Comment le savez-vous ?

— J'en ai l'intime conviction. Le meurtrier nous laisse des messages bibliques. Ceux retrouvés sur la deuxième victime nous donnent une meilleure compréhension de sa motivation. La vengeance. Mais l'histoire n'est pas complète. Il y aura une suite.

— Reste à savoir qui du meurtrier énigmatique ou de l'inspecteur charismatique écrira la fin de l'histoire !

Chapitre 66

Centre gryonnais, Gryon, samedi 15 septembre 2012.

Andreas ouvrit la porte, salua ses collègues et se dirigea vers la cuisine pour se servir un café. Karine se leva et alla le rejoindre.

— Le procureur était furieux. Viviane l'a calmé en expliquant que tu étais sur une piste sérieuse. Mais pourquoi t'es pas venu ? demanda Karine.

— Je suis allé boire un café avec Berset.

— T'as donné ta propre conférence de presse, ou quoi ?

— Nous avons juste un peu bavardé.

— Bavardé ? Eh bien, voyons !

— Je n'avais aucune envie d'assister au *show* médiatique du procureur. Vous étiez suffisamment nombreux de toute manière, non ?

— De toute façon, cela ne sert à rien d'argumenter ! T'es vraiment une tête de mule.

— Merci pour le compliment. Mieux vaut être un mulet qu'un âne bâté. Les mulets sont plus forts que les chevaux et plus endurants. Ils ont le pied sûr et n'ont pas le vertige. De braves bêtes qui…

— … ont un caractère bien trempé et qui ne font que ce dont ils ont envie et quand ils en ont envie.

— Exact. C'est tout moi, admit-il avec un large sourire. Et ils n'acceptent un ordre que s'ils estiment digne la personne qui le leur donne.

— Bon, ça suffit, les équidés. *Asinus asinum fricat !* lâcha Christophe pour interrompre les joutes de ses deux collègues.

— Pardon ? T'as dit quoi ? s'exclama Karine.

— Je vois que Christophe a encore quelques restes de ses cours de latin…

— C'était une de mes matières favorites à l'école secondaire.

— Je veux bien. Mais ça veut dire quoi, ton charabia ?

— Tu n'as pas lu les *Fables* de La Fontaine ? Le lion, le singe et les deux ânes. *Asinus asinum fricat*, répéta-t-il en accentuant la prononciation de manière exagérée. Cela se traduit par *l'âne gratte l'âne*.

— Oui, et alors ?

Karine avait une sainte horreur des moments où Christophe et Andreas rivalisaient de références culturelles qui lui échappaient complètement. Ses repères se limitaient à l'actualité médiatique et remontaient jusqu'aux années quatre-vingt. Du point de vue littéraire, elle pouvait se targuer de connaître les classiques de la BD et quelques auteurs de polars. Par contre, la littérature classique demeurait pour elle un monde obscur et inexploré.

— Un âne qui gratte un âne pour se faire passer les

démangeaisons, c'est comme deux sots qui se flattent mutuellement.

— La bave du vilain crapaud n'atteint pas la jolie colombe, rétorqua Karine, qui voulait montrer qu'elle connaissait elle aussi une expression.

— Une jolie colombe ? Je dirais plutôt mi-crapaud mi-colombe…

Christophe se mit à ricaner joyeusement.

— C'est la blanche colombe, corrigea Nicolas, qui avait jusque-là assisté à cet affrontement verbal en spectateur, le nez plongé sur l'écran de son ordinateur.

— Et pas besoin de préciser que le crapaud est vilain… compléta Christophe.

Tout le monde éclata de rire. Même Karine. Ce moment de défoulement avait sans doute permis de laisser sortir un peu de la tension qui les habitait depuis ces derniers jours. Karine essuya quelques larmes. Ils reprirent vite leur sérieux. Ils avaient un double meurtre à élucider.

Andreas et Karine s'assirent autour de la table de conférence où Nicolas et Christophe étaient déjà installés.

— Le procureur a annoncé l'arrestation de Fournier et sa mise en examen en précisant que nous avions des éléments probants à sa charge. Viviane a ensuite ajouté qu'aucune preuve n'avait été établie à ce stade et que tant que sa culpabilité ne serait pas attestée, il ne fallait pas tirer de conclusions hâtives. Et à la question « *Est-ce que le meurtrier court toujours ?* », Viviane a répondu que l'implication de Fournier dans cette affaire était indéniable, mais qu'il n'était de loin pas certain qu'il en était le principal acteur. Elle a aussi demandé aux habitants de Gryon de rester vigilants et de nous rapporter tout élément qui pourrait paraître suspect. Elle a donné le numéro que nous avons fait installer au Centre gryonnais.

— Parfait. Le climat de méfiance qui règne dans le village va encore s'accentuer… Si tout le monde commence à regarder son voisin comme suspect, ça va être génial !

— Mais on ne sait jamais. Peut-être que quelqu'un nous fournira des informations dignes d'intérêt.

— Et qui prendra tous les appels téléphoniques ? Viviane ? Le procureur ?

— Le répondeur… suggéra Christophe avec un semblant d'ironie non dissimulé.

— Je vois. Alors tu vas dire à Viviane qu'on transfère les appels à la centrale. Ils peuvent les filtrer et nous transmettre les informations intéressantes. Je ne suis pas d'accord pour mobiliser un membre de l'équipe pour ça. De plus, si un certain chaos règne dans le village, le seul qui en profitera, c'est notre meurtrier. Il est extrêmement organisé et discret. Il saura en tirer parti pour passer inaperçu. Je serais fort étonné que cette chasse aux sorcières donne quoi que ce soit.

Andreas prit une gorgée de son café.

— Dans une heure, je dois me rendre à Lausanne. Nous allons auditionner Fournier.

— Qu'est-ce que cela peut nous apporter ? demanda Nicolas, qui venait enfin de fermer son ordinateur portable pour s'intéresser à la discussion.

— Je ne sais pas trop. S'il n'est pas le coupable, il est peut-être l'une des victimes potentielles. Ou, en d'autres mots, il est l'un de ceux qui a maltraité et opprimé notre assassin. Sinon, pourquoi tenterait-il de lui faire porter le chapeau ? Je suis certain que Fournier en sait plus que ce qu'il a bien voulu nous dire pour l'instant.

— Avant que tu arrives, nous avons regardé la carte postale qu'avait reçue Michel Martin.

— Et qu'en pensez-vous ? Karine relut le texte.

« *L'homme coupable sera jugé. Ô Dieu, aie pitié de lui. PS. Je ne vous ai pas oubliés !* »

— Le *vous* n'est probablement pas la formule de politesse, mais plutôt la référence à plusieurs personnes. Il faudrait demander à Fournier s'il en a également reçu une.

— Je le ferai. Et chez Gautier, vous n'avez toujours rien trouvé ?

— Non. Il a dû la jeter ou la détruire.

— On a comparé l'écriture avec celle de Fournier, mais ce n'est très certainement pas la même. On pourrait tenter de la comparer avec celle d'autres personnes impliquées, dit Christophe.

— En effet. On pourrait commencer par la liste des élèves de la classe de 6e de 1971 et ensuite celle des personnes présentes au temple après le premier crime. J'aimerais maintenant qu'on prenne un moment pour comparer les deux victimes.

Il fit un geste de la main à Karine qui se leva de sa chaise. Sur un *flipchart*, elle dévoila un tableau qu'elle avait préparé tôt dans la matinée, avant de se rendre à la conférence de presse.

ALAIN GAUTIER	MICHEL MARTIN
Meurtre :	
Assassiné le samedi 8 septembre. Corps retrouvé dans le **temple**. Tué dans son appartement.	Assassiné le jeudi 13 septembre. Corps retrouvé dans la **fontaine**. *Lieu du crime inconnu.*
Couteau planté dans le cœur : modèle Rambo III. Brûlures dues au Taser dans le bas du dos. Traces de chloroforme et de curare.	*Idem*
	Sperme retrouvé sur le cadavre (ADN du tueur ?)
Les yeux enlevés de son vivant.	*Idem*
Habits enlevés. Nudité dévoilée.	*Idem*
Deux versets bibliques :	
***Mathieu* 6, 22-23 :** **Victime plongée** **dans les ténèbres** *L'œil est la lampe du corps. Si ton œil est en bon état, tout ton corps sera éclairé ; mais si ton œil est en mauvais état, tout ton corps sera dans les ténèbres.* *Si donc la lumière qui est en toi est ténèbres, combien seront grandes ces ténèbres !*	***Lévitique* 24,19 :** **Œil pour œil…** *Si quelqu'un blesse son prochain, il lui sera fait comme il a fait.*

Ésaïe **53.7 :** **Le meurtrier a été opprimé et maltraité** *Il a été maltraité et opprimé, et il n'a point ouvert la bouche, semblable à un agneau qu'on mène à la boucherie, à une brebis muette devant ceux qui la tondent ; il n'a point ouvert la bouche.*	*Ésaïe* **47,3 : La vengeance** *Ta nudité sera dévoilée et ta honte sera exposée. J'exercerai ma vengeance sans aucune opposition.*
Identité et occupations :	
Né en 1960.	*Idem*
École primaire à Gryon.	*Idem*
École secondaire à Bex.	*Idem*
Catholique.	Protestant.
Jeunesse de Gryon.	
Abbaye de Gryon (société de tir).	
Membre du Tennis Club.	Membre de la fanfare de Gryon.
Agent immobilier.	Conducteur de train.
Divorcé, pas d'enfants.	Marié, une fille.

Lorsque toute l'équipe eut fini de lire le contenu du tableau, Karine prit la parole :

— La signature du meurtrier est en tous points identique, seul le lieu où a été déposé le cadavre diffère.

Cela ne laisse aucun doute sur le fait que ce soit le même meurtrier.

Tout le monde acquiesça.

— La seule erreur qu'il semble avoir commise à ce stade est le sperme retrouvé sur le corps de Michel Martin. Nous partons du principe que les autres indices ont été disposés volontairement pour nous mettre sur une fausse piste. À savoir la bouteille avec les empreintes de Fournier. L'impact de la camionnette sur la fontaine. La bâche pleine de sang. Les globes oculaires dans le bocal.

— Exact, confirma Andreas. Nous avons quatre versets bibliques différents. Ce sont des messages du tueur qui nous donnent des indications sur les raisons qui le motivent et qui nous éclairent sur ce qu'il a fait subir aux victimes. Il se venge d'un acte commis par les victimes sur lui-même ou éventuellement sur une tierce personne. On peut en effet tout aussi bien imaginer qu'il exerce des représailles pour ce qu'ils ont pu faire endurer à quelqu'un d'autre.

— Auraient-ils pu violer la petite amie du tueur ? suggéra Nicolas.

— Ou sa sœur ? proposa Christophe.

— Toutes ces théories sont plausibles à ce stade, ajouta Andreas.

— Les victimes ont plusieurs points communs dans leur parcours, mais qui se limitent à leur enfance à Gryon. Ils sont nés la même année et sont allés à l'école ensemble à Gryon, puis à Bex. Mais à la fin de leur formation respective, ils prennent des chemins différents et ne se côtoient plus du tout. L'un a une vie chaotique ponctuée d'échecs et de problèmes à répétition sur les plans privé et professionnel. L'autre mène une existence de père de famille pépère et exerce son métier de conducteur de train depuis sa sortie d'apprentissage.

— Cela nous indiquerait que l'événement que nous recherchons se situe à l'époque de leur jeunesse. Donc probablement entre 1970 et 1980 ?

— Oui, c'est aussi mon sentiment, confirma Andreas. Nous devons maintenant découvrir le lien entre les deux victimes et Fournier.

— Et déterminer si d'autres personnes faisaient partie de la clique avant que notre meurtrier frappe à nouveau…

Chapitre 67

Prison du Bois-Mermet, Lausanne, samedi 15 septembre 2012.

Andreas arriva à la prison avec quelques minutes de retard. Le gardien qui se trouvait à l'accueil lui indiqua la salle d'audition, au fond du couloir. Il aperçut Viviane et Charles Badoux en pleine discussion à travers la vitre. Il ouvrit la porte et entra dans la pièce.

— On se demandait si vous daigneriez vous joindre à nous ! lança le procureur en lui jetant un regard glacial.

Andreas n'estima pas utile de réagir à sa provocation. S'excuser ? Jamais !

— C'est moi qui vais conduire l'entretien. Cela te convient-il ? proposa-t-il à sa cheffe.

Viviane acquiesça en soutenant le regard du procureur qui resta impassible.

— Nous savons que Fournier n'est pas le tueur que nous recherchons, mais je suis persuadé qu'il détient des informations qui peuvent nous être utiles. Il est même probable qu'il connaisse l'identité du meurtrier. Je pense que nous devrions le garder au frais quelques jours. Vous pouvez vous en occuper, monsieur le procureur ?

— Oui, cela doit être faisable.

Andreas appuya sur le bouton de l'interphone et demanda qu'on amène Fournier dans la salle d'audition. Quelques minutes plus tard, Fournier arriva, accompagné d'un gardien, les mains menottées dans le dos. Andreas fit un signe au gendarme pour qu'il lui enlève ses entraves. Il invita ensuite Fournier à prendre place à côté de son avocat, qui l'avait précédé. En face étaient assis Viviane et le procureur.

Les salles d'interrogatoire étaient systématiquement froides et dénuées de couleur. L'ambiance était pesante. Une semaine auparavant, Fournier était encore un entrepreneur et un conseiller communal respecté. Aujourd'hui, il avait perdu toute sa prestance. Il semblait abattu. Faible. Il y avait de quoi. Toute sa vie était en train de partir en lambeaux. Même s'il n'était pas reconnu coupable des meurtres, il serait accusé d'abus sexuel sur mineure. À Gryon, il était fini. Sa femme allait-elle le quitter ? Allait-il perdre son entreprise ? Andreas éprouvait-il de la compassion pour lui en ce moment ? Peut-être un peu. Mais s'il en était là, c'est qu'il avait commis des actes répréhensibles. Il s'était alors sûrement senti fort et invincible. Personne ne l'est.

Andreas s'assit entre sa cheffe et le procureur. Il posa ses deux coudes sur la table et joignit ses mains. Au moment de prendre la parole, il fixa l'avocat droit dans les yeux avant de soutenir le regard de Fournier. Prendre le temps de jauger son adversaire. Dans le cas présent, le match semblait gagné d'avance. Mais ce qui l'intéressait était de trouver la faille pour que Fournier livre des éléments menant au meurtrier.

— Monsieur Fournier, vous connaissez les charges qui sont retenues contre vous ?

— Oui.

— Avant de continuer, j'exige de savoir quelles sont les preuves que vous avez à l'encontre de mon client, rugit maître Bordier.

L'avocat de Fournier s'était manifesté sur un ton hautain et sûr de lui. Il voulait sans doute tenter de les impressionner et montrer qu'il n'allait pas se laisser faire, mais son rugissement ressemblait plus au cri d'un chat persan acculé par un pitbull qu'à celui d'un fauve prêt à dévorer sa proie.

— Maître Bordier, répondit Andreas sur un ton très calme, nous avons des éléments qui lient Maurice Fournier aux deux crimes.

Andreas marqua une pause. Il en profita pour observer les deux hommes en face de lui. L'avocat semblait tout à coup un peu moins sûr de lui et dévisagea son client avec une mine déconfite. Et s'il ne lui avait pas tout dit ? Fournier, de son côté, avait le regard plongé sur la table, juste devant lui.

— Dans l'appartement de Gautier, nous avons retrouvé une bouteille de vin avec ses empreintes. Dans le carnotzet de votre client, un pot contenant les globes oculaires des deux victimes. Dans un des véhicules de l'entreprise se trouvait un plastique avec du sang, celui de Michel Martin. Cette même camionnette a percuté la fontaine en y laissant des marques et des débris provenant des phares. De plus, M. Fournier n'a d'alibi pour aucun des deux meurtres.

C'est suffisant pour que nous ayons cette discussion, ne pensez-vous pas ?

L'avocat hocha la tête. Andreas ne voulait pas dire tout de suite qu'ils l'avaient déjà écarté en tant que suspect. D'un côté, le sperme retrouvé sur le cadavre ne correspondait pas à son ADN. De l'autre, Andreas n'y croyait tout simplement pas. Il espérait cependant que Fournier se mette à parler pour tenter de prouver son innocence et du même coup l'orienter vers le vrai meurtrier.

— Monsieur Fournier, tout laisse penser que vous avez assassiné froidement et avec une violence rare vos deux amis Alain et Michel.

— Je n'ai rien à voir avec ces deux crimes. Je suis innocent. Comment dois-je vous le dire ? Ma femme ment. J'étais à la maison les deux soirs en question. Quelqu'un essaie de me faire porter le chapeau. C'est la seule explication possible.

— Qui pourrait vous en vouloir ?

— Je n'en ai aucune idée, répondit-il en secouant la tête en signe d'incompréhension.

— Je n'ai pas envie de vous croire, monsieur Fournier. Il doit bien y avoir quelque chose que vous ayez fait à quelqu'un pour qu'on en arrive là. Dans les années soixante, septante ? Réfléchissez ! Vous devez m'aider si vous voulez nous prouver que vous n'êtes pas le coupable. Tout semble nous indiquer le contraire pour le moment !

Fournier était perdu dans ses pensées. Il resta muet.

— Avez-vous reçu une carte postale lors des six derniers mois ? Envoyée par la personne qui en a après vous ? Avec des menaces ? Gautier en a reçu une. Martin aussi. Vous aussi, je suppose ?

— Je vous suggère de répondre, conseilla l'avocat, qui venait de comprendre que l'inspecteur ne le considérait en fait pas comme le coupable, mais comme la cible du véritable meurtrier.

Fournier, le regard posé sur la table, releva la tête et laissa s'échapper un long soupir.

— Oui. En effet. Il y a quelques mois.

— Vous l'avez gardée ? intervint l'avocat, qui voyait dans cet élément la possibilité de le faire disculper.

— Non, je l'ai brûlée dans la cheminée.

— Qu'y avait-il d'écrit dessus ? enchaîna Andreas.

— Je ne sais plus exactement. *Je ne t'ai pas oublié.* Quelque chose du genre.

— C'est tout ?

— Oui.

Andreas sortit son calepin et le feuilleta.

— Ah, la voilà.

Il lut la phrase qu'il avait notée :

— « *L'homme coupable sera jugé. Ô Dieu, aie pitié de lui.* » Ça vous dit quelque chose ?

Fournier ne montra aucune réaction.

— Je vais répondre à votre place. Ce texte était écrit sur la carte postale que vous avez reçue, je me trompe ?

— Non.

— De quoi êtes-vous coupable, monsieur Fournier ?

— De rien ! Ce sont des foutaises. C'est un fou furieux qui a dû m'écrire ça.

— Je ne vous crois pas un instant. Vous devez avoir une idée sur l'identité de l'expéditeur !

Fournier tenta de fuir le regard d'Andreas en scrutant le ciel à travers la fenêtre. Un grand silence s'empara de la pièce et la seule chose qu'on pouvait entendre était la respiration pesante de l'accusé. Il considéra son avocat puis l'inspecteur.

— Non, vraiment, je ne vois pas.

— Quel était le motif sur la carte ? lui demanda Andreas.

— Le Grand Muveran.

— Monsieur Fournier, si vous savez quelque chose, vous devriez le dire. Maintenant ! lui intima son avocat.

— Vous avez là l'occasion de vous disculper, ajouta Andreas.

— Je ne peux pas vous raconter ce que je ne sais pas.

— Soit ! Vous allez retourner dans votre cachot. Réfléchissez bien si vous ne voulez pas y croupir de longues années. Je vous le conseille.

Le gardien vint chercher Fournier et le ramena dans sa cellule. Elle était exiguë, sans fenêtre. Pas plus de huit mètres carrés. Un lavabo, un lit, une table de nuit et un bureau étaient les seuls éléments qui meublaient cette pièce grise et froide. Au mur, une étagère avec quelques livres usés. Des romans policiers pour la plupart. Fournier s'assit sur sa couche et regarda fixement la paroi en face de lui. Il repensa à l'audition. Il avait décidé de ne pas parler des autres cartes qu'il avait reçues pendant vingt ans. Une par année qui lui rappelait ce qu'il avait fait. Le regrettait-il ? Tout au long de sa vie, il ne s'était pas préoccupé des conséquences de ses actes. Seules comptaient ses envies. Ses besoins. Les autres ? Un moyen d'arriver à ses fins. Avait-il des amis ? Non. Juste des connaissances. À part Alain, qui était mort, et Jacques, qui avait pris ses distances. Aujourd'hui, il se sentait plus isolé que jamais. C'était la conséquence de ses actes…

Mais il était trop tard pour revenir en arrière et changer le cours des événements. Qu'allait-il devenir ? Il repensa à celui qui avait été sa victime. Cette vieille histoire l'avait poursuivi. Pendant près de quarante ans. Était-ce possible que ce soit lui ? Non. Il était mort ! Les cartes ? Mais qui donc avait bien pu les lui envoyer ? Qui était au courant de ce qu'ils avaient fait ? Michel et Alain. Ils avaient été assassinés. Erica ? Lui avait-il tout raconté ? C'était fort probable.

Chapitre 68

Chalet *L'Étoile d'argent*, Gryon, dimanche 16 septembre 2012.

Ils étaient assis à la table du petit déjeuner, au calme, sur la terrasse. Au menu, des gaufres, du muesli et de la tresse au beurre faite maison. L'ambiance conviviale et détendue du brunch dominical tranchait avec la réalité à laquelle était confronté le paisible village de Gryon. Une semaine. Deux cadavres. Et un meurtrier qui courait toujours…

Karine avait décidé de rentrer à Lausanne pour la journée. Après une semaine à Gryon, passer à la maison pour régler certaines choses pratiques était de l'ordre de la nécessité. L'autre jour, elle était descendue en plaine pour acheter des sous-vêtements et une brosse à dents, mais, au vu de l'évolution de l'enquête, elle préparerait une valise avec suffisamment d'habits pour pouvoir rester à Gryon encore quelque temps.

Outre le côté pratique, elle avait apprécié de séjourner chez Andreas et Mikaël. C'était un changement bienvenu dans son quotidien qu'elle avait de la difficulté à supporter ces derniers temps. Continuer à habiter dans l'appartement partagé avec son ex était devenu une torture. Trop de souvenirs. La nostalgie se mêlait à la solitude. La tristesse à la colère. Pourquoi était-il parti ? Elle avait de la peine à l'accepter. Mais au fond d'elle, elle savait. À la fin, ils vivaient encore ensemble, mais s'étaient perdus de vue. Leurs envies avaient pris des chemins séparés. Leur amour s'était évanoui sous le poids du quotidien.

Andreas avait décidé de se rendre au culte. Il ne voulait surtout pas rater la première prédication de la pasteure après la découverte du corps dimanche dernier. Qu'allait-elle bien pouvoir raconter dans ces circonstances ? Le temple serait-il rempli de personnes curieuses ? Le tueur serait-il, lui aussi, curieux de savoir ? D'être présent pour ressentir les émotions qu'il avait mises en branle ? Andreas l'espérait. Il avait à plusieurs reprises eu l'impression que le meurtrier n'était pas loin et qu'il aimait jouer avec le feu. Un sentiment ? Le sixième sens ? Il ne savait pas comment décrire réellement ce qu'il éprouvait. Il avait une forte capacité d'empathie et percevait les émotions autour de lui comme une éponge absorbe l'eau. Le tueur se sentait sûr de lui, pensa-t-il. Peut-être un peu trop, espérait-il. S'il faisait une erreur, Andreas serait là !

Il se prépara à partir. Mikaël lui rappela que sa sœur et ses deux enfants venaient manger des grillades. Il avait complètement oublié. Mais il se réjouissait de les voir. Cela lui permettrait de penser à autre chose le temps d'un après-midi. Il était vraiment préoccupé par cette enquête. Il avait toujours été engagé dans son travail, mais là il y mettait toute son énergie. Comme si le meurtrier lui avait lancé un défi. Un duel qu'il devait à tout prix remporter.

Andreas avait décidé de se rendre au temple à pied. Il faisait beau. Ce serait une promenade agréable. Il accompagna Karine jusqu'à la voiture.

— Tu m'as l'air préoccupé, Andreas ? s'enquit Karine. Est-ce que tu as un souci ?

— Non, non, tout va bien.

— Je ne t'ai encore jamais connu comme ça. Ça se voit sur toi. Tu peux m'en parler si tu veux.

La question de Karine le surprit. Il était même un peu irrité. Il avait toujours su garder pour lui ses inquiétudes. Il ne laissait personne entrer. Personne, à part Mikaël, et encore pas tout le temps, n'arrivait à lire en lui. Qu'est-ce qui avait changé ? Pourquoi tout d'un coup Karine avait-elle pu si clairement identifier le malaise qui l'habitait ? Avait-il baissé sa garde ?

— C'est gentil, Karine. Pour l'instant, je préfère me débattre moi-même avec ça.

Karine n'insista pas. Elle grimpa dans sa voiture. Andreas passa le portail et commença sa balade en direction du temple sur la route des Pars. Karine le dépassa et fit un signe à travers la fenêtre avant de disparaître deux cents mètres plus loin après le grand virage. Était-il en train de faire une crise de la quarantaine ? Il ne savait pas vraiment en quoi ça consistait. Il n'avait jamais eu de doutes. Sa vie avait été toute tracée. Il savait ce qu'il voulait. Il savait où il allait. Son métier l'avait accaparé ces dernières années et c'était comme s'il avait oublié de se poser des questions. Les bonnes questions. Voyait-il son existence se poursuivre ainsi ? Pourquoi était-il devenu inspecteur ? Enfant et adolescent, il avait été fasciné par les films et les séries policières. *Starsky et Hutch*. Les flics de *Miami Vice*. *Le Solitaire* avec Belmondo. Il s'était aussi identifié aux héros joués par Clint Eastwood, qu'ils soient cow-boys ou policiers. Mais son favori avait été James Bond. Et l'était toujours. Peut-être son regard avait-il changé ?

Ses trois années de psychanalyse lui avaient permis de prendre conscience de bien des choses. Il était devenu lui-même. Il avait pleinement réussi à accepter son homosexualité et à la vivre normalement. Il avait appris à mieux connaître et gérer son ombre, certes, mais son ombre était pleine de ressources et avait aussi fait rejaillir dans son conscient des éléments qu'il aurait certainement préféré ne pas voir réapparaître.

Au début, en tant qu'inspecteur, il s'était complu dans l'autorité que lui conférait son badge de police. Il avait apprécié le pouvoir et le contrôle qu'il pouvait exercer sur les gens. Qu'en était-il aujourd'hui ?

Qu'avait-il aimé chez James Bond ? Il côtoyait la mort au quotidien sans qu'elle l'effleure. Il vivait le moment présent sans se soucier du passé ou de l'avenir. Il n'avait pas d'attaches. Il savait faire la différence entre le bien et le mal, sans jamais se poser de questions. Il tuait sans aucune émotion. C'était un séducteur à qui tout réussissait et sur lequel l'âge n'avait pas de prise.

Cependant, dans les derniers films, l'agent 007 montrait une autre image de lui-même. Plus humaine. Plus fragile. Il était tourmenté. Il souffrait du passé et l'avenir était une source de préoccupation. Il devenait plus violent. Plus vulnérable aussi. Était-il dépressif ? Névrosé ? On découvrait qu'il avait une conscience.

Pendant ses premières années à la police, rien ne pouvait atteindre Andreas. Il se sentait fort. Au fil du temps, il avait acquis une certaine fascination pour les meurtriers et les criminels. Il avait même en de rares occasions ressenti de l'admiration à leur égard. Leur intelligence. Leur détermination. Et cela l'avait effrayé. La différence entre le bien et le mal n'était plus aussi évidente. Il avait appris à se mettre à leur place pour tenter de mieux les comprendre, eux et leurs actes, leurs motivations. Il était devenu très fort à ce jeu-là. Mais cela ne l'avait pas laissé indemne. Aurait-il pu devenir un meurtrier ? Il ne le pensait pas, mais la frontière lui semblait mince. Qu'est-ce qui un jour peut pousser quelqu'un à franchir la ligne ? Les circonstances ? Une névrose qui refait surface ? Les questions qu'il se posait étaient nombreuses…

Aujourd'hui, Andreas voulait donner un sens à sa vie. Allait-il le trouver dans son métier ou son métier allait-il le détruire ? Il avait le sentiment que c'était maintenant ou jamais. Parce qu'à la fin, on ne vit pas deux fois comme James Bond.

Chapitre 69

Le temple, Gryon, dimanche 16 septembre 2012.

Lorsque Andreas parvint à la hauteur de la fontaine, il entendit les cloches se mettre à sonner. Il était 10 heures précises. Il ouvrit la porte et entra. Le temple était plein à craquer. Il n'était guère surpris. Son arrivée ne passa pas inaperçue. De nombreux regards se tournèrent furtivement dans sa direction. La conseillère de paroisse Marguerite Dubois lui tendit un psautier. Elle habitait non loin de chez eux sur la route des Pars. Il s'avança et s'assit juste à côté d'une autre personne qu'il reconnut tout de suite. Niklas Albright, citoyen anglais, également présent le jour de la découverte du corps d'Alain Gautier. Nicolas était allé le rencontrer dans son chalet à Frience. C'était un homme élégant et distingué, un vrai gentleman, pensa Andreas. Il portait un costume sombre et une cravate bleu foncé. Sur le premier banc, il aperçut Gérard Ferraud, le mari de la pasteure. Trois rangées devant lui, il vit la silhouette de Fabien Berset. Décidément, lui et la prudence, cela faisait deux. Il ne pouvait pas s'empêcher d'être présent, malgré le message d'avertissement qu'il avait reçu du meurtrier. Il reconnut également Jacques Charrier, assis à l'extrémité du banc, dans la troisième rangée depuis le fond.

L'orgue se mit à jouer. Il tourna son regard vers l'allée centrale où il aperçut Erica Ferraud, vêtue d'une aube blanche, se diriger vers la table sainte, là où le cadavre de Gautier avait été déposé. À quoi pouvait-elle penser en ce moment précis ? Quelle image l'habitait ? Sans aucun doute la même que celle qu'il visualisait avec clarté. C'était presque comme si le corps y était encore, tellement l'impression semblait réelle et tangible. Gautier, nu, allongé en croix sur la table avec un couteau planté dans le cœur et du sang qui avait séché sur son torse.

Le meurtrier était-il présent ? Il balaya les rangées de bancs du regard, observant une à une les personnes, qu'il ne pouvait voir pour la plupart que de dos. Puis il se retourna. Juste derrière lui, il aperçut un homme avec un chapeau et des lunettes. Il se sentit un peu mal à l'aise de l'avoir dévisagé. Il fit un signe de la tête comme pour dire bonjour, puis se tourna.

Erica marqua un temps d'arrêt au bout de l'allée centrale, devant la table de communion. L'orgue jouait encore. Elle ferma les yeux. L'image du cadavre gravée dans sa mémoire. Même les yeux clos ne pouvaient effacer l'atrocité de cet instant où elle avait découvert le corps. Pourquoi ici ? Pourquoi dans le temple ? Et maintenant Michel, retrouvé dans la fontaine. Elle sentit une larme couler sur sa joue. Au moment où l'orgue joua la dernière note, elle se retourna.

— Vous êtes venus dans la nuit, en quête de

lumière. Que la lumière vous accueille ! Le Seigneur nous a conduits ici, ce matin, pour nous offrir, au cœur des souffrances et des poids de la vie, une parole de réconfort dans ces circonstances particulières.

L'homme qui n'était pas un meurtrier était assis sur l'avant-dernier banc. De là, il pouvait observer toute l'assemblée. Il avait souhaité être présent. Impossible de manquer ce moment. Juste devant lui se trouvait Andreas Auer. Leurs chemins s'étaient croisés à plusieurs reprises cette semaine. La veille déjà, au Café Pomme, leurs regards s'étaient rencontrés. Un hasard ? Pas vraiment, mais il ne voulait pas prendre le risque d'être identifié par lui. Cette fois, il s'était donc à nouveau déguisé. Cela avait visiblement fonctionné, car l'inspecteur venait de se retourner et l'avait même salué, sans pourtant le reconnaître. D'un côté, il aurait aimé se présenter à Andreas Auer et lui dire : « *C'est moi qui ai fait ça, c'est moi le justicier qui accomplit l'œuvre de Dieu, celui que vous cherchez sans le trouver, celui qui a toujours un tour d'avance* », mais il ne pouvait pas compromettre ses chances d'aller au bout de son projet. De la mission que Dieu lui avait confiée. Pour le moment, Dieu était sur le devant de la scène. Son tour, à lui, viendrait…

Marguerite Dubois s'avança et récita le texte biblique qu'Erica avait choisi pour la prédication du matin.

— Lecture dans l'*Évangile de Matthieu*, au chapitre 5. Les versets 1 à 12.

« À la vue des foules, Jésus monta dans la montagne. Il s'assit, et ses disciples s'approchèrent de lui. Et, prenant la parole, il les enseignait :

Heureux les pauvres de cœur : le Royaume des cieux est à eux.

Heureux les doux : ils auront la terre en partage.

Heureux ceux qui pleurent : ils seront consolés.

Heureux ceux qui ont faim et soif de la justice : ils seront rassasiés.

Heureux les miséricordieux : il leur sera fait miséricorde.

Heureux les cœurs purs : ils verront Dieu.

Heureux ceux qui font œuvre de paix : ils seront appelés fils de Dieu.

Heureux ceux qui sont persécutés pour la justice : le Royaume des cieux est à eux.

Heureux êtes-vous lorsque l'on vous insulte, que l'on vous persécute et que l'on dit faussement contre vous toute sorte de mal à cause de moi. Soyez dans la joie et l'allégresse, car votre récompense est grande dans les cieux ; c'est ainsi en effet qu'on a persécuté les prophètes qui vous ont précédés. »

Erica monta en chaire au son de l'orgue qui jouait une fugue de Johann Sebastian Bach, ajoutant à l'atmosphère un côté dramatique et mélancolique. Elle balaya des yeux l'assemblée. Les regards, intenses et pénétrants, étaient concentrés sur elle. Erica sentit la pression redoubler d'intensité. Elle avait la poitrine serrée. Le souffle court. La pasteure du village avait une lourde responsabilité. Celle d'apporter une parole de réconfort et de paix. Mais pouvait-elle donner une réponse à la question que se posait tout le monde ?

Pourquoi ? Pourquoi un cadavre s'était-il retrouvé dans ce lieu de prière et d'adoration ? Et surtout, comment ? Comment pouvait-on en arriver à non seulement ôter la vie de deux hommes, mais aussi faire preuve d'une pareille violence ? D'une telle rage ?

Elle-même aimerait comprendre.

Savoir.

Mettre des mots sur l'indicible.

Erica inspira profondément et ferma les yeux quelques instants pour rassembler ses pensées. Se concentrer. Chasser de son esprit ces images morbides. Elle rouvrit tout doucement les yeux et posa ses mains sur la chaire au moment où le dernier son s'échappait des tuyaux de l'orgue.

— Imaginez Jésus à l'Alpe des Chaux ! Il est entouré par ses disciples et par une foule qui s'est rassemblée. Le ciel est bleu. Au loin, il aperçoit le Grand Muveran. Il s'apprête à transmettre le cœur de son message pour l'humanité. Le *Sermon sur la montagne* est comme un diamant brut d'une pureté incroyable que chacun est invité à polir pour en dévoiler les multiples facettes. Pour en découvrir le degré de beauté, il nous faut ouvrir les yeux et être prêts à accepter que notre vision et notre compréhension du monde soient chamboulées. Aussi longtemps que nous évaluerons notre existence en fonction des paramètres de ce monde, nous resterons prisonniers de nos propres peurs, de nos colères, de nos préjugés et nous serons comme des marionnettes dépendantes du monde extérieur et de ses contraintes. Aucun mot du *Sermon sur la montagne* ne se veut être une exigence morale, mais chacun doit être interprété comme tout ce qui devient possible pour celui ou celle qui ouvre son cœur et sa vie à Dieu. Celui qui est capable de comprendre le message de Jésus verra sa réalité se transformer. Nous devons écouter ces béatitudes comme le début d'une symphonie majestueuse qui éveille en nous le souvenir de notre être intérieur qui n'a jamais cessé d'exister, mais que nous avons laissé s'endormir et auquel nous n'avons jamais vraiment voulu faire confiance.

Pendant qu'elle parlait, son regard se posa sur un homme assis au fond. Il portait un chapeau et des lunettes. Il paraissait être particulièrement attentif. Il lui semblait ne l'avoir jamais vu.

Pourtant.

Son regard.

Des souvenirs.

Elle chassa cette idée de son esprit. Ce n'était pas possible. Ou alors, l'était-ce ? Elle l'observa à nouveau. Lui aussi la scrutait des yeux. Il semblait vouloir lui dire quelque chose. C'est vraiment toi ? pensa-t-elle. Ce regard était celui qu'elle n'avait jamais oublié. Ce regard d'un enfant plein d'espoir un jour transformé en rage. Ce regard qui l'avait poursuivi durant ses nuits sans sommeil. Ce regard qu'elle n'avait plus vu depuis près de quarante ans. Elle songea à Gautier, à Martin. Puis à Fournier. Les images entremêlées dans son esprit devinrent plus claires. Elle comprit. Tout. C'était théoriquement impossible. Mais elle ne se trompait pas. Ça, elle en était certaine.

Maintenant, elle connaissait la réponse au pourquoi. Le comment, par contre, elle ne pouvait pas se l'imaginer. Que s'était-il passé ? Qui était aujourd'hui cet homme assis au fond de son temple ? Elle devait lui parler. Oui, il le fallait.

Tout d'un coup, elle se rendit compte qu'elle avait cessé de parler et que tout le monde la fixait. Elle avait perdu le fil de sa prédication. Elle se concentra. Puis elle regarda les notes qu'elle avait déposées devant elle. Ah oui ! Elle poursuivit :

— « *L'œil est la lampe du corps. Si ton œil est en bon état, tout ton corps sera éclairé ; mais si ton œil est en mauvais état, tout ton corps sera dans les ténèbres. Si donc la lumière qui est en toi est ténèbres, combien seront grandes ces ténèbres !* »

Erica resta silencieuse, le temps que chacun puisse intégrer les paroles du verset. Celui qui avait été retrouvé sur le corps de Gautier.

— C'est un peu plus loin dans le *Sermon sur la montagne* que Jésus donne une explication essentielle de l'attitude humaine. Celui qui ne laisse pas entrer la lumière en lui fausse toute la perspective de son existence. C'est comme lorsqu'on ouvre les volets le matin et que le soleil pénètre dans l'appartement. La lumière du jour illumine les murs, fait briller les miroirs, se réverbère sur les sols et permet à la chaleur de se diffuser. Il en est de même pour celui qui se laisse envahir par la lumière de la foi. Elle est une énergie vitale qui permet d'appréhender la vie de manière belle et positive. À l'inverse, celui qui maintient le rideau fermé verra son existence et sa réalité se terrer dans la froideur des ténèbres. Comme une fleur à qui on refuse la lumière, tout signe de vie et d'espoir disparaîtra.

Erica regarda à nouveau au fond du temple. Elle voulait croiser son regard. S'en assurer. Il la fixait toujours. Pas de doute. Ces yeux. C'étaient bien les siens. Elle les reconnaîtrait entre mille, même si elle ne les avait plus vus depuis quarante ans. Ils étaient restés gravés dans sa mémoire. À tout jamais.

— Pour certains, ouvrir le rideau et laisser entrer la lumière peut s'avérer être une vraie difficulté, que parfois on ne peut surpasser qu'à grand-peine, voire ne pas réussir à surmonter sans l'aide de quelqu'un. La lumière peut en effet être aveuglante à un tel point qu'on préfère rester dans l'obscurité. Elle peut faire mal aux yeux. Elle peut aussi faire peur lorsque la seule chose qu'on a connue dans l'existence, ce sont les ténèbres. Parfois, la pénombre est rassurante, car à la lumière on se sent trop exposé. À avoir trop vécu dans l'obscurité, on risque de prendre un coup de soleil.

Erica garda le silence quelques instants et tourna la dernière page de sa prédication. Elle poursuivit en improvisant.

— Je pense ici en particulier à un ami… Un ami qui a disparu dans les ténèbres, non pas par choix, mais parce que quelqu'un l'y a précipité. Il avait tenté de tendre sa main pour qu'on le ramène à la lumière. On l'a laissé être envahi et submergé par les ténèbres. Je prie pour qu'il ait pu retrouver la force d'entrouvrir un tant soit peu les rideaux afin que la lumière puisse à nouveau faire partie de son existence. Amen.

Erica Ferraud ferma les yeux quelques instants. L'orgue se mit à jouer et l'assemblée commença à entonner un psaume :

« *Révèle-nous, Seigneur, ton visage de lumière !*
Quand je crie, réponds-moi, Dieu, ma justice !
Toi qui me libères dans la détresse,
pitié pour moi, écoute ma prière !

Beaucoup demandent :
"Qui nous fera voir le bonheur ?"
Sur nous, Seigneur, que s'illumine ton visage !
Dans la paix, moi aussi, je me couche et je dors ;
car tu me donnes d'habiter, Seigneur,
seul, dans la confiance. »

Erica, qui était descendue de la chaire, se tint debout devant l'assemblée. Elle leva les bras, les paumes des mains tournées vers le ciel.

— Que le Dieu de paix et de lumière soit et demeure avec vous tous, le Père, le Fils et le Saint-Esprit ! Amen.

Erica baissa à nouveau les bras. Elle resta debout et ferma les yeux. Sa pensée était tout entière pour l'amour de son enfance.

Juste après la bénédiction, au moment du dernier morceau d'orgue, l'homme qui n'était pas un meurtrier se leva et quitta le temple en toute discrétion. Pour la première fois depuis quarante ans, il avait les larmes aux yeux…

Chapitre 70

Taveyanne,
dimanche 16 septembre 2012.

L'homme qui n'était pas un meurtrier avait observé la foule sortir du temple. Il était assis dans son 4 × 4, un peu plus haut sur le Vieux Chemin. Il aperçut Jacques Charrier en pleine conversation avec Erica sous le porche. Il était parqué juste derrière sa voiture. Lorsque Charrier démarra et partit, il attendit un moment avant de quitter lui aussi les lieux. De toute manière, il connaissait sa destination. Comme tous les dimanches, il allait dans son chalet à Taveyanne.

Il partit en direction de Barboleuse. Arrivé au croisement, il bifurqua sur la route des Frasses et ensuite sur la route des Chaux. À la hauteur du restaurant des Chaux, il prit le chemin du village de Taveyanne.

Quelques minutes plus tard, l'homme qui n'était pas un meurtrier aperçut l'Audi Q7 noire de Charrier. Il se parqua juste à côté.

Taveyanne était un havre de paix, entouré de majestueux rochers. Mais c'était aussi un lieu fort fréquenté les dimanches. Une vingtaine de chalets étaient serrés les uns à côté des autres. Les prairies aux couleurs verdoyantes en faisaient un endroit enchanteur. À l'époque où la plupart des gens de Gryon avaient des vaches, ils les montaient à l'alpage en été. À Taveyanne, à la Poreyre, à Frience, mais aussi aux Chaux. Les rares chalets étaient transmis de génération en génération. Fournier et Charrier faisaient partie de ces héritiers qui ne possédaient plus de vaches, mais perpétuaient la tradition de se rendre à l'alpage le week-end.

Dans ce cadre idyllique se déroulait la traditionnelle Mi-été. À l'origine, c'était une ancienne fête pastorale qui réunissait les villageois et les jeunes vachers en plein milieu de la saison d'estivage. Aujourd'hui, elle était organisée par la Jeunesse de Gryon. Enfant, il y participait avec sa famille.

Avant de sortir de sa voiture, il avait enlevé son déguisement. Il voulait que Jacques le reconnaisse lorsqu'il frapperait à sa porte. Il avait toujours aimé se travestir. Déjà enfant. Il avait l'impression de se mettre dans la peau d'un autre. Il se créait une nouvelle personnalité. Au fil du temps, il avait ainsi conçu plusieurs déguisements qu'il revêtait en fonction des besoins et des circonstances. Il avait également différentes lentilles pour modifier la couleur de ses yeux. En matière de maquillage, il était devenu un expert. Il était particulièrement fier de pouvoir faire en sorte de ne pas être reconnu. Ses déguisements étaient parfaitement réalistes, mais c'étaient les attitudes qu'il adoptait qui faisaient le plus d'effet et le rendaient méconnaissable, même aux yeux des personnes qui le fréquentaient. Mais il n'avait pas trompé sa Princesse. Il avait vu dans son regard, ce matin, qu'elle avait réussi à percer la façade. Peut-être aussi avait-il bien voulu se dévoiler pour elle, pensa-t-il.

Il traversa le village. Après cent mètres, il bifurqua sur la gauche. Le chalet se situait en retrait, un peu à l'abri des regards des passants qui se promenaient sur l'allée centrale. Il s'avança, s'assura que personne ne se trouvait aux alentours, monta une marche et frappa à la porte.

Jacques Charrier tenait dans sa main un pistolet automatique. Il faisait toujours partie de l'Abbaye de Gryon et avait même gagné le concours de tir l'année précédente. Bien qu'il n'ait jamais utilisé son arme que pour tirer sur une cible, il n'hésiterait pas à en faire usage. Il était sur ses gardes. Il avait compris qu'il était sur la liste des potentielles victimes du double meurtrier de Gryon. C'était lui qui venait de frapper à sa porte. Il en était certain. Il l'ouvrit en la poussant d'un coup sec.

Personne.

— Je sais que tu es là ! Je sais qui tu es. Tu penses que je suis aussi naïf et stupide qu'Alain et Michel ?

Il avança sur le pas de la porte, tourna le regard sur la gauche.

Personne.

Il regarda ensuite sur la droite.

Personne.

Il commença à suer et son cœur se mit à battre rapidement. Il longea le chalet, l'arme prête à faire feu. Il arriva à l'angle de la maison.

Personne.

Charrier prit peur. Il rebroussa chemin en direction de l'entrée. Son assurance s'était évanouie. Il sentit la panique prendre possession de tout son être. Il passa le pas de la porte.

L'homme se tenait là devant lui. Sans qu'il puisse réagir, il sentit une onde de choc et s'écroula.

L'homme qui n'était pas un meurtrier tira le corps à l'intérieur. Il ramassa le pistolet et ferma la porte derrière lui. Il était satisfait. Il avait déjoué les plans de Charrier. Ce dernier avait eu raison. Il était moins naïf et stupide que les deux autres. Il était plus fort qu'Alain et Michel, mais pas assez. L'homme qui n'était pas un meurtrier était devenu le plus redoutable. À l'époque, il était le plus petit et le plus faible. Les temps avaient changé.

Charrier se réveilla, mais était encore engourdi. L'homme qui n'était pas un meurtrier prit un chiffon qu'il imbiba de chloroforme et le plaça sur le nez et la bouche de son prisonnier. Il en avait mis une dose suffisante pour qu'il soit inconscient pendant une vingtaine de minutes. Ce qui lui laisserait le temps de faire ses préparatifs. Il sortit de sa poche des gants en plastique et les enfila. Dans son sac, il prit une combinaison blanche en papier qu'il enfila par-dessus ses vêtements. Il commença ensuite par déshabiller Charrier en découpant les habits avec un ciseau pour pouvoir les ôter plus facilement. Lorsqu'il fut entièrement nu, il l'empoigna sous les bras. Malgré sa grande force physique, il peina à soulever le corps endormi de Charrier. Il l'assit sur une chaise, lui attacha les mains derrière le dos et les chevilles aux pieds de la chaise. Il enfonça dans sa bouche un morceau de tissu et mit un bout de scotch de carrossier en travers pour l'empêcher de parler ou de crier.

Il ouvrit ensuite son sac de sport. Il saisit un énorme couteau à l'extrémité duquel était accroché un petit billet sur une cordelette. Il en sortit aussi un scalpel qu'il posa sur la table à côté du couteau, bien alignés. Il y plaça également une fiole et une seringue, ainsi que deux bocaux en verre.

Il prit dans sa poche un couteau suisse et se dirigea vers la cheminée dont le cadre était en bois. Il y grava le texte suivant : *He 9,22*.

Il déplaça ensuite une chaise qu'il disposa à l'envers face à Charrier. Il s'assit en appuyant ses bras sur le dossier et posa son menton sur ses mains. Il regarda Charrier. Il se souvint.

La peur.

La colère.

La honte.

La rage.

Ces moments, il les avait attendus pendant quarante années. Quarante années où ces sentiments avaient ôté en lui toute joie et tout bonheur. Depuis ce jour-là, le 8 septembre 1972, il avait vécu dans la pénombre et les ténèbres. La lumière, il ne la voyait qu'à l'extérieur. Elle lui semblait agréable et chaleureuse. Mais elle n'entrait jamais dans son corps et son cœur. Depuis ce jour-là, il n'était plus. Il vivait toujours, physiquement, mais n'existait plus.

Au cours de toutes ces années, il avait bien tenté de résister aux ténèbres. Il avait imaginé que s'il les combattait, la lumière pourrait à nouveau faire sa place. Mais il s'était trompé. Il les avait éliminés. Les porteurs de ténèbres. Ceux qui plongeaient des enfants comme lui dans l'enfer. Mais aujourd'hui, en lui, tout était sombre. Seuls la souffrance et le malheur l'habitaient. Même au moment d'accomplir sa vengeance ultime, il n'éprouvait aucun soulagement. Bien au contraire, avec le temps, un sentiment de culpabilité commençait à se faufiler et à étendre sa toile. Il se savait légitimé par Dieu. Il se sentait être l'instrument de sa vengeance. Mais il était aussi un pécheur. Il voulait recevoir le pardon pour ne plus vivre dans les tourments constants et l'angoisse.

Il posa à nouveau son regard sur Charrier. Il n'avait pas le choix. Une insatiable soif de vengeance l'habitait.

Il devait continuer.

En terminer avec lui.

Jacques Charrier ouvrit lentement les yeux. Il leva la tête. Au moment où il l'aperçut, il tenta de se débattre. Puis de crier. Mais il ne pouvait rien faire.

— Jacques. Je pense que tu te souviens de moi !

Il ne réagit pas. Son regard était vide. L'homme qui n'était pas un meurtrier se leva. Il saisit le couteau sur la table. Il se plaça derrière Charrier et lui mit le tranchant sous la gorge.

— Jacques, j'aimerais que nous bavardions un peu du bon vieux temps. Toi et moi. Tu comprends ? murmura-t-il d'une voix douce.

Charrier ne réagit toujours pas.

— Tu n'as pas envie qu'on discute ?

Il tira ses cheveux en arrière et appuya le couteau contre sa carotide.

— Tu saisis ? dit-il avec un ton devenu menaçant et glacial. Je veux que tu me répondes. Fais-moi signe si tu comprends !

Il relâcha sa prise. Charrier cligna des yeux.

L'homme qui n'était pas un meurtrier se rassit sur sa chaise.

— Tu vois, ce n'est pas si compliqué. Tu te souviens de moi ?

Charrier remua la tête en signe d'acquiescement.

— Tu te rappelles le 8 septembre 1972 ?

Charrier ferma les yeux, puis hocha à nouveau la tête.

— Est-ce que tu regrettes ce que tu m'as fait ?

Il essaya de dire quelque chose, mais seuls des bruits sourds se firent entendre. Le chiffon au fond de sa bouche l'empêchait d'émettre un son intelligible.

— Ce jour-là, toi et tes copains, vous m'avez ôté la vie. Je vais maintenant supprimer la tienne. Tu comprends ?

Il regarda Charrier droit dans les yeux. Il prit en main son scalpel.

— Tu vois, Jacques, lui souffla-t-il à l'oreille en lui mettant la lame sous les yeux. Je vais découper la peau autour de tes yeux. Ensuite, je sectionnerai les muscles et les nerfs optiques. Je désire que tu fasses l'expérience de la nuit totale. Je veux que tu sentes les ténèbres envahir ton corps et ton esprit.

Chaque mot prononcé faisait l'effet d'un électrochoc. Son regard était comme un pic qui transperçait sa victime à la moindre parole. Charrier tenta de se débattre, sans succès. Il voulait crier, hurler toute la frayeur qui l'habitait en cet instant.

— Je vois que tu es tendu, cher ami. Je vais te donner quelque chose.

Il prit la seringue posée sur la table. Il introduisit l'aiguille dans la fiole et tira sur le piston pour que le liquide monte dans le tube. Ensuite, il injecta une dose dans la veine du bras de Jacques.

— C'est du curare, un puissant anesthésiant musculaire. Tu vas très vite te sentir détendu.

L'homme qui n'était pas un meurtrier se rassit. Il alluma une cigarette et observa attentivement Charrier.

Le poison fit son effet au bout de quelques minutes. Plus aucun de ses muscles ne réagissait. Sa respiration ralentissait.

— Je suis désolé. J'ai oublié de t'expliquer deux choses. Avec le produit que je t'ai injecté, tu ne peux plus bouger. Tu es paralysé, mais les sensations, elles, restent. La perception de la douleur aussi.

Il fit une pause pour que Charrier puisse intégrer ce qu'il venait de dire. Un sourire sadique s'était dessiné sur son visage.

— Et puis, avant de t'ôter les yeux, je vais te sectionner les parties génitales, exposa-t-il avec un ton calme et posé.

Il tira une dernière fois sur sa cigarette, se leva et la jeta par terre. Il l'écrasa avec la semelle de sa chaussure. Sur la table, il prit le scalpel et s'approcha de Charrier. Il se mit à genoux tout en suivant son regard, qui semblait à la fois terrorisé et vide. Il saisit de sa main gauche les parties génitales de sa victime. De la main droite, il enfonça la lame dans la peau avec le calme et la précision d'un chirurgien. En quelques minutes, le pénis et les testicules de Charrier avaient été séparés du corps. Le sang coulait à flots. Il les déposa dans un bocal posé sur la table. Charrier venait de perdre connaissance. Puis il découpa la peau tout autour des yeux avant de sectionner les muscles et les nerfs optiques. D'abord l'œil droit qu'il plaça dans un deuxième bocal. Ensuite l'œil gauche qu'il mit au même endroit que le premier. Après quoi il reposa le scalpel et prit le gros couteau. Il saisit Charrier par les cheveux. Il le gifla.

Charrier revint à lui. La douleur qu'il ressentit à cet instant était insoutenable. Tout était noir. En lui. Autour de lui. Il désirait en finir. Il voulait quitter ce corps mutilé. Durant toute sa vie, il avait vécu avec la culpabilité de ce qu'il avait fait en ce jour de septembre alors qu'il n'avait que quatorze ans. Jamais il ne se l'était pardonné. S'il en avait eu l'occasion, il aurait aimé demander pardon. Ce pardon, que Dieu lui accordait tous les dimanches, n'y avait rien fait. C'était comme un cancer qui le rongeait de l'intérieur. Il allait mourir. Peut-être qu'il trouverait enfin la paix. La dernière chose qu'il entendit fut la voix douce et glaciale de son bourreau.

— Je te souhaite un excellent séjour en enfer !

Charrier sentit la lame traverser sa peau et transpercer son cœur. Juste avant que la vie ne le quitte, il revit de nombreuses images défiler. De la lumière. Un ultime soupir. Et puis tout devint noir.

L'homme qui n'était pas un meurtrier éprouva de l'extase au moment où le couteau pénétra la chair de sa victime. Il ressentit à nouveau une forte excitation sexuelle. Le désir de se soulager était intense.

Non !

Il devait résister.

Ne pas commettre une nouvelle erreur.

Le rituel.

Rien d'autre.

Il se concentra sur les tâches à accomplir. Il remit

le couvercle sur les deux bocaux qu'il rangea ensuite dans son sac. Il y replaça également le scalpel, la seringue et la bouteille de curare. Il sortit une grande bâche en plastique et la déplia sur le sol. Il détacha le corps sans vie de Charrier et le coucha dessus. Il observa la scène. La chaise au milieu d'une mare de liquide écarlate. La dépouille nue de Charrier recouverte de sang, le couteau planté dans le cœur, les parties génitales amputées, les yeux enlevés. Il était satisfait. Il reviendrait ici la nuit tombée pour déplacer le corps et l'emmener à l'endroit où tout s'était arrêté pour lui. Le lieu où sa vie avait basculé. Il ôta la combinaison blanche toute tachée de sang et la rangea dans un sac-poubelle. Il y mit également les gants. À la maison, il les brûlerait dans la cheminée. Il prit le sac de sport en bandoulière et ouvrit la porte arrière par laquelle il était rentré auparavant pour surprendre Charrier. Il fit le tour du chalet et rejoignit l'allée principale où quelques badauds flânaient. À la sortie du village, il prit place dans sa voiture, un 4 × 4 rouge acheté d'occasion à un paysan du coin. Il reprit la route en direction de Gryon.

Chapitre 71

Appartement de Karine, Lausanne, dimanche 16 septembre 2012.

Karine ouvrit son frigo. À part deux yaourts périmés, un berlingot de lait entamé, un morceau de fromage durci et jauni et quelques bières, il était vide. Comme souvent d'ailleurs. Elle ouvrit ensuite le congélateur. Là au moins elle savait qu'elle trouverait quelques plats précuisinés et des pizzas surgelées. La cuisine n'était pas son truc. Les produits frais étaient chez elle une denrée rare, sauf certains jours de congé où elle aimait aller au marché pour acheter des légumes du maraîcher et de la viande du boucher. Au moins un repas sain de temps à autre !

Lorsqu'elle travaillait, elle rentrait souvent tard. Elle n'avait jamais le temps de faire les courses. De plus, elle se rendait entre deux et trois fois par semaine au jiu-jitsu. À son retour, le congélateur était ainsi devenu son meilleur ami. Après plusieurs jours passés avec Andreas et Mikaël, la pizza surgelée qu'elle tenait dans sa main lui semblait bien peu enthousiasmante. Elle avait toujours pensé aimer la ville et son activité nocturne qui, en tant que policière, étaient devenues son quotidien. Elle n'avait jamais rien connu d'autre. Elle avait grandi à Renens. Maintenant, elle habitait sous la gare de Lausanne. Elle se servit une bière et s'assit sur son minuscule balcon en attendant que la pizza soit prête. Elle avait la vue sur le bâtiment d'en face. Jusqu'à aujourd'hui, son cadre de vie lui avait relativement peu importé. Elle n'y était en général que pour dormir. Le reste du temps, elle le passait au travail, c'est-à-dire dans les rues de la ville.

Mais là, sa pensée était à Gryon. Les montagnes. Les beaux chalets. La verdure. Le bon air. Elle avait apprécié la compagnie d'Andreas et Mikaël, qui lui avait provisoirement fait oublier sa solitude. Elle avait rompu avec Serge après presque dix ans de relation, six mois auparavant. Ils avaient tous deux eu une vie chargée et se voyaient peu. Il était gendarme et pratiquait aussi un art martial. Ils avaient eu l'impression d'avoir beaucoup en commun. Ils s'étaient éloignés peu à peu l'un de l'autre sans qu'elle s'en rende compte. Et puis, du jour au lendemain, il était parti. Il lui avait dit que finalement ils n'avaient pas grand-chose à partager. Lui aurait voulu une femme à la maison pour élever ses enfants. Elle, des gosses ? Elle aimait bien ceux des autres. Mais sa vie était incompatible avec celle d'une mère de famille.

Depuis sa rupture, elle avait le sentiment de ne plus avoir ni de temps ni d'énergie à investir dans une nouvelle relation. Elle avait donc choisi de rester célibataire et de répondre à ses besoins physiques par des rencontres d'une nuit. Elle s'en était accommodée. Mais en fin de compte, elle était seule. Elle avait trente-six ans. Dans son petit appartement. Sur son petit balcon.

Chapitre 72

Chalet *L'Étoile d'argent*, Gryon, dimanche 16 septembre 2012.

Andreas était parti immédiatement après la fin du culte. L'atmosphère avait été à la fois pesante et empreinte de recueillement. Il avait été impressionné par le courage de la pasteure, celui de célébrer le culte après cette tragédie, mais aussi celui de se risquer à mettre des mots sur ce qui s'était passé. C'était un petit bout de femme, mais elle dégageait une force intérieure rassurante et chaleureuse. Elle s'était exprimée au sujet d'un ami. Il était dans les ténèbres… Quelqu'un l'y avait précipité… Parlait-elle du meurtrier ?

Il s'arrêta sur la terrasse du Café des Alpes, où Christophe et Nicolas buvaient tranquillement un apéro. Il prit un verre de blanc, échangea quelques impressions avec eux, avant de poursuivre sa route. Il était attendu.

À peine passé le portail de la maison, il vit deux enfants arriver en courant dans sa direction.

— Tonton Andy ! s'exclamèrent-ils en chœur.

Il se baissa et ils se jetèrent tous deux dans ses bras.

— Salut, Mélissa ! Salut, Adam !

Andreas se releva. Mélissa et Adam saisirent chacun une des mains de leur oncle. Ils allèrent tout droit en direction du coin de jardin aménagé pour les barbecues. C'était un magnifique dimanche ensoleillé. Après cette première semaine d'enquête mouvementée, il se réjouissait de ces quelques heures de répit. Il avait la nette impression que c'était loin d'être fini.

Mikaël et Jessica étaient en train de boire un verre de vin rouge, assis dans le salon d'extérieur, sous l'immense parasol blanc, juste devant l'étang avec ses roseaux et ses nénuphars. C'était un endroit fort agréable. Le grill était déjà en route. La table était dressée.

Jessica se leva pour saluer son frère.

— Salut, Andy !

— Comment va la femme de ma vie ?

Il la serra fortement dans ses bras. C'était la seule personne qui l'avait toujours appelé Andy. Bien sûr, ses deux enfants faisaient de même. Il n'aimait pas particulièrement ce petit nom, mais il s'y était habitué. Jessica avait les cheveux châtains, mi-longs, et les yeux bleus comme l'océan. Un nez allongé et busqué qui n'avait rien à envier à la pharaonne Cléopâtre. Elle portait un jean moulant et un body noir. Quelques rides d'expression lui donnaient un charme particulier. Aujourd'hui, un sourire radieux animait son visage, mais cela n'avait pas toujours été le cas.

Jessica venait de vivre quelques mois auparavant un divorce compliqué, après douze ans de mariage. Elle se sentait maintenant libérée d'un poids et croquait la vie à pleines dents. Ses deux enfants avaient dix et huit ans. Elle les aimait plus que tout.

Andreas et Jessica étaient très proches. Leur relation avait connu une période difficile où ils s'étaient un peu perdus de vue, car son ex-mari était homophobe et ne voulait rien avoir à faire avec Andreas et Mikaël. Jessica avait souffert de cette situation et s'était sentie constamment tiraillée. Le jour où il avait commencé à la frapper, elle avait décidé de le quitter. Elle avait fait le bon choix. Elle en était certaine.

Elle venait d'emménager dans la région d'Aigle pour être plus proche d'Andreas et Mikaël. Elle avait envie de rattraper le temps perdu et de permettre à ses enfants de rencontrer le plus souvent possible leurs deux tontons. Au bénéfice d'une formation supérieure en économie, elle avait réussi à trouver quelques mandats qui lui assuraient de s'en sortir financièrement.

Ils s'assirent. Mikaël servit un verre à Andreas. Adam et Mélissa jouaient au ballon avec Minus qui le leur chipait sans arrêt.

— Comment se passe ton travail ?

— C'est à moi de te le demander, Andy !

— La situation n'est pas facile. Déjà deux cadavres. Je suis persuadé qu'il y en aura au moins un troisième et nous n'avons aucune piste sérieuse. Mais je préfère qu'on change de sujet. J'aimerais passer un après-midi détendu sans me prendre la tête avec tout ça.

— Je comprends. Pas de souci. D'ailleurs, Mikaël vient de m'en parler en long et en large. En ce qui me concerne, tout va bien. J'ai obtenu encore un autre mandat. Je dois faire un audit de la comptabilité d'une entreprise et leur proposer des solutions pour améliorer la situation. Si ça continue comme ça, je pense que je pourrai poursuivre à long terme mon expérience en tant qu'indépendante.

— Ce serait génial ! commenta Mikaël.

— Oui, en effet. Comme ça, je pourrai consacrer beaucoup de temps aux enfants. C'est ce qui compte le plus pour moi en ce moment.

Mikaël se leva pour tourner les deux magnifiques côtes de bœuf sur le grill et y mettre des saucisses pour les enfants. Il partit à la cuisine et rapporta une salade de pommes de terre et une de haricots du jardin.

— Andy, vous allez faire quoi à Noël ?

— Je ne sais pas encore. On pensait éventuellement faire un safari au Botswana.

— Moi, j'ai décidé d'aller à Gotland avec les enfants. J'en ai parlé aux parents. Ils y réfléchissent aussi. Vous devriez venir. Ce serait sympa de se retrouver en famille, non ? Les feux de cheminée. La neige. Un vrai *Julbord*, avec toutes les spécialités. Du gratin aux anchois, des harengs marinés, des boulettes de viande avec de la confiture d'airelle, le jambon entier grillé, sans oublier le porridge de Noël.

— Oui. Et le *Julmust*… C'est une excellente idée. Ça fait longtemps que je n'y suis pas allé pour Noël. Qu'en penses-tu, Mikaël ?

— Je vote pour ! L'Afrique, ce sera pour une autre fois.

Les parents d'Andreas et Jessica possédaient une maison familiale sur cette magnifique île suédoise de la mer Baltique. Andreas avait toujours aimé cet endroit. Enfant, il y avait passé toutes ses vacances. À moitié suédois, il considérait les séjours là-bas comme un retour aux sources.

Andreas ôta les côtes de bœuf du feu. Il les coupa

et prépara trois assiettes. Mikaël ouvrit une deuxième bouteille de cette merveilleuse syrah néo-zélandaise. Le repas fut agréable. Comme toujours. Pour le dessert, Mikaël avait fait une mousse au chocolat pour le plaisir des petits et des grands.

Après le café, ils prirent la voiture jusqu'aux Ernets. De là, ils montèrent à pied en direction de la Poreyre. Adam tenait fièrement Minus en laisse, malgré le fait qu'il ne faisait pas le poids face à un énorme saint-bernard. Mais Minus jouait le jeu et ne tirait pas trop sur la corde.

Arrivés à la Poreyre, un chalet d'alpage datant du XVIIIe siècle, ils s'assirent un moment sur le banc. Le panorama était sensationnel. En face, on distinguait derrière une légère brume les Dents du Midi et en contrebas le village de Gryon. Juste en dessous, les vaches broutaient l'herbe verte des pâturages et leur offraient un concert de cloches. C'était le lieu de promenade favori d'Andreas et Mikaël. Ils continuèrent à monter en direction de Frience. Ils se mirent de côté sur l'étroit chemin de terre pour laisser passer le 4 × 4 d'Antoine, l'agriculteur qui s'occupait de l'alpage. Arrivé à leur hauteur, il s'arrêta. Ils échangèrent quelques paroles amicales, avant de poursuivre.

Sur la droite, quelques vieux chalets. De loin, Andreas aperçut un homme qui marchait dans leur direction. Alors qu'ils se croisaient, Andreas le reconnut. Il l'avait déjà vu la veille au bar du Café Pomme. C'était cet Américain qui avait acheté un chalet dans le coin, John Holder. Il était sur la liste des personnes venues pour le culte lorsqu'ils avaient retrouvé Alain Gautier. Nicolas l'avait rencontré. Ils se saluèrent et échangèrent un regard tout en poursuivant leur chemin. Deux fois en deux jours. Était-ce un hasard ? Andreas ressentit tout à coup une drôle de sensation. Un Américain à Gryon. Quel lien avait-il avec ce village ? Peut-être devrait-il prendre le temps de discuter avec lui en début de semaine.

— On va manger une glace au restaurant, tonton Andy ?

— Tu es un gourmand, Adam ! Allons-y !

Chapitre 73

Gryon, 1er septembre 1972.

Au cours de la soirée, ils avaient abordé la parabole du semeur. Le pasteur leur avait expliqué que les paraboles étaient des récits tirés de la vie quotidienne des gens. Jésus y parlait de levain, de filets de pêche, de grains, de vin ou encore de pièces d'or. Parfois, il parlait de trésors ou de perles pour évoquer les rêves. Les paraboles se basaient également sur l'observation de la nature. C'était le cas pour celle du semeur. Jésus s'en servait pour dire des choses importantes sur Dieu et son Royaume.

Ce qui l'avait marqué dans cette parabole, c'était la différence entre la bonne terre et la mauvaise terre. La bonne terre était celle qui permettait aux semences de grandir et de se développer dans de bonnes conditions. La mauvaise terre, elle, était dure comme un chemin tassé par le passage de milliers de personnes, fissurée comme les sols pierreux et encombrée de ronces. Le pasteur avait dit que la terre était comme le cœur des hommes, parfois tendre et perméable, parfois dur comme de la pierre.

Tout cela, il l'avait bien compris. Il en avait même fait l'amère expérience. La question qu'il se posait, c'était : « Pourquoi ? » Qu'est-ce qui faisait que quelqu'un avait un cœur dur comme de la pierre et trouvait du plaisir à faire du mal à un autre ? Pouvait-il être heureux ? Il pensa que non. Lui, il avait un cœur tendre, mais souvent trop perméable. Il ressentait de l'amour pour sa Princesse qui le lui rendait bien. D'un côté, il aurait aimé être plus dur pour pouvoir mieux se défendre contre les autres, mais aussi contre les sentiments qui l'envahissaient et parfois le rendaient triste, voire désespéré.

En même temps, il ne voulait pas devenir comme eux. Durant les séances de catéchisme, Michel était très discret. Il ne disait pas un mot. Contrairement à lui-même, qui participait sans relâche aux discussions et posait de nombreuses questions au pasteur. Il désirait apprendre. Il s'intéressait un peu à la foi, mais surtout à la nature humaine. Il avait besoin de comprendre. Lorsque Michel se retrouvait avec ses camarades, il changeait du tout au tout. Il se ralliait à leur bêtise et à leur méchanceté. Était-il vraiment comme cela ? Non, il était faible. Il ne se sentait fort que parce qu'il était avec les autres. Mais il n'avait pas une personnalité assez affirmée pour exister par lui-même. Il était un de ceux qui suivaient sans se poser de questions.

Ces gens-là, il les haïssait tout autant que les meneurs. La haine. Un sentiment qu'il commençait à éprouver contre son gré. Il avait un cœur pur. Un cœur tendre. Mais la méchanceté des autres avait semé en lui une graine de haine qui s'était mise à grandir. C'était là le problème de cette terre tendre.

De mauvaises herbes et des ronces y trouvaient un terrain favorable non seulement pour croître, mais pour étouffer la bonne semence. Il ne savait pas comment lutter contre cela. La parabole ne parlait pas de ce désherbant qu'il utilisait avec sa grand-mère contre les épines sur les alpages.

Pendant le catéchisme, il était tellement absorbé par ses pensées qu'il ne songeait pas à ce qui pouvait l'attendre à la sortie. Mais lorsqu'il voyait que la leçon se terminait, il ne pouvait s'empêcher de sentir la peur monter en lui.

La peur d'abord.

La colère.

Ensuite la haine.

À la fin du cours, le pasteur demanda à le voir. Il dit au revoir à sa Princesse, qui était toujours assise à côté de lui. Elle le gratifia d'un de ses plus beaux sourires. Elle était ravissante. Magnifique. Il s'avança vers le pasteur tout en la regardant sortir de la salle.

— Tu me sembles un peu absent par moments. Comme si tu étais perdu dans tes pensées. Comme si le monde autour de toi n'existait pas. Est-ce que quelque chose te trouble ? Tu as des soucis ?

— Je réfléchis beaucoup, c'est tout.

— Hum. Tu sais que tu peux m'en parler si tu en éprouves le besoin.

— Oui, je sais, pasteur. Merci.

Il lui serra la main et sortit à son tour. Plus personne. Tout le monde était déjà parti. Il commença à monter la rue en direction de la fontaine.

Tout à coup, il vit quatre jeunes surgir de nulle part. Les mêmes que la dernière fois. Il reconnut immédiatement Alain, Michel, Jacques et le grand, celui qui était le chef du groupe. Sans qu'il ait le temps de réagir, il reçut un coup de poing au milieu du visage. Il tomba à genoux et du sang se mit à couler abondamment de son nez.

— Alors mauviette, tu fais moins le fier, hein !

Deux d'entre eux l'empoignèrent par les pieds. Les deux autres par les mains. Ils le soulevèrent et le jetèrent, tout habillé, dans la fontaine.

De retour à la maison, toute la famille était déjà à table. Sa mère le regarda et se leva.

— Mais qu'est-ce que tu as encore fait ? dit-elle d'un ton dur et accusateur.

Il raconta qu'il avait joué avec ses copains près de la fontaine et qu'il avait glissé. Il s'était tapé le nez contre le rebord et était tombé dedans.

Il avait déjà essayé de discuter avec sa mère du fait que les quatre garçons le harcelaient, mais elle lui disait seulement qu'il ne devait pas se laisser faire. Que c'était comme cela qu'on apprenait la vie ! En parler avec son père n'aurait servi à rien. Il aurait aimé que sa mère le prenne dans ses bras et le console. Il aurait souhaité pouvoir crier son désarroi. Mais elle était dure. Comme un terrain rocailleux qui ne laissait aucune place à la tendresse. L'amour ne pouvait grandir que dans de la bonne terre, de la terre fertile. Or, elle était aride.

— Va te changer et te nettoyer le visage. Dépêche-toi ! Tu es déjà en retard pour le dîner.

Chapitre 74

Le presbytère, Gryon, lundi 17 septembre 2012.

Erica était assise à la cuisine et buvait un café. Elle était perdue dans ses pensées. Hier, il lui semblait avoir reconnu celui qui l'appelait *Princesse*. Était-ce vraiment lui ? Cela lui paraissait impossible. Il était mort depuis longtemps. Mais ce regard. Elle le connaissait. Pouvait-elle se tromper ? Elle voulait en avoir le cœur net avant d'en parler à l'inspecteur Auer. Si c'était vraiment lui qui se trouvait dans le temple la veille, rien ne prouvait qu'il était le meurtrier. Pourquoi aurait-il assassiné Gautier et Martin ? Même en cherchant bien, elle ne trouvait pas de raison. Si Fournier avait été tué, cela aurait été autre chose. Là, elle aurait su. Comment allait-elle prendre contact avec lui ? Elle espérait qu'il le ferait lui-même. Sans doute chercherait-il à lui parler ? Ou alors, s'était-elle méprise ? Son regard signifiait-il autre chose ? Peut-être lui en voulait-il aussi ? Les questions étaient nombreuses. Les réponses, lui seul pourrait les donner.

Erica se décida à aller faire un tour. Elle passait

souvent du temps dans différents endroits du village pour rencontrer ses paroissiens. Au bistrot. À l'épicerie. Chez le boucher. Peut-être le croiserait-elle ?

Elle se leva et posa sa tasse à café dans l'évier. Elle endossa son manteau pendu sur un crochet dans le couloir et enfila ses chaussures. Elle prit son sac à main, posé sur la commode, et le mit en bandoulière. Elle sortit du presbytère. En passant devant la grange, juste à côté de la maison, elle aperçut la porte en bois entrouverte. Elle s'approcha avec l'intention de la refermer. Bizarre. Il lui semblait pourtant l'avoir bien fermée la veille au soir. Aurait-elle oublié de la verrouiller ? Ces derniers jours, elle avait la tête ailleurs. Un vol à Gryon n'était pas chose courante, mais elle voulait en avoir le cœur net. Elle se décida à entrer pour voir s'il ne manquait rien. C'était leur débarras, mais ils y entreposaient aussi des outils qui avaient une certaine valeur ainsi que leurs vélos électriques tout neufs. Elle poussa la porte et s'avança. Une odeur forte et intrusive s'imposa à ses narines. Un sentiment étrange s'empara d'elle. Comme une vague de froid qui parcourut tout son corps. L'intérieur était sombre, malgré le soleil qui filtrait par endroits entre les planches. Elle alluma la lampe.

Au milieu de la pièce, sur l'établi, Erica aperçut un homme nu, gisant. Elle n'en croyait pas ses yeux. Encore un cadavre. Le troisième. Tous déposés à quelques mètres de son domicile. Elle s'avança un peu. Elle le reconnut immédiatement. Une vision insupportable. L'odeur la saisit à la gorge. Un sentiment de nausée l'envahit. Elle se retourna et vomit tout le contenu de son estomac.

Ayant repris ses esprits, elle sortit de là en claquant

la porte derrière elle de toutes ses forces. Elle fouilla son sac à main. Son téléphone portable n'y était pas. Elle l'avait sans doute oublié chez elle. Elle retourna à la maison. Il était resté sur la table de la cuisine.

Elle s'affala de tout son poids sur la chaise. L'attraction terrestre paraissait avoir doublé. Son cerveau était en ébullition. Elle appela l'inspecteur Auer. Lorsqu'il décrocha, elle voulut parler, mais sa bouche sembla paralysée. Puis elle entendit une voix lointaine l'interpeller. Comme dans un rêve. Mais elle était bien éveillée.

— Madame Ferraud, c'est bien vous ?

— Il est mort, bredouilla-t-elle.

— Mort, vous dites ? Qui est mort ?

— Cha… rrier.

Erica laissa le téléphone tomber de sa main sur la table sans même raccrocher, puis tous ses muscles se relâchèrent. Elle glissa de sa chaise et s'étala sur le sol de la cuisine. Un long cri sourd venu du fin fond de ses entrailles s'échappa. Puis elle pleura toutes les larmes de son âme.

Chapitre 75

Le presbytère, Gryon, lundi 17 septembre 2012.

Andreas arriva sur place quelques minutes plus tard, suivi de près par Nicolas et Christophe. Il avait appelé Karine pour la prévenir. Il parqua la voiture au milieu de la rue devant le temple.

Il retrouva Erica assise par terre contre le mur du presbytère, les jambes repliées contre le corps. Elle semblait en état de choc. Elle indiqua la grange d'un geste de la main.

Andreas vit un panneau qui trônait au-dessus de l'entrée. « *La Parole est la vérité.* »

Le temple.

La fontaine.

La grange.

Il sortit son carnet et nota le troisième lieu de crime. Approchait-il de la vérité ? Il l'espérait. Il le devait.

Ensuite, il entra et s'avança de quelques mètres. Il reconnut Jacques Charrier au premier coup d'œil, nu sur l'établi au milieu de la grange. Disposé sur le dos. Les jambes attachées ensemble à l'aide d'une corde.

Les bras, rigides, comme suspendus dans le vide de chaque côté de l'établi. Un grand couteau était planté dans le cœur. Un bout de papier y était accroché. Les yeux avaient été ôtés.

Aucun doute possible.

La signature était identique.

À un point près.

Dans la bouche, il aperçut quelque chose. Il s'approcha. Des morceaux de chair ensanglantés ? Il les examina de plus près. Des parties génitales ! Il regarda plus bas. Elles avaient été sectionnées.

Christophe, qui l'avait suivi, posa sa mallette par terre. Il prit son appareil photo. Il régla la roulette sur manuel. Il choisit un diaphragme relativement fermé et une vitesse moyenne pour capter un maximum de lumière dans la pénombre de la grange. Il augmenta encore un peu les ISO pour avoir plus de netteté. L'objectif n'était pas d'avoir des photos artistiquement réussies, mais suffisamment nettes pour discerner le plus de détails possible. Ensuite, il mitrailla la scène de tous les côtés avant de faire différents gros plans.

Voir la scène à travers le viseur de son appareil mettait une distance entre lui et la réalité qu'il devait affronter. Cela lui faisait le même effet que s'il regardait un film à la télévision. Il passa en revue les photos prises en les visualisant sur l'écran. Il était satisfait. Certes, il ne les exposerait pas dans son salon, mais la qualité était suffisante. Il posa son appareil et enfila ensuite des gants en plastique.

Andreas s'éloigna de la scène pour observer le tableau dans son ensemble. Le corps était à nouveau disposé comme un Christ crucifié. Il ferma les yeux pour se concentrer. La grange ! Quelle signification pouvait avoir ce lieu pour le tueur ? Tout tournait autour du temple. Tout avait un lien avec la religion. Une image se forma dans son esprit. Erica. C'était le point commun. Elle avait elle-même découvert deux des cadavres. Elle les connaissait. Était-ce dans l'intention du meurtrier ? Avait-il des comptes à régler avec la pasteure ?

Christophe détacha le bout de papier accroché au couteau et le déplia. Il lut à haute voix :

« *Regarde-moi, ô Éternel, et fais-moi grâce, car je suis seul et malheureux.*

Mon cœur est dans l'angoisse, délivre-moi de mes tourments !

Vois ma misère et ma souffrance, pardonne-moi tous mes péchés ! »

Andreas laissa Christophe prendre en charge le lieu du crime. Il sortit et alla rejoindre Erica Ferraud au presbytère. Nicolas l'avait emmenée à l'intérieur. Son mari, Gérard, était absent. Il était parti pour quelques jours retrouver sa mère gravement malade.

Nicolas était en train de préparer des cafés. Erica, assise sur le banc de la cuisine, était en larmes. Andreas prit place en face d'elle. Elle parla la première.

— C'est terrible. Pourquoi ici ? Pourquoi moi ?

— Madame Ferraud, j'espérais que vous pourriez m'éclairer à ce sujet !

Erica parut surprise du ton neutre et dur sur lequel l'inspecteur venait de l'interpeller. Ne pouvait-il pas faire preuve d'un soupçon d'empathie dans un moment comme celui-ci ? Elle essuya ses larmes.

— Vous supposez que cela a un lien avec moi ?

— C'est une possibilité. Qu'en pensez-vous ?

Erica réalisa que l'inspecteur était arrivé à la même conclusion qu'elle. Ou alors s'imaginait-il qu'elle était impliquée dans cette série de meurtres ? Son regard incisif et pénétrant la déstabilisa. Elle avait le sentiment qu'il pouvait lire dans ses pensées. Mais non, c'était impossible. Elle se ressaisit.

— Je ne comprends pas. Alain, Michel et maintenant Jacques. Peut-être que le lien est avec le temple et pas avec moi ! suggéra-t-elle, sans grande conviction.

— Hier, dans votre prédication, vous avez fait mention d'un ami qui a « *disparu dans les ténèbres* ». Ces mots ont-ils un rapport avec l'histoire qui nous occupe en ce moment ?

— Non. Cette personne est morte.

— Pourquoi en avoir parlé hier ? La prédication concernait bien cette affaire de meurtres, non ?

— Oui, c'est vrai. Je ne pouvais pas ne pas en parler. En écrivant la prédication, j'ai pensé à lui. Il avait en commun avec le meurtrier le fait d'être dans les ténèbres.

— C'est une affirmation ?

— Non. Juste une supposition.

— J'aimerais vraiment que vous me parliez de cette personne.

— Je ne peux pas. Je suis liée par le secret de fonction. Mais je vous le répète, cela n'a rien à voir avec cette histoire.

Andreas n'était pas convaincu par son explication. Il devait l'inciter à tout dire.

— Madame Ferraud, vous savez que si vous êtes en possession d'informations concernant cette affaire et que vous ne m'en parlez pas, vous vous mettez en faute vis-à-vis de la loi. Votre statut de pasteure vous confère le secret de fonction, certes, mais votre conscience n'en sortira pas indemne. Et si je ne me trompe pas, cet ami est lié à votre vie privée et non à votre fonction.

— J'en suis parfaitement consciente, inspecteur. Vous imaginez bien que si j'étais au courant de quelque chose, je vous le dirais.

Le ton et la manière avec lesquels Erica répondit éveillèrent encore plus les soupçons d'Andreas.

Elle savait quelque chose.

Elle le lui cachait.

Il en était persuadé.

Chapitre 76

Chez Charrier, Les Posses, et Taveyanne, Gryon, lundi 17 septembre 2012.

Entre-temps, Karine était arrivée sur place, tout comme deux voitures de la gendarmerie. Doc était lui aussi sur les lieux, affairé sur la scène du crime en compagnie de Christophe. Le périmètre autour de la grange avait été barricadé et de nombreux villageois s'étaient rassemblés près de la fontaine. Les discussions allaient bon train, la nouvelle ayant comme toujours circulé très rapidement. Une certaine tension était perceptible. Un troisième meurtre en moins de dix jours. Jamais Gryon n'avait connu une histoire aussi sordide. Fournier était toujours derrière les barreaux. Cette fois, ils n'auraient pas d'autre choix que de l'innocenter et de le relâcher.

Karine et Andreas se rendirent ensuite chez Charrier. Le chalet, fastueux et imposant, donnait l'impression que ses voisins n'étaient que de petits cabanons. Il était construit avec de gros rondins en bois clair, un peu comme ces maisons canadiennes qu'on imagine au bord d'un lac, loin de la civilisation. Au premier niveau, une grande baie vitrée donnait sur une terrasse où la vue sur la vallée était saisissante. Le jardin était magnifiquement entretenu. Des arbustes parfaitement taillés. Des rosiers dans les tons roses et rouges. Il avait sûrement un jardinier, pensa Andreas. Le garage était vide. La voiture de Charrier n'y était pas. Où pouvait-elle bien être ?

Après avoir rapidement fait le tour de la maison, ils tentèrent de rentrer, mais la porte était verrouillée. Ils n'avaient trouvé pour le moment aucun des effets personnels de Charrier et n'avaient par conséquent pas ses clés. Karine retourna à la voiture chercher une perceuse qu'ils avaient empruntée à Christophe. Elle perça la serrure et, après quelques minutes, ils réussirent à entrer. Ils firent le tour et constatèrent très vite que le crime n'avait pas été commis là. Dans le cas d'Alain Gautier, cela s'était passé dans son appartement. Dans ceux de Martin et Charrier, ils n'avaient pas encore découvert le lieu où le meurtre avait été perpétré.

Karine était en train d'observer des photos accrochées au salon, juste au-dessus de la cheminée. Une en particulier attira son attention.

— Andreas, viens voir. Tu reconnais cet endroit ?

— Oui, c'est Taveyanne.

Elle l'examina de plus près. Quelque chose était gravé sur le cadre en bois. Le nom du chalet, sans doute. *Jack's Place*.

Quinze minutes plus tard, ils se garaient sur le parking à l'entrée de Taveyanne. Karine aperçut immédiatement la voiture de Charrier. Elle s'en approcha et jeta un coup d'œil à l'intérieur. Rien à signaler.

Ils entrèrent à pied dans le village. Il n'y avait pas âme qui vive. Une sensation de sérénité s'en dégageait. Karine imaginait ce qui avait pu se passer dans l'un de ces chalets. Un crime d'une rare violence. Depuis le début de sa carrière, elle avait vu de nombreux morts. Elle avait été confrontée à des histoires plus sordides les unes que les autres. Mais celle-ci dépassait l'entendement.

Ils avaient vu le chalet en photo, mais ne savaient pas exactement où il se situait. Après avoir traversé la rue principale, sans succès, ils décidèrent d'aller chacun de son côté. Karine continua jusqu'au milieu du village, puis pénétra dans une ruelle sur la gauche. Elle avança de quelques dizaines de mètres. Sur sa droite, un étroit chemin se faufilait entre deux chalets. Elle décida de l'emprunter. Arrivée à l'autre bout, elle repéra le chalet. C'était bien celui qu'elle avait vu en photo chez Charrier. Elle ressentit un frisson. Elle en était sûre, c'était bien là que cela s'était passé.

— Andreas, j'ai trouvé ! hurla-t-elle.

Sans attendre de réponse, elle avança en direction de la porte. Au moment même où elle allait mettre sa main sur la poignée, elle se ravisa. Elle sortit une paire de gants en plastique de sa poche et les enfila. Ensuite, elle appuya sur la poignée et poussa la porte pour l'ouvrir. Elle était déverrouillée. Elle entra. Elle ne s'était pas trompée.

Une chaise.

Des habits.

Des cordes.

Du sang.

La chambre de la torture. Pour Charrier, ça avait été ici.

Andreas arriva derrière Karine, un peu essoufflé d'avoir couru pour la rejoindre. Comme précédemment, ils ne retrouvèrent aucun indice laissé par le meurtrier, à part les cordes qui avaient servi à attacher sa victime. Les globes oculaires avaient été emportés. Pas de traces de couteau. Ni de scalpel. Rien. Karine sortit son iPhone pour faire des photos.

Andreas préférait prendre des clichés avec son cerveau. Il se concentrait et observait. Il laissait l'endroit se forger une place dans sa mémoire. Ensuite, il fermait les yeux pour s'imaginer la scène. Qu'avaient-ils ressenti ? Le meurtrier ? Charrier ?

Ces images resurgissaient régulièrement dans ses rêves. Il ne pouvait pas faire autrement. Pour comprendre les choses, il devait les éprouver. Karine le savait. Pendant ces moments-là, elle ne le dérangeait pas. Elle laissait Andreas rétablir le contact lorsqu'il le souhaitait.

— J'espère vraiment que c'est la dernière ! dit-il après quelques minutes.

— La dernière ?

— La dernière scène de crime.

— C'est un vœu ou une impression ?

— Les deux !

Andreas continua à observer les lieux. Ils se trouvaient dans la pièce principale qui faisait office à la fois de salle à manger et de salon. Sur la gauche, le coin-cuisine avec son ancien poêle à bois. Au mur, des étagères remplies d'objets d'antiquaire liés au chalet et à la vie montagnarde. Des moules à beurre, des channes en étain, des assiettes avec des motifs de vaches. Au fond, une vieille porte coupée en deux au milieu, dont la partie haute était ouverte et qui donnait sur ce qui avait été l'étable. Sur la droite, une cheminée dont le socle était en pierre et la hotte en bois noirci par le feu. Au-dessus étaient posés des trophées gagnés lors de concours de chasse. Au mur, plusieurs têtes d'animaux empaillées. Un chamois. Un chevreuil. Un cerf. Dans le coin entre la porte de la grange et la cheminée, la table, en bois massif. Au plafond était accroché un rondin duquel pendaient des cloches de toutes tailles. Des grandes. Des petites. Des toupins. Les courroies étaient brodées de motifs d'edelweiss et autres symboles alpestres.

Andreas repensa à la montée à l'alpage de l'année précédente à laquelle Mikaël et lui avaient participé. Un cortège de vaches, décorées de fleurs, accompagné par les sons mélodieux des cloches. La montée s'était passée paisiblement, les vaches connaissant le trajet par cœur, mais elle avait tout de même été ponctuée par certaines tentatives de se soustraire au cortège en empruntant des chemins de traverse ou en coupant au milieu des prés pour brouter l'herbe fraîche. L'arrivée à l'alpage avait été suivie de quelques verres de vin blanc partagés et appréciés dans un panorama magnifique.

L'atmosphère de ce chalet était chaleureuse. Andreas posa à nouveau son regard au milieu de la pièce, à l'endroit où se trouvait la chaise sur laquelle Charrier avait été attaché et assassiné.

— Andreas, viens voir !

Karine se tenait devant la cheminée. Andreas s'approcha. Elle pointa du doigt une inscription qui semblait avoir été gravée récemment. *He 9,22*.

— C'est quoi, ça ?

Andreas sourit. Il y avait chaque fois deux textes bibliques. Il sortit son iPhone et entra les données dans *Google*. C'était un verset de l'*Épître aux Hébreux*. Un livre du *Nouveau Testament*. Il cliqua sur le premier lien en français et lut :

« *Et c'est avec du sang que, d'après la loi, on purifie presque tout, et sans effusion de sang, il n'y a pas de pardon.* »

— Ça devient de plus en plus obscur, ces messages bibliques !

— Je te l'accorde. Lu comme ça au premier degré, il chercherait à devenir pur auprès de Dieu en faisant couler le sang de ses victimes et à obtenir le pardon pour ce qu'il fait. Mais il me manque des clés pour comprendre et interpréter.

Andreas envoya un SMS à Mikaël avec la mention des deux nouveaux versets. Ensuite, il se retourna et aperçut une commode située juste derrière lui. Des cadres contenant des photos de famille étaient posés dessus. Il s'en approcha et commença par fouiller le tiroir du haut. Il était rempli de papiers. Des lettres. Des factures. Il ouvrit le deuxième qui renfermait toute une série de photos, ainsi que des cartes postales. Il les sortit et regarda les motifs. Le Taj Mahal. Le célèbre Golden Gate de San Francisco. Il retourna la carte. Elle était signée Alain. Probablement Gautier, pensa Andreas. Tout en dessous, un tas de cartes postales étaient attachées ensemble avec un élastique. Il le sortit, enleva l'élastique et les disposa toutes sur la table. Il en compta vingt et une.

L'une d'elles représentait le Grand Muveran. Il la prit et la retourna. Envoyée il y a six mois. Le texte disait : « *L'homme coupable sera jugé. Ô Dieu, aie pitié de lui. PS. Je ne vous ai pas oubliés.* » Elle était identique à celle que Martin avait reçue. Probablement la même que celle envoyée à Gautier. Et celle reçue par Fournier. Les vingt autres avaient un motif religieux. Des vitraux. Des intérieurs d'églises. Des croix.

Il les retourna une à une et les disposa selon la date du timbre postal. Une par année depuis 1990. Il en choisit une au hasard et lut :

« *Ma vengeance sera assouvie. Je tirerai l'épée, ma main les détruira.* »

Il en prit une deuxième.

« *Le juste sera dans la joie, à la vue de la vengeance. Il baignera ses pieds dans le sang des méchants.* »

Sur chacune, une phrase biblique évoquant la vengeance avait été écrite. Chaque fois différente. Aucune signature. Il regarda le tampon de la poste. Elles avaient été envoyées depuis les États-Unis.

Les États-Unis ? Holder ?

Chapitre 77

Sur un alpage, Gryon, lundi 17 septembre 2012.

Après l'épisode qui avait marqué sa vie à jamais, l'homme qui n'était pas un meurtrier avait accumulé une somme énorme de haine et de frustration pour lesquelles il ne parvenait pas à trouver d'exutoire. Il n'était qu'un jeune enfant à l'époque et son innocence lui avait été volée. Et son âme souillée. Il avait tout de suite su que jamais rien ne serait plus comme avant. Il s'était imaginé qu'en changeant de vie, il pourrait recommencer de zéro. Au début, cela avait fonctionné, mais cet élan positif s'était avéré de courte durée. Les ombres et les ténèbres étaient toujours là. Encore plus présentes et plus sombres.

Il ignorait comment trouver des soupapes pour se libérer de cette tension qui l'envahissait de plus en plus. Cela le terrifiait, car il ne savait pas comment réagir ou maîtriser les émotions qui germaient et se développaient en lui.

Il avait ensuite commencé à se retrancher du monde. Il n'avait personne à qui parler de ce qu'il ressentait.

Tout cela était trop gênant et humiliant. Comment pouvait-il accumuler tant de mal en lui ? Petit à petit, ses fantasmes avaient pris le dessus sur la vie réelle, même si sa vie fantasmatique devenait tout aussi négative que la réalité, voire pire. Il avait pris conscience que rien de bon ne pouvait sortir de tout ça.

Bien avant de commettre son premier crime, il savait qu'il tuerait un jour. Ses fantasmes étaient devenus trop forts, trop violents pour être contenus. Il avait imaginé qu'en se vengeant et en combattant le mal, celui avec un grand M, personnifié par tous ces êtres ignobles, la tension qui l'habitait disparaîtrait ou tout au moins diminuerait.

Aujourd'hui, il avait compris que ce ne serait pas le cas. Jamais. Impossible de contrecarrer le mal qui le rongeait de l'intérieur. Il revenait sans cesse à la charge.

Il se sentait fatigué.

Il voulait en finir.

Bientôt.

Chapitre 78

Centre gryonnais, Gryon, lundi 17 septembre 2012.

Toute l'équipe était réunie. Karine résuma ce qu'ils avaient découvert dans le chalet de Taveyanne.

— Charrier est-il le seul à avoir reçu les vingt cartes postales ? demanda Nicolas.

— C'est manifestement le seul des trois qui les ait conservées. Chez Gautier, il n'y en avait pas, c'est certain. Par contre chez Martin, nous n'avons pas fouillé de fond en comble. Nous savons que les trois ont reçu la dernière carte, envoyée de Gryon. Nous avons celle de Martin et celle de Charrier. Concernant Gautier, le curé nous a confirmé l'existence de cette carte. Je pense que nous pouvons partir du principe que les trois victimes ont aussi reçu ces vingt cartes des États-Unis.

— Oui, cela paraît logique, appuya Karine.

— Et puis Fournier ! Il a également reçu cette dernière carte. Et certainement aussi les vingt autres.

— Ce serait donc la quatrième victime ! s'exclama Karine.

— Oui, j'ai le sentiment que le tueur a gardé le meilleur pour la fin. Il a essayé de faire porter le chapeau à Fournier. Il le laisse mariner.

— Bon, là où il est, il ne risque rien.

— Justement. Il va être relâché à 15 heures cet après-midi.

— On ne pourrait pas le garder au frais encore quelque temps ? intervint Christophe.

— Il a été formellement innocenté. Il était en prison lors du dernier meurtre. Le procureur a décidé de le libérer. Viviane l'a vu ce matin. Elle lui a fait part de nos craintes qu'il soit la prochaine victime. Elle a essayé de lui tirer les vers du nez. Mais rien. Il est resté muet comme une tombe.

— Comment cela se fait-il ?

— Il connaît le meurtrier, c'est certain. Peut-être qu'il veut lui-même l'affronter ? Il n'a plus grand-chose à perdre, suggéra Christophe.

— Nous devons le surveiller et le protéger en même temps. Nicolas, j'aimerais que tu suives Fournier ! Vingt-quatre heures sur vingt-quatre ! Un roulement sera mis en place.

Nicolas acquiesça. Il avait le sentiment d'être investi, pour une fois, d'une mission importante. Il se leva de table, enfila sa veste, et quitta la salle. Il était prêt. Peut-être serait-ce lui qui finalement attraperait le meurtrier ? Il l'espérait plus que tout !

Andreas s'adressa à Christophe.

— As-tu des nouvelles concernant l'origine des trois couteaux numérotés ?

— Oui. J'ai reçu un e-mail ce matin même. J'ai contacté l'entreprise américaine qui les produit. Il semblerait qu'ils aient été vendus et achetés aux

États-Unis. Le lieu de vente exact doit encore m'être confirmé, mais les couteaux faisaient partie d'un lot qui a été transféré dans la filiale de l'État de New York.

— À nouveau la piste américaine. Les cartes. Les couteaux.

— Holder paraît donc être un candidat intéressant, suggéra Christophe.

— Oui, je le pense aussi. As-tu pu vérifier ce que je t'ai demandé ?

— *Of course, boss.* J'ai contrôlé avec les services de douane. Holder est en Suisse depuis trois mois. Il est arrivé à Genève par avion depuis New York. Avant cela, il est venu acheter la maison en novembre 2011. Il est ensuite retourné aux États-Unis en décembre. Juste avant Noël.

— Mais qui donc a envoyé les cartes il y a six mois ? s'interrogea Karine. A-t-il un complice ? Ou alors on fait fausse route…

— Est-ce que d'autres Américains vivent à Gryon ou dans les environs ? questionna Christophe.

— Ou des personnes qui ont une connexion avec les États-Unis ? renchérit Karine.

— Hum. Il faut creuser cela. Mais en attendant, je vais tâcher de rencontrer Holder plus tard dans la journée. Je veux savoir à qui nous avons affaire.

Andreas sortit son portable de sa poche et envoya un SMS à Mikaël : « *Qui à Gryon aurait un lien avec les US ?* »

— Christophe, quelles sont tes conclusions sur ce troisième meurtre ?

— C'est de toute évidence le même meurtrier. La signature est identique, sauf en ce qui concerne les parties génitales qui ont été cette fois sectionnées et placées dans la bouche de la victime.

— Comment devons-nous comprendre ce changement ? remarqua Karine.

— Plusieurs explications sont plausibles, répondit Andreas. Mais j'ai une théorie.

— Comme d'habitude, murmura Karine avec un sourire en coin.

— La nouveauté dans ce troisième meurtre est la composante sexuelle. Il n'a pas remplacé le fait d'enlever les yeux par celui de couper les parties génitales. Il cumule les deux aspects. Il s'agit probablement d'une sorte de gradation. Il commence par les deux à qui il en veut le moins. Il poursuit par un troisième à qui il en veut plus. Et il garde Fournier pour la fin.

— Qu'est-ce qui te fait dire que c'est le dernier ?

— Je n'en suis pas sûr, mais ce qui me paraît clair, c'est qu'il a réservé un traitement spécial à Fournier. Une sorte de faveur. Fournier, c'est la cerise sur le gâteau. Mais c'est aussi ce qui fait que le gâteau est un gâteau.

— C'est quoi cette métaphore pâtissière ? Qu'est-ce que tu veux dire par là ?

— Son œuvre sera achevée uniquement lorsqu'il aura tué Maurice Fournier.

— Je vois, acquiesça Christophe.

— On s'était interrogés sur ce qu'avaient fait les victimes pour que leurs yeux soient enlevés. Nous devons nous poser la même question concernant les parties génitales.

— Est-ce qu'il peut s'agir d'un abus sexuel ? avança Karine.

— C'est une des pistes à envisager. D'ailleurs,

Fournier, s'il avait abusé du meurtrier, ne s'est pas arrêté pour autant. Il semble qu'il abuse volontiers des autres.

— Oui. Mais là, en l'occurrence, il a abusé sexuellement d'une jeune fille. Et nous avons affaire à *un* tueur, fit remarquer Christophe.

— Ce n'est pas incompatible. L'abus a pu se passer durant leur adolescence. À cet âge, l'identité sexuelle n'est pas encore bien définie. Il a pu avoir des expériences homosexuelles dans cette période de sa vie avant de se tourner vers les femmes.

— Il peut aussi être bisexuel ! avança Karine.

— C'est juste. Nous devons donc, à mon avis, continuer à creuser dans l'entourage de jeunesse des victimes. Je pense que les faits doivent se situer entre 1970 et 1980. Lorsqu'ils avaient entre dix et vingt ans. Je dirais même qu'on peut réduire la période de plus ou moins 1970 à plus ou moins 1975. À partir de 1975, ils ont tous pris des chemins différents. École à Bex, apprentissage, etc. Rien n'empêche qu'ils aient pu continuer à se côtoyer à Gryon lors de week-ends ou de vacances. Mais je suppose que l'épisode qui a impacté si fortement la vie de notre meurtrier a dû prendre place à la fin de son enfance ou au début de son adolescence. C'est dans cette période, où la personnalité est en train de se créer et de se développer, qu'un événement peut s'inscrire de manière aussi profonde que durable dans la psyché de quelqu'un.

— Pourquoi ce dernier crime est-il plus rapproché ? Il a assassiné Gautier le 8 septembre, Martin le 13 et Charrier le 15.

— En général, pour un tueur en série, il existe un temps de latence entre deux meurtres. Cette durée est variable et peut se modifier au fil du temps. Souvent, le besoin de revivre ses fantasmes et de tuer devient de plus en plus fort et de moins en moins maîtrisable. Cette période de latence équivaut à un temps de dépression. Le passage à l'acte ne répond pas totalement aux attentes du tueur. Le fantasme est plus fort que la réalité. Réitérer cette expérience devient une nécessité. Il espère que, la fois suivante, son fantasme sera pleinement accompli. Mais ici, c'est différent. Il a un plan bien établi. Il veut éliminer quatre personnes, ou plus. Se venger. Il doit donc aller rapidement au bout de son projet. Il désire sans nul doute que les futures victimes vivent dans la peur un certain temps, mais il ne veut pas non plus risquer de se faire attraper. Il sait que nous sommes sur ses traces…

— Il devrait dans ce cas agir rapidement et tenter de tuer Fournier dans les jours qui viennent ! conclut Christophe.

— Sauf que cette fois, nous sommes sur nos gardes ! fit remarquer Karine.

Chapitre 79

Chalet *L'Étoile d'argent*, Gryon,
lundi 17 septembre 2012.

Lorsque le SMS d'Andreas s'afficha sur son portable, Mikaël mit immédiatement de côté l'article qu'il était en train d'écrire. L'interview d'un des Conseillers fédéraux suisses qu'il venait de réaliser quelques jours auparavant. Un bilan sur ses deux premières années au sein du gouvernement suisse. Ça ne manquait pas d'intérêt, mais les recherches pour faire avancer l'enquête prenaient le dessus.

Il identifia rapidement le nouveau verset trouvé sur le cadavre de Charrier. Il était tiré du livre des *Psaumes*. Chapitre 25. Il garda quelques instants le regard figé sur les mots forts qui le composaient.

Malheureux.
Angoisse.
Tourments.
Misère.
Souffrance.

Mikaël se leva et se dirigea vers la grande bibliothèque du bureau. De nombreux livres historiques, philosophiques, psychologiques et théologiques se partageaient la place sur les étagères… Bien que Mikaël fût le plus littéraire des deux et qu'il possédât un nombre important de livres, Andreas avait lui aussi accumulé au fil des années une quantité considérable d'ouvrages, dont une bonne partie était rangée dans des cartons au grenier, faute de place. Andreas lisait beaucoup, mais il n'avait certainement pas ouvert la moitié des livres qu'il avait acquis.

Après plusieurs minutes de recherche, Mikaël trouva dans la collection d'Andreas le *Commentaire sur le livre des Psaumes* de Jean Calvin. Un vieux bouquin usagé, sans doute déniché dans un marché aux puces.

D'une part, Andreas était intéressé par tout ce que la modernité pouvait offrir. Il avait toujours le dernier iPhone et craquait volontiers pour un appareil photo qui avait quelques fonctions inédites ou pour un système de haut-parleurs ultra-sophistiqué pour le salon. Quelques semaines auparavant, il était rentré avec un immense carton. Une télévision neuve dernier cri, sous prétexte que l'ancienne était devenue une antiquité. Andreas avait constamment besoin de quelque chose de nouveau. Après un achat compulsif, il se comportait comme un enfant qui savait pertinemment qu'il avait fait une bêtise. Mikaël avait abandonné la partie, remplaçant le conflit par l'ironie. Et Andreas était content de son nouveau jouet. Néanmoins, la nouveauté ne l'intéressait que très temporairement. Heureusement que ce besoin se limitait aux aspects matériels et ne s'appliquait pas à la personne avec qui il vivait. D'autre part, Andreas était très attaché aux vieux objets.

Des livres anciens. Sa vieille voiture. Des meubles antiques. Il gardait tout. Jeter quelque chose était pour lui comme se séparer d'une partie de lui-même. Mikaël avait d'abord cherché à comprendre, puis il s'était fait à l'idée de vivre avec un être complexe.

Il ouvrit le livre et commença à lire la préface… en vieux français. Une phrase capta son attention.

« *J'ay accoustumé de nommer ce livre une anatomie de toutes les parties de l'âme, pource qu'il n'y a affection en l'homme laquelle ne soit yci représentée comme en un miroir.* »

Pas étonnant que le meurtrier ait choisi un *Psaume* pour faire part de ses sentiments les plus profonds, pensa-t-il. Ce livre est une collection de toutes les émotions que peut connaître l'être humain. Le *Psaume* 25 se compose de phrases très courtes qui traduisent un état d'âme, celui d'un être profondément malheureux et torturé. Mais aussi celui d'un meurtrier tourmenté par les remords et qui appelle Dieu à l'aide.

Fais-moi grâce !
Délivre-moi !
Pardonne-moi !

Il reposa le livre dans la bibliothèque et retourna s'asseoir. Il ouvrit la Bible qui était posée sur le bureau et chercha l'*Épître aux Hébreux*. Chapitre 9, verset 22. Il lut :

« *Et c'est avec du sang que, d'après la loi, on purifie presque tout, et sans effusion de sang, il n'y a pas de pardon.* »

Après quelques recherches sur Internet, il identifia le contexte historique de ce verset biblique. Dans l'*Ancien Testament*, les Juifs amenaient leurs offrandes à la porte du sanctuaire et confessaient leurs péchés. L'offrande était un animal qui allait être sacrifié. En plaçant leurs mains sur la tête de l'animal, ils transféraient symboliquement leur propre culpabilité sur l'animal sacrifié. L'animal était ensuite égorgé. Sans effusion de sang, pas de pardon…

Dans les temps anciens, tout était purifié par le sang. Dans le *Nouveau Testament*, cet élément est repris symboliquement. C'est par le sang de Jésus que l'humanité est purifiée et pardonnée pour ses péchés. Dès lors, l'homme n'a plus besoin de faire des sacrifices d'animaux, car Jésus sur la croix fut le dernier sacrifice.

Mais la question est : comment le meurtrier interprète-t-il cela ? Il cherche à se faire pardonner par Dieu. Pour quoi ? Pour avoir ôté des vies ? Dans un même temps, il estime peut-être que ces crimes sont nécessaires. Qu'il doit en passer par là pour se purifier. Quoi qu'il en soit, il semblerait que l'assassin ait interprété ce verset de manière littérale… Il a apporté un sacrifice au temple : Alain Gautier. Il va plus loin en remplaçant les animaux par un être humain…

Mikaël reprit un tableau dans lequel il avait noté l'ensemble des textes bibliques que le meurtrier avait partagés. Qu'enseignent ces deux derniers versets ? Il est un esprit torturé et angoissé qui culpabilise. Voilà la nouveauté ! Dans les précédents, il expliquait qu'il avait été maltraité et opprimé et qu'il cherchait à se venger en plongeant ses victimes dans les ténèbres. Que des actes comme ceux que ses victimes avaient commis méritaient la loi du talion. Œil pour œil… Mais, après avoir tué sa troisième victime, ce qui ressort est son mal-être et son sentiment de culpabilité.

L'image du tueur qu'ils recherchaient se fit plus précise dans son esprit. Une personnalité complexe. Un double visage.

D'un côté, un meurtrier qui ne recule devant rien.

Un esprit calculateur.

Une froideur absolue.

Une cruauté sans limites.

D'un autre, un être humain profondément torturé et tourmenté.

Un cocktail explosif !

Chapitre 80

Chalet de Holder, Frience, lundi 17 septembre 2012.

Le chalet où habitait Holder ne pouvait être rejoint qu'en 4 × 4 ou à pied. À pied, c'est le choix que fit Andreas, à défaut d'avoir un véhicule tout terrain. Il gara sa voiture sur le parking de Frience et descendit en direction du restaurant. Sur la droite, un chalet d'alpage avait déjà fermé ses portes pour la saison hivernale. Les vaches étaient retournées en plaine. Arrivé à hauteur du refuge, Andreas bifurqua sur le chemin à gauche. Il vit les courts de tennis sur sa droite, eux aussi désertés. Il était dans la bonne direction. On lui avait expliqué qu'il devait marcher environ deux cents mètres, puis grimper dans les prés sur la gauche. Il ne voyait pas encore le chalet. Il l'apercevrait en arrivant en haut de la colline.

Après cinq minutes de montée, Andreas s'arrêta un bref instant pour reprendre son souffle. Le temps était radieux. Il vit le Grand Muveran en face de lui. C'était un endroit exceptionnel. Le 4 × 4 de Holder se trouvait à côté d'un des deux chalets très anciens, qui avaient servi aux paysans de la région pour leur estivage durant des générations. Celui de derrière était une grange abandonnée et le premier paraissait habité. Il était donc à la maison. Il continua son chemin. À peine parvint-il à la porte du chalet que celle-ci s'ouvrit.

— Bonjour, inspector ! Je vous ai vu arriver par la fenêtre.

John Holder s'exprimait en français avec un accent américain assez marqué et quelques lacunes flagrantes dans la syntaxe. C'était un homme d'une cinquantaine d'années. Peut-être un peu plus. Il avait une stature assez impressionnante. Qu'il ait été joueur de football américain durant ses années de collège ne l'aurait guère surpris. Il portait un jean bleu foncé et un T-shirt blanc avec en motif la statue de la Liberté, l'inscription « *The Bill of Rights* » et les dix premiers amendements de la Constitution américaine, dont celui garantissant le droit au port d'arme. Pas besoin de l'interroger sur ses tendances politiques… Ses cheveux étaient gris. Son visage anguleux, aux traits marqués par les aléas de la vie, évoquait un paysage rocheux façonné par le flot continu des vagues. De grands yeux noirs. Profonds. Un regard vif qu'Andreas se rappela avoir croisé au Café Pomme lorsqu'il était avec Fabien Berset et le dimanche précédent, sur le chemin qui menait à la Poreyre.

— J'allais me servir une verre de vin rouge et profiter du soleil sur la terrasse. Est-ce que vous voulez un ?

Andreas hésita, mais décida d'accepter l'invitation. Il devait rester sur ses gardes. Holder dégageait un charisme certain et sa voix profonde, quasi sépulcrale, ajoutait à son charme énigmatique. Ce dernier n'avait l'air ni surpris ni inquiet de la présence impromptue de l'inspecteur. L'étau s'était resserré grâce aux dernières percées de l'enquête et le lien avec les États-Unis avait conduit Andreas chez Holder. Il devait à tout prix en découvrir un peu plus sur cet étrange personnage.

— Avec plaisir.

— Installez-vous. J'arrive bientôt.

Andreas prit place sur la petite terrasse qui donnait à l'avant du chalet. C'était vraiment un endroit magique. La vue était parfaite. L'isolement presque total. Des lieux comme ceux-ci, il n'en existait sûrement pas beaucoup. Andreas éprouvait un sentiment bizarre. La quiétude de l'endroit et le calme dont faisait preuve Holder tranchaient avec sa propre nervosité. Il se sentit soudain déstabilisé. Comme s'il était hypnotisé par le magnétisme de son hôte. Il devait se ressaisir. Se concentrer sur la raison qui l'avait amené ici. Se focaliser sur son objectif.

Holder revint quelques minutes plus tard avec un plateau chargé de deux verres à pied, d'une bouteille de vin californien, et d'un bol de cacahuètes, qu'il posa sur la table.

— J'aime vin suisse, mais vin de Californie, ça me rappelle chez moi, *you know*.

Il déboucha la bouteille et remplit les deux verres de vin presque à ras bord. Il n'avait visiblement pas encore acquis les us et coutumes viticoles locaux.

— Que me vaut votre visite, *inspector* ?

Sur le chemin, Andreas s'était demandé comment aborder cet entretien. La méthode douce ou la méthode forte ? La douce pourrait se révéler inefficace. La forte pourrait pousser Holder à se fermer comme une huître.

Il jaugea à nouveau son interlocuteur. Il devait prendre l'ascendant sur lui.

La méthode forte.

Oui.

Sans aucun doute.

— Monsieur Holder, certains éléments de l'enquête m'ont mené jusqu'à vous. Je pense que vous êtes le triple meurtrier de Gryon !

Au moment même où les mots sortirent de sa bouche, il les regretta. Mais c'était trop tard. Andreas observa Holder. Ce dernier parut surpris, mais se ressaisit très vite. Son regard, intense, donnait l'impression à Andreas qu'il pouvait lire en lui.

— Meurtrier ! Moi ? dit Holder en riant.

Ce rire semblait venir des tréfonds de son âme. Comme si de l'extérieur d'une caverne on en entendait l'écho sourd.

— Comment vous avoir une idée comme ça, *inspector* ?

— Vous êtes américain, non ?

— *Yes, the best country in the world ! Maybe Switzerland* est aussi un très bon pays.

— Les victimes ont reçu des cartes postales des États-Unis pendant plus de vingt ans. Les couteaux avec lesquels elles ont été poignardées sont un modèle américain. Ils ont même été achetés aux États-Unis, à New York.

Andreas se tut et prit une gorgée de vin rouge.

— C'est de là que vous venez, non ? Vous êtes américain !

— Monsieur *inspector*, il y a peut-être d'autres Américains dans la région. Vous savez, il y a beaucoup d'Américains dans le monde.

— Mais vous êtes en Suisse depuis trois mois, à Gryon. Et trois crimes ont eu lieu à Gryon. Une coïncidence ?

— *Inspector*, moi pas être fâché contre vous de m'accuser. *I understand*. Mais quelle raison pour moi de tuer ces trois personnes ? Je ne les connais pas. J'ai vécu toute ma vie *in the States*.

— Vous connaissiez Alain Gautier ?

— Oui, monsieur Alain. Il m'a vendu le chalet. Mais *that's all*.

— Quel est votre lien avec Gryon ?

— Mon lien ?

— Oui, pourquoi avez-vous acheté un chalet à Gryon ?

— Ma grand-mère est née en Suisse. Elle ensuite partie aux US pour faire ses études. Elle y a rencontré mon grand-père et elle est restée là-bas. Moi, appris le français avec ma mère, un peu, mais pas très beaucoup. J'ai fait vacances en Suisse avec mes parents il y a longtemps. J'aime les montagnes. Les vaches. Suis avocat, mais fini. Retraite. Suis venu en 2011 pour acheter chalet. Retrouver mes racines. J'ai vu une annonce sur Internet. C'est comme ça que j'ai contacté monsieur Alain.

Par moments, il s'exprimait très bien en français. Même les intonations semblaient justes. À d'autres, il avait cet accent typiquement américain et faisait des fautes de langage grossières, sans compter les mots anglais qui se glissaient dans la conversation. Cela surprit Andreas. Était-il en train d'essayer de cacher le fait qu'il maîtrisait la langue française mieux qu'il ne voulait le laisser paraître ?

Andreas s'excusa quelques instants, prétextant un

besoin pressant. Il entra dans le chalet aménagé de manière rustique. Un vrai chalet suisse. Typique. Il trouva ce qu'il cherchait assez rapidement. Sur la table était posé un carnet où était annotée une liste de courses. Il regarda par la fenêtre pour s'assurer qu'Holder était toujours assis sur la terrasse. Il sortit ensuite de sa poche la copie d'une des cartes postales pour comparer les écritures. Celle de la carte semblait enfantine, avec de grandes lettres détachées. Il considéra les notes sur le carnet. L'inclinaison des lettres était importante. Elles étaient toutes liées, difficilement lisibles. À première vue, cela ne correspondait pas. Mais il n'était pas graphologue. Holder avait très bien pu déguiser son écriture. Aurait-il anticipé le fait que la police pourrait s'y intéresser et comparer ? Aurait-il pensé à cela déjà en 1990 ? Connaissant le caractère organisé et minutieux du meurtrier, ce n'était pas improbable. Il feuilleta le carnet. D'autres pages étaient annotées. Il en déchira une au milieu qu'il glissa dans sa poche et le rouvrit ensuite à la page initiale avant de replacer le carnet sur la table, exactement comme il l'avait trouvé. Il en profita pour jeter un coup d'œil rapide à l'intérieur du chalet. Rien de particulier n'attira son regard dans la pièce principale. Il aurait voulu aller visiter la grange attenante et le premier étage, mais ce n'était pas le moment. Holder l'attendait dehors. Il alla tirer la chasse d'eau et retourna sur la terrasse.

— Désolé. Quel était le nom de votre grand-mère ?

La réponse de Holder tarda à venir. Il prit une gorgée de vin et reposa le verre.

— Elle s'appelait Violette, dit-il enfin.

— Et son nom de famille ? enchaîna Andreas.

— Je ne le connais pas. Elle s'est mariée avec mon grand-père aux États-Unis.

— Elle venait de quel village en Suisse ?

— Un village en Valais, je crois. Je ne me souviens pas du nom.

Le récit de John Holder semblait cohérent, mais, pour quelqu'un qui s'intéressait à ses racines, il paraissait peu au courant de l'histoire de sa famille. Ou alors, il cachait la vérité.

Si Holder mentait, il le saurait.

Tôt ou tard.

Chapitre 81

Chalet *L'Étoile d'argent*, Gryon, mardi 18 septembre 2012.

Après s'être préparé un expresso, Mikaël revint s'asseoir à son bureau et ouvrit *Google*. Il tapa *John Holder* et appuya sur *Enter*.

La première référence était celle d'un joueur de cricket anglais. Sur *Linkedin*, pas moins de cent onze profils avec ce nom s'affichèrent. États-Unis, Canada, Australie. Il les regarda un à un, mais sans succès. Il y en avait aussi sur *Facebook*. Sur *Twitter*. La tâche s'avérait compliquée. Une aiguille dans une botte de foin. John Holder semblait être un nom répandu. Un agent immobilier. Un assureur. Un informaticien. Après avoir analysé les dix premières pages des occurrences de John Holder, il abandonna. Il se laissa tomber en arrière sur sa chaise de bureau et mit ses mains derrière la tête. Subitement, il saisit son portable et composa le numéro de Karine.

— Oui. Le dossier John Holder. Merci. Rappelle-moi.

Mikaël prit ensuite la liste des personnes présentes

au temple lors de la découverte du premier meurtre. Il entra un à un les noms dans le moteur de recherche. Après près d'une heure de navigation intensive, il trouva un premier lien avec les États-Unis. Gérard Ferraud, le mari de la pasteure, avait étudié dans une université de l'État de New York. À Albany, à environ deux cents kilomètres au nord de New York City. Il y avait étudié la chimie moléculaire de 1979 à 1985. Puis il était revenu en Suisse pendant deux ans avant d'y retourner pour achever son doctorat, de 1988 à 1992. Ensuite, il avait travaillé durant toute sa carrière au Centre Européen de Recherche Nucléaire dans le canton de Genève. Deux ans auparavant, il avait pris sa préretraite, à l'âge de soixante ans.

Son portable sonna. C'était Karine.

— Alors, sur le contrat d'achat, l'adresse de John Holder se trouve dans l'Upper East Side, sur l'île de Manhattan. Je te l'envoie par e-mail.

— À qui appartenait le chalet ?

— Il a été vendu par la paroisse protestante de Gryon.

— La paroisse. Bizarre, non ?

— Oui, en effet. Peut-être qu'elle l'a reçu en héritage de la part d'un paroissien ?

— C'est en effet une possibilité.

— Tu penses que cela a une importance dans cette affaire ?

— Je n'en sais rien. Mais merci pour l'info. À plus tard.

Il raccrocha et composa un nouveau numéro. Gilles Pidoux, l'épicier du village et président du conseil de paroisse depuis plusieurs années, répondit après trois sonneries.

— Salut, Gilles ! C'est Mikaël.

Après un bref échange d'amabilités, Mikaël lui annonça sans ambages la raison de son appel.

— Oui, en effet. Nous avons hérité de ce chalet après la mort d'une paroissienne qui n'avait plus aucune famille. Erica la voyait régulièrement. Je crois savoir qu'elle la connaissait depuis fort longtemps. Son nom ? Odile Morier.

Mikaël ouvrit sa boîte électronique. Il avait reçu l'adresse exacte de John Holder. À l'aide de cette information, il réussit enfin à trouver des renseignements sur lui. Il était marié ; sa femme se prénommait Kelly. Il était avocat. Il avait fait ses études à l'université Columbia, un établissement réputé dans l'État de New York. Mikaël affina ses recherches et retrouva son nom en lien avec des affaires de mœurs et d'abus sexuels où il était intervenu en tant qu'avocat. Grâce à la page *Facebook* de Kelly qui n'était pas protégée, il apprit qu'ils avaient deux filles, Sharon et Shirley, et qu'ils possédaient une maison près de Saratoga Springs. Il regarda sur une carte où se situait la ville. À trois cents kilomètres au nord de New York. Pas loin de… Albany, là où Gérard Ferraud avait étudié. La coïncidence était surprenante. En était-ce vraiment une ? Gérard Ferraud et John Holder se connaissaient-ils ? Cela paraissait peu probable. Même si les deux villes se trouvaient dans la même région, soixante kilomètres les séparaient.

Il se pencha en arrière sur la chaise. Minus en profita pour grimper sur lui avec ses deux pattes de devant.

— Minus, descends !

C'était l'heure d'aller le promener. En obéissant à

son maître, Minus fit tomber un tas de feuilles empilées sur le bureau. Mikaël se mit à genoux pour les ramasser. C'était les photocopies des documents dans le cadre de ses recherches sur Gryon. Il n'avait pas encore eu le temps de s'y intéresser de plus près. La page qu'il tenait était un article du *24 Heures* datant de 1971. Le titre attira son attention : « Départ pour le Nouveau Monde ». La photo d'une famille, en noir et blanc, illustrait le propos. Il commença à lire. L'article racontait le départ de la famille Valdes pour les États-Unis. Éric, le père, était agriculteur à Gryon et venait d'acheter une ferme dans l'État de l'Idaho. Avec sa femme, Édith, et leurs deux enfants, Christian et Nicolas, ils quittaient la Suisse pour tenter l'aventure outre-Atlantique. Une fête pour leur départ avait été organisée dans le village de Gryon. Christian Valdes. Ce nom lui disait quelque chose. Il se releva et s'assit à son bureau. Il se creusa les méninges. Christian Valdes ? Il répéta le nom plusieurs fois dans sa tête, puis comme dans un kaléidoscope, les différents fragments de couleur se réorganisèrent pour former une image nette. Il commença à fouiller dans la pile de feuilles posée sur son bureau.

— La voilà !

Il prit la liste de la classe de 6e de Gryon de 1971. C'était bien ça. Christian Valdes !

Il continua à chercher des informations sur la famille Valdes sur Internet. Le père était décédé en 1985. La mère en 1990. Il retrouva le nom du frère cadet, Nicolas, qui visiblement résidait toujours dans l'Idaho. Où était passé Christian ? Il ne trouva pas d'annonce de décès aux États-Unis. Aucune trace de lui.

Il se leva pour aller se servir une bière fraîche dans le frigo. Il prit une gorgée et resta debout à regarder au-dehors par la baie vitrée. Il avait entre-temps oublié Minus, qui revint alors à la charge.

— Oui, Minus. On va y aller.

Puis une idée émergea. Il remonta au bureau. S'assit. Ouvrit la page *www.directories.ch*. Entra le nom et lança la recherche. Bingo ! Un Christian Valdes y figurait avec une adresse aux Plans-sur-Bex.

Chapitre 82

Centre de médecine légale, Lausanne, mardi 18 septembre 2012.

Andreas et Karine parquèrent leur voiture juste devant l'entrée du Centre Universitaire Romand de Médecine Légale. C'est là que travaillait Doc, de son vrai nom Alain Guyon. Il était originaire du Jura français, plus précisément du village de Longcochon en Franche-Comté, dont les habitants s'appelaient les Couchetards. Ça ne s'invente pas… Malgré les railleries subies à cause de ses origines, il était fier de son village. Doc avait coutume de dire qu'il était ainsi prédisposé à travailler tard dans la nuit. Il avait quitté Longcochon à l'âge de vingt ans pour aller faire ses études. Il avait choisi Lausanne et avait ensuite décidé d'y rester. Il s'y plaisait. Avec son humour noir habituel, il aurait déclaré à son chef : « *Je pense que je vais rester. Y a des cadavres chouettes dans le coin.* » Pourquoi était-il devenu légiste ? « *On gagne mieux sa vie que comme boucher.* »

Ils entrèrent dans le bâtiment à la recherche de Doc et se dirigèrent vers le département de médecine légale, mais à peine avaient-ils franchi le pas de la porte que Doc, sorti de nulle part, apparut devant eux avec son air ahuri.

— Hello la compagnie ! Ça vous dit de voir quelques macchabées ? J'en ai une petite série dans mes frigos.

— On se contentera du nôtre, déclara Andreas en esquissant un sourire.

L'humour du légiste lui plaisait. À la fois cynique et impertinent. Un savoureux mélange.

— J'ai dû faire des heures supplémentaires, rien que pour vous. J'ai fini l'autopsie de Charrier à 3 heures du matin.

— On n'en attendait pas moins de toi, lança Karine sur un ton ironique.

Ils descendirent les escaliers et pénétrèrent dans l'antre de Doc. L'odeur piquante du formol agressait les narines. Cinq chariots mortuaires étaient alignés côte à côte. Seul un n'était pas occupé. Au fond de la pièce, les réfrigérateurs en inox. Deux rangées en hauteur. Cinq en longueur. Sur la droite, la table d'autopsie.

— Elle est toute neuve. Dernier cri, ne manqua pas de préciser Doc. Avec système de rinçage permanent. Appareil d'aspiration intégré. Hauteur réglable par télécommande.

Il longea l'enfilade de chariots. Au troisième, il s'arrêta et regarda l'étiquette accrochée au gros doigt de pied.

— Jacques Charrier. C'est bien ça.

Il souleva le drap blanc qui recouvrait le corps. Karine sentit son estomac se retourner. Ce n'était pas la première fois qu'elle venait ici, mais elle n'arrivait pas à s'habituer aux odeurs. Doc sortit de sa poche un pince-nez, qu'il lui donna.

— Doc, comment fais-tu pour supporter ces puanteurs ?

— Imagine-toi vagabonder dans un pré recouvert de belles fleurs odorantes, proposa-t-il avec un sourire.

Doc tournait tout en dérision. C'était sa manière de prendre de la distance. Sa méthode pour apprivoiser la mort. Pour rendre l'innommable acceptable. Désormais, avant d'entrer dans son laboratoire, son odorat se mettait automatiquement sur le mode pause. Lorsqu'il en ressortait, il s'enclenchait à nouveau. Mais cela n'avait pas toujours été le cas. À ses débuts, les effluves le poursuivaient. Il avait la sensation qu'ils se collaient aux vêtements et à la peau. Qu'ils persistaient dans les narines. Il avait beau changer d'habits. Se laver. Rien n'y faisait. Ils étaient là en permanence. Comme pour lui rappeler sans cesse que la mort faisait partie de sa vie. Il s'était rendu compte que la perception des odeurs était liée de près aux émotions et aux impressions que lui procuraient les dépouilles qu'il devait autopsier. Un enfant de dix ans, noyé, qui aurait pu être son fils. Une mère de famille enceinte accidentée. Chaque cadavre possédait une charge émotionnelle importante qu'il faisait sienne. Le temps aidant, il avait appris à transformer les cadavres en objets d'étude. Sans pour autant mettre de côté le respect dû à la personne. Il avait aussi donné du sens à ce qu'il faisait. Redonner vie aux défunts pour quelques heures. *Mortui vivos docent*. Les morts enseignent aux vivants ! Leur offrir un court instant la parole, pour qu'ils puissent dire qui ils étaient, et dans quelles circonstances ils étaient passés *ad patres*. C'était devenu sa mission. Leur donner une dernière fois la possibilité de s'exprimer avant qu'ils ne finissent dans un four ou au fond d'un trou.

Doc se racla la gorge et toussota.

— Alors, concernant Charrier…

Andreas se tenait à côté de Doc. Karine était un peu en retrait. Le corps nu de Charrier était posé là. Certaines dépouilles avaient l'air sereines, après qu'elles avaient été arrangées et nettoyées, comme si rien ne leur était arrivé. Comme si elles se trouvaient dans un profond sommeil. Mais ce n'était pas le cas de Charrier. Les mutilations qui lui avaient été infligées étaient bien visibles et témoignaient de la violence de la mort. Un trou était apparent au niveau du cœur. Les orbites étaient vides et les parties génitales manquaient.

— Les constatations pour la troisième victime sont pour ainsi dire les mêmes que pour les deux précédentes. La cause du décès est une hémorragie interne massive due au coup de couteau dans le cœur. Là encore, des traces de chloroforme et de curare sont apparues dans les analyses toxicologiques. Les yeux ont été enlevés de son vivant. Pareil pour les organes génitaux. Vu la précision des plaies, je pense pouvoir affirmer que le meurtrier a utilisé un scalpel. Il l'a planté dans la peau. Il a ensuite fait entièrement le tour des parties, avant de tout couper pour les séparer du corps. Le sang a dû couler abondamment.

— La douleur a dû être atroce. Je n'ose même pas imaginer, émit Karine, qui ressentit un haut-le-cœur en entendant les explications de Doc, accompagnées de gestes explicites.

— Malgré l'absence d'une marque de brûlure sur la

peau due au Taser, j'ai découvert deux infimes trous qui confirment qu'il a également subi une décharge électrique comme les deux premières victimes. J'ai mis un long moment à les localiser, car elles ne se trouvaient pas sur le dos comme précédemment. Mais sur le ventre.

— Le meurtrier a donc déclenché le Taser alors qu'il se trouvait en face de sa victime, conclut Andreas.

— Exactement.

— Qu'en est-il de l'heure du décès ?

— Le cadavre a été découvert hier matin vers 9 heures. La *rigor mortis*…

— Épargne-nous ton vocabulaire savant, Doc.

— La rigidité du corps était maximale, mais n'avait pas encore commencé à disparaître, ce qui arrive en général après deux ou trois jours environ. Les taches de lividités étaient fixées, ce qui fait remonter la mort à au moins dix-huit heures au préalable. La température du corps était de 22 degrés. Le décès remonte à mon avis à plus de 20 heures, soit aux alentours de midi, le dimanche.

— Charrier était au temple. Je l'ai vu. Le culte s'est terminé vers 11 heures. Il a dû aller directement à Taveyanne à son chalet, où la mort l'attendait… Peut-être même que le meurtrier l'a suivi depuis Gryon.

Après un bref silence, Andreas interpella Doc.

— Nous savons que le corps a été déplacé après la mort puisqu'il a été retrouvé dans la grange à côté du presbytère et que le crime a été commis dans le chalet de Taveyanne. As-tu une idée de quand cela a pu se faire ?

— Les lividités cadavériques sont perceptibles

uniquement sur la partie dorsale. Trois variantes sont à considérer. Un : il est resté sur le dos ou le ventre avant d'être déplacé et a été repositionné sur le dos dans les six heures qui ont suivi sa mort. Deux : il était sur le dos avant d'être déplacé et a été remis sur le dos ensuite, entre six et douze heures après le crime. Trois : il a été déplacé après que douze heures ou plus se sont écoulées, alors que les lividités étaient déjà fixées.

— En résumé, tu n'en sais rien.

— En effet, répondit Doc. Mais si je peux donner mon avis, qui n'a rien de scientifique en l'occurrence, je suppose qu'il a dû y être amené de nuit comme les deux autres.

— Très perspicace, Doc.

— Toujours là pour vous servir.

— C'est tout ?

— Oui. C'est tout… en attendant le prochain.

Chapitre 83

Hôtel de police, Lausanne, mardi 18 septembre 2012.

L'hôtel de police se situait à peine à cinq minutes en voiture de la morgue. Vu du ciel, le bâtiment ressemblait à une sorte de bunker ou à une forteresse avec sa cour intérieure. Les volets verts ajoutaient une touche de couleur de mauvais goût à cet ensemble gris et peu enthousiasmant. Andreas et Karine passèrent par l'entrée de service, et, lorsqu'ils arrivèrent dans le hall, Charlène, la réceptionniste, les interpella.

— L'équipe de choc est de retour ?

— Pas pour longtemps…

— Tu nous as manqué, ma chère, mais l'air de la montagne nous convient mieux, fit Andreas avec son plus beau sourire.

— Ouais, c'est ça…

Charlène pesa sur le bouton sous le comptoir et on entendit le clic qui déverrouillait la porte d'accès aux bureaux de la brigade criminelle.

Après quelques marches, ils parvinrent dans un grand espace, totalement ouvert, où régnait un brouhaha continu. Sur la droite, deux collègues de la brigade des stups prenaient la déposition d'un individu qui paraissait pour le moins agité. Sur la gauche, une prostituée était assise à côté d'un inspecteur des mœurs et usait, ou plutôt abusait, de ses cordes vocales, proclamant son innocence à qui voulait l'entendre. Un peu plus loin, Christophe, appuyé sur un coin de bureau, buvait tranquillement un café en compagnie de Nicolas.

Au fond se trouvait l'aquarium de Viviane. Un bureau fermé, entouré de parois vitrées. La pièce était isolée au niveau sonore. Mais on pouvait suivre les discussions en observant les mimiques et les gestes. Viviane était une cheffe calme et pondérée. En général, elle avait les coudes posés sur la table et les mains jointes lorsqu'elle s'adressait à quelqu'un. Si ses bras et ses mains se déliaient pour commencer à effectuer des mouvements vifs et animés, le mécontentement était de mise. Quant à la colère, on la détectait au niveau auditif, car même l'isolation de la pièce n'empêchait alors pas sa voix d'être perçue sur tout l'étage.

Andreas en avait fait l'expérience à plusieurs reprises, depuis l'intérieur de l'aquarium. Bien que leur relation fût cordiale et le respect mutuel, Andreas était un individualiste qui préférait suivre le bon sens, le sien, plutôt que d'obéir aux ordres qu'il recevait. Cela avait mené à des séances animées dans le bocal à poissons. Mais ces réunions passionnées se terminaient d'ordinaire, après un délai plus ou moins long, par une pause cigarette dans la cour. Andreas ne fumait pas de cigarettes, mais il acceptait d'en crapoter une en compagnie de sa cheffe après un débat échauffé ou une situation tendue. Dans certains cas, elle jouait le rôle de calumet de la paix ou de relaxant. C'était pour Viviane un sas de décompression, une trêve bienvenue dans un quotidien très intense.

Viviane redressa la tête et aperçut Andreas. Elle se leva et sortit de l'aquarium.

— Viens avec moi. On doit discuter.

— Bonjour, cheffe !

— Oui, pardon. Salut, Andreas.

Le ton n'était manifestement pas à la plaisanterie. Sans même passer par la case aquarium, ils descendirent les escaliers et sortirent dans la cour où ils s'isolèrent dans un coin. Viviane sortit son paquet de cigarettes et en proposa une à Andreas. Elle lui tendit le briquet avant d'allumer la sienne. Elle tira une bouffée et soupira.

— Le procureur a parlé au *big boss*. Il met en doute le fait que tu sois capable de mener à bien cette enquête.

— Et toi, tu en penses quoi ?

— Andreas, tu sais bien que je te fais confiance. Tu es un excellent flic. Mais il t'en veut à mort. Il n'a pas supporté le coup des conférences de presse. D'abord, tu pars en plein milieu. Ensuite, tu ne viens même pas.

— Je crois surtout qu'il n'aime pas avoir tort. C'est un triste sire, pour dire les choses poliment.

— Là n'est pas le problème. Il estime que vous êtes en train de vous empêtrer. Trois cadavres et aucune piste sérieuse. Je sors d'une séance avec le procureur et le commandant. L'affaire a maintenant la plus haute priorité et ils m'ont priée de renforcer l'équipe des enquêteurs.

— Pardon ?

— Oui, tu as bien entendu. L'inspecteur Bardet et son équipe vont se joindre à vous.

— Je ne suis pas d'accord !

— On ne te demande pas ton avis, Andreas.

— Eh bien, moi, je le donne. C'est non ! Et pas négociable. Notre équipe fonctionne à merveille. On est tous à fond dans l'enquête et y ajouter de nouvelles personnes ne ferait que compliquer la situation. Avec une petite équipe, on agit plus vite et on réfléchit plus efficacement. Mieux vaut une vedette rapide qu'un gros paquebot. Et en plus…

Viviane fit un geste de la main pour stopper net le flux de paroles d'Andreas.

— Ça suffit, Andreas. J'entends bien, mais nous devons pouvoir suivre plusieurs pistes, faire des auditions, chercher des informations et coordonner le tout, si on veut arriver à des résultats. Et quelques personnes de plus vont vous être non seulement utiles, mais nécessaires.

— Ce n'est pas une enquête comme les autres. Pas un meurtrier comme les autres. Personne ne sait rien. Personne n'a rien vu. Et pas de traces laissées par le tueur, à part celles qu'il a lui-même disséminées pour nous induire en erreur. Nous devons comprendre qui il est et pourquoi il agit ainsi. Si j'arrive à connaître ses motivations, je vais le trouver. Et pour ça, je n'ai besoin de personne.

— Oui ! L'histoire du *poor lonesome cowboy*, je la connais.

— Écoute, Viviane, si on a besoin d'aide, on fera appel à quelqu'un. Mais en ce moment, je veux mon équipe telle qu'elle est. Juste nous quatre.

— Je ne peux pas.

— Tu ne *peux* pas ?

— Non. Car c'est moi qui devrais aller expliquer au procureur, aux politiciens et à la presse que nous n'avons pas mis assez de ressources sur l'affaire si nous échouons.

— Échouer ? Ce mot ne fait pas partie de mon vocabulaire !

Viviane soupira. Elle aspira une bonne bouffée de nicotine.

— D'accord. Mais fais un effort. Les choses sont assez compliquées comme ça. Et puis ça ne m'amuse pas franchement de devoir te couvrir les fesses sans arrêt.

Elle tira encore sur sa cigarette et expulsa la fumée en direction du visage d'Andreas.

— Alors, du nouveau ?

— Je sais maintenant qui je cherche.

— Comment ça ?

— Le meurtrier a tué trois personnes par vengeance et il essaie de faire porter le chapeau à Fournier. Je suis persuadé qu'il est la prochaine cible. Nous l'avons mis sous étroite surveillance. La solution est à trouver dans le passé. Les victimes ont vraisemblablement été les agresseurs, il y a fort longtemps, probablement lorsqu'ils étaient adolescents. Maurice Fournier et la pasteure, Erica Ferraud, en savent plus qu'ils ne veulent bien le dire. Ils connaissent l'identité du meurtrier, j'en suis persuadé. Mais pour l'instant, ils ne lâchent pas le morceau. Pendant vingt ans, il a envoyé des cartes postales à ses victimes depuis les États-Unis.

— Les États-Unis ?

— Le meurtrier a été absent de nombreuses

années et maintenant il est revenu pour se venger. Un Américain est arrivé il y a quelques mois et a acheté un chalet à Gryon. Je l'ai rencontré hier soir.

— C'est notre homme ?

— C'est possible. Oui, c'est possible, répéta Andreas.

Chapitre 84

Chalet *L'Étoile d'argent*, Gryon, mardi 18 septembre 2012.

Andreas et Karine entrèrent dans la maison. Minus avait entendu la voiture arriver et attendait derrière la porte. Il aboya pour manifester sa joie. Une odeur de sauce bolognaise flottait dans les airs.

— Miam, ça donne faim !

— J'ai juste fait des spaghettis bolo. J'espère que ça vous convient. Je n'ai pas vu le temps passer et j'ai préparé ça en quatrième vitesse.

— Ce sera parfait. À quoi étais-tu occupé ? demanda Andreas, connaissant parfaitement la réponse puisqu'il lui avait envoyé un SMS un peu plus tôt dans la journée.

Il savait que Mikaël s'y mettrait tout de suite, laissant de côté ses autres obligations.

— J'ai fait quelques recherches… Vous voulez un apéro en attendant que le repas soit prêt ? Un gin tonic ?

— Avec plaisir, fit Karine.

— Je m'en charge, dit Andreas.

Mikaël et Karine sortirent sur la terrasse et s'assirent

sur les canapés d'extérieur. Le temps était agréable, bien que l'automne eût commencé à montrer ses premiers signes.

Andreas les rejoignit avec un plateau sur lequel étaient posés les trois verres à *long drink* et un paquet de ces excellentes flûtes au beurre de *Chez Charlet* dont il raffolait.

Pendant qu'Andreas et Karine sirotaient leur cocktail et laissaient la pression redescendre après cette longue journée, Mikaël leur raconta le résultat de ses recherches.

— Christian Valdes est revenu en Suisse à l'âge de cinquante et un ans, en 2011. Il vit aux Plans-sur-Bex. Je n'ai rien trouvé concernant une activité professionnelle.

— Qu'en penses-tu, Andreas ?

— C'est intéressant. Nous avons maintenant deux personnes ayant un lien avec les États-Unis. Les deux ont pu envoyer les cartes postales depuis les États-Unis entre 1990 et 2009. Holder n'était pas en Suisse il y a six mois. Christian Valdes, lui, y était. Mais Holder a très bien pu les faire envoyer par quelqu'un, non ? Le rapport entre Christian Valdes et les victimes existe. Il était à l'école avec Gautier et Martin. Il connaissait sans aucun doute Charrier et Fournier.

— Et Holder ?

— Holder… Excellente question. Pour l'instant, aucun lien concret entre les victimes et lui. Ce qui est intéressant, néanmoins, c'est qu'il a le même âge que les deux premières victimes, Gautier et Martin, ainsi qu'Erica Ferraud, la pasteure. Mikaël, essaie de creuser un peu plus dans sa vie. Un détail dans son histoire me turlupine. Quelque chose cloche. Nous devons à tout prix découvrir quoi !

Chapitre 85

Chalet *L'Étoile d'argent*, Gryon, mercredi 19 septembre 2012.

Andreas était assis à la table de la cuisine et buvait son café. Une grande tasse. Deux tiers de café. Un tiers de lait. Sans sucre. Il repensa à sa rencontre avec Holder. Pouvait-il être le meurtrier ? Des éléments récents semblaient diriger l'enquête vers les États-Unis et Holder était le seul ressortissant américain habitant à Gryon. Mais Christian Valdes s'avérait un candidat intéressant. Il était revenu en Suisse après de nombreuses années passées aux États-Unis. Andreas ne savait rien de plus à son sujet. Il irait le rencontrer dans la journée.

Le téléphone de la maison sonna. Mikaël, qui venait de sortir de la douche, avec un linge de bain autour de la taille, prit le combiné posé sur la table basse du salon.

— Oui ? Achard.

— Achard ? J'ai connu une Jocelyne Achard de Gryon. Elle était conseillère de paroisse.

— C'est ma mère.

— Ah. Donc tu es le petit Mikaël ! C'est moi qui t'ai baptisé.

— Oui, je m'en souviens. Enfin pas du baptême. Mais de vous.

— Je m'attendais à avoir l'inspecteur Auer au bout du fil. Me suis-je trompé de numéro ?

— Non, non. Il est là. Je vous le passe. Un instant.

Mikaël appuya sur la touche silence et tendit l'appareil à Andreas.

— C'est l'ancien pasteur de Gryon, Luc. Il veut te parler.

Andreas prit le téléphone. Il raccrocha après quelques minutes.

— Il habite dans le sud de la France et il est arrivé à Gryon ce matin. Il désire me rencontrer. Il a des choses à me raconter.

— Et il n'a rien dit de plus ?

— Non. Il souhaite me parler de vive voix.

Une nouvelle sonnerie retentit. Cette fois, c'était la porte. Mikaël, toujours affublé de son linge de bain, se dirigea vers l'entrée pour ouvrir.

— Tantine !

— Salut, mon neveu préféré !

Justine Achard enlaça énergiquement Mikaël. Elle avait les cheveux courts et bruns. Son allure ressemblait à celle d'un garçon. Le fait qu'elle ne portait jamais de jupe ou de robe ou autre chose qu'un jean contribuait à cette impression. Elle avait longtemps été mariée avec un homme sans personnalité. Un comptable de la région de Bex. Pourquoi l'avait-elle épousé ? Parce qu'elle avait eu de la peine pour lui ? Peut-être. À l'école, il était celui à qui personne ne parlait. L'intello de service intégré à aucun groupe.

Parce qu'elle avait un fort caractère et qu'elle ne voulait pas avoir de concurrence ? Sûrement ! Quoi qu'il en soit, après trente ans de mariage, elle s'était lassée. Ses deux enfants volaient de leurs propres ailes. Elle lui annonça un jour qu'elle souhaitait divorcer et voyager. Découvrir le monde. Seule. Depuis, elle passait la plus claire partie de son temps outre-Atlantique ou outre-Pacifique. La porte du frigo de la cuisine était recouverte des nombreuses cartes postales qu'elle avait envoyées à Mikaël et Andreas. Ils étaient d'ailleurs les seuls membres de la famille qu'elle côtoyait encore.

— J'ai eu ton message hier soir. Je suis arrivée vers 21 heures à Genève. Plus de seize heures de voyage. On a fait escale à Moscou. J'ai pris *Aeroflot* cette fois-ci. Ce n'était pas très cher. Mais bon, question service, ce n'est pas ça. J'ai passé un mois au nord de la Thaïlande et ensuite je suis allée au Laos. C'était incroyable. Il faut que je vous raconte tout ça ! Bref. Me voilà. C'est terrible, tout ça ! Alain et Michel ont été tués. Je n'en reviens pas. Et Charrier aussi. J'ai vu ça en lisant le *20 Minutes* sur mon iPhone hier soir. Je ne comprends pas. C'est quoi, cette histoire ? Et vous, sinon, ça va ? Et toi, Andreas ? C'est toi qui t'occupes de cette affaire ?

— Justine. Tu ne veux pas respirer entre deux phrases ? Assieds-toi. Je vais aller m'habiller et je te sers un café.

Justine prit place à côté d'Andreas.

— Alors Columbo ?

Chaque fois qu'elle s'adressait à Andreas, elle l'appelait du nom d'un policier ou d'un détective issu de la littérature ou du cinéma. Rick Hunter.

Hutch. Sonny Crockett. Sherlock Holmes. Wallander. Ou encore Harry Hole. Mais c'était Harry Callahan – *Dirty Harry* – son préféré, qui revenait le plus souvent. Ce jour-là, Columbo était à l'honneur. Ce petit jeu avait eu le don de l'énerver tout au début, mais maintenant il trouvait cela plutôt drôle et se demandait chaque fois à qui il serait comparé. Columbo ? Ils n'avaient pas tout à fait le même chien et il ne portait pas d'imperméable usé. Ils possédaient tous les deux une vieille voiture, mais les deux modèles avaient plus d'une génération d'écart. Andreas conduisait une BMW 635csi datant de 1985 alors que la Peugeot 403 de Colombo avait trente ans de plus. L'une était allemande, l'autre française. Columbo était un drôle de personnage qui donnait l'impression d'être toujours ahuri et à côté de la plaque, mais Andreas appréciait son côté perspicace et obstiné.

— Tu étais à l'école avec eux ?

— Oui, je les connaissais bien. Charrier aussi, dit-elle en rigolant.

— Qu'est-ce qui te fait rire ?

— Je faisais partie de la fanfare. J'y jouais de la trompette. Jacques, du tambour. On a un peu fricoté…

— Fricoté ? répéta Mikaël avec un air étonné et amusé, en posant trois expressos sur la table.

— Oui. Il était amoureux de moi. Mon premier petit copain. Il me raccompagnait toujours après les répétitions. Il me tenait la main le long du trajet. Mais bon, ça n'a pas duré. Ça fait bizarre de se dire qu'il est mort.

— Avais-tu gardé le contact avec lui ?

— On se revoyait régulièrement à Gryon, mais on ne se côtoyait plus vraiment.

— As-tu une idée de qui peut leur en vouloir ? demanda Mikaël.

— J'y ai réfléchi la moitié de la nuit. Je n'arrivais pas à dormir. Mais je ne vois pas. Aucune idée.

— On pense que tout est lié à un événement de l'époque où vous étiez enfants. Le meurtrier pourrait vouloir se venger de quelque chose qu'il a subi. Est-ce que cela t'évoque quelque chose ? enchaîna Andreas.

— Non, je ne vois vraiment pas.

— Comment étaient-ils ?

— Ben, c'était des garçons qui avaient des occupations de garçons. Alain et Michel, je les voyais tous les jours à l'école, mais ils ne m'intéressaient pas trop. Je préférais les plus grands. Comme Jacques et Maurice.

— Maurice Fournier ?

— Oui, Fournier. Je traînais souvent avec eux dans le village. On fumait des cigarettes en cachette. Une fois, on s'était même saoulés à la Suze. Depuis, je ne peux plus en avaler une seule goutte. On faisait aussi pas mal de bêtises. Rien de grave. Mais bon… Après, j'ai pris mes distances. Maurice commençait à avoir une mauvaise influence sur Jacques. Leurs conneries devenaient de plus en plus stupides et méchantes. J'avais essayé d'en parler à Jacques, mais il refusait d'entendre. Maurice était un peu son idole. C'est pour ça que je l'ai laissé tomber.

— Alain et Michel faisaient-ils aussi partie de la bande ?

— Je ne sais pas trop. Je ne me préoccupais pas tellement d'eux.

Andreas sortit la liste des enfants de la classe de 1971 et la lui montra. Elle lut le premier nom.

— Ah, oui, Erica Chollet. Elle s'appelle maintenant Erica Ferraud. C'était une sorte de petite poupée blonde. Détestable. Je me demande comment elle a fini pasteure. Ça me dépasse.

Elle continua avec le deuxième.

— Charlotte. Ma meilleure copine d'école. Une chouette fille. Michel. Il était discret comme garçon. Voire timide. Je n'arrive pas à l'imaginer faisant du mal à quelqu'un. Il jouait du trombone à la fanfare. Annette. La sœur de Jacques. Elle avait des tresses et des lunettes. Elle était remarquablement douée en classe et elle énervait tout le monde, car elle se sentait supérieure. Martine. Je l'aimais bien. Elle était souvent avec Charlotte et moi. Alain. Lui, c'était déjà un petit filou. Ça ne m'étonne pas qu'il se soit lancé dans les affaires… Il arnaquait les plus jeunes en leur vendant au prix fort les cartes Panini. Celles avec les joueurs de foot. C'était pour la Coupe du monde de 1970. Je m'en souviens comme si c'était hier. J'ai d'ailleurs aussi complété l'album. Le Brésil avait gagné, avec Pelé. Mais bon, là je me perds… Christian Valdes. Il était mignon, mais je crois que les filles ne l'intéressaient pas. Vous voyez ce que je veux dire… ironisa-t-elle en rigolant. Je me rappelle qu'il avait émigré aux États-Unis avec ses parents.

— Concernant Valdes, est-ce qu'autre chose te vient à l'esprit ?

— Hum. Je pense qu'il s'était entiché de Jacques. Jacques m'en avait parlé une fois en disant qu'il l'énervait. D'ailleurs, il était la cible de railleries à l'école, car il préférait la compagnie des filles. Il avait un côté plutôt efféminé. Les garçons ne se gênaient pas pour le traiter de pédé ou de femmelette.

En lisant le nom suivant sur la liste, elle arrêta son exposé. Son air devint plus sérieux.

— Jean-Louis Morier…

Elle garda le silence quelques instants, laissant le nom résonner en elle pour permettre aux souvenirs de refaire surface.

— Une terrible histoire… Je crois que c'était en 1971 ou 1972. La laiterie a brûlé. De nuit. Ses parents et leurs deux autres enfants sont morts. Ils n'ont pas réussi à sortir à temps. Ils ont sûrement été surpris dans leur sommeil. Un seul membre de la famille a survécu au drame. Jean-Louis. Des bruits avaient circulé que c'était lui qui avait mis le feu.

— Qu'est-il devenu ?

— Je n'en ai pas la moindre idée. On ne l'a plus jamais revu à l'école. Je crois qu'il avait été envoyé dans une sorte de maison de redressement ou dans un orphelinat.

Chapitre 86

Chez Christian Valdes, Les Plans-sur-Bex, mercredi 19 septembre 2012.

Andreas prit la route de Béroud en direction des Plans-sur-Bex. Un charmant petit village sur lequel le temps ne semblait pas avoir de prise, situé dans la vallée parallèle à Gryon, à environ dix minutes. Il devait contourner la montagne qui séparait les deux vallées en empruntant une route étroite qui passait au travers des Bois de Frenières avant de redescendre de l'autre côté.

Christian Valdes habitait sur le chemin *Pierre Qu'Abotse*. C'était le nom d'un sommet qui culminait à près de deux mille huit cents mètres au fond de la vallée. Le nom avait toujours amusé Andreas. En patois, *a botson* signifiait *tombé en avant* ou *renversé*.

La maison était un ravissant chalet en bois foncé. Les volets ouverts présentaient sur le côté intérieur une couleur jaune. Sur le rebord des fenêtres au rez-de-chaussée, des bacs de fleurs avec des pensées géantes et des géraniums de couleurs variées semblaient se plaire. Sur la gauche de la maison, des escaliers menaient au balcon situé au premier étage. Le jardin n'était à l'évidence pas entretenu. L'herbe, qui poussait de manière anarchique, était haute.

Andreas s'avança et aperçut l'entrée qui se situait sur le côté gauche de la maison. Il frappa à la porte. Elle s'ouvrit dans les secondes qui suivirent. Un homme dans la cinquantaine se tenait devant lui. Grand et mince. Au milieu de son visage fin trônait un nez aquilin qui lui donnait un air de rapace. Sa tignasse poivre et sel faisait ressortir ses yeux d'un bleu aquatique. Il portait une chemise Ralph Lauren couleur saumon, un jean tendance parsemé de quelques trous et des mocassins en daim.

— Bonjour. Monsieur Valdes ? Inspecteur Auer, de la police criminelle.

— Oui, c'est bien moi, certifia-t-il en observant le badge que lui tendait Andreas.

Son regard témoignait de son étonnement face à la présence de son visiteur.

— Puis-je entrer quelques instants ?

Il fit signe à Andreas de le suivre et le précéda dans la cuisine. Andreas fut surpris de voir qu'elle était neuve et moderne. Elle tranchait avec l'extérieur. Il s'attendait à un style rustique, mais à l'intérieur tout était épuré. Pas de traces de channes en étain ou de moules à beurre. Que des objets décoratifs contemporains. Un mobilier design. Les murs n'étaient pas en bois, mais en crépi teinté d'une lasure orange pastel.

— Je vous sers un café ?

— Volontiers.

Andreas devina chez son hôte une certaine

nervosité. Pendant qu'il tirait deux expressos d'une machine *Nespresso* dernier cri, Andreas l'observa et remarqua son air intrigué. Ou était-ce un air apeuré ? Christian Valdes les servit dans des tasses design, avec une petite cuillère stylée, un sachet de sucre et un chocolat. Tout était labellisé de l'incontournable marque aux capsules.

— Que me vaut votre visite, inspecteur ?

— J'enquête sur le triple meurtre de Gryon. Je suppose que vous en avez entendu parler.

— Bien sûr ! On ne discute que de ça dans la région. Mais en quoi cela me concerne-t-il ?

Andreas n'arrivait pas à définir l'attitude de son interlocuteur. Il semblait sincèrement surpris et laissait transparaître une peur qu'Andreas observait régulièrement chez des personnes innocentes confrontées à la police. Souvent, même n'ayant rien à se reprocher, un individu interrogé par la police présentait tous les symptômes du coupable pris sur le fait. Nervosité, tremblements, sueurs. Mais il se pouvait tout aussi bien que ce fût ce qu'il voulait faire croire à Andreas.

— Vous avez habité aux États-Unis, n'est-ce pas ?

— Oui, en effet. Mais je ne vois toujours pas en quoi je suis concerné.

— C'est à moi de juger si vous êtes concerné. J'aimerais que vous répondiez à mes questions.

Visiblement surpris du ton de voix sec et déterminé d'Andreas, Valdes fit un mouvement de la tête pour acquiescer.

— Vous êtes revenu en Suisse l'année dernière, après quarante années passées aux États-Unis. Pourquoi ?

— C'est un choix d'ordre privé.

— Monsieur Valdes, il me faut plus de précisions.

Andreas avait décidé d'être assez ferme. Il devait tenter de le déstabiliser. Il n'avait plus le temps de prendre des gants.

— Ma femme est décédée en 2009. Je ne voulais pas rester là-bas. C'était trop dur pour moi de continuer à la ferme, là où nous avions vécu ensemble. J'ai donc décidé de revenir en Suisse.

— Vous avez des enfants ?

— Non, ma femme était stérile.

Andreas aperçut à côté de lui sur la banquette un exemplaire du journal *Têtu*, un magazine gay, la couverture affichant un jeune éphèbe torse nu. Lorsqu'il redressa la tête, Andreas remarqua que Valdes avait suivi son regard.

— Une autre raison vous a-t-elle fait revenir ?

Christian Valdes paraissait de plus en plus nerveux.

— Écoutez, inspecteur ! Je suis gay. Je l'ai toujours été. Imaginez-vous ce que cela signifie en Idaho, un État agricole et républicain. Ce n'est pas très bien accepté. Je me suis marié. J'ai fait semblant pendant de longues années. J'avais envie de refaire ma vie. Revenir en Suisse a été pour moi une libération.

Valdes poussa un soupir comme si cette révélation lui avait demandé un effort important.

— Je comprends fort bien, monsieur Valdes. De quoi vivez-vous aujourd'hui ?

— J'ai revendu mes parts à mon frère. Une somme considérable. Notre ferme était une immense exploitation. Nous avions un petit avion pour arroser les champs. Nous cultivions des patates, du blé et des haricots. Donc je vis de ma rente. Et puis je donne des coups de main ponctuels à des amis.

— Vous connaissiez les victimes, non ?

— Oui, c'est juste. Nous étions ensemble à l'école à Gryon.

— Comment avez-vous pris la nouvelle de leur assassinat ?

— Honnêtement, inspecteur, ça m'a laissé indifférent. Je n'ai plus jamais entendu parler d'eux après notre déménagement aux États-Unis. Et ce n'est pas comme si j'avais gardé d'eux un souvenir impérissable. Mais je reconnais que c'est quand même un peu bizarre de savoir qu'ils sont morts.

Valdes se raidit sur sa chaise et regarda Andreas avec l'air étonné.

— Ah, c'est donc ça. Vous pensez que je les ai tués ?

— Est-ce le cas ?

— Non. Je n'ai rien à voir avec ça. Je vous le jure, inspecteur. Pourquoi aurais-je fait ça ?

— Lorsque vous étiez enfant, on m'a rapporté que vous étiez un jeune garçon efféminé. Vous avez subi les railleries de vos camarades, et sans doute davantage. Est-ce qu'ils vous ont fait du mal ? Ou peut-être même violé ? Vous êtes revenu quarante ans après. Et vous avez voulu vous venger.

— Ça suffit, inspecteur !

Christian Valdes laissa une larme couler sur son visage.

— C'est vrai. Ils ne m'ont pas épargné. Mais c'est toujours resté au niveau verbal. Une fois, Maurice Fournier a essayé de me tabasser. Mais même si j'étais efféminé, j'avais de la force. Nous nous sommes battus, je l'ai fait saigner du nez. Après, il ne m'a plus jamais cherché des noises. Oui, j'en ai souffert, mais pas au point de vouloir les tuer. Vous devez me croire, inspecteur !

— Vous avez sûrement dû vous poser la question de qui a pu les assassiner ?

— Vous pensez que c'est lié à l'époque où nous étions enfants ?

— C'est plus que probable.

Christian Valdes demeura silencieux un moment avant de formuler sa réponse.

— Oui. J'y ai réfléchi souvent ces derniers temps. Je reconnais que ça me travaille. Un autre garçon était dans la ligne de mire de Fournier et de ses copains. Il s'appelait Jean-Louis, je crois. Oui, c'est bien ça. Jean-Louis.

Chapitre 87

Centre gryonnais, Gryon, mercredi 19 septembre 2012.

Andreas était sur le chemin du retour après son entretien avec Valdes. Il lui avait trouvé l'air plutôt sincère, mais il ne devait pas se laisser perturber par ses sentiments et ses impressions. Souvent, il avait vu juste. Mais son instinct lui avait aussi parfois joué des tours.

Valdes.

Holder.

Deux meurtriers potentiels.

Andreas avait son idée. Son flair le guidait dans une direction bien précise. Maintenant, il devait impérativement trouver une preuve. Ils avaient l'ADN du meurtrier, mais à ce stade ils n'avaient aucun élément à charge ou élément objectif lui permettant d'exiger une analyse de l'ADN des suspects. Il aurait pu subtiliser un verre ou un objet avec leurs empreintes, mais le meurtrier n'en avait laissé aucune. Nulle part.

Il parqua sa voiture au centre du village de Gryon,

juste devant le Centre gryonnais. Il descendit les marches. Avant d'entrer dans la salle, il admira un instant le panorama. C'était la dernière ligne droite. Mais la ligne d'arrivée n'était pas encore dans le champ de vision. Ils devaient redoubler d'énergie. Il entra. La tension était palpable. Il y avait dans l'air un mélange d'euphorie, car l'enquête progressait, et de crainte, celle de ne pas résoudre cette affaire avant le drame suivant.

Andreas s'assit après avoir salué son équipe. Chacun laissa tomber son occupation pour rejoindre la table de réunion.

— Nous avons maintenant deux suspects. Holder et Valdes. Je suis persuadé que c'est l'un des deux. Valdes a un lien avec les victimes. Sa jeunesse à Gryon. L'école. Il a subi des brimades. Le rôle de Fournier me paraît être au cœur de l'histoire. Je pense que c'est lui qui a entraîné les autres. Concernant Holder, nous n'avons pas encore trouvé la connexion avec les victimes, mais son histoire ne me convainc pas. Quelque chose cloche.

— Est-ce que tu as un favori ? demanda Karine.

— Oui. Mais je vais garder mon sentiment pour moi. Je ne veux pas que nous mettions plus d'énergie sur l'un plutôt que l'autre. À ce stade, ce sont les deux des coupables potentiels. Ils ont tous les deux vécu aux États-Unis. Ils ont donc pu acheter les couteaux qui ont servi à tuer les victimes. Holder aurait pu facilement se les procurer à New York, car il habitait tout près. Même s'il vivait en Idaho, Valdes aurait aussi pu les acquérir.

Karine, qui trépignait d'impatience, prit la parole :

— En effet. J'ai pu vérifier la date d'arrivée de

Valdes en Suisse. C'était le 6 octobre 2011. Il a pris un avion de la compagnie *American Airlines* depuis l'aéroport de… Newark !

— J'ai mieux encore ! ajouta Christophe. L'entreprise qui produit les couteaux m'a confirmé que les modèles numérotés en question avaient été vendus par un magasin situé sur Central Avenue à New York. En date du 3 octobre 2011. Ils ont retrouvé la copie du ticket de caisse sur lequel le numéro de série était indiqué. Malheureusement, le client a payé *cash*.

— Si c'est une coïncidence, c'est incroyable ! s'exclama Karine.

— Le fait est que Holder a également pu les acheter. Il a signé le contrat d'achat de son chalet à Gryon en novembre 2011. Il a pris un avion de la compagnie *Swiss* le 30 octobre depuis Newark pour Genève. Il est ensuite retourné aux États-Unis en décembre pour revenir à Gryon en juin 2012.

— Du coup, on n'est pas plus avancés, fit remarquer Nicolas.

— J'ai aussi vérifié les déplacements aux États-Unis de Gérard Ferraud. Il est allé avec sa femme Erica à New York en 2010. Pour une semaine. Il y est retourné en 2011 au mois de septembre. Il n'y est resté que cinq jours.

— Nous pouvons l'exclure de la liste des suspects, car il n'a pas pu envoyer pendant vingt ans les cartes depuis les États-Unis. Il n'y est resté que de 1970 à 1975 et les cartes ont été envoyées entre 1991 et 2009. En plus, il ne semble pas avoir de lien avec les victimes et n'a pas passé sa jeunesse à Gryon.

— Concernant les preuves matérielles, l'ADN que nous avons identifié sur le mégot de la cigarette trouvé dans le chalet de Charrier est le même que celui du sperme retrouvé sur Michel Martin.

— Pourquoi y avait-il du sperme seulement sur une des trois victimes ? demanda Karine.

— Plusieurs raisons sont possibles. Les tueurs en série ressentent en général une forte excitation après avoir commis un crime. Notre meurtrier est indubitablement quelqu'un d'organisé et de structuré. Dans les deux cas où nous n'avons pas trouvé de sperme, il se peut qu'il se soit soulagé ailleurs ou alors qu'il ait même pensé à utiliser du papier pour ne pas laisser de traces. Concernant Martin, je peux imaginer qu'il a perdu la maîtrise de lui-même. Que les émotions ont pris le dessus sur son côté rationnel, voire obsessionnel.

— J'ai fait analyser les deux styles d'écriture. Celle sur la feuille de courses de Holder et celle des cartes postales. Il n'est pas à exclure que ce soit la même personne qui les ait écrites, mais on ne peut pas non plus le certifier. L'écriture est différente, mais, sur les cartes, il a pu faire exprès de la modifier pour éviter qu'elle ne soit comparable. D'un côté, une écriture liée et, de l'autre, des lettres qui sont séparées. Même dans ce cas, on peut retrouver des similitudes. Le graphologue a identifié que l'inclinaison des lettres, ainsi que le degré de pression étaient semblables.

— Donc, toujours rien de concluant, ajouta Nicolas.

Christophe s'adressa à Andreas.

— As-tu pu trouver un document avec l'écriture de Valdes ?

— Non, malheureusement pas. On était tout le temps ensemble. Et je n'ai rien vu traîner. Tout était bien rangé. Mais bon, j'y crois pas trop à cette histoire de…

Karine changea de sujet et ne laissa pas à Andreas l'occasion de se lancer dans une argumentation et un débat vain au sujet de la graphologie.

— J'ai mis la main sur le rapport de police de l'incendie de la laiterie, dit Karine. Il confirme que le feu avait été allumé intentionnellement avec de l'essence versée à différents endroits du premier étage, où se situaient les chambres. D'après les pompiers, les flammes s'étaient propagées en un rien de temps et l'escalier était devenu inaccessible. Ils ont été pris au piège. Visiblement, ils dormaient. Ils ont dû mourir étouffés par la fumée importante qui s'est dégagée très rapidement. La police a conclu que le seul enfant survivant, Jean-Louis, avait sans doute mis le feu. Il a été entendu par un psychiatre qui n'a pas pu déterminer la raison de son acte. L'enfant parlait sans arrêt du *Dragon du Muveran* qui aurait craché des flammes sur la maison.

— Où est-il ce Jean-Louis, maintenant ?

— Après les faits, il a été envoyé dans une maison de redressement près d'Aigle. C'est tout ce que je sais pour l'instant.

— Est-ce que le ticket de caisse mentionne combien de couteaux ont été achetés ? demanda soudain Andreas.

— Tu fais bien de me poser la question… J'ai oublié de vous le préciser avant. La réponse est oui. Quatre.

— Tu vas dire que tu avais encore raison, lança Karine à Andreas.

— Pas besoin. Tu viens de le faire… Trois ont été utilisés. Et il en reste un… pour Fournier.

Chapitre 88

Buffet de la Gare, Gryon, mercredi 19 septembre 2012.

Andreas entra dans le Buffet de la Gare. Pendant la pause de midi, le bistrot était bondé. La plupart des clients étaient en train de boire leur café avant de retourner travailler. La serveuse était occupée à encaisser. Dans un petit moment, le brouhaha continu des discussions laisserait la place au rythme tranquille des retraités, habitués de l'endroit, venus prendre un thé ou un café et refaire le monde pour passer l'après-midi.

Il balaya la salle du regard. Personne ne semblait correspondre au profil. Il contourna le bar et se dirigea vers la salle de restaurant. Il le reconnut immédiatement à la description qu'il lui avait faite au téléphone.

L'ancien pasteur de Gryon était assis tout seul à une table, au fond à gauche. Il croisa son regard. Il ressemblait à s'y méprendre à Ernest Hemingway. Il portait un pull en laine brun avec un grand col roulé. Ses cheveux blancs et épais étaient coiffés sur le côté. Il avait une barbe blanche bien fournie. Un visage rond et doux. Un regard perçant. De profondes rides sur le front. C'était *Le Vieil Homme et la mer* personnifié. Andreas lui serra la main et s'assit.

— Je me suis permis de prendre un café en vous attendant. Je suis arrivé il y a une demi-heure. Lorsque j'étais pasteur à Gryon, je fréquentais beaucoup ce lieu. J'y venais pour rencontrer les gens du village. Boire le café. Prendre l'apéro. Je mangeais aussi régulièrement ici. C'était un peu comme une deuxième maison.

Il fit signe à la serveuse.

— Vous prenez un café, inspecteur ?

— Avec plaisir.

— Alors, deux. Et volontiers une tranche de gâteau, s'il vous en reste. Merci. Vous aimez Gryon, inspecteur ?

— Oui, j'adore Gryon. J'ai eu un coup de cœur. Après avoir grandi en ville, j'apprécie la nature et le calme. Et ce village de montagne est absolument charmant. Je m'y sens bien.

— Je comprends parfaitement. J'ai fait mes études de théologie à Genève. Ce n'est pas que j'affectionne particulièrement la ville, mais je m'étais mis en tête d'aller à l'université dans la cité de Calvin. J'ai accompli ensuite mon stage pastoral à Versoix, près de Genève, au bord du lac. C'était en 1952. J'avais vingt-deux ans. J'ai toujours aimé la montagne. Un collègue m'a parlé d'un poste vacant à Gryon. Je n'y avais jamais mis les pieds. Je suis venu pour rencontrer le conseil de paroisse. Je m'en souviens comme si c'était hier. Un dimanche. J'avais été convié pour le culte. Je suis immédiatement tombé amoureux de cet endroit. Si je parle trop, vous me le dites, inspecteur ?

— Pas du tout, je vous en prie.

— Lorsque j'ai vu ce temple avec ce clocher en pierre au milieu du village, j'ai tout de suite su que ce serait ici que j'exercerais ma vocation. J'y suis resté quarante ans. Bon, je dois avouer que peu après mon arrivée j'ai rencontré Catherine. La femme de ma vie. J'avais beaucoup d'amour à donner. Suffisamment pour la paroisse, le village de Gryon et ma tendre moitié. Malheureusement, nous n'avons pas pu avoir d'enfants. En 1992, elle est morte. Un cancer.

Une larme s'écoula sur sa joue.

— Ce fut un choc terrible. Elle est enterrée dans le cimetière de Gryon. C'est pour cela que j'y reviens de temps à autre. Je n'ai jamais pu m'en remettre et je me suis rendu compte que je ne pouvais plus donner autant d'amour autour de moi. J'ai alors décidé de prendre ma préretraite. Je me suis installé en France, au bord de la mer. Je voulais changer de cadre. Chaque fois que je reviens à Gryon, mon cœur est rempli de bonheur au souvenir de mes années passées ici, mais aussi d'une profonde tristesse. Ma femme me manque.

Il s'arrêta de parler et essuya une deuxième larme en train de couler le long d'une de ses rides creusées par la vie. Andreas éprouva une forte sympathie pour ce vieillard. Il avait sûrement été un excellent pasteur. Un homme de cœur.

— Bon, ce n'est pas pour vous faire le récit de ma vie que je suis venu vous voir. Une amie de Gryon avec qui je corresponds périodiquement, une de mes anciennes paroissiennes, m'a informé des abominables crimes qui ont eu lieu ici dernièrement. C'est affreux. Je connaissais bien les victimes.

Il garda le silence et soupira après quelques instants.

— Ça vous ennuie si je prends un petit remontant ?

Ce n'est pas dans mes habitudes à ces heures. Mais je sens que je pourrais en avoir besoin.

La serveuse leur amena un nouveau café et un verre de goutte. Andreas n'avait pas eu le cœur de refuser au vieil homme sa demande de partager un verre de l'amitié. Le pasteur souleva son verre et regarda Andreas dans les yeux.

— Moi, c'est Luc.

— Andreas. Je suis heureux de faire votre connaissance.

— Lorsque j'ai appris ce qui s'était passé, j'ai eu le pressentiment que je devais vous rencontrer. Le fait que le premier cadavre ait été retrouvé dans le temple m'a bouleversé. Et puis ces textes bibliques laissés par le meurtrier. Ça m'a donné à réfléchir. J'ai eu Michel et Jacques au catéchisme. Je les ai vus grandir. Je les ai baptisés. Aujourd'hui, ils ont été assassinés. J'en ressens un profond chagrin. Alain Gautier, je le connaissais aussi, bien sûr, bien qu'il eût été catholique. C'est un petit village. Tous ces mômes, c'était un peu comme mes enfants. Je me souviens très bien de cette époque. Surtout l'année 1972. J'avais deux groupes de catéchisme. Un pour les adolescents, qui allaient à l'école à Bex, comme Jacques. Un autre pour les jeunes, qui fréquentaient l'école à Gryon. Michel en faisait partie. C'était un gentil garçon. Un peu trop influençable. Dans ce groupe, il y avait aussi Erica, la pasteure actuelle de Gryon. Vous la connaissez sans doute.

Andreas acquiesça.

— C'était une charmante fillette. Elle était peu démonstrative. Elle écoutait beaucoup, mais ne s'impliquait pas vraiment. Lorsque j'ai appris qu'elle était devenue pasteure, j'ai été très étonné. Un autre garçon dont j'étais persuadé qu'il allait suivre ma voie faisait partie du groupe. Jean-Louis. Il posait sans arrêt des questions existentielles. Il venait me voir en dehors des cours de catéchisme pour m'interroger sur la foi, le métier de pasteur, la vie. Il avait des réflexions d'adulte. Ce n'était pas un jeune comme les autres. Il avait un intérêt inhabituel à son âge pour les choses qui concernent Dieu. C'était un enfant discret. Je dirais même profondément secret. Je n'ai jamais réussi à découvrir qui il était vraiment. Il ne s'entendait pas avec les jeunes de son âge. Surtout avec les garçons. Par contre, il avait un faible pour Erica. Ça se voyait. Il me posait d'ailleurs aussi beaucoup de questions sur l'amour. Il voulait savoir comment on pouvait être sûr que l'on aimait quelqu'un, que c'était la personne avec qui on désirait passer sa vie. Pour lui, c'était Erica. Je savais que certains des garçons l'embêtaient constamment. Erica était venue m'en informer. Elle m'avait raconté que Maurice et d'autres le harcelaient. Elle s'inquiétait pour lui. J'ai appris que vous aviez arrêté Maurice. C'était un filou, déjà à l'époque. J'avais essayé d'en discuter une fois avec mon futur pasteur en herbe, mais il m'avait assuré que ce n'était pas grave. Il ne souhaitait pas en parler. Vous savez, inspecteur, je m'en veux. J'aurais dû intervenir avant qu'il ne soit trop tard.

Andreas était absorbé par le récit de Luc. Sa voix et sa façon de s'exprimer captaient l'attention. Il l'imagina dans la chaire, en robe pastorale noire, en train de prêcher. C'était un homme convaincu et convaincant.

— Et puis il y a eu ce drame. Le 17 septembre 1972. Je n'ai jamais oublié. Au milieu de la nuit. Il était

3 heures du matin. J'ai entendu des sirènes. Je me suis levé. Habillé. Et puis je suis parti en direction du village. C'est là que j'ai vu les énormes flammes illuminer le ciel. J'ai commencé à courir. La laiterie brûlait. Les pompiers tentaient d'éteindre le feu. Et au milieu de tout ce remue-ménage, il était là. Il venait de fêter ses douze ans. Je me suis approché de lui. Il s'est tourné vers moi et a proclamé sur un ton neutre et presque détaché : « *C'est le Dragon du Muveran. Il a craché ses flammes sur la maison.* » Jamais je n'oublierai son regard. Il avait changé. Ce n'était plus celui d'un enfant. Il avait perdu son innocence. J'ai perçu de la haine et de la fureur dans ses yeux.

Chapitre 89

Gryon, vendredi 8 septembre 1972.

La séance de catéchisme touchait à sa fin. Le pasteur, comme à son habitude, prononça une prière. En général, c'était pour lui un moment de paix où il avait le sentiment d'être en lien avec Dieu. Des instants où il se sentait exister. Mais c'était devenu différent. Maintenant, il avait peur. Il se demandait s'ils allaient l'attendre à la sortie. Le pasteur lui en avait parlé. Il avait ouvert la porte. Il souhaitait l'aider. Mais il avait refusé d'en discuter. Le pasteur conclut par son Amen habituel. Que ta volonté soit faite !

Pendant la prière, il n'avait pas écouté les paroles du pasteur. Il avait prié avec ses propres mots. Il avait demandé à Dieu d'être quelqu'un. D'être reconnu au sein de sa famille. Pas juste le petit dernier dont personne ne s'occupait. Ne pas être celui qui n'était jamais valorisé. Il avait aussi prié pour ceux qui le martyrisaient. Le pasteur lui avait expliqué que tout dans la vie avait un sens. Il cherchait. Il voulait comprendre. Pourquoi Dieu laissait-il les autres lui faire du mal ? Pourquoi ?

Au moment où il s'apprêtait à sortir, le pasteur l'interpella. Il dit au revoir à sa Princesse. L'homme de Dieu lui proposa de s'asseoir. Il lui demanda pourquoi il n'était pas venu le voir comme d'habitude pour discuter cette semaine. Il lui répondit qu'il ne s'était pas senti très bien. Sa mère ne l'en avait pas informé ? À nouveau, il ne saisit pas l'occasion. Il ne savait pas pourquoi, mais il avait de la peine à parler de ses soucis. Il avait toujours l'impression qu'il ne serait pas compris. Qu'il devait tout résoudre lui-même ! Il s'était barricadé. Ne laisser personne entrer. Il avait ainsi le sentiment de se protéger. Il dit au revoir au pasteur et sortit.

La nuit était tombée. La peur au ventre, il fit quelques pas. Il n'entendit pas que quelqu'un s'était faufilé derrière lui. Il sentit une forte poussée dans son dos et s'écroula à terre. Ils le traînèrent jusque vers la grange qui se trouvait juste à côté du presbytère. Ils le portèrent pour monter les marches et le jetèrent par terre dans la grange. Ils lui donnèrent des coups de pied alors qu'il était encore au sol. Maurice le saisit par le col et l'obligea à se mettre à genoux. Jacques lui maintenait les mains dans le dos pour qu'il ne puisse pas bouger. Michel et Alain se tenaient un peu en retrait. Il était terrorisé. Il voulait crier, mais aucun bruit n'émergeait de sa bouche. Maurice ouvrit alors sa braguette et sortit son sexe en érection. Il le tenait par les cheveux et lui ordonna de lui faire une fellation. Il était tétanisé. Il ne pouvait pas réagir. Après un moment, Maurice se retira et décréta que c'était le tour de Jacques. Ce dernier demanda à Maurice de tout arrêter et de le laisser partir. Mais Maurice insista. Jacques s'exécuta. Puis,

Maurice saisit Jean-Louis par le col, le fit se lever, et l'appuya ensuite contre l'établi. Son visage était collé contre le plateau. Maurice lui baissa le pantalon et le sodomisa. Il vit Michel et Alain qui le regardaient sans réagir. Il ferma les yeux. Il était à la fois présent et absent. Conscient et inconscient. Vivant et mort... Maurice, après avoir fini son affaire, lui glissa quelques mots à l'oreille : « Si tu dis quelque chose, tu es mort ! Compris ? »

Il resta allongé sur la table sans bouger. Sans réagir. Des secondes. Des minutes. Il ne savait pas. Il se sentait humilié. Sur le chemin du retour, l'impression d'avoir perdu tout sentiment d'être humain l'habitait. Il était devenu une sorte d'objet inanimé.

Jean-Louis rentra à la maison, mais ne dit rien à personne.

Chapitre 90

Chalet *L'Étoile d'argent*, Gryon, mercredi 19 septembre 2012.

Karine avait décidé de passer la soirée avec Nicolas et Christophe au restaurant. Sur le chemin du retour, Andreas repensa à ce que le pasteur lui avait raconté. Comment un enfant pouvait-il mettre le feu à sa propre maison et tuer toute sa famille ? Un enfant ! Comment pouvait-il perdre son innocence au point d'accomplir un tel acte ? Andreas peinait à imaginer que cela soit possible. À douze ans, la vie de ce garçon avait basculé dans le vide. Qu'avait-il bien pu subir ?

Durant sa carrière, il avait été confronté à bien des situations dont les mots ne parvenaient pas toujours à saisir la portée et décrire l'horreur. Cet enfant était-il devenu un tueur de sang-froid ? Avait-il été maltraité par Gautier, Martin, Charrier et Fournier au point de nourrir une rancœur contre eux pendant quarante ans ? Une haine qui s'était transformée aujourd'hui en fureur meurtrière ?

Lorsqu'il arriva, Mikaël était occupé à cuisiner. De délicieux effluves caressèrent les narines d'Andreas.

Il s'approcha de Mikaël, en train de faire monter une sauce pour accompagner le filet mignon qui rôtissait dans la poêle. Il l'entoura de ses bras et l'embrassa dans le cou. Minus s'était mêlé à l'étreinte en venant se frotter contre les jambes d'Andreas.

— J'ai préparé un apéro sur la terrasse. Va t'installer. Je te rejoins tout de suite.

— T'es un chou. Je t'aime ! lui glissa Andreas.

Andreas ôta sa veste et la lança sur le canapé. Il enleva également la housse contenant son pistolet. Un *Sig Sauer* de fabrication suisse. Il le sortit pour mettre le cran de sécurité. Andreas se demanda s'il allait devoir s'en servir prochainement. Il ne l'espérait pas. Si la situation l'exigeait, il n'hésiterait pas. Cela lui était déjà arrivé à quelques reprises. Une fois, il avait tué. Ça avait été lui ou l'autre. Même s'il n'avait pas eu le choix, le fait d'ôter la vie à quelqu'un avait été pour lui une expérience difficile à vivre. Cette image refaisait surface par moments. Ce qui le travaillait le plus, devait-il admettre, c'était le sentiment d'avoir été si proche de la mort. Cela s'était joué à quelques dixièmes de secondes. Il avait perçu un bruit. Il s'était retourné tout en sortant le pistolet de sa housse. Il avait vu un homme en train de braquer son arme sur lui. Il avait entendu la détonation et ressenti une forte douleur dans le bras. Il avait appuyé sur la détente, sans réfléchir. L'homme s'était écroulé. Andreas l'avait touché en plein cœur. Il avait senti la vie de cet homme s'en aller. Lui était en vie.

Andreas sortit sur la terrasse. Le soleil était en train de se coucher. Le Miroir de l'Argentine arborait sa couleur rose-orange. Il s'assit. Minus s'installa à ses pieds. Sur la table, Mikaël avait préparé un plat de viande séchée des Grisons et de fromage de la région. Des bougies étaient allumées. Mikaël arriva aussitôt avec une bouteille de rouge. Un vin italien. Un *Sassicaia* de 2008. Un cru exceptionnel. Il remplit les deux verres.

— Eh bien, pas mal pour un apéro ! Y a-t-il quelque chose à fêter ?

Mikaël esquissa un sourire. Au même moment, Andreas se souvint.

— Dix ans !

— Eh oui. Santé, mon amour !

Mikaël leva son verre. Andreas fit de même.

— Santé !

Ils échangèrent un regard plein de tendresse.

— Je suis désolé. J'avais complètement oublié.

— Ça ne fait rien. Je sais que tu es en souci à cause de cette enquête. Ce qui est important, c'est ce que nous partageons ensemble, jour après jour.

— Et j'en suis comblé.

Andreas prit une nouvelle gorgée de ce délicieux nectar et le savoura. Oui, il était heureux. Parfaitement heureux.

Mikaël ramena Andreas à une autre réalité.

— J'ai poursuivi les recherches sur Holder. Et je suis un peu embarrassé. Il existe bel et bien, mais je ne sais pas d'où il vient.

— Comment ça ?

— Il est marié, deux enfants, et exerce le métier d'avocat. Il habite New York. Il a obtenu son brevet en 1989 et rejoint le cabinet de son beau-père. Il s'est marié en 1979. Ce qui est étonnant, c'est que je ne retrouve rien avant cette date. Je n'ai découvert aucune information sur son enfance. C'est comme s'il n'en avait pas eu. Pas de parents, rien. Bon, je dois reconnaître que je suis quand même limité dans les renseignements auxquels j'ai accès.

— Je vais appeler James, mon ami du FBI. Peut-être qu'il pourra nous aider.

— C'est une excellente idée. Je me suis demandé s'il avait été adopté ?

— Ou alors il a changé de nom !

Chapitre 91

Gryon, samedi 9 septembre 1972.

Le lendemain matin, Jean-Louis partit de chez lui après le petit déjeuner. Il n'avait toujours pas ouvert la bouche. Personne ne s'était étonné, car il avait l'habitude d'être silencieux à la maison.

Il retrouva sa Princesse vers la fontaine. Il lui prit la main et l'emmena dans un coin à l'abri des regards. À elle, il pouvait se confier. Elle était douce et attentionnée. Jamais elle ne le jugerait. Ils s'assirent sur un muret. Erica mit son bras autour des épaules de Jean-Louis. Il lui raconta ce qui lui était arrivé. Elle avait les larmes aux yeux, mais il ne s'en rendit pas compte. Il avait l'air absent. Puis il demanda à Erica de garder le secret et de ne jamais en parler à personne.

— Je te le jure. Croix de bois, croix de fer, si je mens je vais en enfer !

Erica rentra à la maison. Sa mère réalisa immédiatement que quelque chose n'allait pas. Elle parvint sans grand effort à convaincre sa fille de se confier à elle. À la fin du récit, les deux restèrent silencieuses.

Elle serra sa fille qui pleurait toutes les larmes de son corps dans ses bras. Après un long moment de complicité et de tendresse, la mère d'Erica expliqua qu'elle allait voir les parents de Jean-Louis. Erica voulut l'en dissuader. Elle était tiraillée entre deux sentiments. La culpabilité. Celle de rompre le pacte conclu avec son meilleur ami. Le soulagement. Celui d'en avoir parlé. Ce qui s'était produit ne pouvait rester impuni. Elle regarda sa mère mettre sa veste et quitter la maison. Elle ne pouvait pas s'empêcher de penser qu'elle était responsable de ce qui allait maintenant se passer.

Ils étaient à table en train de manger. La sonnette retentit. Le père de Jean-Louis, Albert, se leva et se dirigea vers la porte. Au moment où Jean-Louis vit la mère d'Erica arriver dans la cuisine, il sentit son corps se raidir. Erica avait parlé. Son secret avait été révélé. La colère grandit en lui. Contre Erica. Sa Princesse. Comment avait-elle pu le trahir ? Trahir la confiance qu'il avait en elle. Qu'allait-il se passer ? Sa vie ne serait plus jamais la même. À cet instant, cela s'imposa à lui. Son existence était en train de basculer.

Albert envoya les enfants dans leur chambre. Les trois adultes s'assirent. La mère d'Erica commença à raconter. Le père de Jean-Louis se mit à pleurer, ce qui énerva Louise, sa femme.

Lorsque la mère d'Erica fut partie, Albert et Louise restèrent assis autour de la table. En silence. Après un long moment, Louise se leva et monta à l'étage pour aller chercher son fils. Albert se servit du vin. Après quelques minutes, ils descendirent. Albert remplit à nouveau son verre après avoir éclusé le premier en un rien de temps. Louise demanda à son fils sur un ton dur et froid si cette histoire était vraie. Jean-Louis était comme hypnotisé. Il ressentait en lui de la colère et de la honte. Aucun mot ne sortit de sa bouche. Sa mère se fâcha et lui ordonna de parler. Albert se rapprocha de Jean-Louis et le serra dans ses bras. Il lui demanda avec une voix douce et calme si c'était bien arrivé. Jean-Louis hocha la tête, mais ses lèvres restèrent fermées. Sa gorge était nouée. Louise le renvoya dans sa chambre.

— Qu'allons-nous faire ? demanda Albert.

— Rien.

— Comment ça, rien ?

— Tu imagines si tout le village apprend ça. Ce serait une honte pour nous. Et les clients ? Que vont-ils penser ?

— Ce n'est pas nous qui devons avoir honte ! Jean-Louis n'y est pour rien.

— Non, je sais bien. Mais il s'agit du fils du syndic.

— Et alors !

— Le syndic a trop d'influence. Il nous rendra la vie impossible à Gryon.

— Cela m'est parfaitement égal. Je vais aller trouver la police !

— Je te l'interdis. Sinon...

— Sinon, quoi ?

— Sinon je prends les enfants avec moi et je te quitte !

Albert se tut. Après quelques instants, elle se décida tout de même à agir.

— Je vais m'en occuper. Je parlerai au syndic.

Pendant le déjeuner, ils ne prononcèrent pas un seul mot. Le frère aîné de Jean-Louis demanda ce qui s'était passé, mais sa mère se fâcha en disant que c'était des affaires de grandes personnes. Elle se leva ensuite de table et sortit. Elle se dirigea tout droit vers la maison de commune.

Louise rentra trois heures plus tard. Elle expliqua à Albert que tout était réglé. Tout d'abord, le syndic avait voulu la mettre à la porte sur-le-champ, mais elle avait fait un scandale en criant dans les bureaux communaux. Il avait fait venir son fils, Maurice. Louise avait vu son regard effrayé. Son père était un homme dur. Il avoua presque immédiatement sous la pression de son père. Celui-ci le frappa en plein visage. Son nez commença à saigner. Il le renvoya ensuite à la maison. Le syndic menaça Louise de lui résilier le bail de la laiterie qui appartenait à la commune si elle en parlait à qui que ce soit. Louise n'était pas une femme à se laisser impressionner et elle le fit savoir. Il se décida finalement à négocier. C'est ainsi qu'il lui avait proposé de lui verser une somme d'argent et de payer l'inscription à l'internat pour Jean-Louis. Les séparer était la meilleure solution. Mais c'était Jean-Louis qui devait partir.

— Tu imagines ? C'est une aubaine. Il va pouvoir étudier dans une école privée. On n'aurait jamais pu offrir cela à nos enfants. Et en plus, il pourra y commencer dès lundi. Le père de Maurice a téléphoné et tout a été réglé en moins de deux.

Albert se leva, mit sa veste et se dirigea vers la porte.

— Où vas-tu ?

— À la police !

Louise s'approcha de son mari et le saisit par le bras en le forçant à se retourner vers elle.

— Ne me touche pas !

Elle lui donna une gifle si forte qu'Albert trébucha et tomba à terre.

— Je t'interdis ! Tu m'entends ?

— Tu as vendu notre fils. Tu as vendu ton âme au diable et la nôtre avec. Jamais je ne pourrai te pardonner.

Albert se résigna. Il ne fut plus question de parler à la police.

Le soir, lorsque Jean-Louis rentra à la maison, ses parents étaient installés à la cuisine. Ils le firent asseoir. Louise lui expliqua qu'il partirait en internat, dès le lundi suivant. Le collège Saint-Paul. Elle tenta de le convaincre que c'était une énorme chance pour lui. Albert ne dit rien. Il n'osa pas rencontrer le regard de son fils. Il rentrerait tous les week-ends. Il n'aurait plus besoin d'affronter Maurice. Il serait en sécurité. Jean-Louis écouta sa mère sans réagir. Son visage ne laissait transparaître aucun sentiment. Il monta dans sa chambre, ferma la porte et se coucha sur son lit. Il se sentit à nouveau humilié et trahi, cette fois par les siens.

Chapitre 92

Le presbytère, Gryon,
jeudi 20 septembre 2012.

Andreas et Karine descendirent le Vieux Chemin côte à côte. Ils passèrent à côté de la fontaine, puis devant l'entrée du temple et se retrouvèrent ensuite en face de la grange du presbytère.

Trois lieux de crime.

Trois morts.

Une pasteure.

Quel était le lien entre ces meurtres et Erica ? Il y en avait un, c'était sûr. Ils s'avancèrent vers la maison et Andreas sonna à la porte. Erica les accueillit, sans montrer de surprise.

— Entrez ! Je m'attendais à votre visite.

Ils s'assirent autour de la table de la cuisine. Gérard Ferraud prépara des cafés.

— Jean-Louis. C'est de lui que vous avez parlé dimanche dans votre prédication, non ?

Erica eut un soupir. Elle se leva et sortit de la pièce. Elle revint avec une lettre manuscrite qu'elle posa devant Andreas.

« *Gryon, dimanche 17 septembre 1972*

À ma Princesse.

Je ne sais plus qui je suis. C'est comme si ma vie était finie. Je me sens humilié et trahi. Et je suis en colère. Contre qui ? Maurice ? Oui ! Contre les autres ? Oui ! Contre ma famille ? Encore oui ! Contre toi ? Aussi. Mais je te pardonne. Tu n'iras pas en enfer. Ne t'inquiète pas. Moi par contre, c'est possible. Ce qui me rend le plus triste, c'est que mon rêve de me marier avec toi ne se réalisera jamais. Je ne pouvais pas te dire au revoir en face. Ça aurait été trop dur. Je sais qu'on ne se reverra plus jamais. C'est pour ça que je te dis adieu !

Jean-Louis, ton prince qui t'a aimée plus que tout. »

— J'ai retrouvé cette lettre le lendemain, le lundi 18 septembre. La laiterie avait brûlé. Et je ne l'ai plus jamais revu.

Erica se mit à pleurer. Le visage de son mari resta impassible. Il prit la main de sa femme.

— Je me suis toujours sentie coupable. Vous imaginez ? J'avais douze ans. Toute ma vie, j'ai repensé à ce mois de septembre de 1972. Aurais-je dû me taire ? Ne rien raconter à ma mère ? Est-ce par ma faute que ce drame a eu lieu ? Avec le temps, je me suis dit que j'avais bien fait d'en parler. Ce qui a été terrible pour Jean-Louis, c'est la réaction de ses parents. Des adultes. Nous étions des enfants. Je pensais que les adultes devaient protéger les enfants. Comment aurais-je pu imaginer le contraire ? Jean-Louis. Le pauvre. Il n'osait rien dire. Il avait été abusé par Maurice. Il n'avait pas pu se défendre. C'était un vendredi soir, le 8 septembre. Jean-Louis avait été envoyé en internat dès le lundi. La maîtresse nous l'avait annoncé le matin en classe. Je regardais son pupitre, vide. Et c'est à ce moment précis que j'ai réalisé que c'était à cause de moi qu'il n'était plus là. Je n'ai jamais compris ou su ce qui s'était passé. Ma mère a essayé d'en discuter avec les parents de Jean-Louis. Ils ont juste dit que c'était réglé. Qu'il ne fallait plus parler de cette histoire. Après cela, je n'ai plus osé poser de questions. J'avais peur. Maurice ne savait probablement pas que j'étais au courant. Il a pu penser que Jean-Louis l'avait dénoncé lui-même. Jean-Louis est rentré le week-end suivant. Je suis venue sonner à la porte. Je voulais le voir. Ses parents m'ont ordonné de ne plus jamais revenir. Je devais le laisser tranquille. Ils avaient décidé de couper les ponts.

— Pourquoi ne nous en avez-vous pas informés avant ?

— Je n'avais pas fait le lien entre les morts d'Alain, Michel et Jacques avec cette histoire.

— Et maintenant ?

— Je n'en sais rien. Jean-Louis n'a nommé que Maurice. Il a bien mentionné dans la lettre qu'il était en colère contre d'autres, mais c'était trop vague. Quand il m'a tout avoué le lendemain, toute sa colère était dirigée vers Maurice. Il était confus. Je n'ai pas su comprendre. Avec le recul, je me dis que j'aurais dû. Tous les trois traînaient souvent avec Maurice. Et puis Jean-Louis est mort.

— En êtes-vous certaine ?

Erica hésita avant de répondre.

— Après cet événement, Jean-Louis a été placé

dans une maison de redressement. J'ai complètement perdu sa trace. J'avais gardé le contact avec sa grand-mère, Odile. Elle était la seule survivante de la famille. Je m'en suis occupée comme si c'était ma grand-maman. Je pense que c'était pour moi une manière de me faire pardonner. Odile était restée en lien avec la famille d'accueil de Jean-Louis. Après ce qui s'était passé, il ne pouvait pas rester à Gryon. Elle avait donc accepté qu'ils l'adoptent. Pour Odile, Yvette et Arthur étaient un couple providentiel. C'était l'occasion de tirer un trait sur le passé et de repartir de zéro. Ils pouvaient lui offrir un nouveau départ. Quelques années plus tard, Odile a appris par Yvette que Jean-Louis avait été porté disparu. Personne n'a jamais su ce qui lui était arrivé jusqu'au jour où la police a annoncé à ses parents adoptifs qu'il était mort dans un incendie aux États-Unis.

— Et il ne vous a jamais donné de nouvelles ? Pas de lettre ? De carte postale ?

— Non. La dernière fois que je l'ai vu, c'était le samedi 9 septembre 1972.

— Pensez-vous qu'il puisse être toujours vivant ? Qu'il soit revenu pour se venger ?

— Je me suis posé la question, en effet. Qu'il soit encore en vie pourrait expliquer bien des choses, mais il est mort. Il a été retrouvé et identifié par la police. Et je ne crois pas aux fantômes.

— Dans ce cas, c'est peut-être quelqu'un qui se venge à sa place…

Andreas laissa planer la question dans les airs et soutint le regard de la pasteure.

— Cela me paraît être la possibilité la plus

vraisemblable. Mais qui ? Je pensais que vous pourriez m'aider…

— Vous aider ? Je n'en ai aucune idée. Cela doit être une personne pour qui Jean-Louis comptait beaucoup.

— Quelqu'un qui l'aimait par exemple ?

Chapitre 93

Gryon, dimanche 17 septembre 1972.

Jean-Louis était rentré le samedi matin de l'internat. Il n'avait adressé la parole à personne à la maison. Il avait décidé de se murer dans le silence. Il n'avait plus rien à dire à sa mère qui l'avait trahi ni à son père qui n'avait pas eu le courage de le défendre.

Il s'était senti en prison dans cet internat de garçons. Le collège Saint-Paul, une chance. Tu parles ! Une occasion de suivre une formation de premier ordre, avaient-ils affirmé. Non seulement ils l'avaient puni à la place d'un autre, mais ils l'avaient inscrit dans un établissement catholique. Quelle mauvaise plaisanterie ! Des « Je vous salue, Marie » à toutes les sauces. Non, mais ! Le premier jour, il avait refusé de dire les prières. Les enseignants lui avaient fait comprendre que ce n'était pas une option. Le lendemain, il s'était à nouveau abstenu. Ses lèvres étaient restées closes. Il fut envoyé chez le directeur du Collège. Puni, il devait écrire cent fois le « Je vous salue, Marie ».

Lorsqu'il retourna se présenter chez le directeur,

il lui tendit le carnet avec la prière recopiée. Cent fois. Le directeur l'ouvrit à la première page et lut. Jean-Louis avait quelque peu modifié le vocabulaire… et le sens de la prière.

« Je vous salue, Marie, pleine de graisse… »

Le directeur cria au blasphème et se leva de sa chaise. Il l'emmena dans la salle à manger où il dut rester à genoux devant une statue de la Vierge pendant toute la durée du repas. Jean-Louis sentit les regards de tous les enfants posés sur lui. Il ferma les yeux. C'est à ce moment-là qu'il décida de ne plus jamais revenir dans cet endroit. Il se rappela une légende que sa grand-maman Odile lui racontait. À ce moment précis, il sut qu'il allait faire de cette légende une réalité.

Le dimanche matin, son père se rendit au culte avec sa grand-maman. Jean-Louis n'avait pas voulu les accompagner, prétextant qu'il ne se sentait pas bien. Son père avait convaincu sa mère, qui devait travailler à la laiterie, de le laisser tout seul.

Il en avait profité pour sortir en douce et se rendre jusqu'à la maison de sa Princesse en vélo pour y déposer une enveloppe avec un mot d'adieu. Il regarda la fenêtre de la chambre d'Erica et versa quelques larmes. Il n'avait pas pleuré depuis bien longtemps. Il sécha ses joues avec la manche de son pull et repartit chez lui. Dans le garage, il trouva un bidon d'essence qu'il monta non sans peine dans sa chambre. Il le cacha dans son armoire. Il n'avait plus qu'à attendre la tombée de la nuit.

La famille était réunie comme tous les dimanches soir autour de la table du salon. Son père avait dressé la table. Sa mère avait cuisiné un rôti avec des pommes de terre au four. Il demeura muet, comme souvent. Il regarda les membres de sa famille l'un après l'autre. Ceux-ci étaient en plein débat. Il était tellement obnubilé par ses pensées qu'il n'entendit même pas le sujet de leur conversation. C'était comme une sorte de brouhaha inaudible. Il les imagina en proie aux flammes. Il les imagina ne plus exister. Et il eut un sourire. À la fin du repas, il monta dans sa chambre et se coucha dans son lit.

Jean-Louis ouvrit la Bible à la page du prophète Joël et commença à lire. Le récit débutait avec une invasion de sauterelles qui avait ravagé Juda, puis venaient les supplications du peuple d'Israël envers Dieu. Ensuite, le prophète annonçait le Jour du Jugement à venir : « Je placerai des prodiges dans le ciel et sur la terre, du sang, du feu, des colonnes de fumée. Le soleil se changera en ténèbres et la lune en sang à l'avènement du jour du Seigneur, grandiose et redoutable. » Oui, le Jour du Jugement était proche. Il lut le verset suivant : « Alors quiconque fera appel au Seigneur sera sauvé. » Dieu était parfois très dur avec son peuple, mais il était aussi compatissant et pardonnait à ceux qui revenaient à lui. Il admirait cette capacité. Mais lui-même s'en sentait incapable. Jamais il ne pourrait pardonner. Jamais ! Il ne laisserait pas à sa famille la possibilité d'être sauvée. Il les entendit, un à un, aller se coucher. La dernière à rejoindre sa chambre fut sa mère. Il regarda sa montre. Minuit et demi. Et après, plus un seul bruit. Il décida d'attendre encore un peu. Il poursuivit la lecture de la Bible pour ne pas s'endormir.

Vers 2 heures du matin, Jean-Louis se leva. Il prit

le bidon et en versa le contenu devant les portes des chambres à coucher. Ensuite, depuis sa chambre, il sortit sur le grand balcon commun à toutes les pièces de l'étage et y répandit également l'essence. Il finit de déverser le reste sur l'escalier en bois qui menait au rez-de-chaussée. Il prit alors des habits dans son armoire, qu'il déposa devant les portes. Le feu prendrait plus rapidement. Il ressortit sur le balcon muni d'une boîte d'allumettes. Il en craqua une et la lâcha. Le feu prit tout de suite. Puis il retourna rapidement dans le couloir et fit de même. En descendant les escaliers, il craqua une dernière allumette qu'il jeta derrière lui. Puis il sortit.

Depuis la route, il observa le feu s'étendre. Jamais il n'aurait imaginé qu'il se propage aussi vite. Il aperçut les flammes et une fumée dense qui s'échappait de la maison. Après quelques minutes, il entendit sa mère crier. Puis les voix paniquées de son père, son frère et sa sœur. Tous les accès pour s'enfuir de cet enfer avaient été coupés par le feu. Les hurlements ne durèrent pas. Ils furent vite remplacés par le silence. Seul le bruit du bois qui crépitait était encore perceptible.

Enfin, il entendit l'agitation qui l'entourait. Tous les voisins étaient sortis. Ils l'interpellèrent : « Que s'est-il passé ? », « Où sont les autres ? » Mais Jean-Louis ne dit rien. Il continuait à observer ces flammes qui le fascinaient. Les pompiers arrivèrent sur place. La tension devant la laiterie était tangible. Jean-Louis sentit ensuite une main sur son épaule. Luc, le pasteur, lui demanda ce qui s'était passé. Jean-Louis répondit avec une voix placide : « Le Dragon du Muveran a craché du feu sur la maison. »

Chapitre 94

Café des Alpes, Gryon, jeudi 20 septembre 2012.

Andreas et Karine quittèrent le presbytère et remontèrent le Vieux Chemin en direction de la rue principale. Ils s'assirent à la terrasse du Café des Alpes. Karine s'adressa au serveur venu prendre la commande.

— Deux bières, s'il vous plaît.

— La pasteure nous cache quelque chose. Chaque fois, elle nous donne des informations supplémentaires, mais ne révèle pas tout. J'en suis persuadé.

— Tu penses que ça pourrait être elle ?

— Elle, quoi ?

— La meurtrière. La pasteure qui se prend pour Dieu et qui désire écarter les mauvaises brebis ? La petite amie de Jean-Louis qui veut le venger.

— L'idée m'a traversé l'esprit. Mais tu oublies une chose. Nous avons retrouvé du sperme sur un des cadavres.

— C'est juste.

Karine fit quelques mimiques avec ses lèvres tout

en réfléchissant, après avoir été coupée dans son élan par la remarque judicieuse de son collègue.

— Mais essayons de pousser la réflexion. Est-ce qu'elle aurait pu laisser du sperme pour nous induire en erreur ? Nous faire chercher un homme, alors que c'est une femme qui en toute tranquillité accomplit ces méfaits ?

Cette fois, ce fut au tour d'Andreas d'afficher une mine circonspecte devant l'imagination foisonnante de Karine.

— Ce n'est pas impossible. Mais où aurait-elle trouvé le sperme ?

— Celui de son mari peut-être.

— D'accord. Mais tu vois la scène. Ils font l'amour. Elle fait éjaculer son mari sur elle. Puis, elle va dans la salle de bains et récupère le sperme dans une boîte et le dépose ensuite sur le cadavre. Et tu oublies une chose. L'ADN sur la cigarette retrouvée chez Charrier et celui du sperme retrouvé sur Martin sont identiques.

— Son mari est peut-être complice ? Il l'aurait également aidée à déplacer les cadavres. Je n'imagine pas Erica faire tout ça toute seule. Elle n'a pas assez de force.

— Et pourquoi est-ce qu'il l'aiderait ? Tuer les persécuteurs du petit ami d'enfance de sa femme… Ça ne paraît pas très logique. Et il ne me semble pas que Gérard Ferraud fume.

— Je n'en sais rien.

— Non. Je pense plutôt qu'elle protège le meurtrier. Admettons que Jean-Louis soit réapparu. Qu'il ne soit pas mort. Et qu'il soit entré en contact avec

Erica ? Qu'elle ait eu pitié de lui ? Qu'elle ne veuille pas le dénoncer ?

— Ça me paraît en effet plus plausible.

— Nous devons suivre la trace de Jean-Louis. C'est peut-être là que se trouve la réponse à toutes nos questions.

Chapitre 95

Chalet des Fournier, Gryon, jeudi 20 septembre 2012.

Andreas et Karine retournèrent vers la voiture parquée devant la maison de commune et partirent en direction des Frasses. Ils devaient confronter Maurice Fournier à son passé.

Devant l'imposant chalet, un policier assis dans un véhicule banalisé était de garde. Andreas s'approcha pour le saluer. Ensuite, avec son téléphone, il appela Christophe, qui surveillait l'intérieur de la maison, pour le prévenir qu'ils allaient entrer.

Maurice Fournier était installé dans le canapé du salon. Andreas et Karine prirent place dans les deux fauteuils en face de lui. Andreas ne perdit pas de temps et aborda le cœur du sujet.

— Parlez-nous de Jean-Louis.

— Jean-Louis ?

— Ne faites pas l'innocent, monsieur Fournier.

— C'était un jeune de Gryon. Que voulez-vous que je vous dise ?

— Que vous avez abusé de lui. Que votre père

l'a fait envoyer en internat. Que vous vous en êtes bien sorti.

— … et que si la vie de Jean-Louis a été détruite, c'est par votre faute ! ajouta Karine.

— Je vous interdis de dire cela ! Vous n'imaginez pas comment était mon père. C'est lui qui a tout manigancé. C'était le syndic. Tout le monde était à genoux devant lui. Il obtenait toujours ce qu'il désirait. Ce jour-là, il m'a battu avec sa ceinture jusqu'au sang. J'en porte encore les marques.

— Vous voulez qu'on vous plaigne ? C'est quand même vous qui avez abusé de Jean-Louis avec vos camarades !

Karine avait une sainte horreur de ceux qui abusaient des autres. Ceux qui exerçaient leur pouvoir sur eux. Du coup, elle laissait parfois son émotion régir ses paroles.

Fournier laissa sa tête tomber entre ses mains. Toute sa vie s'était écroulée en l'espace de quelques jours.

— Je mérite de mourir. Il peut venir.

Chapitre 96

Chalet *L'Étoile d'argent*, Gryon, jeudi 20 septembre 2012.

Andreas, Mikaël et Karine étaient assis sur la terrasse devant la maison. Minus se tenait à côté de Karine. Il avait trouvé là une bonne âme pour le caresser. Il n'hésitait pas de temps à autre à la gratifier d'une léchouille bien baveuse.

Mikaël ne perdit pas de temps pour leur faire part des nouvelles informations récoltées dans la journée.

— J'ai contacté la maison de redressement où Jean-Louis avait été envoyé. On m'a donné le nom du directeur de l'époque. Alain Macheret. Il est retraité et habite à Aigle. Je suis allé le rencontrer cet après-midi. Il se souvenait très bien de Jean-Louis. Au bout de deux années dans l'institution, il a pu être placé dans une famille d'accueil, sa grand-mère n'ayant pas pu l'accueillir en raison de son état de santé. Luc, le pasteur de l'époque, voulait le prendre chez lui, mais Jean-Louis s'y était catégoriquement opposé, car il ne souhaitait pas retourner à Gryon. Après plusieurs tentatives infructueuses, il s'est retrouvé chez des agriculteurs à Yverdon. Les Bergier. À l'âge de seize ans, il a même été adopté et a changé de nom. Dès lors, il s'est appelé Jean-Louis Bergier.

— Comment l'a-t-il décrit ?

— Macheret m'a parlé d'un garçon calme et poli. Jean-Louis n'a pas posé de problèmes particuliers dans la maison de redressement. Il a toujours refusé de reparler de ce qui était arrivé à Gryon. Par contre, le directeur a eu de longues conversations avec lui. Il le décrit comme un jeune très mûr pour son âge. Il était intéressé par tout ce qui touche à la religion et lisait la Bible tous les jours. Il lui aurait confié que quand il serait grand, il voulait défendre ceux qui avaient été abusés. Il aspirait à aider les personnes dans la même situation que lui. Ce qui l'a particulièrement frappé, c'est que Jean-Louis lui a à plusieurs reprises expliqué que la vengeance divine s'abattait un jour sur ceux qui faisaient du mal.

— Et après ? demanda Andreas, impatient de connaître la suite.

— J'ai appelé Yvette Bergier, la mère adoptive de Jean-Louis. Dans un premier temps, elle ne voulait rien dire. Mais j'ai insisté. Et finalement, elle m'a raconté que Jean-Louis, un beau jour de 1978 alors qu'il avait dix-huit ans, avait disparu et qu'ils n'avaient plus jamais entendu parler de lui jusqu'à l'annonce de sa mort. Mais…

— Mais quoi ?

— J'ai le sentiment qu'elle ne m'a pas tout dévoilé.

Mikaël se leva pour aller chercher une bouteille de vin blanc au frigo, un Gewürztraminer. Andreas en profita pour allumer son ordinateur. Il était convenu de *skyper* avec son ami américain.

— *Hi*, James ! *This is* Andreas. *How are you ?*

— Salut, Andreas ! Ça fait longtemps. En pleine forme, et toi ?

James était le chef du *Behavioral Analysis Unit* du FBI, où Andreas avait fait un stage. Il parlait bien le français, avec toutefois un accent américain à couper au couteau. Il avait un faible pour la France où il avait régulièrement voyagé. Ainsi, il avait décidé d'apprendre la langue de Molière. Andreas lui raconta en détail les crimes qui avaient eu lieu à Gryon.

— Et tu penses que ce John Holder pourrait être impliqué ?

— Je n'en suis pas certain, mais, comme je te l'ai dit, plusieurs pistes nous mènent aux États-Unis. Et pendant que tu y es, regarde si tu trouves quelque chose au sujet d'un Jean-Louis Morier ou d'un Jean-Louis Bergier.

— D'accord. Je vais faire quelques recherches. Votre histoire me rappelle un tueur en série de chez nous. On l'avait appelé *The Emasculator.* J'ai travaillé de nombreuses années sur ce cas sans jamais réussir à le démasquer. Il découpait le sexe de ses victimes avant de les égorger. Lui aussi les mutilait de leur vivant, tout comme dans l'affaire qui vous occupe en Suisse. Tu te rappelles, Andreas ? On en avait parlé lors de ton séjour à Washington ?

— Oui, je m'en souviens. C'est une sacrée histoire !

— D'accord. Et le nôtre leur ôte les yeux avant de leur planter un couteau dans le cœur. C'est bien joli d'évoquer des souvenirs, mais ça n'a rien à voir avec notre enquête, ou bien ? réagit Karine.

— Non, en effet. C'était juste une réflexion,

reconnut James. C'est vraiment un cas extraordinaire, ce tueur, insista James. C'est ma plus grande frustration de policier. Un échec. Quand je pense qu'il m'a nargué pendant vingt ans.

— Comment ça, nargué ? réagit Andreas.

— Après chaque crime, il m'a envoyé une carte postale avec un smiley. Pendant vingt ans. Tu te rends compte ! Et tout d'un coup, plus rien. Plus de meurtres. Et plus de cartes. Il est sans doute mort. Je ne vois pas d'autre explication.

— Pardon ? s'exclama Andreas. Tu ne m'avais jamais fait part de ce détail. Le nôtre aussi est un amateur de cartes postales… Il en a envoyé plusieurs à nos victimes depuis les États-Unis.

— Drôle de coïncidence, lança Karine.

— *Yes, indeed.* Nous n'avions jamais divulgué à qui que ce soit l'histoire des cartes postales.

— Y avait-il quelque chose d'écrit sur ces cartes ?

— Il y notait les coordonnées de l'endroit où il avait déposé le cadavre. Et puis une phrase. Toujours la même.

— Un verset biblique ? s'empressa de demander Andreas.

— *Wait !*

Andreas entendait son cœur battre au rythme des clics des touches du clavier sur lequel pianotait James. Le temps lui semblait long. Interminable, même.

Pendant que James cherchait, il était en train de creuser dans sa mémoire. Puis, mot après mot, la phrase restée gravée dans son inconscient refit surface. Au moment où elle s'afficha devant lui, une idée commença à germer. Était-ce possible ?

— Voilà, j'ai trouvé.

Andreas entendit ensuite de la bouche de James la phrase résonner comme un écho assourdissant.

— « *The guilty man shall be judged. O God, have mercy.* »

— C'est une phrase biblique ? demanda Karine.

— Pas directement, réagit Andreas. C'est un extrait du *Requiem* de Mozart. Plus précisément de la partie intitulée *Lacrimosa*. Ce qui se traduit par *larmes*…

Chapitre 97

Washington, États-Unis, jeudi 20 septembre 2012.

Suite à la discussion avec son ami Andreas, James avait annulé la séance prévue en fin d'après-midi avec son équipe. Il s'assit à son bureau et alluma son ordinateur. Alors qu'il avait perdu espoir de réussir un jour à arrêter le tueur en série qui lui avait donné tant de fil à retordre, les nouvelles relayées par Andreas avaient produit une sorte d'électrochoc. *The Emasculator* venait de ressusciter !

Il ouvrit le dossier resté en suspens depuis le dernier meurtre attribué au fameux tueur en série en 2009. Après, plus rien. Comme s'il avait disparu de la circulation. Et maintenant, ces crimes dans un petit village de montagne en Suisse, qui ressemblaient curieusement à ceux perpétrés entre 1991 et 2009 dans plusieurs États du nord-est des États-Unis… Était-ce un pur hasard ? Deux meurtriers sur deux continents différents. Une signature si étrangement similaire. Très improbable. Ou avaient-ils affaire à un *copycat* ? Quelqu'un ayant suivi les événements aux États-Unis, amplement relayés par la presse locale et nationale, et qui aurait décidé de reproduire le même schéma en Suisse ? Ou alors était-ce la même personne qui avait arrêté de tuer aux États-Unis en 2009 pour recommencer en Suisse en 2012 ?

La présence de John Holder en Suisse n'était certainement pas une coïncidence. Il avait été entendu par le FBI dans le cadre de l'enquête américaine à deux reprises, mais n'avait jamais été inquiété ou formellement soupçonné. James se souvenait du premier entretien. Lui-même avait été l'un des deux inspecteurs à l'interroger. Deux des victimes avaient été des clients de Holder. Mais seulement deux, sur vingt. John Holder était alors un jeune avocat d'un peu plus de trente ans. Beau gosse. Les cheveux gominés en arrière et portant un costume rayé, taillé à la perfection et d'une élégance raffinée. Une sorte de *golden boy* représentant fièrement la réussite américaine. Il avait été parfaitement sûr de lui-même et convaincant sur toute la ligne. Pas étonnant qu'il ait souvent gagné les procès. Mais comment avait-il fait pour passer entre les mailles du filet ?

Son assistante entra dans le bureau avec un chariot sur lequel étaient empilés plusieurs cartons d'archives contenant de nombreuses pièces en lien avec l'affaire. Bien qu'ils aient tous été scannés et soient disponibles sur l'ordinateur, il voulait avoir les documents physiques. Il avait le sentiment de mieux appréhender les choses s'il pouvait les avoir dans les mains. Les voir, les toucher. Dans les cartons se trouvaient tous les rapports des légistes sur l'ensemble des meurtres. Des comptes rendus d'auditions. Diverses expertises. Les fameuses cartes postales. L'assistante les posa un à un sur le bureau de James. Elle lui souhaita ensuite une bonne soirée.

En cet instant, les questions étaient nombreuses. Il passa en revue l'enquête dans sa tête comme un film en accéléré. Ils avaient sûrement omis quelque chose. Il était certain que la réponse se trouvait dans ces documents. Il ouvrit le premier carton et se plongea dans la lecture.

Chapitre 98

Chalet des Fournier, Gryon, vendredi 21 septembre 2012.

Le policier de garde était assis depuis quelques heures dans une voiture banalisée devant le chalet de Fournier. C'était le calme plat. Mais il savait qu'il devait être sur ses gardes, le meurtrier courait toujours. Il se pencha vers le siège passager pour prendre la Thermos de café. Au même moment, il entendit un bruit. Il se redressa immédiatement et se tourna sur sa gauche. Il avait laissé la vitre ouverte. Il eut à peine le temps de croiser le regard incisif d'un homme. Ensuite, tout devint noir.

L'homme qui n'était pas un meurtrier l'avait neutralisé sans peine avec son Taser. Il s'assit dans la voiture, à l'arrière. Il le redressa sur le siège et l'attacha solidement à l'aide d'une corde. Il mit un bout de tissu dans sa bouche et colla un morceau de scotch épais par-dessus. Il savait que la relève ne viendrait pas avant deux ou trois heures. Le jour précédent, il avait observé le roulement. Il aurait suffisamment de temps avant que l'alerte ne soit donnée.

Il sortit ensuite de la voiture et se dirigea vers le chalet. Il enjamba la clôture en faisant très attention à ne pas être repéré. Lorsqu'il se trouva devant l'entrée, il sonna puis se plaqua contre le mur, juste à côté de la porte.

Il entendit quelqu'un s'approcher.

— Qui est là ?

Pas de réponse. Nicolas n'attendait pas la relève aussi tôt. Il sentit son pouls s'accélérer. Il dégaina son arme et ouvrit la porte en la poussant d'un coup sec. Personne. Il s'avança. Il se souvint soudainement qu'Andreas lui avait dit de ne jamais ouvrir s'il n'était pas certain que c'était quelqu'un de l'équipe. Le coup de Taser fut instantané. Nicolas n'eut pas la moindre possibilité de réagir. Il lâcha son arme et tomba à terre.

L'homme qui n'était pas un meurtrier entra dans le chalet. Maurice se tenait là. Debout au milieu du salon. Stupéfait. Il se retourna et commença à courir. L'homme qui n'était pas un meurtrier le rattrapa. Encore un coup de Taser. Maurice s'effondra.

Il traîna le corps inerte de l'inspecteur à l'intérieur et referma la porte. Il prit dans son sac à dos des cordes et les attacha tous deux solidement. Puis il sortit du chalet. Dans la voiture de Fournier, il saisit le petit boîtier pour ouvrir le portail. Il alla ensuite chercher sa voiture laissée un peu plus bas sur la route. Il la parqua à côté de celle de Fournier, dans le garage situé sous le chalet. Il ferma la porte à l'aide de la commande électrique. Il emprunta l'escalier intérieur et retourna au salon. Les deux hommes avaient repris connaissance. Il perçut dans leur regard de la frayeur. Il aimait ça.

Avoir la maîtrise.

Pouvoir décider de la vie et de la mort.

Comme Dieu lui-même.

L'inspecteur allait vivre. Maurice allait mourir.

Un téléphone portable se mit à sonner. Il était posé sur la table basse du salon. L'écran afficha Andreas. L'homme qui n'était pas un meurtrier enleva le bout de tissu de la bouche de l'inspecteur.

— Tu vas lui parler. Tu vas lui dire que tout est en ordre. Si jamais tu dis quelque chose de travers, je te tue. (Il sortit de sa poche un énorme couteau qu'il plaça sous la gorge de Nicolas.) Je te laisserai vivre. Ce n'est pas toi qui m'intéresses. Penses-y pendant que tu lui parles !

Il rappela le numéro et approcha le téléphone de l'inspecteur pour qu'il puisse parler.

— Salut, Andreas. Désolé, je n'ai pas pu répondre tout de suite. J'étais aux toilettes.

— OK. Tout va bien ?

— Oui, oui. Rien à signaler.

La voix de l'inspecteur semblait normale. Il arrivait à maîtriser sa peur.

— Christophe viendra te relayer tout à l'heure.

— S'il veut débarquer plus tôt, ce serait bien. Je suis mort de fatigue.

— Bois encore un café. Dans deux heures, il sera là. Ce n'est pas la fin du monde. À plus tard.

Andreas raccrocha. L'homme qui n'était pas un meurtrier frappa Nicolas avec le manche du couteau en pleine tête. Il commença à saigner. Il perdit connaissance.

Maintenant.

Il devait agir.

Vite !

Chapitre 99

Chez les Bergier, Yverdon, vendredi 21 septembre 2012.

Andreas et Karine arrivèrent devant une grande bâtisse qui se situait tout près d'Yverdon, dans le village de Montagny. C'était une ferme traditionnelle réunissant habitat et exploitation sous un même toit. Cependant, on se rendait vite compte que l'activité agricole avait été abandonnée depuis quelque temps déjà.

Ils garèrent leur voiture dans la cour. Un homme âgé était en train d'arroser les plates-bandes de fleurs devant la maison. Il se retourna pour considérer les deux visiteurs qui se dirigeaient vers lui. Il posa son arrosoir.

— Monsieur Bergier ?

— Oui, c'est moi.

Andreas lui présenta son badge de police.

— Nous aimerions vous parler de Jean-Louis, votre fils adoptif.

Le visage du vieil homme devint sombre.

— Votre femme est ici ?

— Oui. Elle est à l'intérieur.

Arthur Bergier fit signe aux inspecteurs de le suivre. Il les fit entrer, leur proposa de s'asseoir au salon et s'excusa. Il revint quelques minutes plus tard, accompagné de sa femme.

Andreas se leva pour saluer Yvette Bergier.

— Nous sommes venus vous parler de Jean-Louis.

— Pourquoi Jean-Louis vous intéresse-t-il ? Hier, un journaliste nous a déjà appelés à ce sujet. Que se passe-t-il ?

— Nous enquêtons sur les crimes de Gryon et le nom de Jean-Louis est apparu au cours de l'affaire. Les victimes ont vécu leur jeunesse à Gryon, ils étaient dans la même école que votre fils adoptif. Nous pensons que leur meurtre est lié à un événement du passé.

— Et nous sommes d'avis que ce qui est arrivé à Jean-Louis en 1972 est en rapport avec les crimes, ajouta Karine.

— Mais Jean-Louis a disparu. Il est mort.

Yvette en eut les larmes aux yeux.

— C'était un garçon adorable. Il était tellement gentil avec nous. Il avait eu une vie si difficile.

— Nous avons des raisons de croire que Jean-Louis est peut-être réapparu.

— Réapparu ? Vous voulez dire qu'il est vivant ?

— À ce stade, c'est une supposition. Vous n'avez jamais eu de nouvelles de lui depuis qu'il a quitté le domicile familial ?

Yvette Bergier allait répondre, mais son mari, assis à côté d'elle, mit sa main sur sa jambe pour lui faire comprendre que c'était lui qui gérerait la conversation.

— Non, jamais !

Le visage d'Yvette Bergier changea. Elle semblait déterminée.

— Arthur, il faut dire la vérité. Je n'en peux plus de faire comme si de rien n'était.

Arthur prit cette fois la main de sa femme. Il la serra fort. Comme pour la soutenir alors qu'elle s'apprêtait à révéler un lourd secret.

— Après sa disparition, nous avons reçu un courrier de sa part.

Elle dévisagea son mari sans rien dire, puis elle tourna son regard vers Andreas.

— Environ un mois après son départ. Depuis Paris. Dans cette lettre…

Elle hésita et reprit son souffle.

— … il nous expliquait pourquoi il avait décidé de fuir.

Elle marqua à nouveau une pause. Ses yeux étaient humides.

— Notre fils, Gérard, avait vingt-six ans à l'époque. Il abusait sexuellement de Jean-Louis qui ne l'a pas supporté. Il a choisi de partir.

Son mari prit le relais.

— Nous étions anéantis. Jean-Louis avait tenté de nous en parler une fois, mais nous ne l'avions pas cru.

— Tu peux dire que nous n'avons pas voulu le croire. Au fond de nous-mêmes, nous savions que c'était vrai.

— Nous n'avons jamais abordé le sujet avec notre fils. Nous aurions dû le dénoncer. Trois ans plus tard, il a été inculpé de pédophilie. Il avait abusé durant des années de jeunes du village alors qu'il était chef scout.

— Nous avions deux fils. L'un a disparu. L'autre,

nous l'avons exclu de notre vie. Aujourd'hui, nous sommes seuls.

Malgré le côté touchant de ce vieux couple, Andreas avait de la peine à éprouver de la compassion. Même s'ils n'avaient joué qu'un rôle passif, ils n'en étaient pas moins coupables du sort de leur fils adoptif.

— La lettre. Que disait-elle d'autre ?

— Qu'il voulait recommencer une nouvelle vie et qu'il avait décidé d'émigrer aux États-Unis !

— Avez-vous eu des nouvelles par la suite ?

— Oui, répondit Yvette Bergier en soupirant.

Ses lèvres s'ouvrirent, mais aucun son ne parvint à sortir de sa bouche.

À nouveau, son mari prit le relais.

— Je crois que ça a été le jour le plus dur de notre vie. Nous nous étions fait une raison après la disparition de Jean-Louis. Nous pensions à lui jour après jour en espérant qu'il avait pu prendre un nouveau départ. Nous nous plaisions à imaginer qu'il était heureux là où il se trouvait.

Arthur Bergier regarda tendrement sa femme dont il tenait toujours la main.

— Je m'en souviens comme si c'était hier. En 1990. Le 20 septembre. Je venais d'aller couler le lait à la laiterie et j'étais revenu avec du pain frais pour le petit déjeuner. Je m'étais assis à la table de la cuisine au moment où la sonnette de la porte a tinté. Yvette est allée ouvrir. Je l'ai vue s'évanouir et tomber à terre. Deux gendarmes se tenaient là. Ils venaient de lui annoncer la mort de Jean-Louis.

Chapitre 100

Paris, 1978.

Au moment de quitter le domicile des Bergier, il avait emporté quelques habits et la carte postale de Ferdinand Hodler qui représentait le Grand Muveran. Le seul souvenir qu'il avait gardé de Gryon. Elle avait de mémoire toujours été posée sur le buffet de la cuisine. Il l'avait emportée avant de sortir de la maison en proie aux flammes. Pour ne pas oublier. Jamais !

Il était arrivé chez les Bergier à l'âge de quinze ans. Les débuts avaient été presque parfaits. Toute l'attention avait été focalisée sur lui, mais très vite il avait eu l'impression de s'être à nouveau retrouvé dans un environnement où il n'avait pas sa place. Une famille où on ne se préoccupait pas de ses sentiments. Une famille où il devait tenter de survivre tant bien que mal.

Yvette était une personne foncièrement bienveillante et généreuse, mais elle était étouffée par la place que prenait son mari, Arthur. C'était lui qui commandait à la maison. Gérard, leur fils, était pourri gâté.

Lorsqu'il n'obtenait pas ce qu'il désirait, il faisait des crises. Sa mère cédait pour être tranquille. Son père résistait un certain temps, mais le plus souvent il finissait également par s'avouer vaincu.

Cet environnement lui pesait de plus en plus. Après quelques mois, un soir où les deux parents étaient absents, Gérard avait abusé de lui pour la première fois. Jean-Louis avait été tétanisé. Incapable de se défendre. Incapable de réagir. En mettant le feu à la maison et en quittant Gryon, il avait eu l'espoir de tout laisser derrière lui. Et là, le cauchemar recommençait. Pourquoi lui ? Serait-il toujours la victime ? Celui dont on abuse. Celui qui ne peut pas se défendre. Il en avait parlé à ses parents adoptifs. Il avait vu dans leurs yeux qu'ils savaient ! Mais ils ne voulaient pas briser la fragile surface qui cachait une situation profondément malsaine. Il s'était senti trahi. Humilié. Encore et encore. L'histoire se répétait.

Cette fois, il avait décidé de fuir. Le plus loin possible. Il avait, pendant quelque temps, volé de l'argent à ses parents adoptifs. Suffisamment pour prendre le train. Où voulait-il aller ? Il ne le savait pas. La seule langue qu'il maîtrisait était le français. Pourquoi pas Paris ? Il avait toujours rêvé de voir la tour Eiffel... Ses débuts dans la capitale française furent difficiles. Il trouva un travail au noir dans un bar en tant que serveur. Il avait été engagé non pas pour son expérience, mais parce qu'il était un beau jeune homme et que c'était une bonne publicité pour ce petit bar gay, fréquenté par des clients d'un certain âge, friands d'être servis par un jeune Adonis.

Un soir, dans l'exigu studio parisien qu'il

partageait avec un de ses collègues, il vit une émission sur les États-Unis. Il décida que c'était l'endroit où il voulait reconstruire son existence. La vie parisienne avait été un rêve de courte durée. Et puis, c'était encore trop proche de chez lui. Il faisait continûment des cauchemars. Il devait partir loin, très loin. Il irait en bateau. Il avait envie d'éprouver le sentiment du grand large. Ce serait un voyage initiatique. Titanic *était un de ses films préférés. Un vieux film certes, mais il aimait les scénarios-catastrophes. La tension à bord. Qui allait mourir ? Qui allait survivre ? Il espérait secrètement que lui-même allait survivre à son propre naufrage ! Il pensait que la durée de la traversée lui permettrait de faire la transition entre son ancienne vie et la nouvelle, celle qui l'attendait de l'autre côté de l'Atlantique.*

Il avait hâte de partir. Mais comment faire ? Il n'avait pas assez d'argent et ce n'était pas avec ce qu'il gagnait qu'il pourrait s'offrir ce voyage. Jusqu'à ce jour, il avait refusé les avances des clients du bar. Après ce qu'il avait vécu, c'était quelque chose qu'il ne pouvait pas s'imaginer. Et puis, il n'était pas gay. Mais temporairement... Pourquoi pas ? Cela lui permettrait de gagner rapidement de l'argent.

C'est ainsi qu'il commença à se prostituer. Les deux mois qui suivirent furent terribles. Il accepta toutes les demandes, même les plus dégradantes. Après chaque passe, quand il rentrait chez lui, il prenait une douche pendant de longues minutes. Il se sentait sale, souillé. Parfois même il vomissait, tellement il était dégoûté par ce que ses clients lui faisaient subir. Mais c'était un mal nécessaire.

Après trois mois, il avait économisé assez d'argent. Il partit sans avertir ni son employeur, ni même son colocataire. Il prit le train pour Le Havre où il embarqua sur un cargo en partance pour New York, laissant derrière lui le poids de sa vie passée.

Chapitre 101

Le temple, Gryon, vendredi 21 septembre 2012.

Erica se trouvait dans le temple, assise au premier rang. Elle venait souvent là pour méditer et prier. Avant de prendre place, elle avait allumé la grande bougie sur la table sainte. Elle aimait cet endroit et la sérénité qui s'en dégageait. La lumière douce qui passait à travers les vitraux. Le contraste entre la froideur des murs en pierre et la chaleur des boiseries. Mais là, elle avait beau prier et fermer les yeux, rien n'y faisait. Depuis la découverte du cadavre, elle ne pouvait pas s'empêcher d'y penser. Toute cette histoire occupait son esprit jour et nuit.

Erica décida de lire. Peut-être qu'en lisant elle arriverait à focaliser son attention sur autre chose. Elle se leva pour aller chercher une Bible à l'entrée et revint s'asseoir. Quel passage pouvait soulager son cœur ? Elle tourna les pages un peu au hasard. Puis elle arrêta son choix sur l'*Apocalypse de Jean*. Un livre qui parle d'espérance. Jean était un messager chargé de réconforter et de rassurer en temps d'épreuves.

Elle en avait bien besoin. Erica commença la lecture au chapitre 21 : « *Alors je vis un nouveau ciel et une nouvelle terre...* »

Erica était maintenant concentrée sur le texte. « *Il essuiera toutes larmes de leurs yeux... voici, je fais toutes choses nouvelles.* » Chaque épreuve amenait du positif pour autant qu'on s'ouvre à Dieu. « *À celui qui a soif, je donnerai de la source d'eau vive, gratuitement.* » C'était ce qu'elle avait toujours pensé. Mais là, elle ne voyait pas comment la communauté paroissiale pouvait ressortir grandie de ce qui s'était passé. Et c'était sa responsabilité de pasteure de guider ses fidèles dans ce moment difficile. Mais comment pouvait-elle le faire alors qu'elle se sentait elle-même aux prises avec ses démons intérieurs ? « *Quant aux lâches... aux meurtriers... leur part se trouve dans l'étang embrasé de feu et de soufre.* » Jean-Louis était-il devenu un meurtrier ? Elle n'arrivait pas à réconcilier l'image de ce garçon de douze ans qu'elle avait connu et aimé avec celle d'un homme habité d'une fureur telle qu'il mutile et tue. « *Il n'y aura plus de nuit... car le Seigneur répandra sur eux sa lumière.* » Elle aurait tant souhaité voir cette lumière, mais, en ce moment, seuls la nuit et les ténèbres occupaient son esprit. C'était à peine si une minuscule étoile brillait au firmament.

« *Amen, viens, Seigneur Jésus ! La grâce du Seigneur soit avec vous tous !* » Au moment où elle achevait le dernier verset du livre qui était aussi la fin de la Bible, elle entendit la porte du temple s'ouvrir. Elle sursauta et se retourna.

— Bonjour, ma Princesse !

Erica prit peur et se leva d'un coup.

— Jean-Louis ! C'est vraiment toi ?

— N'aie crainte, Erica, je veux juste te parler.

Erica resta debout, figée. Lorsque Jean-Louis arriva près d'elle, elle reconnut ses yeux. Pas de doute. C'était bien lui. Elle ne put s'empêcher de se jeter dans ses bras et de l'enlacer. Elle pleura toutes les larmes de son âme.

— Je m'en suis tant voulu. Tu m'as tellement manqué. J'ai pensé à toi tous les jours de ma vie. Je t'ai cru mort. Et te revoilà !

— Je ne t'ai jamais oubliée, ma Princesse. Jamais !

Ils s'assirent tous les deux sur le banc. Jean-Louis était tourné vers elle et il lui tenait la main. Il lui raconta toute son histoire. Erica écouta sans broncher. Elle n'avait pas besoin de lui poser la question. Elle le savait. Elle savait que c'était lui. Lui qui avait tué. Tué trois fois.

Alain.

Michel.

Jacques.

— Erica. Tu es consciente que je dois aller jusqu'au bout. Je n'ai pas le choix. C'est la volonté de Dieu.

Erica ne savait pas ce qu'elle devait éprouver. De la joie de l'avoir retrouvé ? De la tristesse pour ce qu'il était devenu ? De la colère contre Maurice pour avoir détruit leur avenir ? Sans doute un subtil mélange de tout cela.

— Oui, Jean-Louis, je le sais. Mais que vas-tu devenir ?

— Je me remets entre les mains de Dieu.

Jean-Louis embrassa Erica sur le front, se leva et

se dirigea vers la sortie. Erica resta assise, regardant le vitrail. Elle joignit ses deux mains et pria.

— Notre Père qui es aux cieux, que ton nom soit sanctifié, que ton règne vienne, que ta volonté soit faite. Pardonne-nous nos offenses comme nous pardonnons aussi…

Chapitre 102

Washington et Pharaoh Lake, État de New York, États-Unis, vendredi 21 septembre 2012.

James se leva de son bureau. Il prit le harnais accroché sur le porte-manteau. Il y enfila une main après l'autre et le passa par-dessus ses épaules. Il attacha la sangle sur le devant. Il ouvrit un tiroir et sortit son revolver, un *Glock 23*, de fabrication autrichienne. Il l'inséra dans la gaine sur son flanc droit, car il était gaucher. Il mit sa veste et quitta son bureau après avoir éteint la lumière.

L'horloge murale affichait 4 heures du matin. Les couloirs étaient déserts. Il descendit les escaliers et arriva dans le hall d'entrée où il échangea quelques mots aimables avec les deux agents de garde. Il prit ensuite l'ascenseur pour descendre au sous-sol dans un immense parking où seules quelques places étaient occupées. Il entendit le bruit de ses pas résonner. Il observa sa voiture un moment avant de l'ouvrir. Une *Chevrolet Impala* noir et chrome de 1967. Il partageait avec Andreas le goût des voitures anciennes. Il alluma le moteur. Il aimait son rugissement doux et imposant.

Il monta la rampe et sortit du parking sur Pennsylvania Avenue. Après deux cents mètres, il bifurqua à gauche sur 9th Street et il prit ensuite sur la droite Constitution Avenue, un large boulevard à huit voies. Aux heures de pointe, beaucoup de patience était nécessaire pour parcourir les trois kilomètres qui longeaient le National Mall. Mais à cette heure matinale, la route était libre, et il appuya sur l'accélérateur. Le moteur six cylindres réagit au quart de tour. Sur sa gauche, il aperçut le Washington Memorial, le fameux obélisque de près de cent septante mètres de haut construit en l'honneur de George Washington. Sur sa droite, il entrevit la Maison Blanche au travers des arbres. Un peu plus loin, se trouvaient les Jardins de la Constitution avec leur lac et l'île qui abrite le monument des cinquante-six signataires de la Déclaration d'Indépendance. Il bifurqua ensuite à gauche sur Henry Bacon Drive et arriva au Lincoln Memorial, qu'il contourna en direction d'Arlington Bridge, le pont traversant la Potomac River. Au moment de s'y engager, il observa les deux imposantes statues équestres en bronze de chaque côté.

James empruntait cette route tous les jours pour aller à son travail et en revenir. Elle était chargée d'histoire. Même si le regard qu'il portait sur son pays avait évolué vers une critique croissante au fil des ans, il continuait de défendre fièrement les valeurs fondatrices de la nation américaine. Après le pont, il ne tourna pas à droite, comme d'habitude pour rentrer, mais à gauche pour longer la rivière jusqu'à l'aéroport international Ronald Reagan où il avait fait préparer un jet.

James présenta son badge à la sécurité et se dirigea ensuite vers le hangar où se trouvaient les avions à disposition du FBI. Le monomoteur du *Pilatus PC-12* tournait déjà. Il monta dans l'avion, serra la main de Kyle, le pilote, et s'installa confortablement dans un des quatre fauteuils. Dix minutes plus tard, ils volaient dans le ciel américain.

Le jet se posa sur la piste de l'aéroport d'Albany, dans l'État de New York deux heures après le décollage. À la descente de l'avion, un inspecteur de la section locale du FBI, Brandon Evans, attendait James avec une voiture. Le lieu où ils allaient se rendre se trouvait à près de cent soixante kilomètres. Ils prirent la direction du nord.

Ils arrivèrent au bord du Pharaoh Lake un peu avant 8 heures. Le lac se situait au milieu de l'Adirondack Forest, dont la surface s'étendait sur près de trois millions d'hectares. Le lac était bordé de pins blancs se reflétant dans l'eau calme et scintillante. De là, ils prirent un chemin en gravier pendant quelques kilomètres. Ils arrivèrent ensuite vers le Worthleberry Pond, un petit lac dont le cadre paradisiaque était à couper le souffle.

Ils contournèrent le lac sur quelques centaines de mètres. Sur la droite, ils aperçurent une boîte aux lettres en aluminium typiquement américaine fixée sur un poteau en bois. Le drapeau rouge sur le côté était relevé. Une indication pour que le facteur sache qu'il devait y prélever du courrier à poster. Mais est-ce qu'un facteur passait encore réellement dans ce trou perdu ? Ils étaient arrivés à destination. Ils tournèrent sur le chemin qui les mena directement au cœur de la propriété et parquèrent la voiture.

Ils se retrouvèrent au milieu d'une clairière. Tout autour, des pins blancs. Devant eux, au bord du lac, une charmante bicoque en bois. Sur la droite, une remise. Elle se trouvait dans un état de délabrement assez avancé. Les vitres des fenêtres étaient toutes cassées. Sur le toit, on percevait un trou béant.

Ils montèrent les quelques marches jusqu'à la terrasse en bois qui faisait le tour de la maison. James essaya d'ouvrir la porte, mais elle était verrouillée. Il contourna la maison et admira la vue sur le lac. Un peu en contrebas, il vit un ponton auquel était arrimée une petite embarcation. Un paradis pour les pêcheurs. Il se retourna et s'approcha de la baie vitrée. Elle aussi était fermée. Il dégaina son pistolet et brisa la vitre. Il passa la main à l'intérieur pour déverrouiller et entra. La pièce principale était aménagée avec des meubles rustiques. Tous les objets de décoration avaient un lien avec la pêche ou la chasse. La maison n'était pas très grande et avait été construite sur un seul niveau. Une table à manger, un coin avec des canapés en cuir, une cheminée et une bibliothèque garnie de livres meublaient le salon. James s'en approcha et considéra les titres des ouvrages. Sur la première étagère se trouvaient des livres de médecine et de biologie. Il en sortit un au sujet des techniques chirurgicales et le feuilleta rapidement. De nombreux dessins explicatifs illustraient le propos. Puis il le rangea à sa place et regarda sur l'étagère inférieure. Il reconnut certains titres. Il avait les mêmes dans sa bibliothèque et les avait lus dans le cadre de son travail. Ils parlaient de la psychologie des tueurs en série et de *profiling*.

Il examina ensuite la troisième étagère. Des livres religieux et théologiques pour la plupart. Il avança vers la porte sur la gauche. Une chambre exiguë. Juste assez de place pour un lit, une table de nuit et un bureau sur lequel était posée une imprimante. À côté, la salle de bains avec toilettes et douche. Il ressortit et ouvrit la porte de l'autre côté. La cuisine. Un petit frigo, une cuisinière, un évier et quelques étagères contre le mur où était disposée la vaisselle. Y avait-il une cave ? Il n'avait pas aperçu de porte ou de trappe. Bizarre. Il devait forcément y en avoir une où l'on conservait la nourriture au frais. Que devait-il chercher ici ? Il ne le savait pas vraiment lui-même. Il espérait ne pas s'être trompé. Il observa la forêt de pins à travers la fenêtre. Il aperçut un véhicule gris métallisé qu'il n'avait pas repéré en arrivant.

Il sortit et se dirigea vers la voiture. Elle semblait en parfait état de marche. Une Chrysler Impérial ! Un modèle relativement ancien, mais pas autant que la sienne. Il imagina qu'elle devait avoir un peu plus de vingt ans. Il alla vers le coffre et l'ouvrit. Vide. Il souleva le tapis. Rien. Il le referma et regarda à l'intérieur. Il ouvrit la porte arrière. La banquette était en cuir noir. Il aperçut une sorte de charnière sur le côté. Il saisit la banquette. Il sentit son cœur se mettre à battre plus vite. Le siège se souleva et il découvrit un espace vide aménagé avec des planches. Une cachette parfaite pour un corps…

Il retourna ensuite vers le milieu de la propriété et s'immobilisa. Cette fois, il prit le temps d'observer attentivement les lieux. Dans la précipitation, il avait probablement omis quelque chose. Il en était certain.

James regarda la forêt alentour, la maison puis la

remise délabrée. Juste à côté de celle-ci se trouvait un vieux pickup américain rouge rouillé de toute part. Les quatre pneus étaient dégonflés. Il s'en approcha et en fit le tour. Puis il se baissa. Dessous, il vit une sorte de trappe métallique en partie recouverte par l'herbe. Il appela l'inspecteur qui attendait dans la voiture. Ils tentèrent de pousser le pickup, mais n'y parvinrent pas. Brandon alla chercher la voiture et la positionna quelques mètres devant le pickup rouillé. Ils attachèrent une corde que James avait trouvée dans la remise. Brandon s'assit et tourna la clé de contact. James se plaça derrière le pickup pour pousser. L'inspecteur appuya tout doucement sur l'accélérateur pour éviter de faire un à-coup et de casser la corde. Elle sembla tenir. Il appuya alors un peu plus et le pickup se mit à bouger. Après trois mètres, la trappe était dégagée. Elle était fermée par un cadenas. James sortit son arme, recula de quelques pas et visa. L'impact de la balle fit voler le cadenas en éclats.

James se baissa et ouvrit non sans peine la lourde trappe. Un escalier. Mais il ne pouvait rien voir. Tout était sombre. Brandon lui amena une lampe-torche. James l'alluma et commença à descendre les marches en bois qui craquaient sous ses pas. Il dirigea la torche électrique droit devant lui. Il vit une table sur laquelle étaient disposés de petites fioles vides et des bocaux. Puis une série de scalpels. Il se retourna et aperçut un interrupteur. Il appuya dessus. Une lumière froide s'alluma au plafond. Sur la droite était placé un divan médical comme ceux que l'on trouvait chez les médecins, sauf que celui-ci avait des accoudoirs et des sangles. De l'autre côté, un immense frigo-congélateur, dans le coin. À côté, une porte. Il s'en approcha et l'ouvrit. Une pièce étriquée de quelques mètres carrés seulement, complètement insonorisée. Un matelas usé et des toilettes sèches. Sinon, rien. Il retourna dans la grande pièce et se dirigea vers le congélateur encore en marche. Sur le petit écran digital, il pouvait lire que la température était réglée sur quatre degrés. Il l'ouvrit. Il était vide, mais au fond des traces rouges étaient perceptibles. James imagina ce qu'il avait contenu. Il le referma. Il se retourna et vit un frigo de style américain à deux portes placé sous l'escalier. Il l'ouvrit avec une certaine appréhension. Sur les étagères étaient posés des bocaux étiquetés avec un nom et une date. Dans chacun d'eux, des parties génitales flottaient dans du formol.

James remonta en quatrième vitesse. Au moment où il parvint à l'air frais, il respira profondément. Il sortit ensuite son téléphone portable et composa le numéro d'Andreas.

Chapitre 103

Sur la route de Gryon, vendredi 21 septembre 2012.

Andreas et Karine étaient sur la route du retour. Ils ne parlèrent quasiment pas. Chacun laissait vagabonder ses pensées. Ce qu'ils avaient appris à Yverdon les avait touchés. La vie de Jean-Louis avait été une suite de maltraitances et d'abus. Andreas ressentait de la compassion. Pas pour le meurtrier qu'il était devenu, mais pour l'enfant qu'il avait été. Et pourtant, c'était probablement une seule et même personne.

Jean-Louis avait été placé dans plusieurs familles d'accueil. Il s'était finalement retrouvé une nouvelle fois dans un environnement qui n'avait pas pu lui permettre de grandir et s'épanouir comme n'importe quel enfant en avait le droit. Il avait été replongé dans l'horreur. Tout comme ces milliers d'enfants placés de force en Suisse jusque dans les années quatre-vingt, auxquels la Confédération a rendu hommage postérieurement en leur présentant ses excuses. Il avait été fortement ému de tous ces témoignages. Des destins parfois tragiques…

Andreas fut tiré de ses réflexions par la sonnerie de son téléphone. Il accepta l'appel sur son système mains libres.

— *Hi*, James !

— *Hi*, Andy !

— *Hi*, *Mister* FBI !

— *Hi*, Karine. J'aurai dû me douter que tu étais là aussi. Vous êtes des inséparables !

James avait rencontré Karine l'année précédente lorsqu'il était venu rendre visite à Andreas durant ses vacances. Ils avaient visité Gryon et James avait été initié à certaines coutumes locales, dont la fondue et la raclette, dans un typique chalet d'alpage. Il avait reconnu que c'était l'une des expériences les plus exotiques qu'il ait vécue. En dehors des États-Unis, la France et la Suisse étaient les seuls pays qu'il avait visités.

— Alors, as-tu trouvé des informations au sujet de Holder ?

— Oui. Même plus que ça. Aucun doute possible. John Holder est notre tueur en série, *The Emasculator* en chair et en os !

Andreas conduisait sur la route sinueuse en direction de Gryon. Il s'arrêta sur une petite place juste avant le village de Fenalet. La nouvelle semblait tellement invraisemblable. Et pourtant… Il reprit ses esprits.

— James, t'es encore là ?

— *Yes, sure.*

— Holder, t'es certain que c'est lui ?

— Oui. Absolument. Mais c'est une longue histoire…

— Je t'écoute. Je veux tout savoir.

— Entre 1991 et 2009, un meurtre par année a été

commis. Ensuite plus rien. Comme si *The Emasculator* avait disparu de la circulation. Nous en étions arrivés à la conclusion qu'il était peut-être décédé.

— Il aurait donc tué près de vingt personnes ?

— Dix-neuf, exactement. La première victime a été enlevée dans l'État du Massachusetts au mois de février 1991. La deuxième en Pennsylvanie en mai 1992. La troisième dans l'État du New Jersey en octobre 1993. Et la quatrième dans l'État de New York en juillet 1994. Puis le schéma a continué selon la même logique géographique. Une victime par année provenant de chacun des quatre États, mais toujours dans le même ordre. Au moment où la série de meurtres a cessé, en 2010, nous avions cinq victimes du Massachusetts, cinq de Pennsylvanie, cinq de New Jersey, mais seulement quatre de New York. Cela nous avait intrigués. C'est comme s'il y avait un morceau manquant au puzzle.

— C'est hallucinant, lança Karine.

— Oui. Ce qui est particulièrement frappant, c'est qu'il n'a jamais failli à sa logique. Il a pendant vingt ans accompli ses crimes avec une systématique implacable et une rigueur absolue sans jamais être réellement inquiété.

— Je pensais que le FBI était infaillible, ironisa Karine.

— Tu regardes trop la télévision. La seule vérité contenue dans tous ces films, c'est que le FBI, et les Américains en général, souffrent d'un sentiment de supériorité. Et c'est ça, notre plus grand problème.

— Comment est-ce possible qu'il n'ait pas été découvert ? Il n'a jamais été soupçonné ?

— Oui et non. J'ai retrouvé les rapports de ses

auditions. La première a eu lieu après le premier meurtre d'un de ses propres clients. C'était en 1994, au mois de juillet, après le quatrième crime découvert. Jusque-là, rien ne nous avait menés à lui. Les quatre victimes avaient deux points communs. Elles avaient été accusées de violences sexuelles, d'inceste ou encore de pédophilie et avaient été déclarées non coupables à l'issue de leur procès. Nous avions déjà suspecté que le meurtrier pouvait être un avocat ou un juge. Mais cela pouvait tout aussi bien être n'importe quelle personne qui s'informait des affaires judiciaires en cours. Le fait que les crimes aient eu lieu dans quatre États différents ne nous a pas facilité la tâche. Nous ne savions pas dans quelle direction chercher. C'était sans aucun doute le but poursuivi par le tueur. Il nous a sciemment lancés sur de fausses pistes. Je vous donne deux exemples. Dans l'État du Massachusetts, le même juge était chaque fois relié à l'affaire. Et en Pennsylvanie, le même avocat. Du coup, nous interrogions à chaque nouveau crime le juge et les avocats impliqués. C'est comme ça que nous avons rencontré John Holder la première fois. Sur les lieux du crime, nous n'avions jusque-là trouvé aucun indice. Aucune trace d'ADN. Pas d'empreintes. Rien. C'est sûrement un des tueurs les plus consciencieux auquel nous ayons eu affaire. Donc impossible de faire le lien avec nos suspects potentiels. De plus, dans la plupart des cas, nous n'avions pas pu définir de manière précise à quel moment et comment les victimes avaient été enlevées, ni même établir l'heure exacte de la mort. On n'a d'ailleurs jamais su non plus où les crimes avaient été commis. La seule chose que nous savions, c'est qu'ils n'avaient jamais été perpétrés chez la victime. Dans plusieurs cas, le meurtrier avait utilisé un Taser pour les neutraliser et il avait toujours employé du chloroforme et du curare comme à Gryon. On a pensé que les victimes avaient sans doute été séquestrées et emmenées dans un endroit où le meurtrier avait pu tranquillement accomplir ses méfaits. Ce que nous avions en outre pu déterminer, c'est qu'entre la date probable de l'enlèvement et la date où le cadavre a été découvert, plusieurs jours s'étaient écoulés. Parfois deux ou trois jours, parfois plus.

— Et où les corps ont-ils été retrouvés ?

— Là encore, il a été très habile pour brouiller les pistes. Ils ont tous été abandonnés dans la forêt. Chaque fois un endroit différent. Chaque fois un État différent. Et pas les mêmes États où il les avait enlevés. Nous avons retrouvé les cadavres dans le Vermont, le Maine et le New Hampshire.

— Quelle est la logique derrière cela ?

— La logique… Nous avons encore une carte avec tous les lieux d'enlèvement des victimes ainsi que les lieux où nous les avons retrouvées. Longtemps, nous n'avons pas trouvé de schéma ou de motif. Ce n'est que progressivement, au fil des années, que nous avons repéré une systématique. Deux réponses sont possibles. La première : il veut brouiller les pistes. La deuxième, il a enlevé ses victimes dans les États les plus peuplés. Les quatre États en question représentent une population de plus de cinquante millions avec des villes comme New York, Boston et Philadelphie. Soit vingt pour cent de la population totale des États-Unis. Il passait ainsi inaperçu : le chercher là revenait à chercher une aiguille dans une botte de foin. Par la suite, il a déposé les cadavres dans les États les moins peuplés, là où il disposait de suffisamment d'endroits discrets sans prendre le risque d'être repéré.

— Je suppose que cela a donc parfois pris du temps avant que les corps soient découverts, non ?

— Au contraire. Nous les avons toujours trouvés très rapidement.

— Comment ça ?

— Grâce aux cartes postales envoyées au FBI à mon attention. Les coordonnées géographiques y figuraient. Longitude et latitude.

— Ah, oui, c'est juste. Mais je ne comprends toujours pas comment il a fait pour passer entre les mailles de votre filet. Il devait bien y avoir des indices qui pouvaient vous mener à lui, non ? Vous avez vérifié ses alibis ? Comparé son écriture à celle des cartes ? Il a dû faire de nombreux kilomètres avec un cadavre dans le coffre. Sa voiture n'a-t-elle jamais été repérée ?

— Qu'est-ce que tu crois ? Bien sûr ! Concernant l'écriture, le texte était imprimé et collé sur la carte. Mais reprenons dans l'ordre. Lorsque nous l'avons rencontré en 1994, il n'était pas plus soupçonné qu'un autre, mais nous avons tout de même vérifié son alibi en lien avec le meurtre de son client. Celui-ci s'appelait Brian Jones. Il avait été accusé d'abus sexuel sur sa fille. Il n'a pas été reconnu coupable, mais sa femme l'a tout de même quitté et est retournée habiter chez ses parents. Il est resté vivre tout seul dans la maison. Il a commencé à boire et a perdu son emploi quelques mois plus tard. Il s'est ainsi retrouvé isolé. C'est à ce moment-là qu'il a été enlevé et sa disparition n'a été remarquée par personne. Dans plusieurs autres cas, nous avions des situations similaires et nous en avons déduit que le meurtrier suivait de près ses victimes et attendait le moment propice pour agir. Et dans ce cas précis, concernant l'heure de la mort, nous avions pu estimer qu'elle avait dû avoir eu lieu entre douze et dix-huit heures avant la découverte du corps. Or Holder avait participé les deux jours précédents à un congrès à Chicago… Ainsi, ça le disculpait et nous nous sommes concentrés sur d'autres pistes plus prometteuses, mais sans aucun succès. Par ailleurs, John Holder était connu comme un avocat qui réussissait à faire innocenter les violeurs et autres abuseurs. Il était haï par les familles des victimes. Il n'avait donc pas vraiment de motif apparent.

— Et ensuite, vous ne vous êtes plus jamais intéressés à lui ?

— Si. Je l'ai dit tout à l'heure. Il y a eu une deuxième fois. La dernière, malheureusement. Bien des années plus tard. En 2002. Après la découverte d'une deuxième victime faisant partie de ses clients.

— Je ne comprends pas qu'il tue ses propres clients. Ça ne pouvait que vous ramener dans sa direction, non ? s'interrogea Karine.

— C'est certainement ce qu'il souhaitait. John Holder est un être hautement intelligent. Dans les quatre États en question, nous avons bien sûr fait la liste des avocats qui s'occupaient d'affaires de ce genre. Et il en faisait partie. Faire mourir deux de ses clients était une manière de se mettre au même niveau que ses autres confrères. En 2002, lorsque nous nous sommes à nouveau intéressés à lui, nous étions dans une phase plutôt euphorique, car nous avions enfin trouvé des empreintes dans l'appartement de la victime. Potentiellement celles du tueur. Sur un verre de champagne ainsi que sur la bouteille. Nous avions émis l'hypothèse que l'avocat et son client avaient bu un verre ensemble pour fêter la victoire du procès qui s'était terminé quelques jours auparavant. Nous avons donc bien sûr comparé les empreintes trouvées avec celles de Holder, mais ce n'étaient pas les mêmes. Nous avions d'ailleurs finalement pu identifier que les empreintes étaient celles d'un juge d'un État voisin, le New Jersey. À l'époque, nous nous sommes intéressés de près à ce juge, bien que le lien entre lui et la victime n'eût jamais pu être établi. Nous en sommes arrivés à la conclusion que le tueur avait orchestré une fausse piste pour nous induire en erreur. Car quelques semaines avant le crime, une convention entre de nombreux juges et avocats s'était déroulée à Philadelphie. Nous avions pu contacter l'organisateur. Il nous avait confirmé qu'ils avaient servi le même champagne que celui retrouvé chez la victime. Logiquement, le tueur en série pouvait donc faire partie des participants. Au milieu de deux cents personnes, subtiliser une bouteille et un verre avec des empreintes était un jeu d'enfant. Mais John Holder ne s'y était pas rendu. Ou du moins, il ne figurait pas sur la liste des inscrits, devrais-je dire maintenant. Nous avions même interrogé un certain nombre de personnes qui nous avaient confirmé qu'ils n'avaient pas vu Holder lors de ces deux journées.

— Il était peut-être déguisé, suggéra Karine. Il a aussi usé de ce stratagème à Gryon.

— Oui, en effet, c'est tout à fait possible. Et je dois reconnaître que nous aurions peut-être dû le surveiller, mais à ce stade il n'était pas plus suspect qu'un autre. Et nos effectifs étaient insuffisants pour ce genre d'opérations. En plus des empreintes, nous avons vérifié d'autres éléments en notre possession. Nous avons entre autres comparé les impressions de ses imprimantes professionnelles et celles des cartes. Aucune des deux ne correspondait. Un témoin avait repéré une vieille Chrysler parquée en face de la maison d'une des victimes le soir où elle avait été enlevée. Mais il n'avait pas pu se souvenir du numéro des plaques, sauf qu'elles étaient de l'État de New York. John Holder conduisait une Corvette relativement neuve et sa femme une petite Chevrolet. Là encore ce ne fut pas concluant. Et à nouveau, il avait un alibi. Le jour de la mort estimée de la victime, il était parti en week-end avec sa famille.

— Comment a-t-il fait ?

— Maintenant j'ai la réponse. Il avait mis le corps dans un réfrigérateur réglé à une certaine température, ce qui a eu pour effet de retarder la rigidification cadavérique et lui a permis de brouiller les pistes quant au moment exact des crimes. Nous avons trouvé le corps le lundi dans l'après-midi et estimé que la mort avait eu lieu le dimanche matin ou le samedi dans la soirée. Mais dans les faits, la victime était probablement déjà morte avant le week-end. Le corps a dû être déposé dans la nuit de dimanche à lundi. Et le tour était joué. Il avait son alibi.

— Il est vraiment très malin. Et il semble en connaître un rayon dans le domaine médical.

— Oui, il est astucieux. C'est ainsi que nous avons lâché Holder et que nous nous sommes concentrés sur la liste des personnes présentes à cette convention. Il a réussi là son plus beau coup. Nous détourner de lui…

— Mais tu ne nous as toujours pas dit comment tu peux être sûr que c'est Holder ?

— J'ai fait des recherches au sujet de John Holder. Il habite New York. J'ai contacté sa femme. Son mari est parti de chez lui il y a trois mois, sans prévenir. Elle n'a plus eu de nouvelles. John Holder existe aux États-Unis depuis la date de son mariage, en 1979. Avant, rien ! J'ai vérifié les papiers d'identité qu'il a utilisés pour sa demande de résidence aux États-Unis. Et devine quoi ?

— Oui ?

— C'est un passeport français. Et en France, aucun John Holder ne correspond. C'est un faux !

— Cela explique le fait qu'on n'ait rien trouvé sur Holder avant 1978.

— Mais qui est-il alors, ce Holder ?

— J'ai gardé le meilleur pour la fin. Jean-Louis Bergier, votre mystérieux disparu de Gryon, a été retrouvé dans un appartement, complètement calciné. C'est ce qu'indique le rapport de police. À l'époque, il a été identifié grâce à son passeport et à un pendentif en or, très ancien, au dos duquel était gravé le nom de Germaine Bergier. La police suisse l'a fait identifier par Yvette Bergier, la fille de Germaine. Elle a confirmé l'avoir donné à son fils adoptif, le jour où il est devenu Jean-Louis Bergier. Donc, aucune preuve physique. L'ADN n'en était alors qu'à ses balbutiements. Et le dossier mentionne qu'ils ont fait des demandes en Suisse pour obtenir son dossier dentaire. Mais il n'en existait pas…

— Et le meilleur alors ?

— J'y arrive. J'ai constitué hier dans la soirée la liste de tous les clients de Holder. Et dans cette liste, on retrouve un certain Steven Barrow. C'était son premier client. Innocenté. Trois mois après le procès, en 1990, il s'est volatilisé. Et il est toujours sur la liste des personnes portées disparues. Mais jusqu'à aujourd'hui, nous n'avions pas fait le lien entre cette disparition et notre fameux tueur en série. Et la date de sa disparition correspond à la date de la mort de celui que nous pensions être Jean-Louis Bergier…

Ces informations effacèrent les quelques doutes encore permis. Jean-Louis Bergier et John Holder étaient une seule et même personne. Andreas et Karine étaient restés silencieux. James poursuivit sans attendre leur réaction :

— Je n'ai bien sûr pas de preuve que Steven Barrow est mort en lieu et place de Jean-Louis, d'autant que le corps a été brûlé et que nous n'avons aucun moyen de tester son ADN. Mais tout concorde.

— Je sens que tu n'en as pas fini avec les nouvelles intéressantes, je me trompe ?

— Tu ne te trompes pas, répondit James avec un sourire satisfait.

— Mais je ne comprends pas un point, lança Karine. Jean-Louis Bergier s'est fait passer pour mort en 1990, mais en 1979 il vivait déjà sous le nom de John Holder.

— C'est exact. Il a probablement mené une double vie entre 1979 et 1990. Ou du moins, il a conservé son ancienne identité. Pour quelle raison ? Je ne sais pas. Et c'est en 1990 qu'il a commencé à tuer. Pourquoi à ce moment-là ? Je n'ai pas la réponse non plus. Mais Steven Barrow était la pièce manquante du puzzle.

— Comment ça ?

— Si l'on rajoute le meurtre de Steven Barrow en

1990 à la liste des victimes de *L'Émasculateur*, nous avons vingt victimes, une par année de 1990 à 2009. Et Steven Barrow était de New York. C'est la réponse à une des questions restées sans réponse. Pourquoi seulement quatre victimes dans l'État de New York alors qu'il y en avait eu cinq dans les autres ? Et les cartes postales que tu m'as envoyées en photo par e-mail apportent encore un autre éclairage. Entre 1990 et 2009, il y a eu vingt crimes, un par année et c'est à la même période que les cartes ont été envoyées en Suisse. Une par année à chacune des victimes de Gryon. Mieux encore, j'ai comparé la date d'envoi de toutes les cartes postales que j'ai reçues du meurtrier et le tampon de la poste figurant sur les cartes envoyées à Gryon. C'est le même jour. Chaque fois.

— C'est incroyable, réagit Andreas. Il commet un meurtre par année aux États-Unis et se rappelle au bon souvenir de ses agresseurs à Gryon en leur envoyant un message sur une carte postale. Pour qu'ils n'oublient pas. Il a donc tout planifié depuis le début. À commencer par la simulation de sa mort en 1990. Il a fait croire à ses agresseurs en Suisse qu'il était décédé et c'est là que tout a démarré. Avant même de commencer à tuer aux États-Unis, il savait qu'un jour il reviendrait en Suisse pour accomplir sa vengeance.

— Et les quatre cartes envoyées depuis Gryon ? demanda Karine.

— On sait qu'elles ont été envoyées le 8 mars 2012, selon le cachet de la poste, soit six mois jour pour jour avant le meurtre de Gautier, qui a eu lieu le 8 septembre. Et c'est aussi un 8 septembre, en 1972, que Jean-Louis a subi l'agression barbare qui a changé le cours de son destin.

— Je veux bien. Mais qui les a envoyées ? Le 8 mars, Holder, enfin Jean-Louis, était aux États-Unis.

— C'était bien joué de sa part. Un alibi visiblement monté de toutes pièces. C'est une question qui restera irrésolue tant que nous n'aurons pas coincé ce salopard. On pourrait imaginer qu'il ait fait poster la carte par une tierce personne, peut-être même à son insu. Il a pu glisser les cartes au milieu d'une pile de courrier administratif, *l'oublier* sur un meuble de son chalet, et charger une bonne âme du voisinage de les déposer dans une boîte aux lettres, à la date précise qui l'arrangeait, *se souvenant* brusquement de son oubli. Son complice malgré lui n'y aurait vu que du feu. Ce n'est qu'une théorie, bien sûr. Il y a aussi la possibilité que la pasteure, son amour de jeunesse, les ait postées pour lui, en connaissance de cause… Mais je ne veux pas y croire.

— Maintenant que nous savons que Jean-Louis Morier *alias* Bergier et John Holder sont la même personne, dis-nous enfin comment tu peux être sûr que c'est lui le fameux tueur en série, s'impatienta Karine.

— Je suis actuellement au bord du lac Worthleberry Pond. Ça ne vous dit sûrement rien du tout…

James raconta ce qu'il venait de découvrir et leur apporta la dernière information qui manquait : la maison au bord du charmant petit lac appartenait à Jean-Louis Bergier.

Chapitre 104

New York, 1978.

Au moment où le bateau quitta le port du Havre, il flânait sur le pont. La brise légère était rafraîchissante. Il regarda l'océan qui s'ouvrait à perte de vue devant lui. Lorsqu'il débarquerait, il changerait de nom. Jean-Louis n'existerait plus. Il serait John. Il sortit de sa poche la carte postale du Grand Muveran, celle qui représentait la peinture de Ferdinand Hodler et l'observa attentivement. John Holder, pensa-t-il. Deux consonnes inversées. Ça sonnait bien.

Trouver un cargo qui acceptait des passagers s'était avéré plus difficile qu'il l'avait imaginé, mais après quelques négociations il avait pu embarquer sur un navire battant pavillon maltais sans qu'on lui pose de questions. Il avait assisté depuis le quai au chargement des nombreux conteneurs et avait été très impressionné. On lui avait attribué une cabine exiguë avec un lit, une douche et des toilettes. Il y avait un hublot, ce qui le rassura. Il souffrait en certaines circonstances de claustrophobie et cette petite ouverture lui donnait le sentiment de ne pas être complètement enfermé. Le bateau avait quitté le port en fin d'après-midi et, après avoir assisté au départ sur le pont, il s'était réfugié dans la cabine jusqu'à l'heure du souper.

Lorsqu'il pénétra dans la salle à manger, un peu plus de vingt personnes étaient déjà attablées. La plupart étaient des employés de différentes nationalités, mais il y avait aussi quelques passagers. Il ne se sentait pas à l'aise. Lorsque tout le monde le regarda entrer, il éprouva le même sentiment que lors de son premier jour de classe à Gryon. Il s'était assis à la seule place libre, à côté d'un jeune employé âgé d'à peine quelques années de plus que lui. Il était de langue maternelle roumaine, mais, à l'aide de gestes et de quelques mots d'anglais, ils étaient parvenus à communiquer. Il s'appelait Vlad.

Lorsque Vlad n'était pas de service, ils se retrouvaient pour passer du temps ensemble. Il était très content de cette nouvelle amitié et se sentait moins isolé. Vlad lui avait fait une visite guidée du bateau. Les cales. La salle des moteurs. Il avait même obtenu l'autorisation du capitaine pour accéder au poste de pilotage. Mais ce n'était pas évident de communiquer et d'échanger, à cause de la langue. Pour compenser, ils avaient trouvé une occupation adéquate : les échecs. Ainsi, tous les soirs après le repas, ils jouaient plusieurs parties. Il aimait ces moments, car, en se concentrant sur le jeu, il en oubliait les tourments qui l'habitaient.

Mais la nuit, dans la cabine, il se retrouvait seul. Et les angoisses revenaient. Il ne savait pas ce qui était le pire. Les cauchemars qu'il faisait la nuit ou les pensées noires qui l'obsédaient lorsqu'il était éveillé.

Quand il n'arrivait pas à s'endormir – et c'était le cas presque tous les soirs – il sortait sur le pont et s'appuyait contre la balustrade. Il écoutait le bruit des moteurs et observait attentivement les étoiles qui illuminaient le ciel. Puis il regardait la mer. De nuit, elle était sombre et effrayante. Il repensait aux personnes qui avaient péri noyées lors de la catastrophe du Titanic. *Et s'il sautait par-dessus bord ? Tout serait fini. Les cauchemars. Les tourments. Mais il ne pouvait tout simplement pas enjamber la barrière et disparaître dans les flots. Il n'avait pas peur de la mort, mais c'était comme si quelque chose en lui l'en empêchait. Sa vie ne pouvait pas se résumer à ce qu'il avait vécu jusque-là. Si Dieu existait vraiment, il lui offrirait une deuxième chance. C'était son espoir. De l'autre côté de l'océan, une nouvelle existence l'attendait...*

À l'aube du dixième jour, Jean-Louis sortit de sa cabine pour rejoindre le pont principal du bateau. Il aperçut au loin un pont suspendu qui barrait l'entrée de la rade. Le pont de Verrazzano-Narrows avec ses quatre kilomètres de longueur reliait les arrondissements de Staten Island et de Brooklyn. Au moment où ils passèrent sous le pont, il releva la tête pour admirer cette énorme masse de béton suspendue dans les airs. Le jour commençait à se lever et il distingua au loin les gratte-ciel de Manhattan émerger du brouillard matinal. Puis il la vit enfin. Le voile brumeux s'était évaporé. La statue de la Liberté.

Au moment de débarquer, Vlad était venu lui dire au revoir et lui souhaiter bonne chance. Il le serra dans ses bras, prit son sac contenant les quelques affaires qu'il avait emportées et descendit les escaliers. Avant de poser le premier pied sur le quai, il ferma les yeux et les rouvrit au moment où les deux pieds étaient sur la terre ferme. Il était aux États-Unis. De l'autre côté de la rade se dressait Manhattan. Il avança sans même se retourner.

Chapitre 105

New York, 1978.

Le bateau avait accosté à Port Jersey en face de la ville de New York. Après avoir passé la douane, Jean-Louis regarda son passeport avec le tampon et le visa de l'immigration. Il allait démarrer une nouvelle vie. Et il avait décidé de porter un nouveau nom : John Holder.

John se renseigna au guichet du terminal pour savoir comment il pouvait rejoindre Manhattan et partit ensuite à pied en direction du Liberty State Park. Il longea le Liberty National Golf Course et arriva au Liberty Park Cafe. Il avança sur la Hudson River Waterfront Walk puis s'engagea sur la Freedom Way qui traversait le parc. Des cyclistes et des gens en rollers se faufilaient entre les nombreuses personnes déambulant le long de la rivière. Seuls quelques mètres carrés de pelouse n'étaient pas occupés. Il s'assit au bord de l'eau sur un banc. Il était émerveillé. La statue de la Liberté. Manhattan avec ses gratte-ciel. Il reconnut les Twin Towers, l'Empire State Building et le Chrysler Building avec son sommet en forme de flèche. Un jour, il irait au sommet de l'une de ces tours pour admirer la ville depuis tout là-haut.

Puis lui vinrent des images de films. Il imagina King Kong gravir les deux tours jumelles tenant la jeune fille dans sa main avant de tomber et de s'écraser, mortellement blessé par les hélicoptères de l'armée. Mais il préférait la version de 1933 où King Kong gravissait l'Empire State Building. Puis il se représenta Superman volant entre ces immenses tours de béton et d'acier. Il avait pu voir le film à sa sortie à Paris. Celui avec Christopher Reeve. Il visualisa ensuite James Bond devant le « Oh Cult Voodoo Shop » dans Vivre et laisser mourir. *Il se sentait comme dans une fiction. Mais c'était bel et bien la réalité. Il était à New York !*

Après un long moment, il se leva et continua sa route jusqu'au Liberty Landing Marina où il embarqua sur un water taxi, un ferry jaune comme les taxis, baptisé « Liberty II » et qui permettait de se rendre sur l'île de Manhattan. Il était à New York depuis quelques heures seulement et partout où il passait le mot « liberty » le poursuivait.

Qu'allait-il faire de sa vie ? Il avait choisi de se libérer de son passé. Il était parti. Il avait quitté son ancienne existence. Était-il pour autant libre ? Son histoire le hantait. Toutes les nuits. Il faisait des cauchemars. Il voyait des flammes. Il revivait constamment les événements de Gryon. La peur. La honte. La colère. Pourrait-il un jour être délivré de ces sentiments qui le détruisaient de l'intérieur ?

Chapitre 106

Chalet des Fournier, vendredi 21 septembre 2012.

Janine Fournier arriva devant le chalet. Elle était partie le matin pour faire des courses en plaine et était ensuite allée manger avec une amie à Bex.

Depuis quelques jours, la maison était constamment surveillée. Elle n'était pas à l'aise avec cette situation et préférait passer un maximum de temps à l'extérieur. De toute façon, son mariage était foutu. Sa réputation aussi. Avant, elle s'était accommodée de son époux. Elle était la femme d'un municipal. Ça valait bien quelques sacrifices. Mais depuis l'arrestation et l'inculpation de son mari pour abus sexuel, elle était la risée du village. Tout le monde se retournait quand elle passait. Elle avait l'impression que tout Gryon parlait dans son dos. La situation était devenue invivable. Qu'allait-elle faire ? Elle ne le savait pas vraiment.

Le portail s'ouvrit automatiquement. Elle parqua sa voiture dans la cour. Elle monta les escaliers extérieurs et arriva devant la porte. Celle-ci était entrouverte. Elle comprit immédiatement que quelque chose ne tournait pas rond. À peine entrée, ce fut le choc. Dans le salon, elle vit un homme couché par terre. Il avait les mains et les pieds ligotés. Le visage ensanglanté. Mais il était vivant. C'était un des inspecteurs de police. Il était seul. Aucune trace de Maurice. Elle se précipita vers lui, enleva le scotch collé sur sa bouche et en sortit un morceau de tissu. Elle alla ensuite chercher un couteau pour défaire les liens.

Nicolas se leva, prit son téléphone portable posé sur la table et appela Andreas.

Chapitre 107

New York, 1989.

John habitait maintenant tout près du cimetière de Green-Wood où il aimait passer du temps à déambuler entre les tombes. Il avait de la peine à se faire à la vie fourmillante d'une grande ville, mais retrouvait calme et sérénité dans ce lieu. Il y avait de la verdure, des arbres et même des plans d'eau. Il se plaisait à observer les noms sur les pierres tombales en se promenant et en essayant d'imaginer quelle avait pu être l'existence de ces personnes.

Un jour, il était tombé sur un caveau familial avec l'inscription « DaCavalcante Family » qui l'avait intrigué et il était allé se renseigner auprès d'un des gardiens. Il s'agissait d'un des clans mafieux ayant marqué l'histoire de Brooklyn dont Simone Rizzo, Sam le plombier de son surnom, était un des membres éminents. Il commença à s'y intéresser de plus près. Ayant appris que de nombreux mafieux reposaient en paix dans ce cimetière, il rechercha les tombes une à une et se prit de passion pour le vécu de ces hommes. Souvent, les tombes n'étaient que des plaques de marbre posées à même le sol, cachées derrière un buisson ou un arbre et recouvertes d'herbe ou de feuilles, ce qui rendait l'exploration à la fois compliquée et ludique. Vincent Louis « Chin » Gigante. Crazy Joe Gallo. Il voulait savoir comment et pourquoi ils avaient reçu ces surnoms très imagés. Umberto Anastasio, dit le Seigneur Grand Exécuteur, avait été le parrain de la famille Mangano. Il avait obtenu ce qualificatif à cause de son aptitude à tuer, qui l'avait conduit à se rendre responsable de près de sept cents assassinats. En 1929, il avait assisté au fameux Sommet d'Atlantic City du Syndicat du crime avec des personnages aussi connus qu'Al Capone, Frank Costello et surtout Charles Lucky Luciano, un des plus grands noms de l'histoire de la mafia aux États-Unis.

Il regarda de nombreux films sur le sujet. Cosa Nostra. Le Parrain. *Ou encore* Mean Streets. *John était fasciné par ces hommes et la facilité avec laquelle ils semblaient ôter la vie à des êtres humains. Avaient-ils une conscience ? Éprouvaient-ils des sentiments ? Lui-même avait tué sa famille. Avait-il des regrets ? Non. Mais son âme n'était pas en paix. La culpabilité le rongeait-il ? Il ne le savait pas trop.*

Dernièrement, il avait regardé à la télévision le film Un justicier dans la ville *avec Charles Bronson dans le rôle de Paul Kersey, un avocat dont la femme et la fille avaient été violées par deux racailles. L'une d'elles mourait et l'autre était traumatisée par ce qu'elle venait de vivre et les cauchemars ne la quittaient plus. Il ressentit une profonde empathie. Les cauchemars, il connaissait. Paul Kersey se transformait alors en justicier et arpentait la ville de New York à la recherche des coupables. Mais son élan vengeur ne s'arrêtait pas là. Il devenait juge, jury et bourreau. Une idée germa alors dans l'esprit de John…*

Chapitre 108

Chalet d'alpage, Frience, vendredi 21 septembre 2012.

L'homme qui n'était pas un meurtrier était de retour dans son chalet de Frience où il avait emmené Maurice Fournier. Il était allé voir Erica, sa Princesse. Il avait perdu un peu de temps sur son programme, mais cela en avait valu la peine.

Il avait pu tenir sa main.

La regarder dans les yeux.

Lui dire adieu.

Pour la deuxième fois de sa vie.

Ce n'était plus qu'une question d'une ou deux heures avant que la police ne parvienne jusqu'à lui. Mais il aurait terminé à temps. Sa mission serait achevée.

Jean-Louis eut une pensée pour sa femme et ses deux filles, restées à New York. Ces dernières semaines, il avait été tellement pris par la mise en place et l'exécution de son plan que sa famille américaine avait été écartée de son esprit. Il avait passé de bons moments avec sa femme. Il avait tout au long de ces années été présent pour sa famille comme un honnête mari et père, mais il n'avait jamais pu ressentir ce qu'il estimait être de l'amour à leur égard. Non qu'il n'ait pas essayé, mais il s'était tout simplement senti incapable d'éprouver des sentiments qui auraient pu être qualifiés de normaux. Il avait changé de vie et de nom. Mais John Holder n'était qu'une façade. Sous la surface, Jean-Louis existait toujours. Son âme était habitée par la haine et la colère. Pas de place pour autre chose. Que des ténèbres. Pas de lumière. Et Erica ? L'avait-il aimée ? L'aimait-il encore ? Dans ses souvenirs, c'était la seule personne pour qui il avait vraiment éprouvé des sentiments très forts. Mais aujourd'hui, tout cela semblait être une sorte de chimère qui avec le temps devenait de plus en plus lointaine.

Il était parti sans rien dire. Il avait quitté sa famille. Et un jour, bientôt, ils apprendraient sa véritable identité. Cette idée le bouleversa un instant, mais son attention se focalisa sur sa mission au moment où il enjamba le pas de la porte.

Jean-Louis entra dans le chalet. Au milieu de la pièce, Maurice était attaché sur une chaise, nu. Ce dernier avait réussi à la faire basculer et se trouvait maintenant face contre terre. Jean-Louis releva Maurice et la chaise, non sans peine.

— Bonjour, Maurice ! Je pense que tu te souviens de moi.

Maurice avait peur. Il suait à grosses gouttes, mais ne réagit pas. Jean-Louis lui donna une forte gifle.

— Maurice, la moindre des politesses est de répondre quand je te pose une question. Tu as compris ?

Maurice fit un geste de la tête.

— Tu vois, ce n'est pas si difficile.

Jean-Louis ouvrit son sac de sport. Il sortit les choses dont il avait besoin. Une petite bouteille avec du curare et une seringue. L'énorme couteau. Il prenait chaque fois son temps pour que sa victime puisse voir ce qu'il disposait sur la table. Il prit ensuite le scalpel et le posa à côté du couteau. Alignés. Deux bocaux en verre complétèrent la collection d'objets sur la table. Il sortit une combinaison blanche qu'il enfila.

— Voilà, Maurice. Je suis prêt. Et toi ?

Maurice, qui ne pouvait pas parler à cause du morceau de tissu enfoncé dans sa bouche, fit un signe de tête qu'il interpréta comme un refus.

— Est-ce que tu regrettes ce que tu m'as fait ?

— Mmmmhmh !

— D'accord, Maurice, je vais t'enlever ça. J'aimerais entendre ta voix. Mais attention, Maurice. Si tu cries, je te coupe un doigt.

Jean-Louis prit en main le couteau et passa la lame juste devant les yeux de Maurice pour qu'il en prenne la mesure.

— Il est extrêmement tranchant.

Il lui taillada légèrement la joue qui se mit à saigner. Il lui enleva ensuite le chiffon de la bouche.

— Tu n'es qu'une ordure, Jean-Louis. J'aurais dû…

Jean-Louis se mit à rire. Un rire à gorge déployée, qui emplit la pièce.

— Tu aurais dû *quoi* ? Tu te rends compte de l'ironie de la situation ? Tu as fait souffrir sans répit tout le monde dans ton entourage. Comme ton père, tu as usé et abusé de ton pouvoir sur les autres. Regarde-toi !

Tu es impuissant ! Bientôt, tu ne seras plus rien et tu ne manqueras à personne.

— Pauvre con. Tu te crois fort, mais tu as toujours été une mauviette. Une pédale…

Maurice ne vit pas le coup arriver. Jean-Louis le frappa avec le manche du couteau en plein dans le nez. Il se mit à saigner abondamment. Jean-Louis lui remit le chiffon dans la bouche et coupa un morceau de scotch pour bien le fixer.

Jean-Louis prit une chaise qu'il retourna, le dossier face à Maurice. Il s'y assit. Il alluma une cigarette. Quelques bouffées, le temps de faire redescendre son rythme cardiaque.

— Maurice, j'ai oublié de te dire une chose. Avant de t'enlever les yeux, je vais trancher tes parties génitales, susurra-t-il avec un ton très calme et une voix douce. J'espère que tu apprécieras ce moment à sa juste valeur…

Il écrasa la cigarette dans le cendrier sur la table et prit ensuite le scalpel. Il s'agenouilla. Il l'enfonça dans la peau de sa victime et commença à faire le tour…

Au même moment, la porte s'ouvrit. Jean-Louis n'avait rien entendu. Il imagina le pire. La police. Il lâcha le scalpel et se leva d'un coup.

— Erica ! Que fais-tu ici ?

La pasteure jeta un coup d'œil furtif sur Maurice et croisa son regard. Elle était arrivée à temps. Mais du sang coulait déjà entre ses jambes. Elle fixa son ami d'enfance droit dans les yeux.

— Jean-Louis, je sais ce que tu as enduré. Mais il faut que tout ceci s'arrête.

— Il est trop tard pour changer le cours des choses.

Tu sais bien que je dois accomplir ma mission. Je veux que tu partes, Erica ! Je dois terminer.

— Non, Jean-Louis, c'est fini !

Ils entendirent le bruit des sirènes des voitures de police au loin.

— Merde !

Jean-Louis fut soudain pris de panique. Tout cela n'était pas prévu au programme. D'abord Erica. Puis la police. Jusqu'alors, son plan s'était déroulé sans accroc. Il était conscient d'avoir commis une erreur aujourd'hui. Il avait perdu du temps pour aller voir sa Princesse… Mais cela avait été plus fort que lui. Il se retourna et regarda Erica dans les yeux.

— À cause de toi, je ne peux pas finir mon travail. J'attendais ce moment depuis quarante ans. Quarante ans !

Jean-Louis sortit par la porte de derrière. Il lui restait quelques minutes avant que la police n'arrive. Il décida d'emprunter un petit sentier qui traversait le pâturage. Les inspecteurs ne le verraient pas depuis le chemin du bas. Et avant qu'ils ne se rendent compte qu'il n'était plus là, il serait déjà loin.

Erica avait senti en entrant une forte odeur d'essence. Tout le bois du chalet en était imbibé. Elle enleva le scotch de la bouche de Maurice et lui ôta le chiffon.

— Merci, Erica. J'ai bien pensé que c'en était terminé pour moi.

— Tu vois de quoi tu es responsable, Maurice. J'aurai dû laisser Jean-Louis aller jusqu'au bout. Tu l'aurais mérité !

Le soulagement laissa place à la peur. Le regard d'Erica avait changé. Un regard envoûté et déterminé.

— Erica ?

Elle ne répondit pas. C'était comme si elle était ailleurs. Maurice suivit son regard qui venait de se fixer sur une boîte d'allumettes posée sur le rebord de la cheminée. Il observa la pasteure se saisir de la boîte comme dans un ralenti et s'approcher de lui. Il était en train de réaliser ce qui allait se passer.

— Tu me fais rire. Espèce de sainte-nitouche. Tu n'es pas mieux que les autres. J'aurais dû te violer à l'époque, mais déjà là tu me dégoûtais avec ton air hautain et prétentieux.

— Va au diable !

Maurice entendit le craquement d'une allumette.

N'ayant pas de 4 × 4, Andreas et Karine durent abandonner leur voiture à hauteur du Restaurant de Frience et gravir le dernier bout à pied. Ils arrivèrent essoufflés à la hauteur du chalet. Des flammes et de la fumée sortaient par la porte et les fenêtres. Ils entendirent des cris provenant de l'intérieur. Karine se précipita vers la porte. Andreas retint sa collègue par l'épaule.

— Il n'y a plus rien à faire. Tu ne peux pas entrer là-dedans !

Andreas aperçut Erica qui se tenait là, debout, à quelques mètres du chalet, observant la scène.

— Où est Jean-Louis ? cria Andreas.

— Il est parti.

— A-t-il dit où il allait ?

— Non.

Karine prit son portable et téléphona aux pompiers, mais le chalet aurait le temps de se consumer bien avant leur arrivée. Andreas appela de son côté la police de Bex pour signaler qu'ils devaient bloquer la route de Gryon ainsi que celle de Villars. Ils devaient rechercher une Toyota 4 × 4 rouge appartenant à John Holder.

Jean-Louis avait réussi à filer. Où était-il allé ? Avait-il prévu un vol de retour pour les États-Unis ? Il fallait contacter les aéroports. Avertir les douanes. Andreas observa le chalet brûler. Ils durent s'en éloigner, car la chaleur que dégageaient les flammes devenait insupportable. Tout le chalet était maintenant en feu. Un immense brasier. Les cris avaient cessé. Il se retourna et vit le Grand Muveran.

Une idée lui vint à l'esprit.

Oui !

Il en était persuadé.

— Je sais où il est !

Chapitre 109

New York, 1990.

John vivait aux États-Unis depuis douze ans. Il avait maintenant trente ans. Sa nouvelle vie sur le continent américain avait tenu ses promesses.

À son arrivée, il avait déniché une place dans une auberge de jeunesse douteuse du Bronx. Grâce à un autre résident, Luigi, il avait trouvé un emploi en tant que plongeur dans le restaurant italien où ce dernier travaillait, dans Little Italy. Luigi était âgé de vingt-quatre ans et avait émigré aux États-Unis deux ans auparavant. Son rêve était de devenir acteur, mais il n'avait jusqu'alors pas réussi à dépasser le stade de commis de cuisine. Ils se lièrent d'amitié et décidèrent de louer un petit appartement ensemble.

Quelques mois plus tard, John avait rencontré Kelly. Elle venait régulièrement manger au restaurant où il travaillait. Une pizzeria dans le plus pur style napolitain. Après avoir perfectionné son anglais par la pratique quotidienne, John avait été promu serveur. Très vite, il s'était senti à l'aise et son charisme faisait effet auprès des clients. Et surtout des clientes. Un jour, Kelly, en plus de quelques dollars de pourboire, lui avait glissé son numéro de téléphone. Elle avait dix ans de plus que lui. Charmante. Intelligente. Elle était journaliste au New York Times *et gagnait très bien sa vie. Il avait laissé tomber Luigi et le Bronx et avait emménagé chez elle à Brooklyn, dans une maison de style colonial en briques rouges.*

Six mois après, ils se marièrent en secret afin qu'il puisse obtenir plus facilement la Green Card au grand désespoir de Spencer, le père de Kelly, qui ne voyait pas d'un bon œil cette liaison. Il nourrissait pour sa fille d'autres ambitions. Elle était journaliste et avait une belle carrière en perspective. Elle aurait pu épouser un homme d'affaires ou un avocat bien établi. Mais non, elle avait choisi un Français bien plus jeune qu'elle qui venait d'on ne sait où et, cerise sur le gâteau, qui était serveur. Lui-même était avocat et possédait l'un des cabinets les plus réputés de la région.

Chaque année, Spencer organisait dans son hôtel particulier situé dans le quartier huppé d'Upper West Side, à quelques pas de Central Park, un brunch où étaient invitées de nombreuses personnalités de la « high society » new-yorkaise. La veille de cet événement, il s'était querellé avec sa fille et lui avait interdit de venir avec John. Il ne voulait pas avoir honte devant ses convives.

Mais Kelly avait de qui tenir. Elle était tenace et décidée. D'abord, elle avait pensé boycotter la sauterie de son père, mais elle y était finalement allée avec John. Ils avaient gravi les marches et étaient entrés sans sonner. L'intérieur était moderne et lumineux. Kelly lui avait raconté que son père avait déboursé plus de dix millions de dollars pour acquérir cette demeure. Ils étaient alors sortis dans le jardin à l'arrière de la résidence où de nombreux convives étaient réunis. Tous les hommes portaient un costume trois-pièces et les femmes rivalisaient de robes de soirée plus chic et décolletées les unes que les autres. John avait l'impression d'assister à un défilé de mode. Les serveurs étaient tout aussi élégants, mais bien plus sobres. Des buffets étaient dressés avec de nombreux plats, des verrines multicolores et de petits canapés disposés artistiquement. Un vrai plaisir pour les yeux. Il n'avait jamais vu cela de sa vie. Lorsque Spencer les avait aperçus, il avait jeté un regard furibond à sa fille. Au moins, elle lui avait fait mettre un costume, même si on pouvait voir de loin qu'il avait été acheté chez un discounter. Kelly et John avaient salué les personnes qui entouraient Spencer. Il n'avait pas pu faire autrement que de les présenter. Tout le monde s'était intéressé au nouveau venu. Le mari de la fille de Spencer Stone ! À la fin de la journée, le père avait dû admettre que John faisait somme toute bonne figure, cela d'autant plus qu'il avait mentionné son projet d'entreprendre des études de droit. Et c'est ainsi que Spencer adouba John, sous le regard stupéfait de sa fille Kelly.

La semaine suivante, Spencer invita Kelly et John au restaurant. Il avait réservé une table au Windows on the World *au 107e étage de la tour nord du World Trade Center de New York. Ils étaient placés près des vitres panoramiques. La vue sur la ville était saisissante. À la fin du repas, Spencer fit une proposition à John. Il travaillerait à temps partiel dans son cabinet* *et entamerait des études de droit à l'université de Columbia.*

Finalement, la roue avait tourné. Son avenir était désormais tout tracé.

Le lendemain matin au réveil, il se sentait bien. Il deviendrait avocat. Mais il allait devoir faire face à un problème. Il avait menti à son beau-père. Il n'avait pas de diplôme d'études supérieures. Il décida alors de refaire appel à son ami Luigi qui lui avait fourni un faux passeport grâce à ses contacts louches. En quelques jours, il obtint un faux digne de crédibilité. Grâce à l'influence de Spencer, l'admission à l'université fut une simple formalité. Il commença par une année de préparation pour atteindre le niveau d'anglais nécessaire aux études. Il obtint son diplôme trois ans plus tard et poursuivit pour obtenir le « Doctor of the Science of Law ». En 1989, à l'âge de vingt-neuf ans, il passa l'examen du barreau et fut engagé par son beau-père comme avocat. Le cabinet était spécialisé en droit des affaires. C'est là qu'on pouvait gagner de l'argent, lui avait-il expliqué. Mais, pour faire ses premières armes, il fut affecté au département des affaires criminelles, et plus particulièrement aux affaires de mœurs.

Comme tout avocat new-yorkais qui se respecte, il emménagea, avec Kelly, dans un appartement luxueux de l'Upper East Side offert par son beau-père, car son propre salaire ne le lui permettait pas encore. L'année suivante, Kelly et John eurent deux filles. Ils devinrent alors une vraie famille.

John avait tout pour être heureux, mais au fond de lui un mal le rongeait encore et toujours. Et c'est au cours de son premier procès en tant qu'avocat que tout remonta à la surface. Il avait été chargé de défendre un père accusé d'avoir abusé de sa fille de huit ans. Quand Steven Barrow fut innocenté, il prit conscience qu'il devait accomplir lui-même la vengeance de Dieu, car la justice de ce monde n'était qu'un leurre. Dieu avait besoin de lui !

Juge, jury et bourreau…

Un jour, il retournerait à ses origines, à Gryon, pour prendre sa revanche sur ceux qui n'avaient jamais eu à répondre de leurs actes. Mais pas tout de suite. Son premier client fut relâché, faute de preuves. Il fut sa première victime.

Il avait rapidement élaboré un stratagème. Jean-Louis Bergier n'existait plus. John Holder avait pris sa place depuis longtemps. Mais maintenant, il devait mourir. Il avait fixé un rendez-vous à son client quelques mois après le procès… dans l'appartement qu'il avait loué dans le Bronx au nom de Jean-Louis Bergier. Il avait expliqué avoir besoin d'argent et qu'en contrepartie il ne divulguerait pas l'enregistrement audio où son client avouait être coupable d'abus sur sa fille.

Barrow s'était présenté sur le palier. John le fit rentrer. Dès que son invité lui tourna le dos, il lui envoya une décharge de Taser dans les lombaires. Alors qu'il était inconscient, John le coucha sur le lit et le déshabilla, lui laissant seulement son caleçon. Il prit une bouteille de whisky et versa la moitié du contenu dans la bouche de son client. Il lui fit ensuite avaler une bonne dose de somnifères. Il rangea toutes les affaires personnelles de son client dans un sac. Il enleva la chaîne avec le médaillon qu'il avait reçue d'Yvette, sa mère adoptive, et la lui mit autour du cou.

John avait tout préparé soigneusement. Il avait déposé le passeport suisse de Jean-Louis Bergier dans une boîte en métal rangée dans une des armoires de la cuisine, espérant qu'elle survive aux flammes. Ce ne serait que justice que Jean-Louis meure brûlé vif après ce qu'il avait fait subir à sa famille... À côté de la table de nuit, il avait placé un cendrier rempli de mégots ainsi que la bouteille de whisky à moitié vide. Il alluma ensuite une cigarette qu'il mit dans sa bouche. Il attendit que le duvet prenne feu et il observa la scène quelques instants. Puis il sortit par la fenêtre, s'étant auparavant assuré qu'il avait verrouillé la porte de l'intérieur. Il descendit par l'escalier de secours. Il s'éloigna et resta pour admirer les flammes et la fumée très dense qui s'échappait de son appartement. Des souvenirs remontèrent à la surface.

Dès ce jour et pendant les vingt ans qui suivirent, après avoir accompli son œuvre de justice divine, il envoya une carte postale assénant un message biblique à Alain, Michel, Jacques et Maurice.

Chapitre 110

Gryon, vendredi 21 septembre 2012.

Andreas courut à en perdre haleine depuis le chalet jusqu'à la voiture. Il démarra en trombe. Il enchaîna les virages les uns après les autres en direction de Gryon. La fin était proche. Ils avaient réussi à remonter la piste de Jean-Louis et à résoudre l'énigme du meurtrier de Gryon en même temps que celle du *serial killer* américain surnommé *The Emasculator*. Mais Jean-Louis était parvenu à mener sa mission à terme. Alain, Michel, Jacques et Maurice avaient rejoint les ténèbres. Andreas était maintenant convaincu que la série était terminée, ici et aux États-Unis.

Arrivant bien trop vite, il fut surpris par un grand virage en épingle. Il braqua le volant et l'arrière de sa voiture glissa. Ses pulsations déjà très élevées prirent l'ascenseur. Il braqua à nouveau dans l'autre sens et la voiture se rétablit, mais devant lui apparut le virage suivant sans barrières de sécurité. Il se voyait déjà faire le grand plongeon. Il appuya sur les freins et donna un coup de volant sec. La voiture dérapa. L'arrière frôla le précipice, mais se remit ensuite dans l'axe de la route. Il respira un grand coup. Il avait eu chaud. Très chaud.

Andreas poursuivit à une vitesse un peu réduite. Il arriva à Barboleuse et tourna en direction de la gare. Et s'il se trompait ? Peut-être était-il déjà en plaine en train de prendre la fuite…

Lorsqu'il parvint à l'entrée du village, il bifurqua sur le Vieux Chemin. Il aperçut en contrebas le 4 × 4 rouge de Jean-Louis. Il avait vu juste !

Andreas dégaina son arme et ouvrit la porte du temple. Il entra dans la première pièce, le narthex. Le même sentiment que précédemment s'empara de lui. Il y avait un avant. Et un après. À quoi devait-il s'attendre de l'autre côté dans la nef du temple ? L'excitation et le stress s'étaient évaporés. Son pouls était redevenu normal. Il poussa la seconde porte.

Jean-Louis était assis au premier rang.

— Bonjour, inspecteur ! Je vous attendais, dit-il sans même se retourner.

Andreas avança dans le couloir jusqu'à sa hauteur, son pistolet braqué sur lui. Il vit dans son bras une seringue. Au même moment, Jean-Louis pressa sur le piston avec son pouce de manière régulière jusqu'à ce que le tube soit entièrement vide.

— Je viens de m'injecter une dose létale. Du chlorure de potassium. Dans quelques minutes, mon cœur s'arrêtera de battre. C'est ici que tout a commencé. C'est ici que mon histoire se termine.

Andreas rangea son arme et s'assit à côté de Jean-Louis.

— Vous savez, inspecteur, je pensais que je ressentirais un grand soulagement après les avoir tués. Ce n'est pas le cas. Toute mon existence aura été un enfer. Mon âme a un jour été souillée et trahie. Elle ne s'en est jamais remise. Une vie dans les ténèbres.

Jean-Louis regarda le vitrail au cœur du temple. Il vit des rayons de soleil sur le visage de Jésus.

— J'espère que la paix viendra enfin à moi. Dans quelques minutes… Que Dieu va m'accueillir dans sa lumière !

Un grand silence s'installa. Andreas ne savait pas quoi dire. Il était assis à côté d'un être humain qui avait tué des dizaines de fois aux États-Unis et à quatre reprises ici à Gryon d'une manière des plus sordides et sauvages. Que ressentait-il en cet instant ? De la haine ? Non. De la compassion ? Pas vraiment. Juste un grand vide.

— Inspecteur, j'ai un regret.

— Lequel ?

Jean-Louis fut surpris de la question. Cela lui semblait pourtant évident.

— J'ai échoué. Maurice va vivre alors que j'attendais cet instant depuis quarante ans.

— Mais il est mort. Brûlé vif !

Jean-Louis se tourna vers l'inspecteur et le regarda droit dans les yeux, interloqué.

— Pardon ?

— Le chalet est en feu ! Maurice Fournier est mort, répéta-t-il en accentuant le dernier mot.

Andreas aperçut un sourire sur les lèvres de Jean-Louis. Son ultime pensée fut pour Erica. Puis son cœur s'arrêta de battre.

Épilogue

L'Avançon, Gryon, mardi 25 septembre 2012.

Andreas et Mikaël se promenaient le long de L'Avançon avec Minus. Ce matin-là, les timides rayons de soleil compensaient en partie le froid amené par la bise. Les premières feuilles rouges et jaunes sur les arbres annonçaient l'automne.

Le procureur avait organisé une conférence de presse la veille dans la matinée. La Grande salle de Barboleuse avait à peine suffi à contenir la centaine de journalistes présents, venus même de l'étranger, dont plusieurs Américains. Andreas n'y avait pas participé. Il avait laissé Karine raconter le dénouement de l'affaire.

L'ego d'Andreas avait de quoi être flatté en raison du retentissement international de cette affaire, mais au fond de lui, il ne ressentait aucune fierté. Oui, il était parvenu à percer le mystère, mais trop tard. Jean-Louis avait réussi à mener sa mission à terme. Enfin presque…

Andreas avait longuement réfléchi au sujet d'Erica. Il avait décidé en son âme et conscience de ne rien dire. À personne. Même pas à Mikaël. C'était une faute professionnelle. Mais il s'en accommoderait. Quant à Erica, elle pouvait régler cette affaire en tête à tête, avec Dieu.

L'enquête avait duré deux semaines seulement, mais elle avait été éprouvante, physiquement et mentalement. Andreas avait juste envie d'être au calme. Et surtout de laisser toute cette histoire derrière lui et de passer à autre chose. Mais en même temps, il ressentait un grand vide.

Il se tourna et regarda Mikaël dans les yeux.

— Mikaël, j'ai une question à te poser.

— Oui ?

— Est-ce que tu serais d'accord pour qu'on adopte un chat ?

Mikaël fixa Andreas quelques secondes et éclata de rire.

— Un moment, j'ai cru que tu allais me demander en mariage…

Minus s'était retourné en voyant ses deux maîtres arrêtés. Il aboya. Ils poursuivirent leur balade.

C'était une belle journée.

Remerciements

Cette histoire est entièrement inventée. Toute ressemblance entre les personnages de ce roman et des personnes existantes est le pur fruit du hasard. Les différents lieux de Gryon, quant à eux, sont bien réels. Néanmoins, je me suis permis un certain nombre de libertés pour les besoins du récit.

Je tiens à remercier, en premier lieu, ma mère, Birgitta, qui m'a transmis le goût de la lecture des romans policiers et qui a été ma première lectrice, fidèle et encourageante, et mon père, Dieter, pour son soutien inconditionnel.

Merci à Micheline et Roger qui m'ont accueilli à Gryon et qui ont suivi de près la création de ce roman.

Merci à Nicole, Micheline, Diane et Patricia d'avoir pris le temps de relire mon manuscrit et pour leurs précieux conseils.

Merci à Patrice Mangin, Directeur du Centre Universitaire Romand de Médecine Légale, pour ses conseils avisés et sa relecture des passages concernant son domaine de compétence.

Merci à Marie Javet pour son travail de fond sur

le manuscrit et son soutien durant l'intense et passionnante phase de finalisation.

Merci aux Éditions *Plaisir de Lire* d'avoir édité *Le Dragon du Muveran* en Suisse.

Enfin, un grand merci à Ivan Slatkine et Henri Bovet de permettre au *Dragon du Muveran* de poursuivre son envol par-delà les frontières.

Last but not least, j'aimerais remercier du fond du cœur mon compagnon Benjamin qui m'a soutenu dans ma démarche en m'aidant à avancer grâce à ses paroles encourageantes, ses nombreuses relectures et ses conseils bienveillants. Et surtout, c'est grâce à lui que j'ai découvert Gryon. Sans lui, *Le Dragon du Muveran* n'existerait pas.

Composition et mise en pages
Nord Compo à Villeneuve-d'Ascq

Imprimé en France par

MAURY IMPRIMEUR
à Malesherbes (Loiret)
en novembre 2019

N° d'impression : 241344
Dépôt légal : septembre 2017
Suite du premier tirage : mars 2018
S27406/07